문학과지성 소설 명작선

이 소설 총서는
초판 간행 이후 시간의 벽을 넘어 끊임없이
독자와 평자들의 애호와 평가를 끌어 열고 있는
말의 바른 의미에서의 '스테디 셀러'들을
충실한 원본 검증을 거쳐 다시 찍어낸,
새로운 감각의 판형과 새로운 깊이의 해설로
그 의미를 더욱 풍요롭게 만든,
우리 시대 명작 소설들이 펼치는
문학적 축제의 자리입니다.

◇ 문학과지성사에서 펴낸 지은이의 책들

공중 누각(1985; 신판, 2000)
화두, 기록, 화석(1987)
내 정신의 그믐(1995)
분신들(1998)

공중 누각

최수철

문학과지성사
2000

문학과지성 소설 명작선 17
공중 누각

초판발행__1985년 11월 10일
 5쇄발행__1994년 5월 30일
재판발행__2000년 11월 10일
 3쇄발행__2012년 6월 14일

지 은 이__최수철
펴 낸 이__홍정선
펴 낸 곳__㈜문학과지성사

등록번호__제10-918호(1993. 12. 16)
주   소__서울 마포구 서교동 395-2 (121-840)
전   화__02) 338-7224
팩   스__02) 323-4180(편집) 02) 338-7221(영업)
전자우편__moonji@moonji.com
홈페이지__www.moonji.com

ⓒ 최수철, 2000. Printed in Seoul, Korea

ISBN 89-320-1210-5

* 이 책의 판권은 지은이와 ㈜문학과지성사에 있습니다.
  양측의 서면 동의 없는 무단 전재 및 복제를 금합니다.

공중 누각

맹점 11

타임 킬링 35

홍도가 죽었다 56

공중 누각 80

신유년 겨울, 혹은 계륵 115

부재를 위하여 137

어젯밤에 들렸던 총성에 대해 설명해드리겠습니다 163

코 189

소리에 대한 몽상 213

도주 244

어느 날, 모험의 전말 275

초판 해설 • 낯선 의식과 인간 존재의 해체 • 김병익 358
신판 해설 • 부재와 현존의 엇갈림 속에 놓인
의식의 공중 누각 • 손정수 373
첫 소설집을 내면서 386

5년 간의 글 모음을
아버님 어머님께 바칩니다.

맹점

　개를 먹는 행위는 일차적으로 소 돼지 양을 먹는 행위와 구별되고, 다른 한편으로는 고양이 비둘기 원숭이를 먹는 행위와도 구별된다. 마찬가지로 개가 사람을 보고 짖어대는 것도 그리 간단한 문제가 아니다. 그것은 소 돼지 양이 사람들에게 울어대는 것과 구별되고, 또한 고양이 원숭이 비둘기가 우는 것과도 구별된다. 이러한 구별은 사람들이 개를 대하는 태도가 일관되지 못하다는 것과, 사람과 개 사이의 관계가 미묘하다는 것을 동시에 시사하고 있는 것이다.

　이런 생각들이 물 속에서 물방울이 보글보글 솟아오르듯이 하릴없이 그에게 떠올랐던 것은 그가 개라는 동물에 쏟은 관심의 덕분이었다. 사실, 생각해봐야 별로 유쾌할 바 없는 이 동물에 대해 신경을 쓰게 된 데에는 매우 기구하고, 그럴 만한 사연이 있었다. 그것은 그가 개에게 도움을 청해야 했던 채무자의 처지에 있었기 때문이었다. 말하자면 그는 개의 허락도 얻지 않고 그 이름을 도용하기 시작했던 것이다.

이 모두는 우선 그의 성격 탓이었다. 그로 말하자면 특징이라곤 담배를 자주 피워 문다거나, 원색의 옷을 입은 여자를 극도로 싫어한다든가, 걸을 때 고장난 장난감 인형 같은 몸짓이 조금씩 드러난다든가 하는 것 정도였다. 그러던 그가 어느 날 개성의 필요성에 눈을 뜬 것이었다.

그에게는 개성이란 간헐적으로 반복되는 일종의 습관으로 생각되었다. 그리고 그 습관은 외부적인 행위에 의해서라기보다는 몇 마디 말을 통해서 더 큰 효과를 얻을 수 있을 것처럼 여겨졌다. 따라서 그는 스스로에게 한 가지 욕설 — 개 같다 — 을 허용하는 것으로 개성을 대신하기로 했다. 따지고 보면 그 동안 그는 남들이 농담 삼아 가볍게 던지는 욕 아닌 욕, 예를 들어 '자식'이라든가 '병신' 등의 단어들에 익숙해져 있긴 했지만, 의식적이었는지 무의식적이었는지 스스로에게 그런 말들의 구사를 가능한 한 금하고 있었던 것이다. 이제 그는 필요악 중의 하나를 받아들이기로 한 셈이었다.

그러나 어떻게 생각하면 그가 '개 같다'라는 말을 입 밖에 내어 사람들 앞에 쑥 밀어놓을 때, 고상하지 못한 모든 어휘들의 역할이 그러하듯이, 그의 속에 맺힌 응어리를 효과적으로 세척시켜주는 역할을 할 것처럼 생각되지만, 실상은 그렇지가 못했다. 엄밀히 말해서 그것은 상대방에게 내뱉은 공격적인 어투가 아니라, 일이 잘 풀리지 않는 책임을 자신에게 돌려서 자조적으로 중얼거리는 푸념에 불과했다. 성격이 조울증에 근접해 있는 그가 그 정도의 표현으로 조금이라도 후련함을 느낄 수 없었던 것은 당연한 일이었고, 오히려 허탈한 비장감에 더욱 젖어들게 되었던 것이다. 그러나 어쨌든 그 말은 그가 약간의 위험 부담을 각오하고서, 주어진 상황에 의해 상처받은 자신의 감정을 가장 많이 노출시키는 과감한 행위였다.

처음 몇 번 이 말을 입에 가득 물고 준비했다가 일부러 얼굴을 약간 옆으로 틀어서 짐짓 지나가는 투로 내뱉을 때, 그는 상대방의 반응을 소심할 정도로 사려 깊게 관찰을 해야 했었다. 그러나 그는 곧 이 말이 자신에게 가지는 만큼의 중요성을 남들에게 부과하지 않는다는 것을 알았다. 이 말이 워낙 대상을 명확히 지칭하지 않고 한 줄기 매운 바람처럼 지나쳐갈 뿐이었기 때문이었고, 또한 그가 대하는 대부분의 사람들이 그만큼 뻔뻔스러웠기 때문이었다. 그가 시선을 돌려서 우물거리듯이 뱉어놓는 그 말이 도대체 그들의 무딘 감수성을 건드릴 수 없다는 것은 매우 명확했다. 그렇다고 더욱 모진 상소리를 구사할 수 있기에는 그의 감성이 너무 여렸고, 반대로 이 말마저 포기하기에는 그의 자존심이 너무 강했다. 결국 그 말은 죽은 생선의 비늘처럼 그의 습관적인 상용어가 되기에 이르렀고, 자연히 그것에 대해 스스로도 괘념하지 않게 되었다.

그가 이 말이 주는 고통을 피부에 알알이 느끼게 된 것과, 남들에게보다는 오히려 그 자신에게 부과하는 위험 부담을 절실히 깨닫게 된 것은, 예기치 않았던 몇 가지 사건이 있은 후였다. 그때부터 그 말은 점차 각질화되어서 그의 몸 전체를 뒤덮어버린 것이다. 그러나 그것이 단단한 갑옷처럼 그의 몸을 보호하는 것이 아니라 움직이기 거북하게 하고 맨살이 닿을 때마다 금속성의 고통을 느끼게 하는 것이었다. 그 고통은 불편함이었고 그럴 듯함이었으며, 동시에 심상치 않음이었다.

그는 어느 날 친구들과 술자리를 같이한 적이 있었다. 그런 좌석이 으레 그러하듯이 친구들은 양양한 술기운에 편승해서 가히 비판의 대상이 될 만한 인물을 끌어내어 난도질을 해댔다. 몇 사람이 그의 칼침에 의해 요절이 나고 송장이 치워진 후에도 그들은 멈추려 들지 않았다. 그러나 그는 묵묵히 술만 마시고 있었다. 우선 누군가를 세 치 혀끝으로 결단을 낼 수 있을 정도로 그의 혀가 단단하지 못했고, 그 인물에 대해 잘 알지도 못하면서, 그리고 별로 적대감을 가지고 있지도 않으면서 무책임한 체형을 가한다는 것이 너무 위험하고, 경솔하기까지 한 것처럼 생각되었기 때문이었다.

그러나 그는 친구들을 무모하다고 생각할 수 없었다. 그는 친구들의 언변과 결단력의 마디마디에 감탄하고 있었다.

그때 맞은편에 앉은 친구가 그의 묵묵한 태도에 주목하게 되었다. 친구는 그에게로 은근히 몸을 굽히며 자신의 말 끝에다가 방심해 있는 그를 거꾸로 매달았다.

"결국 그건 아류에 지나지 않는다는 말이야. 어때, 병근이, 자넨 어떻게 생각하나?"

그는 친구들의 갑작스런 시선을 의식했다. 막다른 골목의 담벼락에서 시선의 망에 걸린 셈이었다. 그는 재빨리 머릿속으로 얘기의 전반적인 분위기를 간파했다. 그리고 입 속에서 항상 우물거리는 말을 뱉었다.

"글쎄, 그냥, 개 같지 뭐."

친구들은 모두 안심했다는 표정을 지었다. 평소에 말이 없는 편이긴 했지만, 혹시 그가 자기들과 전혀 다른 생각을 갖고 있어서 아무 말도 없는 것이 아닌가 하는 의구심이 들었었기 때문이었다. 그는 친구들의 반응을 알아보고 나서 그들의 것과 비슷한 안도감을 느꼈다. 그리고 그저 습관에 불과한 것으로 생각해왔던 '개 같다'라는 말이 간혹 이런 위기의 순간에서 자신을 건져내는 감사한 역할도 한다는 생각이 떠올랐다. 가슴속이 뿌듯하게 부풀어오르는 것 같았다. 그는 그 말이 겨우살이처럼 일방적으로 그의 속에서 영양을 갈취하며 서식하고 있다는 종래의 생각을 수정했다. 그것은 기생의 관계가 아니라 공생의 관계였다.

그 말은 그의 속에서 급작스런 성장을 했다. 뿌리를 깊이 뻗고 이파리를 몇 개 더 달고…… 그는 급기야 그 말을 한 번 더 발음하고 말았다.

"개 같아, 맞아, 개 같은 수작이야."

그러나 이 말이 새로운 문제의 발단이 되리라는 것을 그는 전혀 모르고 있었다. 그 말을 반복한 것이 그의 감추어진 부분을 지나치게 햇빛에 드러냈기 때문이었다. 아직 상체를 일으키지도 않은 채로 있던 맞은편의 친구는 워낙 머리 회전이 빠르고 말의 속도도 그에 못지않은 터이라, 그의 허점을 간과해버릴 리가 없었다. 친구는 상체를 거두어들이며 말했다.

"이제 보니까 이 자식은 말끝마다 '개 같다'군. 좋았어, 앞으로 병근이를 개라고 부르기로 한다. 이젠 '개 같다'는 말 대신에 '병근이 같다'를 쓰도록."

친구들이 모두 웃음을 터뜨렸다. 그제야 그는 자신의 실수를 깨달았지만, 이미 늦어버린 후였다. 이제 막 그의 속에서 성장을 거듭한 그 말이 뿌리째 뽑혀 넘어졌다. 그리고 이제까지의 불편함이 드디어 허벅지를 관통하는 듯한 고통으로 와 닿았다. 상체를 젖히고 웃어대는 친구의 모습을 바라보던 그는 습관적으로 다시 한 번 그 말을 입에 담았다.

"개 같은 자식."

 순간 그는 거듭된 실수를 의식하고, 아직 입에서 채 빠져나가지 않은 말의 꼬리를 붙잡아 물려고 허둥거렸다. 그러나 말은 벌써 그의 입을 벗어나서 공중으로 사라져버렸다. 하지만 다행히도 그 말은 친구들의 웃음 속에 묻혀버려 아무 여운도 화근도 남기지 않았다. 그로서는 무척 다행한 일이었다.

 어쨌든 그는 그날 그 말이 주는 고통에 구체적으로 눈을 뜨게 된 것이다. '개 같다'는 말로써 남들을 의식적으로 무시해보려던 그의 의도와는 정반대로 오히려 자기가 개가 되어버린 셈이었다.

 그는 뒤통수를 얻어맞은 충격에서 쉽게 깨어날 수가 없었다. 그의 고통에 아랑곳없이 계속되는 친구들의 얘기 속에서 몇 번인가 더 '병근이 같다'는 말이 튀어올랐고, 말 울음 소리처럼 경쾌한 웃음이 뒤를 따랐다. 그는 전혀 상처입지 않은 표정을 얼굴 위에 전시하기 위해 가두 판매원의 안쓰러운 노력을 계속해야 했다. 술좌석이 거의 파장에 이르러서야 그 말은 참신성을 잃어버려 그리 우스운 말이 되지 않게 됐고, 그들의 입에서 사라져버렸다. 그리고 그때부터 그는 서서히 자신을 수습할 수 있게 되었다. 친구들의 화제는 그들의 국장(局長) 앞에까지 흘러가서 잠시 멈칫거리고 있었다.

 아무리 술좌석이었지만, 그들의 직속 상관에 대해 섣부른 말을 꺼낸다는 것은 쉬운 일이 아니었다. 그들은 잠시 국장의 반질반질한 얼굴을 눈앞에 그리고 있었다. 이 잠시 동안의 침묵은 그들의 겨드랑 밑을 파고들었고, 조금씩 부담스러운 짐이 되기 시작했다. 그때 그는 기발한 생각에 사로잡혔다. 우스꽝스런 짓을 했을 때는 전혀 겸연쩍어하지 않고 오히려 몇 번 더 그 행동을 반복해서 실수로 그런 행동을 한 게 아니라 고의적인 장난이었다고 시위를 하는 것이 가장 효과적인 법이다. 그는 별로 높지 않은 목소리로 태연히 말했다.
"개 같은 작자야, 그 자는."
 반응은 그가 예상했던 것보다 훨씬 대단했다. 친구들은 모두 그의 의식적인 행동에 필요 이상으로 크게 웃어주었다. 이제 그 말은 그의 유머가 되어버렸다. 평소에 전혀 반감을 가지고 있지 않던 국장에 대한 송구스러움 따위는 문제가 아니었다. 그는 친구들의 웃음에 격려를 받아, 이번에는 국장이 서류를 들여다보며, 눈과 눈썹을 찌푸렸다 폈다 하는 버릇까지 흉내내었다. 친구들 중의 몇은 그를 손가락질하며 손가락 끝에서부터 시작해서 온몸으로 웃고 있었다.
 결국 그는 무사히 그 자리를 모면한 결과가 되었다. 그러나 그는 전처럼 다시 그 말이 편리한 점도 있다는 생각을 할 수가 없었다. 이미 그는 고통 속에서 그 말의 습관적 중독성과 한계를 확연히 깨달았기 때문이었다. 비록 피부병처럼 번진 그 습관이 쉽게 떨쳐버려지는 것은 아니었지만 그는 가능한 한 그 말을 삼가기 위한 배려를 했다.
 그러나 그것들은 모두 그가 생각하기 나름이라고 돌려버릴 수 있는 성질의 것이었다. 그에게는 그것보다 더 안 풀리고, 그래서 항상 그의 골머리를 썩게 했던 일이 있었다. 그것은 다분히 통속적으로 말해서 여자 문제였다.
 사전에 기준을 설정해놓고 그것으로 여자를 평가하려 했다거나 이상적인 여성상에 대한 집착으로 현실의 연애를 소홀히했던 일이 있었던 것은 아니었다. 단지 핀트가 조금 빗나갔거나, 찍는 순간에 흔들렸기 때문에 인물과 풍경의 윤곽이 루오의 그림처럼 굵게 테를 쓰고 나타나 있는 한 장의 사진처럼 매사가 조금씩 어긋나고 있었던 것이다.

그가 이십대를 모두 소비하는 동안 그 빠른 세월의 와중에서 그에게 특히 깊은 인상을 주었고, 자주 그의 기억 속에 출몰하는 기억들이 있었다. 시간순으로 따졌을 때 그 첫번째 여자는 학교 선배를 통해 알게 되었다. 그는 그녀를 통해서 처음으로 결혼과 여자를 결부시켜 생각하게 되었다. 그리고 그런 의미에서 그는 처음으로 여자에 대한 징크스, 왠지 여자와 잘 되지 않는다는 기분을 느끼게 되었다. 물론 그에게는 학창 시절의 연애 경험이 몇 번 있었지만, 그 당시의 실연이나 헤어짐은 쉽게 낭만과 결탁이 되어주어서 그에게 이번 같은 좀더 근본적인 고통을 느끼게 하지는 않았기 때문이었다.

그들은 거의 반년을 교제했다. 암암리에 결혼이라는 모의를 전제로 한 만남이어서 대학 시절만큼의 열정은 없었지만, 대신 믿음이 그 보완 역할을 충분히 해냈다. 그녀에게는 그가 특별히 귀여워해주는 매력이 하나 있었다. 그것은 그녀가 유난히 놀라기를 잘하고 또 그 놀라는 모습이 비범할 정도의 아름다움을 발산한다는 점이었다. 그녀는 아주 사소한 것에 깜짝 놀라고 난 후에 다른 여자들이 보통 짜증스러워하거나 책망하는 듯한 표정을 짓는 것과는 달리, 고통스러운 표정, 무언가에 무한히 감사해하는 성스러운 표정을 짓곤 했던 것이다. 그러나 문제는 바로 이 매력에 있었다.

이를테면 그녀는 화려한 깃털 때문에 자주 희생되는 한 마리의 공작이었다. 그와 그녀의 관계가 마지막 음모를 결행하려던 시기에 그녀는 심장병 진단을 받았던 것이다. 그녀의 매력은 고통스러운 지병의 한 증상이었다. 곧 그녀는 요양원으로 내려갔다. 한동안 그는 그 여자를 아내로 맞아들여 거의 별거와 다름없는 생활을 할 것인지에 대해 생각해보았다. 그는 충분히 그럴 용의가 있다고 생각했다. 그리고 다음 순간 존경의 염(念)이 포함된 사람들의 시선을 생각했다. 그것만은 견딜 수가 없었다.

그래서 요즘도 그는 그녀와 비슷하게 얼굴에 성녀의 표정을 그리는 여자를 대할 때마다 화들짝 뛰어오를 듯이 놀라서 후당거리는 가슴을 진정시킬 수가 없곤 했다. 그리고 그때마다 심장병이 연상이 되었고, 그녀의 놀라는 모습을 매력으로 생각했던 사실이 지나칠 정도로 어처구니없이 느껴지기 시작했다. 그것은 믿던 도끼에 발등 찍힌다는 말이 의미하는 바, 바로 그것이며, 앞을 경계하다가 뒤통수를 얻어맞은 격이었고, 무엇보다도 그의 머리통을 움켜잡아 비틀어서 뇌수를 꾹꾹 짜낼 듯한 혼란이었다.

혼란스러운 머릿속의 무정부 상태에서 채 깨어나지 못한 처지에서 그는 다른 여자와 교제를 시작했다. 이번에는 가능한 한 감정을 절제한 만남이 계속되었다. 결국 그의 태도는 그녀에게 미온적이고 나약하다는 오해를 낳았고, 어딘가 혼란스러워 보이는 구석이 있다는 판단으로 귀착되었다. 얼마 후에 그녀는 한 남자, 그것도 그의 친구 중의 하나와 결혼을 해버렸다. 소식을 들은 그는 하야비치 한 병과 파전 한 접시로 이 문제를 해결했다. 그러나 그때부터 그는 사건의 결말이 항상 예기치 않은 곳에서 준비되고 있다는 불길한 조짐을 느끼기 시작했다.

그래서 그는 밟을 수도 잡을 수도 없는 그런 불안감에서 벗어나기 위해서, 그리고 실연으로 인해 전혀 충격을 받지 않았다는 것을 과시해야 할 필요성 때문에 또 한 여자를 알았다.

그녀는 통통한 체격에 생김새처럼 평범한 여자였지만 의외로 고집이 대단했다. 불꽃처럼 타오르는 정신을 가진 여자에게는 고집스러움이 그녀의 매력에 일 획을 첨가할지 모르지만 평범하고 단순한 여자의 고집은 우둔함을 연상시킬 뿐이었다. 그래서 그는 그 여자를 버렸다. 만약 그 여자와의 관계가 여기서 완전히 일단락을 이루었다면 그는 그런대로 씁쓸한 즐거움으로 그녀를 회상할 수 있었을 것이다. 그러나 그녀마저도 믿던 도끼처럼 그의 발등을 찍어내고 만 것이다.

그는 술기운이 적당하게 오른 날에는 술기운과 전혀 구분되지 않는 감상에 젖어 몇 번 그 여자의 집 쪽으로 우회를 해서 집으로 가곤 했다. 자신에게 버림받아 초췌해진 그녀를 발견할 수 있을지 모른다는 기대, 혹은 최소한 그녀의 통통한 몸이 몰라보게 망가졌을 것이라는 야비한 생각은 그에게 카타르시스 작용을 가해서 마음을 극히 평온하게 해주었던 것이다. 그러던 어느 날 그는 급기야 그녀를 보기에 이르렀다. 그러나 그녀는 눈에 띄게 살이 쪄 있었다. 다른 애인을 구했기 때문인지 실연의 고통을 씹으며 집에만 박혀 있었기 때문인지 알 수는 없었다. 하지만 스커트 아래나 블라우스 바깥쪽으로 보이는 그녀의 지체들은 그에게 낯선 기분을 일으킬 정도였다.

그가 느낀 생소감은 이내 배신감으로 활성화되어버렸다. 그는 뒤통수에서 발등으로 찌르르 전해지는 고통을 느끼며 버릇처럼 씹어 뱉었다.

"개 같은."

이 세 사건들의 공통점이 있었다면, 그가 그것들을 마무리지을 때마다 매번 '개 같은'이라는 말로 마지막 보루를 삼았다는 점이었다. 이로써 의식적으로 끊어버리려 했던 그 말은 그의 속에서 전통처럼 면면히 연결·반복되고 말았다. 어쨌든 그는 몇 번의 연애 사건을 그야말로 개같이 끝내놓고는 매사에 지독한 회의에 잠겨 있었다.

그가 그 말을 습관적으로 사용하게 된 것은 이 무렵의 일이었다. 마술 램프 속에서 필요할 때 나타나 그를 도와주기도 하고, 괴롭히기도 하던 그 말은 이제 집에 가서 발 닦고 자는 행위와 다를 바 없는 일상의 한 부분이 되어버렸고, 잠자기 전에 단 것을 먹는 나쁜 습관과 다름없게 되었다.

그것이 누구의 잘못 때문이건 그에게는 세 여자들이 모두 괘씸하게 여겨졌다. 항상 연애의 파국이 전혀 예상 밖의 것, 혹은 심지어 그가 사랑하던 것에서부터 비롯되었다는 것은, 그녀들이 떠나갈 때 그의 뒤통수에 발길질을 한 번씩 내지르고 달아난 것과 다를 바가 없었다. 말하자면 그녀들의 행위는 사랑을 받던 개가 주인의 발등을 물어뜯은 짓과 흡사했다. 따라서 그는 매우 자연스런 결론에 막다르게 되었다. 즉 그는 언제부턴가 자신도 알 수 없게 '여자는 개다. 여자는 개 같은 존재, 개에 불과하다'라는 명제에 사로잡히게 되었고, 이 말을 공공연히 입 밖에 내기 시작했다. 분명히 그것은 생각하는 방법에 있어서의 발전이었다.

그러나 그가 여자를 개라고 생각한 것은 아직 논리에 적용되지 않은 명제로 남아 있을 뿐이었다. 그것은 그의 자학적인 자조의 한 변형에 불과했기 때문이었다. 그는 결코 여자를 개라고 생각할 수도 없었고, 최소한 간단히 여자와 개를 혼동할 수도 없었다.

여자는 개인데 자기는 여자에게서 배신당했으므로 여자와 개 사이에 친구들 말마따나 개 같은 자기가 끼여 있다는 생각에 시달릴 뿐이었다. 연애 사건을 돌이켜보아도 실상 잘못은 여자들에게 있는 것이 아니라 무기력한 자신에게 있는 것이었다. 결국 이런 생각들은 그의 팔다리를 개의 그것들과 비끄러매놓고 말았다.

따라서 비록 그가 여자와 개를 마구잡이로 한통속에 몰아넣으려 했고, 여자를 개라고 매도하는 발언을 일삼았지만, 아직 그는 개의 이빨에서 그의 몸 속으로 투입된 병원체의 독성에 그리 심하게 중독되어 있지 않았다고 할 수 있었다. 그의 친구들이 그를 개라고 부르는 것을 곧 잊어버렸듯이, 만일 그가 더 이상 개 같은—그의 표현을 빌려—사건에 휩쓸리지 않았더라면, 그는 여자를 개라고 보는 신경성 질환과, 자기를 개라고 생각하는 콤플렉스에서 쉽게 벗어났을 터이고, 아마도 별 어려움 없이 행복한 결혼을 해서 강아지처럼 귀여운 아이들을 낳고, 개집처럼 아담한 단독 주택에서 그럭저럭 살게 되었을 것이다.

그리고 훗날 보신탕집 위에 붙은 간판과 대중 목욕탕의 그것을 간간이 혼동하거나 혹은 사람들이 개를 먹는 것은 개가 사람을 보고 짖어대는 것에 대한 인간적인 보복 행위가 아닌가 하는 생각을 하며 혼자 웃게 되었을 것이다. 이외에도 혹간 신문지상에서 도사견이 아이를 물어뜯은 사건 기사를 읽은 날은 보신탕을 포식하며 인간의 존엄성을 재확인하는 작업을 감행했을지도 모르는 일이었다. 사실, 한 여자를 새마을호로 내려보내고, 한 여자를 하야비치로 씻어버리고 나서도, 그리고 나머지 한 여자는 골목길 포장마차의 곰장어로 씹어버리고 나서도, 아직 그의 자존심은 단단했던 것이었다.

그러나 그 점에 있어서 그는 불운했다. 개의 운명에 휩쓸려버린 그의 숙명적인 여정은 아직 끝이 나지 않고 있었다. 그의 앞에는 또 하나의 사건이 어둠 속의 도사견처럼 도사리고 있었던 것이다. 이로써 그는 자신의 불행을 한올 한올 헤아릴 수 있게 되었다. 이번 경우는 철저히 그 스스로가 자초한 결과였다. 언제까지나 앉아서만 당할 수는 없었으므로, 여자와 개는 처음에 길을 잘 들여야 한다는 신념과 용기를 갖고 그가 먼저 여자의 발등을 물어뜯었기 때문이었다. 그 상황은 한결 미묘했다.

그가 징크스니 콤플렉스니 하는 것에서 서서히 벗어나고 있었던 어느 날이었다. 그는 아침 늦게야 그의 아파트에서 잠을 깼다. 애초에 전세로 빌린 17평짜리 아파트였지만 그가 아예 사서 눌러앉아버린 터였다. 한길 쪽으로 난 창문에서 소음이 요란하게 들려왔다. 그는 시간을 죽여 없앨 셈으로 느릿느릿 움직였다. 곤충이 허물을 벗어버리듯이 그가 잠에서 완전히 깨어나기까지 침대 위에서 많은 시간이 소비되었다. 그는 목덜미에 먼지처럼 쌓여 있는 잠의 마지막 무게를 털어버리고 침대에 걸터앉아 담배를 피웠다. 발바닥이 차가운 방바닥에 닿았다. 그날은 토요일이라서 오후에 사진을 한 장 찍기만 하면 되었다.

김기자와 대평 그룹의 대표 한모씨(韓某氏)와의 인터뷰가 끝날 때쯤 되었을 때 회사로 가서 그의 사진을 찍어오는 것이 그날 그에게 부과된 일과였다. 그는 앉은 채로 맞은편 벽에 걸린 거울을 들여다보았다. 머리와 옷매무새가 서로 잘 어울리게 흐트러지고, 어깨부터 허물어져내릴 듯이 앉아 있는 자신의 모습이 여느 날과 마찬가지로 생소하게 느껴졌다. 낯선 자신의 모습에 스스로 익숙해지고 있었던 것이다. 그는 거울에서 눈을 떼지 않고 침대 머리맡의 재떨이에 담배를 비벼 껐다. 거울 속에서 담배를 끄는 자신의 모습이 매우 어색하게 느껴졌다.

그는 이미 불이 꺼진 담배를 들고 다시 정면의 거울을 응시하며 몸만을 돌려 담배를 껐다. 역시 어색하긴 마찬가지였다. 그는 목욕탕으로 가서 면도를 했다. 비누를 칠하고 면도를 시작하는 거울 속의 모습도 역시 처음 면도를 하는 소년처럼, 혹은 무대의 조명을 부담스러워하며 서투른 연기를 하는 삼류 연기자처럼 어색하고 부자연스럽기 이를 데 없었다. 그는 거울 속을 깊숙이 들여다보며 자신의 행동을 반복했다. 그때 그에게 오래 잊혀졌던 기억의 한 토막이 떠올랐다. 그것은 막 물 밖에 내던져진 물고기처럼 그의 기억 속에서 물을 튀기며 퍼드득거렸다. 그는 다시 면도를 계속하면서 내내 군대에서의 그 기억을 되살렸다. 그는 늦은 나이로 군에 복무할 때 사소한 실수 때문에 한동안 고생을 해야 했었다.

그가 아파트를 나온 것은 두 시간쯤 후였다. 택시를 타고서도 그는 내내 그 생각을 했다. 그 기억은 잃어버렸던 과거에서 살아나온 오르페우스의 계시였다. 차가 회사 앞에 닿았을 때 그 생각은 이미 미지의 어떤 여인 앞에 이르러서 결심의 형태로 굳어져 있었다. 그는 속으로 생각을 정리하고, 각 조목을 하나씩 세밀하게 헤아렸다. 그리고 '부지런한 개가 먹이를 얻는다'는 구절을 기억해내었다가, 얼른 '개'를 '새'로 정정했다. 그는 이번 기회에 자신의 수동적인 무기력함을 씻어버릴 셈이었다. 그는 층계를 천천히 오르며 마음을 가라앉혔다.
 '과감하라, 신속하라, 정확하라.'
 그는 비서실을 통과하며, 두 명의 여비서들을 유심히 보아두었다. 나중에 다른 여자들과 구별할 수 있기 위해서였다. 인터뷰는 아직 끝나지 않고 있었다. 시간이 지체되어 이제 막 시작되었다고 김기자가 설명했다. 김기자는 한모씨로 짐작되는 사내에게 그를 소개했다. 그는 한회장의 새하얀 머리와 실내를 돌아보며 사진을 찍을 때 조명에 신경을 써야겠다고 생각했다. 한회장은 그의 인사를 받으며 여유롭게 웃었다. 한회장이 벌써부터 그의 어깨에 걸린 커다란 사진기를 의식하고 준비 운동을 하고 있다고 그는 생각했다. 사진은 어색해지지 않으려는 노력 때문에 어색해지는 법이었다. 다시 인터뷰가 시작되었다.
 "문제는 한국 경제의 당면 과제가 일방적인 관의 주도에 의해서나, 낮은 임금으로 저렴한 생산가를 유지하는 것 등으로써 해결될 성질……"
 그는 김기자의 옆에 조금 떨어져 앉아 더운 커피를 마셨다. 인터뷰의 내용은 문제가 아니었다. 그는 앉은 채로 출입문을 응시하고 있었다. 그 문을 들어서는 여자를 잡을 속셈이었다. 비서가 아니고 이 방을 출입하는 여자라면 여러 가지로 괜찮은 여자임에 틀림없을 것이었다. 그는 자꾸 허물어져내리는 용기를 부추겼다. 다방이나 음식점보다는 이렇게 무게 있는 분위기가 더욱 유리하기 때문이었다.
 그는 문이 열릴 때마다 잔뜩 신경을 곤두세웠지만 어떤 여자도 들어오지 않았다. 남자들만이 두엇 드나들었을 뿐이었다. 결국 그가 식어버린 커피 한 모금을 마저 마시고 막 잔에서 입을 떼는 순간 출입문이 열리고 한 여자가 들어섰다. 인터뷰는 거의 끝나가고 있었다. 그의 행동은 거기에서 그대로 멈추어졌다. 그는 커피잔을 든 채로 그녀의 얼굴에 초점을 맞추고, 머릿속에서 부리나케 계산을 하기 시작했다. 나이는 스물댓 정도, 외관상으로 틀림없는 미혼, 게다가 미인. 이미 주사위는 그의 손을 벗어났다.

여인은 등뒤로 조용히 문을 닫고는 숙여진 고개를 들어 실내를 돌아보았다. 그녀로 인해 방안의 행동들이 잠깐 정지되었다가 다시 계속되었다. 그는 용의주도하게 작전을 개시했다. 그녀의 시선을 그의 눈 속으로 빨아들이는 시도를 하려는 것이었다. 온 신경을 그녀의 얼굴 위에 집중시켜서 일단 그의 찌푸려진 미간과 양쪽 눈이 이루는 삼각 구도 속에 그녀의 눈길이 포착되며, 포충망에 걸린 날짐승처럼 벗어나지 못하도록 하려는 것이었다. 그녀는 가슴에 꽃을 안고 있었다. 몇 사람과 가벼운 목례를 치른 후, 그녀의 시선은 서서히 선회를 하다가 나방처럼 그의 시각 속으로 날아들었다. 그의 시선이 순간 움찔거렸으나, 그는 다시 시선을 그러쥐었다.

그의 눈빛을 바라보며 그녀는 커다란 두 눈을 원형에 가까워질 정도로 열고, 입술을 가운데로 모아서 약간 앞쪽으로 내밀었다. 그것이 그녀가 당황할 때 짓는 표정이라는 것은 쉽게 짐작할 수 있었다.

그는 사람들의 시선을 조명으로 받으며 아주 천천히 그 동안 준비했던 동작들을 연출하기 시작했다. 그는 경악 때문인지, 아니면 갑작스런 기쁨, 그도저도 아닌 일종의 분노 때문인지 남들의 눈으로는 잘 알 수 없을 표정을 얼굴 위에 모래알처럼 뿌려놓

앉다. 그는 그녀와 자신의 시선이 공중에서 팽팽하게 얽혀드는 것을 느끼면서도 시선을 풀지 않았다. 그는 반쯤 치켜든 얼굴과 뻣뻣하게 힘이 들어간 목줄기를 이완시키지도 않은 채 가슴까지 들려진 찻잔을 서서히 내렸다.

그는 신들린 듯한 몸짓으로 미리 가늠해두었던 지점의 찻잔 받침 위에 잔을 정확히 내려놓았다. 여전히 그녀에게서 시선을 떼지 않고, 꼬았던 다리를 풀고, 왼손으로 의자의 팔걸이를 짚으며 서두르는 법 없이 몸을 일으켰다.

그 동안 그녀는 그를 본 순간부터 더 발걸음을 옮기지 않고 있었다. 입 안이 보일 듯 말 듯 벌어진 그의 입술과, 바늘에 찔리기라도 한 듯 크게 벌어진 그의 눈망울을 들여다보고 있을 뿐이었다. 그녀는 아주 잠깐 한회장 쪽을 바라보았다가 이내 시선을 거두어들였다. 그는 혹시 여인이 한회장의 딸이 아닌가 하는 생각이 들었다. 그렇다면 거물을 건드린 셈이었다. 그러나 위험을 무릅써야 하더라도 이미 돌이킬 수 없는 상태였다.

여기서 그가 뒤통수를 긁으며 자신의 실수를 인정하면 모두의 빈축을 살 것이 틀림없었다. 그녀는 이 회사에서 꽃꽂이를 전문으로 하는 여자인지도 모르는 일이었다. 수선거리던 실내의 분위기가 그와 그녀의 시선의 싸움 때문에 냉랭하게 식어버렸다. 모든 움직임이 어느새 정지되었고, 김기자의 녹음기 돌아가는 소리만이 울리고 있었다. 그는 무대 위에서 자신의 연기에 취한 배우처럼 그 소리마저 들어서는 안 된다고 생각했다. 조그만큼도 어색하거나 부자연스러워서는 안 되었고, 멈칫거리지도 말아야 했다. 마치 예기치 않은 곳에서 도망친 아내와 맞닥뜨린 듯이, 혹은 옆에서 영사기가 좌르르 돌아가고 있는 듯이 행동해야 했다.

　그러나 그의 의지와는 상관없이 그는 흥분하고 있었다. 떨리는 것이 아니라 지나치게 혈액 순환이 빨라지고, 신진 대사가 활발해져서 그가 스스로를 잘 제어할 수 없는 상태였다. 그러나 예서 말 수는 없었다. 그녀의 시선의 힘에 꺾여서도 안 되었다. 동작이 무비 카메라에 포착이 되어 슬로 비디오로 다시 되돌려지듯이 그는 되도록 천천히 움직였다. 천천히 의자에서 하체를 떼고 몸을 일으켰다. 물론 절대로 그녀의 얼굴에 박아놓은 시선을 거두지 않고서였다. 안으로 눌러 담아놓은 흥분 때문에 관자놀이가 욱신거렸다. 침착해야 했다. 모르는 여인을 향해 사기극을 연출하고 있다는 것을 전혀 의식할 필요가 없는 것이다.

　아침에 체경 앞에서 몇 번을 반복해서 연습한 행동을 거울이 아닌 한 여자 앞에서 다시 한 번, 그리고 최종적으로 시행하고 있는 것일 뿐이다. 연기의 질에 대한 평가는 나중에 그녀가 내릴 것이었다. 그러나 그렇게 생각할 필요도 없었다. 그는 그녀를 잘 알고 있고, 그녀도 그를 잘 알고 있다고 생각하는 것이 나으리라. 아주 오래간만에 한때나마 서로 사랑했던 사람끼리 마주서 있다고 생각하는 것이 편할 것이다. 지금 그들이 서로 놀란 표정으로 바라보고 있는 것은 그 동안 숨겨져왔던 비밀이 터져버린 석류처럼 백일하에 드러났기 때문이다.

　사무실 안의 모든 것이 바로 그 순간에 포착된 스냅 사진처럼 혹은 영원히 한 동작만을 표출하도록 운명지어진 석고상처럼 빳빳하게 경직되어버렸다. 움직이는 것은 오직 그의 몸뿐이었다. 이제 그는 엉거주춤한 상체를 거의 펴고 무릎 위로 몸을 세우고 있었다. 그제야 사무실 안의 움직임이 서서히 되살아나기 시작했다. 사람들의 시선이 꼬물거리면서 그의 얼굴 위에서 발끝까지 오르내리다가 그녀의 얼굴로 옮아가서 잠깐 머무르고는 다시 그의 얼굴로 돌아오는 것을 반복하고 있었다. 그는 완전히 몸을 일으켰다. 그는 드디어 그녀 앞에 장승처럼 버티고 선 것이었다. 그러나 아직 아무도 그들 사이로 비집고 들지 못했다. 그의 눈빛이 편집광 환자를 연상시키기 때문이었을 것이다.

그녀는 맹수의 눈빛에 질려버린 가축처럼 꼼짝 않고 있었다. 그는 처음에 그녀의 시선이 자기의 양미간 사이에 머물렀을 때부터 절대로 그것을 놓치지 않고 있었던 터이라 그녀의 표정의 변화를 세세히 파악하고 있었다. 그가 찻잔을 놓고, 다리를 풀 때까지 그녀의 두 눈에서 아랫입술까지 드리워져 있는 표정은 단순한 당황감이었다. 그리고 그가 몸을 일으켜 눈의 높이가 그녀의 가슴에 매달린 액세서리와 같아졌을 때 그녀의 얼굴은 호기심으로 밝게 빛나고 있었다. 이윽고 시선이 목과 눈을 지나서 약간 아래쪽 경사를 이루며 그녀를 내려다보게 되자, 그녀의 얼굴은 곤혹감 때문인지 눈살이 몇 가닥 접혀 있었고 호기심을 지나 두려움에까지 닿아 있는 표정을 짓고 있었다.

아직 아무도 그들 사이에 이루어진 진공 상태에 뛰어들지 못하고 있었다. 아마 누구든지 유들유들한 미소와 중재하는 듯한 제스처로 두 분이 아는 사이였던가 운운하는 수작을 던져서 이 긴장을 여러 개의 얼음 조각으로 박살내어주었다면, 그녀는 그 사람을 고맙기 이를 데 없는 기사쯤으로 생각했을 것이었다. 그러나 주연 배우들을 지켜보는 조연들처럼 모두들 그와 그녀를 바라보고 있을 뿐이었다. 그녀는 카오스로 충만된 그의 눈빛을 견디다 못해 꽃을 내려다보다가는, 아직 꽃이 시들지 않고 있는 꽃꽂이대를 바라보고, 한회장 쪽을 힐끔거리고, 종국에는 다시 그의 눈빛에 이끌려들고 말았다.

그녀는 기억 속에서 그를 찾아내려는 헛된 노력을 하고 있음에 틀림없었다. 그는 남들이 눈치채지 못하도록 코로 숨을 끌어들여 가슴을 채웠다가, 역시 코로 은밀히 내뱉었다. 그녀는 내리쏟아지는 그의 눈빛에 후줄근하게 접어들고 있었다. 그는 준비된 각본의 다음 장을 넘겨보고는 이 긴장을 허물지 않고서 행동을 취할 수 있는 만반의 준비를 갖추었다. 공백이 길어서는 안 된다. 마지막에 가서 그녀 스스로가 이 긴장에서 벗어날 수 있는 기회를 주어야 한다. 상체를 약간 뒤로 젖힌 그녀는 경악과, 그 위에 덮쳐진 호기심으로 긴장의 정점에 이르러 있었고, 그는 그 나름대로 액체 상태로 응축된 현기증이 포화점을 훨씬 초과해 있었다.

그녀의 눈 속에서 그는 벌써 오래 전의 기억을 되살릴 수 있었다. 그날 그는 침상 끝에 발가락을 신중히 맞추고 서서 앞으로 매일 점호 시간만 되면 운명처럼 마주보아야 할 이일병(李一兵)의 검게 탄 얼굴을 빳빳하게 바라보고 있었다. 창밖은 매우 어두웠고, 천장의 두 개의 형광등이 바지직 소리를 내며 타들어가고 있었다. 잠시 후 복도에서 절도 있는 군화 소리가 들려 오고 인원 보고하는 소리가 발자국 소리처럼 쾅쾅 울렸다.

이윽고 중위 계급을 단 젊은 장교 한 사람이 내무반 앞에 버티고 섰다. 중위는 인원 보고를 받으며 벌써부터 그를 쏘아보고 있었다. 그는 중위의 시선을 옆얼굴에 받으며 터무니없이 후들후들 긴장하고 있었다.

그러나 그 긴장은 취침 점호 전에 M16을 닦을 때, 이미 그의 손끝에서 독버섯처럼 피어오르고 있었다. 중위는 오후 늦게야 귀대를 한 터이라, 아직 그의 신고를 받지 못한 터였다. 내무반장에 의하면 한동안 그의 중대에 새로 배치를 받은 신병이 없었다고 했다. 그리고 중위의 성격에 대한 귀띔을 미리 그에게 일러 주었었다.

그는 그런 이유 때문에 그토록 긴장이 되었다고 생각할 수는 없었다. 단지 그런 이유 때문만이라기보다 피부에 닿는 감각이 아직도 익숙하지가 못한 푸른색 군복과, 손바닥에 따끔따끔한 이질감을 느끼게 하는 자신의 머리를 상기할 때마다 더욱 커지는 피해 의식, 위축감, 그런 것들이 한꺼번에 그의 목을 죄어들었던 것이다.

중위는 내무반 안으로 걸어들어왔다. 그러나 애당초 중위의 목표가 바로 그라는 사실은 확연했다. 그는 아래쪽에서부터 흔들리기 시작했다. 훈련병 시절에도 그토록 익숙해지기가 어려웠던 것이 점호 시간이었다. 중위는 천천히 그의 앞으로 다가왔다. 중위가 그의 배를 찌르며, 관등 성명을 묻기 전에 어떻게 손을 써야 했다. 이렇게 가만히 서서 당할 수 없다는 생각이 들었다. 순간 그는 그곳이 군대 막사라는 사실을 상기했다. 그는 맞은편에 선 이일병의 눈에 그의 시선을 매달았다. 그러나 이일병은 그를 보고 있지 않았다. 침상 아래가 천길 만길 낭떠러지처럼 느껴지기 시작한 것이 그때였다. 긴장과 현기증 때문에 하마터면 그는 침상을 거의 내려설 뻔했다.

이 혼란의 와중에서 그는 시야의 한 귀퉁이에 이른 중위의 얼굴을 힐끔 보았다. 그런데 어처구니없는 일이 벌어졌다. 중위는 그가 잘 알고 있던 사람이었다. 이 기막힌 상봉에 그는 긴장이 갑자기 사라지고, 대신 무기력한 허탈감에 사로잡혔다. 다리에 힘이 풀려나가는 것을 느꼈고, 대신 그 자리에 극심한 피로가 메워졌다. 그는 무의식적으로 침상을 내려서고 말았다. 그리고 말했다.

"아니, 자네, 자네가 어떻게 여기서……"

갑자기 술렁거리는 내무반의 분위기 속에서 중위와 그는 똑같이 놀란 눈으로 서로를 쳐다보았다. 그러나 놀람의 이유는 각기 달랐다. 뒤늦게야 침상을 내려서 있는 자신을 깨달은 그는 그곳이 군대라는 사실을 다시 상기하고는 당황하기 시작했다.

그러나 문제는, 분명히 아는 사람으로 생각했던 중위의 얼굴이 그의 기억 속에 있는 친구들 중의 그 어느 얼굴과도 겹쳐지지 않는다는 데에 있었다. 분명히 눈에 익었다고 생각했던 중위의 작은 눈과 광대뼈를 그것과 흡사한 친구들의 얼굴에 필사적으로 연결시키려 했지만 소용없는 일이었다. 거울 속에 자기의 얼굴이 비치지 않는 것을 본 듯한 놀람이었다. 그러나 이미 늦어버린 후였다. 어쩔 수 없이 그는 알은체를 계속해야 했다. 그는 당황해하는 중위의 팔을 붙들고 반갑다는 듯이 흔들어댔다. 그렇게라도 하지 않으면 그는 쓰러져버릴 것 같았기 때문이었다.

물론 그는 부대에 배치된 첫날부터 고문관으로 지목되어 수난을 받아야 했다. 그러나 그날의 해프닝은 며칠 후에 엉뚱하게 발전이 되었다. 그가 초소 앞에서 보초를 서던 밤이었다. 어느새 다가왔는지 황(黃)중위가 그의 옆에 붙어 서서 나직하게 물었다.

"나와 꼭 닮았다는 자네 친구 이야기 좀 듣고 싶군."

"제가 그 자식을 잊을 수 없는 건 좀 특별한 이유 때문입니다. 자식이 내 마지막 학기 등록금을 챙겨갖고 날라버린 겁니다. 언젠가 만나게 되겠죠. 그때 제가 한번 대면을 시켜드리죠. 중위님도 아마 놀라실 겁니다."

그는 일부러 M16의 몸통을 잡고 있던 손을 풀어 주먹을 쥐어 보였다. 그는 어둠 속에서 자기의 주먹을 바라보고 있는 황중위의 입에서 나직한 신음 소리 같은 것이 흘러나오는 것을 들었다. 결국 황중위는 본의 아니게 그의 손아귀에 목 뒤쪽 가죽이 잡혀서 공중에 들려진 한 마리의 강아지가 되고 말았다. 그는 어둠이 허락하는 한에서 얼굴로 웃음을 웃었다.

공백이 길어서는 안 된다. 그는 발을 내밀어서 소파를 벗어났다. 그녀는 약간 몸을 뒤로 뺐다. 한편으로 그는 자기 얼굴을 주시하고 있는 방안 사람들의 표정을 헤아리고 있었다. 그의 왼쪽 시야의 아래에서 한회장이 몸을 일으키는 것도 염두에 두어야 했다. 사실 그가 긴장을 하는 것은 그녀 때문이 아니라 다른 사람들의 시선 때문이었다. 그들의 동태를 모두 머릿속에서 파악하고 있어야 했기 때문이었다. 이제는 놀란 표정을 끌러도 좋다. 대신 단호하고 무게 있는 표정을 지어야 한다.

그는 몇 발자국을 더 움직여 그녀의 앞에 섰다. 잠시 그녀의 눈을 들여다보다가 손을 뻗어서 그녀의 가는 팔을 잡았다. 왜 이래요, 라는 식의 저항이 손에 느껴졌다. 다행히 그녀는 아무런 말도 하지 않았다. 그는 손을 풀고 약간의 분노의 표정을 얼굴 위에 떠올렸다. 그리고 드디어 입을 열고 끊어지듯이 딱딱하게 말했다.

"밖에서 기다리고 있겠어."

당혹감이 그녀의 턱을 얼어붙게 했던 모양인지, 그녀는 그저 그를 올려다볼 뿐이었다. 그는 빠른 걸음으로 사무실을 나서서 비서실을 지나 복도에 나와 섰다.
 한바탕 무언극을 치러낸 기분이었다. 그는 주머니를 뒤져 담배를 꺼내 물었다. 뿌듯한 충만감이 가슴을 압박했다. 그녀는 분명히 나올 것이었다. 일단 나오기만 하면 되었다. 그녀와 닮은 가공의 인물을 등장시켜 그녀를 압도할 계획이 딱 짜여져 있었기 때문이었다.
 그는 사무실 안의 동정을 생각했다. 긴장이 풀린 사무실 분위기. 그녀의 어처구니없다는 몇 마디 말. 각자가 한마디씩 내뱉는 말들. 꽃을 탁자에 내려놓고 화가 난 듯이, 따지겠다는 듯이 사무실을 나서는 그녀의 모습.
 그는 두번째 담배를 피워물었다. 그러나 그 담배마저 다 타들어갈 때까지 그녀는 나오지 않았다. 그는 사진기와 여인을 모두 두고 나와버린 사무실 쪽을 망연히 바라보았다. 객기, 진퇴양난, 빈 복도, 꽁초, 그는 담배를 발로 밟으며 바싹 타들어간 입술로 중얼거렸다.
 "개 같은."   〔1981〕

타임 킬링

그는 어둠 속에서 팔목을 걷고 손가락 끝으로 더듬어서 전자시계의 맨 아래쪽 단추를 눌렀다. 이미 전지를 한 번 갈아 끼웠던 터이라, 그 시계를 차고 다닌 지가 햇수로 얼마나 되는지 기억나지 않을 정도였지만 시간은 그런대로 지키는 편이었다. 그러나 제 수명의 막바지에 거의 이른 탓인지, 시계의 숫자판을 밝히는 라이트는 세번 네번 거듭 단추를 누른 후에야 불이 켜졌다. 하지만 그가 팔을 들어 눈 가까이에 시계를 들이대고 막 시간을 읽기 바로 직전, 잠시 방심한 사이에 깜박 밝아졌던 전구가 다시 꺼져버렸고, 시계의 겉유리에는 앞쪽에서 비쳐지는 희미한 빛의 음영과 천장에서 떨어지는 전등의 빨간 빛 덩어리가 떠올랐다.

그는 종전의 수고를 다시 몇 번이나 거듭한 후에야 간신히 시간을 알 수 있었다. 아직 사무실로 돌아가기에는 다소 이른 시간이었다. 이곳에서 두 시간 정도가 다소 수월하게 깨어져나간다 하더라도, 등판을 떼밀어서라도 보내버려야 하는 시간이 여전히 두어 시간이나 남아 있다는 사실은 그로 하여금 시간이라는 것에 이물감(異物感) 내지는, 일종의 거추장스러운 착용감을 느끼게 하기 시작했다. 이전까지 시간이 부담스러운 하중으로 느껴진 적이 간혹 있긴 했지만, 언제인가부터는 시간은 벗어버릴 수 없는 등짐이나 맨살에 붙어버린 불쾌한 감각의 이물질이 되어버린 것이었다. 그것이 연체 동물의 빨판처럼 그의 팔다리에 흡착되어 떨어지지 않았다.

시간은 이제 그가 앉아 있는 딱딱한 의자의 반란을 일으켜 엉덩이에 고통을 가하기 시작했고, 또한 그것은 실내의 잡다한 냄새들, 마치 모든 종류의 색상들이 한데 뒤섞이면 혼돈의 검은색이 되어버리듯이, 오랜 시간 동안 서서히 얽혀버린 온갖 종류의 냄새들이 그의 콧잔등을 자극했다. 그러나 지금 그는 추운 한겨울에 난방 시설도 제대로 갖추어지지 않은 삼류 영화관의 오른쪽 귀퉁이에 앉아서 오히려 눅눅한 습기를 느끼고 있었다.

시간은 그에게 다른 무엇보다도 축축한 끈적거림이었다. 그것은 그의 등허리나 아랫배의 군살 위에서 땟국물의 흔적을 이루고 있거나, 땀 때문에 살이 짓물러지는 무릎의 안쪽이나 겨드랑 등의 여린 살 속에 파고들어 만성 피부염을 유발시키고 있었다. 그것은 긁을 때에만 순간적인 쾌감이 주어졌고, 거의 동시에 더욱 거센 가려움이 수반되었다. 가려움증은 긁자고 들면 한이 없는 법이었다. 다시 말하면 한낮의 권태로운 시간을 보내기 위해 미적지근한 맥주를 마시고 비몽사몽의 낮잠을 자고 나면 그날 밤에는 더욱 절실한 무위(無爲)의 고통에 개미굴 속으로 들어가 누운 듯한 불면증까지 첨가되는 것과 마찬가지였다. 그는 실내의 냄새들, 혹은 시간의 습기 찬 끈끈함을, 아니 그것들보다는 온몸의 살가죽을 들고 일어서는 듯한 가려움을 떨쳐버리기 위해

허리에 힘을 주고, 물에서 막 뛰어나온 푸들처럼, 머리카락에서 발끝까지 몸 전체를 거세게 추슬렀다. 그러자 놀랍게도 엉덩이에 못박히던 권태의 고통이 잠시나마 꼬리뼈 부분을 통해 밖으로 빠져나갔다.

 그는 고개를 들어 흐릿한 화면으로 눈길을 옮겼다. 그에게는 화면이 흐린 이유가 관객들이 포도 압착기를 닮은 엉덩이로 깔아뭉개는 시간의 주검이 수증기처럼 실내를 가득 채웠기 때문으로 여겨졌다. 화면은 퍼런 계곡 사이로 흐르는 개울을 침침한 색조로 그려나가고 있었다. 잠시 산허리를 감고, 흐르는 듯 멈추어 있는 안개가 깊은 산중의 그윽한 경관을 보여주는 듯하다가, 이내 새소리가 그쳐버리고 화면의 전면에 삿갓을 쓰고 낚싯대를 드리우고 있는 젊은 사내의 상체가 클로즈업되었다. 삿갓 밑으로 날카로운 두 눈이 꿈틀거리는 시커먼 눈썹과 함께 번득이며 움직였다. 주위에서 심상치 않은 살기를 느꼈음에 틀림이 없었다. 그때 사내의 예감대로 그의 주위로 검푸른 옷에 칼을 한 자루씩 든 검객들이 뛰어들었다. 그들은 모두 다섯에 달했다.

 그러나 낚시꾼의 자세에서는 한 올의 흐트러짐도 엿보이지 않았다. 다섯 사내들은 자기들끼리 몇 마디 수작을 주고받고는 소리를 내지르며 주저 없이 오방(五方)에서 그를 향해 덤벼들었다. 순간 낚시꾼의 몸이 바위 위로 풀쩍 도약하였고, 동시에 그가 물에 담그고 있던 낚싯줄이 뱀의 혀처럼 허공을 날아올라 맨 먼저 칼을 앞으로 하여 뛰어들던 사내의 몸 속에 깊이 박혔다. 그 사내는 비명을 지를 사이도 없이 낚싯줄에 매달려 허공에 떠올랐다가 물 속에 거꾸로 처박혔다. 나머지들은 멈칫 몸을 움츠렸지만 곧 칼을 다시 꼰아잡고 놀라움을 감추려는 공허한 기합 소리로 기세를 올리며 달려들었다.

　화면 속에는 다시 격렬한 칼부림이 시작되었고, 실내의 딱딱한 의자 밑, 담배 꽁초와 먼지가 가득한 음습한 곳에까지 과장된 칼 부딪치는 소리와 옷깃이 일으키는 바람 소리가 가득 찼다. 그때 관객석에서 다리를 꼬고 앉아 있던 그는 화면에서 다섯 사내들의 얼굴이 서로 정신 없이 교차되는 순간을 가르고 조금 전부터 한 사내의 모습에 시선을 얽어매고 있었다. 그 사내는 결국 낚시꾼의 뒤에서 장검을 쳐들고 내리치려다가 어느새 상대방의 겨드랑 사이에서 뒤쪽으로 튀어나온 칼날을 가슴에 받고 앞으로 고꾸라졌다. 나머지 세 검객들도 차례로 쓰러져갔고 잠시 후에 화면과 실내에는 정적이 엄습했다. 낚시꾼은 다섯 장의 이파리가 달려 있는 나무 줄기를 엄지와 검지로 훑어버린 것이었다.

　그는 꼬았던 다리를 풀고 상체를 조금 일으켜서 의자의 썰렁한 등받이에 허리를 가져다 댔다. 그러나 그가 잠시나마 화면에 몰두한 것은 화면에서의 작위적인, 하지만 어느 정도 통쾌한 액션 장면 때문이 아니었고, 더욱이 어떤 섬뜩함 때문도 아니었다. 그는, 허탈한 듯이 고개를 숙이고 서 있는 낚시꾼의 모습에보다는 그의 등뒤에서 가슴에 칼을 맞고 넘어진 사내의 반쯤 물에 잠긴 모습에, 그저 아직 무어라고 규정할 수 없는 감정의 공백 상태 속에서, 오랫동안 시선을 주고 있었다. 그의 몸에서 흘러나오는 피가 개울물을 붉게 물들였다. 무협영화 한 편에 수도 없이 등장했다가 방바닥에 떨어진 머리카락처럼 쓸려나가는 단역(端役)들 중의 어느 하나에 그토록 시선이 쏠렸다는 것은 그가 생각해도 이상한 일이었다. 그는 자신의 낯선 감정을 더듬으면서 어디엔가 터져 있을 입구를 찾기 위해 한동안 그 주변을 서성거렸다. 그가 그토록 관심이 끌렸던 것은 아마도 그 사내의 행동의 어설픔과 거기에 어울리지 않는 나름대로의 표정의 터무니없는 진지함이 빚어내는 불균형 때문이었는지 모르는 일이었다.
　그는 다시 엉덩이를 앞쪽으로 빼서 의자의 끝에 걸고 상체를 뒤로 눕혀 의자 속에 깊이 파묻었다. 그는 사내의 모습을 볼 때 그 측은할 정도의 심각함 때문에 웃음이 터질 듯했으며, 반면에 코미디언의 하체를 연상시키는 어수룩한 연기 때문에 착잡할 정도로 우울해졌었다. 사내는 여전히 얼굴을 물 속에 박은 채로 물거품 하나 떠올리지 않으면서 엎어져 있었다. 그때 불현듯 사내의 얼굴을 다시 한 번 보고 싶은 열망이 술 취한 때의 객기처럼 그의 속에서 번져나갔다. 언뜻거리며 지나치는 단역들의 얼굴은 때로 엷은 천으로 가려진 여배우의 알몸처럼 그로 하여금 오래 들여다보고 싶은 욕망을 자극하는 경우가 있었다. 가능하다면 물에 젖은 사내의 머리카락을 손아귀에 몰아쥐고 얼굴을 쳐들어서 들여다보기라도 해야 했다. 무언가 다시 확인해보고 싶은 것이 있었기 때문은 아니었고, 그것은 단지 그들의 얼굴들이 자세히 바라보기 전에 사라져버린다는 그 이유 때문이었다. 그러나 이번 경우에는 그 사내의 얼굴이 얼핏얼핏 화면을 스칠 때 그는 사내의 오른쪽 윗입술에서 선명한 검은 점을 보았던 것 같은 생각이 들었다. 그러나 당연한 일이었지만 그의 맹목적인 바람에도 불구하고 화면은 번잡한 저잣거리로 옮겨지고 있었다. 노점상들의 시끄러운 소리가 중국 사람들에게서 간혹 발견되는 수다스러움을 재현하고 있었다.
　그는 주머니 속의 손을 빼내어 어둠 속에서 그의 꺼칠한 오른쪽 윗입술을 더듬었다. 손끝에 만져지지는 않았지만 점은 오늘 아침에도 보았듯이 흉터처럼 그곳에 선명하게 남아 있을 것이었다.
　그는 언제나처럼 영화관에 들어온 사실을 서서히 후회하기 시작했다. 차라리 여인숙의 구석방에서 눅진한 낮잠을 자거나, 술집에서 위장에 각을 지게 할 소주를 홀짝거리는 편이 훨씬 나을 듯하다는 생각 때문이었다. 영화 속에는 현실과는 다른 면으로 그를 압박하는 것들이 있었다. 그것은 일정한 시간을 간격으로 하여 죽어 넘어지거나 스쳐지나가는 엑스트라들이었다. 그것은 마치 그가 바깥에서 죽여 없애는 시간의 입자들처럼 맥없고 공허했다. 그러나 좀전에 화면에서 사라진 사내의 모습은 전례가 없을 정도로 그의 망막에 오래 살아남아 있었다.
　이윽고 극(劇)은 거의 마무리 단계에 이르고 있었다. 그때 이미 그는 극의 전반적인 줄거리를 파악할 수 있었다. 늙은 방물장수의 허름한 꾸러미 속에 들어 있는 내용물들은 뻔했다. 그것은 조금 과장해서 말하면 포르노 영화의 사건 전개를 위한 구성과 별다를 바가 없었다. 그 줄거리는 사실 현란한 액션을 적절히 배합하기 위한 단순히 장식적인 것에 불과했다. 대중소설이 간간이 정사(情事) 장면을 삽입하여 그것들을 마치 요소요소에 배치된 핵(核)처럼 사용하듯이, 이 극 속에서는 사건이나 갈등이 계속 연결되는 것이 아니라 일련의 폭력 장면들이라는 줄기에 잡다한 잎새들이 붙어 있는 형국이었다.
　그러나 어쨌든 극의 내용──내용이라기보다는 차라리 배경이라는 말이 더 잘 맞아떨어질 것이었다──은 다음과 같이 요약될 수 있었다.
　장소는 중국. 시대는 17세기, 명말 청초(明末淸初). 중국 본토를 거의 장악한 청조에 대항하여 강남을 중심으로 한 명의 유민들과 타이완의 정성공이 결탁하여 명의 복원을 꾀하기 위해 최후의 발흥을 시도하던 때였다. 그러나 그들에게는 자신들이 한족(漢族)의 진정한 후예라는 정통성이 결여되어 있었다. 즉 그들에게는 명의 왕통을 이어나갈 후계가 없었던 것이다. 따라서 한 사람 남아 있는 명의 왕손을 데려다가 황제로 옹립하는 것이 가장 시급히 선결할 문제였다. 그들이 신중히 이 계획을 위한 모의를 꾀하던 중, 드디어 왕손의 신변이 확보되었고, 남은 문제는 그를 호위하여 청나라 군사들의 삼엄한 포위의 그물을 찢고 데려오는 일이었다. 그리고 그 과업은 당시에 무술의 정통적인 본산(本山)이었으며 명을 지지하던 소림사(少林寺)에 맡겨졌던 것이다.

그러나 이상의 내용은, 이미 언급했듯이, 이 영화를 성립시키는 뼈대에 불과했고, 실제적인 줄거리라는 것은 그에 비해 무척이나 단순했다. 소림사에서 무술이 뛰어난 고수들 중에서 열 명이 선발되고 그들은 각기 밀명을 받은 후에 각지로 흩어진다. 즉 그들의 우두머리 격인 주인공은 우선 왕손을 만나서 그를 옹위하여 강남으로 향한 도정에 오르고, 그들 둘이 지나는 길목에 나머지 아홉 명의 소림사 고수들이 민간인으로 변장하고 숨어 있다가, 추적해오는 청의 군사들을 막아내거나 그들의 포위망을 뚫는다는 것이었다.

이제 영화는 단속반에 쫓기는 노점 상인처럼 서둘러서 보따리를 싸기 시작하고 있었다. 그러나 대부분의 무협영화가 그러하듯이 당연히 해피 엔딩의 결말이 이루어지거나 조금 멋을 부린다면 주인공이 장렬히 전사하는 것으로 끝날 것이 애초부터 불을 보듯 환했지만 정작 실상은 그의 기대에서 완전히 벗어나버렸다.

왕손 일행이 거의 목적지에 이르렀을 때는 열 명 중에서 셋만이 살아남아 있었다. 그때 그들은 청의 군사들에게 완전히 포위되는 위기를 맞는다. 상황이 상황인지라 그들은 수세에 몰리다가 주인공을 제외한 나머지 둘이 죽임을 당하고 왕손은 체포된다. 홀로 남은 주인공은 왕손을 구출할 기회를 노리다가 그를 추격해온 적의 대장과 마지막 혈전을 치른다. 그러나 지칠 대로 지쳤고 상처까지 입은 그는 혼신의 힘을 다하지만 힘이 적에게 미치지 못한다. 적은 의기양양한 태도로 쓰러져 있는 그에게 한발 한발 다가서기 시작한다.

다른 관객들과 마찬가지로 그도 적이 오히려 거꾸러질 것이 자명한 마지막 장면을, 그러나 어느 정도 긴장과 조바심을 태우며 기다리고 있었다. 그는 주인공이 마지막으로 몸을 솟구쳐 적의 두개골을 부수어뜨리리라는 것을 믿어 의심치 않았으나, 스스로 의식하지 못하는 사이에 주인공이 이겨주기를 바라고 있는 자신을 발견했다. 그것은 주인공이 이겨주는 편이 여러모로 훨씬 편할 듯하기 때문이었다. 적이 수도(手刀)로 정면 공격을 가하자 가까스로 땅바닥에서 일어서던 주인공은 다시 뒤로 넘어졌다. 그는 입 안이 텁텁할 때 쩝쩝 입맛을 다시듯이 주머니에서 손을 꺼내 손가락을 폈다가 접는 일을 몇 번 되풀이하였다. 상황에 뛰어들 수 없고 사태의 추이를 그저 지켜보는 수밖에 없을 때 그가 자주 하는 버릇이었다.

그때 썰렁한 실내에 난데없이 영화가 끝났음을 알리는 종소리가 요란하게 울리기 시작했다. 이토록 한랭하고 무미건조한 장소에서 이제 그나마 영화 속에 조금은 몸을 맡길 수 있었던 그는 다시 딱딱한 의자의 고통이 엉덩이에 따갑게 느껴져서 바닥에 굴러떨어질 듯한 현기증을 느꼈고, 새삼스레 코를 맵게 하는 실내의 악취 때문에 잔기침을 몇 번 해야 했다.

그러나 그는 누군가가 시간을 잘못 알고 실수로 종극(終劇)을 알리는 종의 스위치를 눌렀을 것이라 생각하고 설마 이대로 영화가 끝나지는 않으리라고 믿으려 했다. 화면에서는 여전히 고전을 치르는 주인공이 입에서 피를 흘리며 일어서고 있었다. 그때 천장에 설치된 전등불이 앞에서부터 하나씩 차례로 켜지기 시작했다. 주위가 환히 밝아지자 화면은 더욱 흐릿해지고 더러워졌다. 여기저기에서 웅성거리는 항의 소리가 일어났으며, 그도 몸을 앞으로 당겨서 어이없는 표정으로 주위를 돌아보다가는 다시 화면을 바라보았다. 이번엔 주인공이 적에게 몸을 날렸으나 오히려 역습을 당하고 또다시 땅바닥에 거꾸로 넘어졌다. 적의 웃는 얼굴이 화면 전체에 가득 메워졌다. 그때 객석 여기저기에서 아랫입술로 내는 휘파람 소리가 몇 번 일어났다.

그러나 마치 그것마저 일축시켜버리려는 듯이 이층에서 화면으로 보내지던 빛의 흰 줄기가 끊어졌고 몇 개의 전등까지 켜져서 실내는 완전히 환해졌다. 사람들이 일어서서 조금 전까지 영사막을 비추던 이층의 영사실을 올려보다가 고개를 돌려 이제 흰색 여백으로 남겨진 화면을 바라보는 일을 번갈아 하고 있었다. 서로 구별되지 않는 무관심한 나태를 주위에 뿌려놓고 앉아 있던 그 자신도 이곳이 아무리 변두리 삼류 극장이지만 소위 위기 일발의 순간에 극적인 역전극은 고사하고, 순전히 제한된 상연 시간 때문에 멋대로 극의 흐름을 끊어버린 극장측의 처사에 불쾌감을 느끼기 시작했다.

그는 밝아진 실내를 돌아보며 시루떡에 박혀 있는 대추처럼 드문드문한 사람들의 머릿수를 헤아렸다. 그가 이곳에 들어왔을 때는 이미 영화가 반 이상 시작된 이후인 데다가 화면 자체가 침침해서 실내가 너무 어두웠고, 더욱이 나쁜 시력 탓으로 앞쪽에 앉아 있어서 관객들의 숫자를 전혀 가늠할 수 없던 터였다. 그들은 고작해야, 이곳을 놀이터로 삼고 층계를 뛰어다니는 아이들과, 낮술을 몇 잔씩 걸친 듯한 일단의 젊은이들, 삼삼오오 모여 앉아서 직업이라도 드러낼 셈인지 껌을 씹어대는 여인들이 전부였다. 잠시 동안의 소음은 모두 그들이 일으킨 것이었다.

그는 다시 의자 속에 깊숙이 파묻히며 손목을 걷고 시계를 보았다. 시계 앞판이 여윈 손목을 반 바퀴 돌아서 손바닥 쪽으로 향해 있었다. 숫자판에 씌어진 아라비아 숫자의 컴퓨터식 레터링은 여간해도 그의 눈에 익숙해지지 않았기 때문에, 그는 한참이나 눈을 들이대고 있어야 했다.

점점 실내의 분위기가 가라앉고 몇 명 되지 않던 관객들 중에서 또 몇이 자리를 뜨자 극장 안은 더욱 황량해지기 시작했다. 들개 몇 마리가 객석 사이를 어슬렁거린다면 더욱 적격일 듯했다. 그러자 그의 불쾌감도 가상의 짐승들이 떼어놓은 발걸음에 따라 서서히 묽어지기 시작했다. 그는 그저 당혹감을 느끼며 표정을 바꾸지도 않고 코로 쿡쿡쿡 웃기 시작했다. 그리고 그는 이건 결국 대단한 전위극이라는 생각을 하며 느슨해진 고무줄처럼 즐거워지기 시작했다. 애초부터 열세에 몰려 고초를 겪던 주인공 일행이 일방적으로 당하다가 영화가 끝이 났고, 더구나 대의명분까지 가지고 있던 그들의 의거가 수포로 돌아갔으니 이러한 과감한 대단원을 도입한 극장측의 의도는 사실 현대의 부조리극을 닮은 전위적 수법과 다를 바가 없다고 할 수 있을 터였다. 마음만 먹는다면 그것에 대한 의미 부여가 얼마나 많이 가능할 것인가.

그는 다음 회를 끝까지 다 보아야겠다는 결심을 굳혔다. 그러나 엄밀히 말하면 그러한 결심의 이유는 영화의 결말에 대한 호기심, 주인공이 여하한 계기로 힘을 되찾고 여하한 수단으로 적을 넘어뜨릴 것인가 하는 궁금함 때문이 아니었다. 그것은 그처럼 아무래도 상관이 없는 성격의 것이 아니라 영화가 다음 번에는 끝까지 상영될 것인가, 아니면 이번엔 어느 부분에서 잘려버리고 말 것인가, 그리고 그때의 관객들의 태도는 어떠할 것인가를 알고 싶은 극렬한 심리 상태의 발로였다.

그러나 그의 심중에는 더욱 절실한 이유들이 도사리고 있었다. 아직 보내야 하는 많은 시간에 비해 이곳을 나가봐야 갈 곳이 없다는 것이 그 하나였으며, 조금 전에 계곡에서 죽어 넘어지던, 어딘가 낯이 익은 듯한 엑스트라의 얼굴을 다시 한 번 확인해보고 싶은 것이 그 두번째였다. 하지만 그는 이러한 이유들이 결국은 스스로 그 자신을 이 영화관에 오래 눌러 있게 하려는 수단으로서의 정당화에 불과하다는 것을 내심으로 절감하고 있었다. 그는 앞자리에 두 발을 걸쳐놓고 양쪽 어깨가 맞닿을 정도로 상체를 죄었다.

영화관에 불이 들어온 이후에 그가 발견했던 특이한 점의 하나는 난로였다. 아무리 삼류 극장이라 하더라도 일층의 한쪽 귀퉁이에 난로가 놓여져 있고 연통이 교묘히 이층 객석을 피하여 높은 천장에까지 뽑아올려진 것을 보는 것은 그에게는 처음 있는 일이었고, 조금은 인상적이기까지 했다. 어쨌든 그는 이러한 희한한 경험 탓에, 식용유를 한 컵 들이켜고 난 듯이 조금은 누그러지고 느긋해지는 자신을 느꼈다. 권태가 조금은 덜 절실하게 느껴진다는 증거였다.

난롯가에는 껌을 소리내어 씹어대는 여인들과 머리를 목 뒤까지 기른 사내들이 모여서 즉석 미팅을 이루고 있었다. 그들의 필요 이상으로 요란한 웃음 소리가 연통에 감겨진 철사를 타고 높이 치솟아올랐다. 한낮에 이런 좁은 공간에서 같이 시간을 보낸다는 연대감과 난로가 이루어주는 원형의 모임이 그들 모두를 스스럼없이 연결시켜주고 있었다. 여인들은 때때로 교태스러운 몸짓을 했고, 사내들은 속이 텅 빈 대나무 줄기처럼 뻣뻣하게 서 있었다.

한기가 소맷부리 사이로 스며들어 온몸을 떨리게 했지만 그는 난롯가에 가고 싶지 않았다. 이미 그들과 한배를 탄 처지에 잡인들 틈에 끼여 손과 엉덩이를 들이밀고 싶지 않다는 고고함 때문이 아니라 그것은 단지 그의 지금 자세를 풀고 일어서서 그곳에까지 다가가는 과정의 번거로움 때문이었다. 그는 더욱 어깨를 죄고 허벅지를 밀착시켰다. 잠시 동안 잊고 있었던 시간의 고통이 다시 활발한 세포 분열을 하기 시작했다.

시간을 수월하게 보낼 수 있기 위하여 죽치고 있는 이런 장소에서 맞이하는 잠깐 동안의 무료함은, 잠복기를 거친 세균처럼 바깥에서 겪는 것보다 몇 배 더 극심한 고통을 불러일으키는 법이었다. 성능이 좋지 않은 스피커에서는 유행가 가락이 오래 써먹어서 비가 내리는 영사 필름처럼 잡음에 섞여서 간신히 이어져나오고 있었다. 그는 점점 이전에 수월하게 보낼 수 있었던 시간의 하중까지 온몸으로 떠받들어야 했다. 간헐적으로 그의 마음의 벽에 부딪혀 떨어지는 갖가지 추억들은 오로지 이 순간의 권태를 강조하는 듯했다. 쾌락의 필수 조건이 되는 시간이 일단 독소로 화하면 그 고통의 양은 쾌락보다 훨씬 엄청나다는 사실을 그가 너무 오래 잊어왔었던 것에 대한 보복이라고 할 수도 있었다.

 이제 저녁 어스름이 지나고 소태처럼 씁쓸한 어둠이 깔리면 그는 '하면 된다' 식(式)의 열 개나 되는 구호가 적혀진 현판을 보기 위하여 사무실로 돌아가야 했다. 그가 처음 B사(社)에 입사해서 일주일 간의 교육을 받았을 때는 자신의 가능성에 대한 극히 소극적인 믿음을 얻고 스스로 감격할 수 있었다. 그가 여러 회사들을 전전하다가, 끝내는 적성과 상관없이 B사에 들어가게 된 동기는 그곳이 다른 회사와는 달리 세일즈맨을 중심으로 운영되고 있었고, 특히 대학 졸업자 이상만을 선발한다는 규정 때문이었다. 그것은 어느 정도 그의 초라한 자존심의 한구석을 만족시켜주었던 것이다. 하긴 그곳은 물품을 들고 팔러 다니거나 구독 신청을 받아내는 세일과는 다른 성격을 가지고 있었다. 본사를 미국에 둔 한국 지점인 B사는 고객들을 회원으로 모셔서 그들에게 회사의 여러 시설을 사용할 수 있는 권리를 부여했고, 물론 여러 가지 품목을 세일하기도 했다. 일단 회원이 되면 한 달에 한 번씩 일정한 기간 동안 은행에 돈을 불입하면 되는 것이었다.

 처음에 일주일 간 하루에 여섯 시간씩 꼬박 앉아서 교육을 마치고 났을 때는 그 자신도 다른 세일즈맨과는 다른 일을 하게 되리라는 교묘히 은폐된 긍지를 가질 수 있었고, 그러자 스스로 놀랍게도 그것은 소위 사명감이나, 자신의 정신적·신체적 노동력을 공히 사회에 투입시킴으로써 얻어지는 진정한 대차 관계라는 의미로까지 과장되었다.

그가 삼 일 동안의 정신 교육과 세일의 요령, 다시 삼 일 동안 물품 설명과 회원 가입시의 특혜에 대한 강의를 듣고 나서, 파란색과 노란색의 두 가지 입회 용지, 즉 오더order지가 들어 있는 공공칠 가방을 들고 거리에 나왔던 것은 거의 이 주일 전이었다. 그 가방은 교육이 끝나던 날 이층의 사무실에서 미리 와 기다리던 가방 회사의 판매 부장에게 다른 동료들과 함께 단체로 주문한 것이었다. 대차 관계는 도처에서 발견되는 것이었다. 어쨌든 거리에 내몰린 미아처럼 막막했던 그때의 기분과, 비록 그가 직접 물품을 만지는 것이 아니라 오더지만을 갖고 회원 가입을 설득한다 해도 결국 그것도 효과적인 상술이란 명목으로 개발된 새로운 세일에 불과하다는 낭패감을, 그는 가방의 무게로 간신히 상쇄해나갈 수 있었다.

매일 아침저녁으로 사무실에서의 모임이 있었고, 그 첫날 저녁은 회사 전체가 아이스 브레이크를 해낸 사원들에 대한 축하로 떠들썩했다. 커다란 얼음 덩어리는 처음에 깨뜨리기 시작할 때가 어려운 법이고 일단 깨지기 시작하면 손쉽게 갈라져버리듯이, 그 회사의 신입 사원이 처음으로 고객을 회원에 가입시켜 오더지를 받아오는 것을 아이스 브레이크라는 용어로 부르는 것도 그곳에서 얻은 지식이었다. 770지역에 소속된 열다섯 명의 사원들이 교육받은 대로 회원 가입의 용지를 가지고 거리로 나선 후 저녁 일곱시에 다시 사무실에 모였을 때, 그들 중 여덟 명이 아이스 브레이크를 해냈었다. 지역장으로부터 그들에 대한 거창한 치사(致辭)가 있었고 나머지 일곱 사람들은 우울한 기분으로 그들에게 축하하는 박수를 보내야 했다.

그는 그날 아침 일찍 회사에 들렀다가 거리로 나와 헤매면서 성과는커녕 오히려 허벅지 근육만을 잔뜩 늘어뜨렸다. 그리고 점심 시간이 훨씬 지난 후에는 모든 것을 포기한 상태로 목욕탕에 들어가 늘어지게 낮잠을 잤다. 시간에 비례하여 끼는 때는 그의 온몸 구석구석에서 허옇게 밀려나왔다. 시간은 일종의 때에 다름아니었고, 때는 심지어 시간을 가늠하는 척도일 수도 있었다.

목욕탕을 나섰을 때는 이미 회사로 돌아가야 할 시간이었다. 결국 그는 여덟 명의 동료들을 위해 묵은 때를 벗겨서 고와진 손으로 박수를 쳐야 했다. 그리고 그들과 함께 교육받은 대로 B사의 구호를 지역장의 구호에 따라 소리 높여 복창해야 했다. 상황은 다음날도 마찬가지였고, 그 다음날도 역시 마찬가지였다. 그로서는 도저히 낯선 사람 앞에서 다른 동료들처럼 다짜고짜로, 축하합니다, 이제 사장님께서는 저희 B사의 무진장한 자료를 거의 무료나 다름없는 비용으로 이용하실 수 있는 기회를 얻으신 것입니다, 이런 훌륭한 시설과 자료를 이제야 소개하여드리게 되어 죄송합니다, 그 동안 제가 조금 바빴거든요, 라고 말할 수는 없었다. 일주일 정도가 지났을 때 그가 얻은 것이라고는 무료한 시간을 쉽게 보낼 수 있는 장소, 즉 목욕탕이나 영화관, 일요일의 경마장, 그리고 때때로 TV 공개 방송의 방청석 등의 파악이었다.

그때쯤에는 나머지 일곱 중에서 둘이 더 아이스 브레이크를 해냈고 그를 제외한 넷은 스스로 포기한 것인지 사무실에 얼굴을 내보이지 않았다. 그래도 그는 아침저녁으로 사무실에 들르는 일을 거르지 않았다. 그러나 그것은 미련 때문은 아니었다. 언젠가는 그도 아이스 브레이크를 하리라는 희망이 그에게서 사라진 지 이미 오래였다. 그렇다고 해서 특히 각별했던 지역장의 격려 때문도 물론 아니었다. 그가 이제까지 B사에서 주급(週給)을 한 푼도 받지 못하면서 버티고 있고, 오늘도 저녁에 시간 맞추어 사무실에 들르려 하는 것은 그와는 다른 미묘한 심리적 동기가 있었다. 지역장은 그와 먼 인척 관계가 있었던 터이라 매일 저녁 그에게 다가와 한두 마디씩 그를 위로하는 말을 하곤 했다. 그러나 그는 자신의 자격지심 탓인지는 알 수 없어도, 지역장의 말 속에 검푸른 이끼처럼 끼어 있는 경멸의 습기 찬 냄새를 맡곤 했다. 그는 차라리 지역장이 솔직한 얘기를 털어놓기를 기대하고 있었다. 말하자면 그는 지역장에 대항한 미묘한 승부욕에 집착하고 있었다. 언젠가는 지역장으로부터, 자네는 아무래도 가능성이 없는 듯싶네, 라는 말을 듣고야 말리라는 오기 내지는 심산(心算)이 그가 출근을 하는 거의 대부분의 이유였던 것이다. 그가 자신의 의사에 의하여 임의로 회사를 포기하는 것은 역설적으로 그의 자존심으로서는 견딜 수 없는 일이었다.

 난롯가에 가지 않는 것과 화장실에 가기를 거르는 것은 그 중요성의 정도를 달리하는 것이었다. 화장실을 다녀오고 나서도 시간은 십 분밖에 지나지 않고 있었다. 자주 오지 않는 시내 버스를 기다리는 기분과 흡사한 감정에 시달리고 있을 때, 화면이 조금 어두워지더니 광고 프로가 시작되었다. 그는 한기가 스멀스멀 기어다니는 무릎 위를 손바닥으로 비볐다. 난롯가의 모임은 난로의 열기를 받아 더욱 가열되고 있는 듯했다.

잠시 후에 날카로운 금속성이 느껴지는 벨소리와 함께 대한뉴스가 시작되었다. 그제서야 난롯가에 모여서 웅성거리던 일단의 사람들이 하나씩 흩어져서 난로에서 가능한 한 가까운 자리를 차지하기 시작했다. 그들이 피워댄 담배 연기가 잠시 난로 위쪽에 몰려 있다가 뜨거워진 공기를 타고 천장으로 날아올랐다. 화면에서는 이미 거의 한 달이 지난 사건들이 생생한 현재성을 지니고 소개되었다. 그리고 얼마 후에 다시 종소리가 길게 울려서 본영화의 시작을 알렸다. 이제 그는 조금은 덜 고통스럽게 시간을 보낼 수 있으리라는 기대를 가질 수 있었다.

화면에 적혀진 감독과 출연자들의 이름으로 보아 이것은 정통 무협영화와는 거리가 멀었고, 단지 배우 몇 명과 중국어로 녹음이 되었다는 점을 제외하고는 한중 합작이라는 미명하의 한국판 영화임을 알 수 있었다. 변장을 하고 소림사를 나서는 고수들의 모습을 그리면서 극이 시작되고 있었다. 거기에 맞춰 내레이터가 유창한 중국어로 이미 전회에서 그가 짐작했던 내용을 구술하기 시작했고, 그것이 끝나자마자 화면과 실내에 또다시 살벌한 싸움과 요란한 기합 소리가 현란하게 들어찼다. 밤과 낮을 가리지 않고, 하루 중 다양한 시각에, 그리고 산과 강 도처에서 살상이 이루어졌고 무수한 인명이 죽어 넘어졌다.

그러나 그는 언제부터인가 위기를 아슬아슬하게 피해나가는 주인공들의 모습에보다는, 창과 칼을 휘두르며 무더기로 덤벼드는 엑스트라들의 일거수일투족에 집중되어 있는 자신의 시선을 느꼈다. 그들은 모두 자기들의 임무인 칼에 찔려 넘어지는 행위를 무난히 마치고 땅바닥에 편안히 누울 수 있기를 초조하게 기다리고 있는 듯했다. 그들은 마치 곡예를 부리는 원숭이 떼같이 칼을 든 조련사 앞에서 이리저리 넘어지거나 멋지게 재주를 넘곤 했다. 그들의 연기는 몸에 밴 무술 탓인지 모두 훌륭했다. 무수한 청나라 군사들이 대나무밭이나 음식점에 숨어 있다가 튀어나왔고 그들 대부분은 그 자리에서 죽임을 당하였다.

　화면에는 잠시 정적이 흐르고 있었다. 주인공 일행은 새벽 안개를 헤치고 황폐한 사원을 지나는 중이었다. 그때 돌비석이나 아름드리 나뭇등걸의 뒤에서 일군의 청나라 군사들이 쏟아져나왔고, 다시 일당십(一當十)의 혈전이 벌어졌다. 이미 그러한 과장된 싸움 장면에 식상해버린 그가 크게 하품을 하고 나서 눈썹에 눈물이 그렁그렁 맺힌 채로 화면에 시선을 돌렸을 때, 화면 속의 한 인물이 그의 주의(注意)를 잡아끌었다. 요란한 청나라 군사의 복장을 하고 창을 든 그 사내는 동료들과 함께 넓은 사원의 앞마당에서 주인공을 포위하고는 창을 앞으로 꼰아잡고 덤벼들 기회를 노리고 있었다. 그 사내가 특히 눈길을 끌었던 것은 우선 그의 행동이 무척이나 어색했다는 점이었다. 사내는 동료들을 따라 엉거주춤한 진퇴(進退)를 거듭하고 있었으나, 남들처럼 창을 함부로 휘둘러대거나 소리를 지르지도 못한 채 잔뜩 긴장하고 상기된 얼굴을 하고 있었다.

　물론 그의 모습은 화면의 왼쪽 모서리 부분에서 어쩌다 한 번씩 비추어질 뿐이었지만 그때마다 사내가 주인공에게 헛되이 다가들었다가 뒤쪽으로 주르르 물러나는 모습이 확인되었다. 그러나 마침내 감독의 신호가 떨어진 모양이었다. 사내는 카메라 쪽의 방향을 힐끗 보고는 입을 반쯤 벌리고 주인공에게 덤벼들었고, 아주 잠깐 사이에 가슴이 깊게 베어져서 땅바닥으로 뒹굴었다.

그때 그는 관객석의 딱딱한 의자에서 몸을 반쯤 일으켰다. 그때까지 그는 빙글빙글 웃으며 그 사내의 모습이 화면에 잡힐 때마다 놓치지 않고 주시하고 있었다. 그런데 그 사내가 땅바닥에 넘어지고 잠시 그의 얼굴이 크게 비추어졌을 때 어딘가 낯이 익은 구석을 발견했다. 그리고 그는 사내의 입술 끝에서 점 같은 것을 얼핏 본 듯했다. 이 모두는 아주 잠시 동안에 이루어졌지만, 그는 사내의 입술 한쪽이 검게 보인 것은 점 때문이 아니라 시퍼렇게 멍이 든 위에다 화장을 한 연유이며, 그 사내가 바로 그가 전회의 중반 부분에서 보았던 그 사내일지도 모른다는, 아니 분명히 기(其)일 것이라는 심증을 굳혔다. 그는 한 영화에서 두 번, 한 번은 민간인 복장으로 또 한 번은 청나라 군사 제복으로 출연하여 거의 비슷한 죽음을 당하고 있었다. 이제 그는 잠시 후에 계곡의 찬 개울물에 얼굴을 박고 죽은 듯이 넘어져 있는 연기를 해야 할 것이었다.

그는 안경을 벗어 새끼손가락에 걸고 두 손바닥으로 얼굴을 문질렀다. 피곤한 눈두덩을 지그시 누르자 상쾌한 쾌감이 망막 뒤쪽으로 전해졌다. 그는 손을 얼굴 양편으로 하여 세 손가락으로 관자놀이를 눌렀다. 그때 스피커에서 이상한 소리가 들리더니 이내 실내가 조용해졌다. 필름이 끊어진 모양이었다. 그는 고개를 들지 않았다. 사내들의 휘파람 소리와 여자들의 반쯤 떠드는 목소리들이 여기저기서 일어났다. 관객의 수는 아까보다 거의 두 배는 될 듯했다. 그러나 그들이 내는 소음의 크기는 그들의 양(量)보다는 질(質)에 더 관련되어 있었다. 마치 그들의 입에 앰프를 달기라도 했듯이 그 시끄러운 소리는 그들의 수에 비해 훨씬 크게 울려나왔다.

그는 여전히 고개를 숙인 채, 이번에는 눈두덩 위쪽과 아래쪽을 차근차근 눌러나갔다. 실내의 소란은 제풀에 차츰 꺾이기 시작했다. 오른쪽 둘째손가락에 감긴 일회용 밴드가 볼을 자극했다. 눈가를 마치자 그는 손을 더 위로 뻗어 엄지손가락으로 한참 동안 정수리를 누르고는 곧 이어 다섯 손가락을 모두 사용하여 앞머리 쪽에서 귀 뒤쪽까지 힘을 주어 눌렀다. 필름은 여간해서 다시 돌아갈 기미를 보이지 않았다. 사람들은 소리를 지르지는 않았지만 웅성웅성 떠들어대기 시작했다. 그때 그의 마음속에 지난날의 회한(悔恨)처럼 직접 마주 대하기 싫은 감정이 기포처럼 떠올랐다. 그것은 이 극장 앞의 조금 넓은 공터를 가로질러 매표소에서 표를 사고 극장 안에 들어서기 바로 직전까지 느꼈던, 그리고 곧 영화가 끝난 후 극장 문을 열고 나와 공터를 가로질러 사람들 속에 묻히기 바로 직전에 그가 느끼게 될 감정과 비슷한 것이었다.

얼마 후 필름이 다시 돌아가고 소음이 가라앉았다. 그제서야 안경을 쓰고 고개를 든 그의 시야는, 어느 사이에 허리를 꼿꼿이 세우고 앞자리에 앉아 있는 장발의 남자에 의해 반 이상이 가려지고 있었다. 그는 몸을 일으켜 옆으로 한 칸 건너가서 앉아야 했다. 이미 영화가 반쯤 지난 것인지 화면에서는 새소리와 함께 퍼런 두 산들 사이의 계곡을 흐르는 개울이 그려지고 있었고, 예의 그 낚시꾼의 모습이 화면에 가득 클로즈업되었다.

그때 통로의 바로 옆자리에 앉아 있던 그의 옆으로 한 노인이 천천히 지나갔다. 그는 고개를 돌려 노인을 바라보았다. 체구가 아주 작은 그 노인은 청색 싱글 양복 조끼에다 넥타이까지 맨 정장을 하고서 아까부터 일층과 이층을 오르내리거나 통로를 누비고 있었다. 그러나 아무리 그 노인을 바라본다 해도 그로서는 도저히 그의 정체를 알아낼 수 있는 여지가 없었다.

다섯 사내가 낚시꾼 주위를 둘러쌌다. 낚시꾼의 삿갓이 뒤로 넘어가고 동시에 낚싯대가 허공을 갈랐다. 앞쪽에서 피어오르는 담배 연기가 그의 시야를 방해했다. 한 사내가 거꾸로 들렸다가 개울에 떨어졌다. 담배 연기가 천천히 퍼져나갔다. 그는 거의 자동적으로 주머니를 뒤져서 담배 한 개비를 꺼냈다. 그가 막 성냥갑에서 성냥개비를 찾으려 할 때였다. 어느새 다가왔는지 좀전의 노인이 앞자리에서 담배를 피우는 사내의 등덜미를 쳤다. 노인은 손을 들어 앞쪽을 가리키다가 손끝으로 극장 안을 한바퀴 빙 돌렸다. 두 사람이 잠시 벌이던 실랑이는 끝내는 노인의 손에 외투의 깃을 잡힌 사내가 끌려나가는 것으로 일단락되었다.

그는 한동안 앞자리와 화면의 중간 부분을 멍하니 바라보다가 고개를 더욱 숙이며 손바닥 속에서 담배를 으깨어버렸다. 낚시꾼의 등뒤에서 배를 찔린 사내가 개울물에 얼굴을 박았다. 사내의 검푸른 입술은 붉게 충혈되어 있었다. 그는 자리에서 일어서서 허리의 아래쪽을 손등으로 두들기며 어두운 통로를 천천히 걸어나갔다. 그는, 이런 곳을 나갈 때는 자신의 의사에 의하는 것보다 제3의 압력에 의하는 편이 훨씬 편하다고 생각을 하며 적이 만족감을 느끼고 있었다. 열려진 입구에서 불어오는 바람이 그를 감쌌다. 〔1982〕

홍도가 죽었다

　그날 나는, 어떤 이유가 있는 것은 아니지만 어쨌든 이름을 밝히고 싶지 않은 한 친구를 만나기 위해 한낮의 햇살이 서서히 발끝을 오므리기 시작하는 무렵에 서울에서 고속버스로 약 네 시간 가량 떨어진 한 도시에 도착했었다. 나는 나의 이름은 물론 그 도시의 이름조차 밝히고 싶지 않다. 그것은 고유명사가 선입관으로 작용할지도 모른다는 고상한 거부 반응 때문이 아니라, 뭐랄까, 홍도라는 단 하나의 고유명사, 마치 무한한 포용력을 지니고 있어서 모성애를 느끼게 하는 듯한 그 이름 속에서 다른 모든 이름들이 굳이 자기를 드러낼 필요도 없이 충분히 편안한 숨을 내쉬고 또 들이마실 수 있다고 여겨졌기 때문이었다.
　우리는 밤늦게 술에 꽤 취한 상태에서 그의 주거지로 찾아들었다. 그곳은 중심가를 조금 비껴서 서 있는 신축 4층 건물 속의 당구장이었다. 우리가 무거운 발걸음을 무수히 들어올려서 마침내 3층에 이르자 당구장이라는 간판이 붙어 있는 육중한 철문이 우리를 막아섰다. 취기로 인해 흔들리는 듯이 보이는 철문을 내가 꽉 붙잡고 있는 사이에 그가 간신히 열쇠를 꽂아 문을 열었다.

　창문들은 모두 닫혀 있었지만 커튼은 모두 걷힌 채로였다. 그런 탓인지 밖에서 들어오는 어슴푸레하고 창백한 빛은 신선해 보였지만, 실내의 공기는 답답할 정도로 텁텁했고 습기가 없으면서도 후텁지근한 기운이 피부에 느껴졌다. 실내의 푸르스름한 어둠은 일종의 마분지와 같아서 푸석푸석한 두께를 지니고 있었다. 따라서 마분지가 흔히 유리 그릇을 넣는 상자 속에서 완충제 역할을 해주듯이 실내에 자욱한 이 어둠은 앞으로 그와 내가 부딪치게 되더라도 덜 요란한 소리가 나게 해줄 것이었다.

　홍도가 죽었다.

　그는 우선 카운터 앞의 형광등을 켜고 가까운 당구대 위에 걸터앉아 두 손으로 구두를 벗어서 멀리 집어던졌다. 그러고는 실내화를 신지 않은 양말 바람으로 큐들이 들어 있는 유리문을 열었다. 나는 그가 자주 양말도 신지 않은 맨발로 주단이나 싸구려 양탄자, 혹은 잔디밭 위를 걸어다니면서 발바닥의 외설적인 감촉을 즐기곤 한다는 사실을 알고 있었다.
　하지만 나는 구두를 벗고 고무로 된 실내화까지 얌전히 신은 후에 가방을 카운터 안쪽 구석으로 깊이 밀어넣었다. 그리고 우선 창문들을 모두 열어제치고 나서 큐를 골라 들고 초크를 칠했다. 그가 공들을 꺼내와서 탁자 위에 떨어뜨렸다. 공들은 그의 손에서 떨어지며 얻은 힘만큼 굴러가다가 이내 멈추었다. 하얀 공 두 개만이 내 앞으로 굴러왔고 빨간 공 두 개는 당구대의 옆에 붙어버렸다. 둔중하게 구르는 공들을 보자 약간의 피로와 술기운으로 머리가 무거워지는 것이 느껴졌다. 그는 손을 뻗어 당구대 위의 형광등을 켜고서 먼저 몸을 굽히고 큐를 휘둘러서 함부로 공을 두들기기 시작했다.

그가 당구대를 따라 돌며 내 곁에까지 왔을 때 나는 그를 밀어내고 굳이 무엇을 겨냥하지 않은 상태에서 힘껏 공을 쳐댔다. 우리는 한동안 그렇게 순서도 없이, 공의 색깔을 구분하지도 않고, 그리고 공이 미처 멈추기도 전에 큐질을 했다. 공들은 당장이라도 깨져버릴 듯이 비명을 지르면서 서로 충돌하거나, 당구대의 벽에 부딪혀 퍽퍽 소리를 일으키며 힘에 밀린 쪽으로 곤두박질쳤다.

우리들은 분주하게 당구대 주위를 돌며 각기 공을 치다가 급기야, 물론 장난으로였지만, 상대방에게 큐를 휘둘러댈 정도로 흥분이 고조되었다.

홍도가 죽었다.

그때 그가 갑자기 표정을 바꾸고서 멍하니 당구공들의 움직임을 바라보았다. 나는 윗몸을 일으키고 큐 끝으로 당구대를 딱딱 두들기며 그에게 무슨 일인지 대답하라는 시늉을 했다. 그러나 그는 대답 없이 다시 큐를 들고 공을 치기 시작했다. 나는 술에 취해서 맥빠진 듯이 흐느적거리며 움직이는 그의 모습을 바라보며 나 역시 주정을 부리듯 멍청하게 서 있었다. 마치 누군가가 문을 열고 내 속으로 들어와서 요란스럽게 문을 닫고는 신도 벗지 않고 길게 누워버린 것 같은 기분이 느껴졌다. 나는 그 낯선 놈이 하는 양을 지켜보려고 숨을 죽이고 귀를 기울였다.

당구대 위에서 여전히 큐의 끝과 공, 공과 당구대의 벽, 공과 공이 부딪치는 소리가 일어나고 있었지만 나는 그 소리를 듣는다기보다는 오히려 시각적으로 더 느끼고 있었다. 그때 어둠 속에서 약간의 빛을 반사시키면서 반질거리고 있는 스테인리스 주전자가 옆에서부터 나의 시선을 끌어당겼다. 나는 몸을 돌려서 그것을 정면으로 바라보았다. 그것의 어떤 불유쾌한 반질거림과 뻔뻔스런 반짝거림뿐만 아니라 바로 그 시각에 그곳에 있음으로 해서 그것은 나를 거북하게 만들었다. 내가 어깨와 몸을 조금씩 비틀었지만 그것은 무모하게도 나를 놓아주려 하지 않았.

결국 나의 시선은 그 단단한 쇳덩어리를 움켜쥐고 한 겹씩 벗겨내기 시작했다. 한데 은박지 같은 얇은 피부를 몇 겹 벗겨내지도 않아서 그 덩어리의 표면에 실핏줄이 내비치는 연한 살점이 나타나더니 이내 그것마저 떨어져나가고 검붉은 핏덩어리가 어둠 속에서 발광체처럼 솟아올랐다. 그러나 눈을 한 번 감았다 뜨자 그 연약한 빛의 무늬도 사라져버리고 그 자리에는 점액질의 시커먼 어둠이 두 주먹쯤의 크기로, 가슴을 후려치는 듯한 덜컹 소리를 내며 들어앉았다.

딱딱 하는 타음은 여전히 반복되고 있었다. 홍 · 홍 · 도 · 홍 · 도 · 가 · 홍 · 도 · 가 · 죽 · 홍 · 도 · 가 · 죽 · 었 · 홍 · 도 · 가 · 죽 · 었 · 다.

그가 큐의 손잡이 쪽을 바닥에 대고 그 위에 턱을 괴고서 그냥 서 있는 나를 잠시 바라보더니 큐 끝으로 나의 가슴을 쿡쿡 찌르며 말했다.

"쳐봐, 이젠 네가 쳐보라구."

그의 큐 끝은 내게 충격을 줄 정도는 아니었지만 와이셔츠 위에 파란색 원형의 무늬를 여기저기에 찍어놓았다. 그것도 그가 즐기는 장난 중의 하나였다. 나는 큐를 들어 그의 큐를 쳐내고는 몸을 숙여서 내 앞의 빨간 공으로 그의 앞쪽에 놓여 있는 흰 공을 정면으로 맞추었다. 그의 흰 공이 당구대 위를 한바퀴 돌았다.

그러자 이번에는 그가 앞쪽에 멈추어 서 있는, 내가 방금 쳤던 붉은 공을 내 쪽으로 세게 쳤다. 공은 당구대의 벽에 맞고 내 몸 위로 튀어오를지도 모른다는 위험을 느끼게 할 정도로 난폭하게 튕겨져서 굴러왔다. 하지만 나는 그가 설마 그런 장난을 하랴 하는 마음에 옆으로 피하지 않았고, 이미 몸을 움직이기에는 너무 늦었기 때문에 피할 수도 없었다. 그러나 공은 밖으로 튀어나오는 대신 당구대 위를 겅중거리며 누비다가 다시 내 앞에 와서 멈추어 섰다.

나는 한동안 공을 바라보다가 큐 끝으로 공을 툭툭 쳐서 적당한 자리를 잡은 후에 그의 앞쪽에 몰려 있는 공들을 향해 세게 밀어쳤다. 그러나 나의 공이 미처 목표물에 맞기 전에 그의 큐가 굴러가던 공을 쳐냈다. 빨간 공은 높이 튀어오르더니 결국 당구대 밖으로 떨어져서 어두운 구석으로 굴러갔다. 바닥에 부딪혔을 때 났던 묵직한 타음이 잠시 바닥과 공기를 흔들었다.

나는 공이 굴러간 쪽에서 눈을 떼고 그에게 낮게 그러나 심상치 않은 어조를 스스로 의식하면서 물었다.

"취했나?"

그는 내 눈을 쳐다보지도 않고 다시 몸을 숙여서 흰 공을 멀리 쳐 보냈다. 그러나 이번에는 내가 큐를 당구대 위로 던져서 공을 정지시켰다. 그는 천천히 몸을 일으켜서 뒤쪽의 당구대에 몸을 기댔다. 큐로 쳐서 공들을 한쪽으로 모으며 내가 말했다.
"술 한잔 더 할 테야?"
"방을 한번 찾아봐. 남은 술이 좀 있을 거다."
나는 한쪽 벽에 붙어 있는 문을 열고 벽을 더듬어 불을 켰다. 방안은 숨이 넘어갈 것처럼 헐떡거리고 있었다. 그러나 옷장은 물론 책상 서랍과, 깔린 채로 있는 이부자리까지 들춰보았지만 술병은 보이지 않았다. 나는 방안에서 소리쳤다.
"어디 있는지 못 찾겠는데."
"그럼 그만둬. 술은 무슨 술이야. 그냥 이리 나와."
그는 나를 우롱해놓고는 당구대 위에 올라가서 당구공을 머리에 베고 벌렁 누워 있었다. 내가 다가가자 머리를 약간 들어 한 손으로 뒷머리를 받치고는 나를 바라보면서 입술을 조금 움직였다.
"홍도가."
"홍도가 뭐?"
그가 다시 고개를 떨구며 말했다.
"뭐긴 뭐야. 죽었단 얘기지."
"그래, 그래. 홍도가 죽었다구, 그 말 아냐?"
나는 그의 옆에 나란히 길게 누워 있는 큐를 집어들고 손잡이 쪽으로 그의 아랫배를 쿡쿡 찔렀다. 그가 갑자기 큐를 나꿔채며 말했다.
"누가 전화했는지 알아?"
나는 잠시 사이를 두었다가 웃음기 없는 얼굴로 대답했다.
"홍도가 전화했다 그거지?"
"그래, 맞아. 홍도가 했지."

"그런데 홍도는 죽었다, 그거 아냐?"
"그럼, 홍도는 죽었지."
"홍도는 전화하기 바로 전에 죽었구, 그렇지?"
"그렇지, 바로 전이지."

나는 순간 꺼내려던 말을 멈추었다. 갑자기 잠에서 깨어나서 화급한 약속을 머리에 떠올린 듯한 표정이 그의 눈과 미간에 체크 무늬처럼 촘촘하게 새겨져 있었기 때문이었다. 두 눈의 시선은 바이스처럼 천장에 매달려 조금씩 진동하고 있는 형광등을 강하게 죄고 있었다. 나는 그의 표정을 의식하지 않는 투를 가장하기 위해 큐의 손잡이를 눈 가까이로 가져다 대고 큐가 곧은지를 살피기 시작했다.

비록 그가 자신만의 속생각으로 표정을 바꾸는 경우라 하더라도 나는 끝이 아주 뾰족한 펜으로 은박지 위에 그의 얼굴의 긴장되거나 수축된 부분을 그려나갈 수 있을 정도로 그를 잘 알고 있었다. 하지만 이번엔 나는 몸을 결박하는 듯한 졸음밖에는 아무 것도 느낄 수 없었다. 여전히 나는 한쪽 눈을 감고 손에 든 큐와 그의 표정을 넘겨보면서 그의 옆에 무심하게 걸터앉아 있었다. 새들의 지저귐 소리가 쓰러지고 창밖의 눈발이 가늘어지듯이 그의 눈 속에서 조금씩 꿈이 멈추어가고 있었다.

형광등 불빛이 기름처럼 발라져서 어둠이 주욱주욱 미끄러져 떨어지고 있는 희끄무레한 맞은편 벽 위에 '당구대에 앉지 마시오'라고 씌어진 문구가 눈에 띄었다. 내가 잠깐 방심한 사이에 그는 한쪽 팔로 몸을 받치고 삼분의 일쯤 일어나 앉아 있었다. 그의 시선은 당구대의 쇠판 위에 앉아 있는 한 마리의 파리에게 퍼부어지고 있었다. 소리라거나 조금의 기척도 없었는데 그 파리는 곧 원을 그리며 공중으로 날아올랐다. 나는 그의 시선의 힘이 파리의 눈을 부시게 했거나 정수리에 모진 타격을 입힌 것이라고 믿기로 했다.

그는 콧바람 소리를 내며 그 자세 그대로 한쪽 손을 뻗고 양쪽 다리를 들어올려서 양말의 끝부분을 한쪽씩 잡아당겼다. 푸른색 양말을 벗어난 두 발이 밭에서 갓 뽑혀나온 무처럼 신선하게 빛났다. 그는 감촉을 즐기려는 듯이 당구대의 부드러운 천에 발바닥을 몇 번 비벼댔다. 그러고는 손끝에 매달려 있는 양말을 뭉쳐 들고서 잠시 머뭇거리다가 카운터 쪽으로 힘껏 던졌다. 양말 뭉치는 날아가다가 목표에 못 미치고 흐트러져 떨어졌다. 한쪽은 간신히 턱을 카운터의 탁자에 걸쳤고 다른 한쪽은 그 옆의 휴지통에 반쯤 빠져버렸다. 그가 두 손으로 얼굴을 쓸어내리면서 중얼거렸다.

"얼굴이 달아오른다……"

그러나 내가 볼 때는 약한 불빛 탓인지 얼굴이 상기된 것 같아 보이지는 않았고, 단지 피부 깊숙이에 도사리고 있던 검은 병색(病色)이 그가 술을 마시기만 하면 땀샘들 주변에서 조금씩 배회하고 있는 듯했다. 그는 당구대에서 내려서서 어깨를 건들거리며 세면대 쪽으로 걸어갔다. 그의 뒷모습을 바라보며 앉아 있던 나는 몸을 일으켜서 한 손은 주머니에 찌른 채 다른 한 손으로만 큐를 잡고 공을 치기 시작했다. 그때 느닷없이 뒤쪽에서 그가 소리를 질렀다.

"이런 씨팔 놈의."

나는 가능한 한 천천히, 서두르는 기색 없이 뒤를 돌아보고 있었다. 어떤 일이 생겼다 해도 내가 무관심하는 편이 오히려 그의 분노를 가라앉히는 데에 조금이라도 도움이 될 것이기 때문이었다. 그는 오른쪽 발바닥을 양탄자가 깔린 바닥에 신경질적으로 비벼대고 있었다.

"어떤 개자식이 이런 데다가 가래침을."

그는 숫제 발로 바닥을 걷어차고 있었다. 나는 다시 여유로이 뒤로 돌아서서 공을 치기 시작했다. 한 손으로만 큐를 잡고 치니까 역시 조준이 잘 안 된 공들이 때로 큐 끝에 픽픽 밀리면서 옆으로 흩어졌다.

그때 갑자기 층계를 뛰어올라오는 다급한 발소리가 건물의 내장을 훑어올리듯이 요란하게 울리기 시작했다. 그 소리는 1층, 2층을 뛰어올라 3층에 있던 당구장의 철문 앞을 지날 때 최고조에 이르렀다가 더 위쪽으로 올라가서 갑자기 멈추어버렸다.

세면대 쪽에서는 그가 푸푸거리며 세수를 하는 소리가 수돗물 쏟아지는 소리와 함께 들려왔다. 그러나 발소리는 더 이상 들려오지 않았다. 나는 바로 위의 천장을 올려다보았다. 그곳에는 시커멓게 오염이 된 낮은 강물이 잔뜩 괴어 있었다. 그 속에는 없는 것이 없었다. 예를 들어 내가 그 속을 들여다보며 어떤 것을 머릿속에 떠올리기만 하면 곧 그 속에 잠겨서 썩어가고 있는 그 어떤 것의 모습이 보였다. 그러나 그것은 동시에 아무것도 없는 것과 다를 바가 없었다.

"어이, 이거."

나는 소리가 난 쪽으로 몸을 돌렸다. 그러자 그가 냉장고에서 꺼내서 내게 던진 요구르트 통이 나의 시선을 이미 반쯤이나 꺾어들어서 날아오고 있었다. 나는 몸을 옆으로 굽히면서 반사적으로 손을 내밀었고 다행히 그것은 손바닥 아래쪽에 주둥이 부분이 잡혔다. 갑작스런 차가움이 손톱 밑까지 번져나갔다.
 나는 통의 덮개를 벗겨내고 단숨에 마셔버렸다. 고개를 뒤로 젖힌 채 힐끗 보니까 그는 아직 천천히 유산균 음료를 마시고 있는 중이었다.
"어이, 이거."
 나는 빈 요구르트 통의 무게를 감안하여 그것이 그에게까지 날아갈 수 있을 정도로 팔에 힘을 주어서 던졌다. 그러나 힘은 적당했는지 몰라도 그것은 전혀 엉뚱한 방향으로 날아가서 구석에 곤두박질치고 말았다. 그는 무표정한 얼굴로 마시기를 끝내고는 천천히 내가 던진 요구르트 통이 떨어진 쪽으로 걸어갔다. 그러고는 손으로는 자신의 요구르트 통을, 발로는 나의 그것을 밟아 부수고는 둘을 집어서 쓰레기통에 넣었다.
 그때 막 돌아서려 하던 그가 가래가 끓어오르는 듯한 신음 소리 같은 것을 뱉어냈다. 그것은 마치 팥이나 콩을 맷돌에 집어넣고 돌리면 낟알들이 가루가 되어 나오듯이, 그의 머릿속으로부터 입 안으로 떨어져내리거나 그의 뱃속에서 솟구쳐오른 고통의 응어리가 그의 이빨에 부서지고 갈려서 몇 마디 말로 흘러나오는 듯했다.
"도대체가, 이걸 또 붙여놓았군, 또. 며칠 비워놓았더니……"
 그는 중얼거리면서 손을 뻗어 벽에 길게 붙어 있던 종이판을 떼어냈다. '300 이하 맛세이 금지'라는 구절이 씌어져 있었던 걸로 기억되는 그 종이는 그의 손에서 여러 조각으로 해체되었다. 그는 몇 개의 형광등에 불을 더 켜고 주위의 벽돌과 기둥들을 돌아보았다. 갑자기 활기를 띤 그의 시선은 어둠 속에서 막 벽 속으로 숨어들고 있는, 흰색의 직육면체, 바탕에 여섯 자에서 열자 가량의 글자가 적혀 있는 일종의 표어들을 찾아서 선회를 하기 시작했다. 실내의 불을 모두 끄더라도 충분히 그것들의 위치를 분간해낼 수 있을 것 같아 보이는 그의 끈끈한 시각에 몇 개가 더 날파리처럼 걸려들었다. '당구대에 앉지 마시오'가 단번에 뜯겨나가고, '취중 경기 금지'가 구겨져서 휴지통에 던져졌다.

그는 벽에 붙은 거미줄을 걷어내듯이 이쪽 벽에서 저쪽 벽으로 그리고 기둥을 더듬으며 실내를 한바퀴 돌고 있었다. 그가 다소 급한 숨소리 사이에서 중얼거리는 말을 들을 수 있었다.

"이것들 때문에 도대체 시끄러워서 견딜 수가 있나?"

'300 이하 맛세이 금지'가 몇 장 더 그의 손에 구겨졌고 내가 그 내용을 확인할 수 없었던 것들도 몇 장이 찢겨졌다.

나는 큐를 당구대 위에 던져놓고 그 옆의 소파 위에 앉았다. 두 팔을 등받이 위쪽에 얹고 상체를 뒤로 누이자마자 졸음이 생각했던 것보다 훨씬 강하고 급작스럽게 온몸으로 밀려들었다. 나는 거의 눈을 뻔히 뜬 상태로 죽음을 당하듯이 수면 상태에 빠져들었다. 하지만 나는 내가 그의 행동들을 하나도 빼지 않고 모두 바라보고 있음을 확인할 수 있었다. 그는 병 속에 잡아넣은 개미나 혹은 바퀴벌레처럼 절망적으로 몸을 움직이고 있었다.

그러나 내게는 차츰 그가 무엇을 하고 있는 것인지가 잊혀지고 대신 그가 이리저리로 몸을 움직이는 모습만이 눈에 어른거리면서 살아남았기 때문에 그의 몸은 말하자면 최면술사가 최면을 걸 때 눈앞에 쳐들고 흔들어대는 시계라거나 어떤 물건처럼 단조로운 반복을 계속하는 것으로 보였다. 따라서 나는 내가 눈을 뜨고 있긴 하지만 잠의 수면(水面)이 천천히 무릎과 아랫배를 거쳐서 이제 거의 목젖 부분에 이르렀다는 것도 알 수 있었다.

가늘게 내리뜬 뻣뻣한 눈꺼풀 사이로, 그리고 검고 가는 속눈썹의 강철 창살들 사이로 내다보이는 당구장 안의 모습과 그의 움직임은 마치 딱딱한 빵껍질 위에 부어진 케첩 같다고나 할까, 아니면 그와는 전혀 달리 말해서 그 두 존재가 삼투 현상을 일으키면서 각각의 부분들을 자유로이 교환하고 있는 듯이 보인다고나 할까, 어쨌든 바깥은 온통 시럽 속에 빠져서 침수해가고 있는 꼴이었다. 그것이 바로 내가 잠에 빠지고 있다는 증거인 동시에 아직 잠에 떨어진 것이 아니라는 증거였다.

하지만 물론 나의 망막은 바깥의 상(像)을 받아들이고 있고, 또한 그 망막 뒤에는 왕성한 세포 분열을 거듭하는 잠의 덩어리가 딱딱한 돌멩이처럼 틀어박혀 있음이 사실이었지만, 나의 의식이 깨어 있건 잠이 들었건 상관없이 내 속에는 그를 주시하고 있는 또 다른 시각(視覺)이 있는 모양이다. 왜냐하면 나의 심한 졸음에도 불구하고, 반대편 구석을 벗어나서 내 쪽으로 다가오는 그의 모습이 비록 인간적인 형태를 제대로 갖추지는 못했어도 머리 끝에서부터 녹아내려서 급기야는 하얀 맨발, 바닥에서 약 30센티쯤 떠올라서 아메바처럼 움직이고 있는 하얀 두 발, 차라리 하얀 두 개의 덩어리로만 남아서 나의 시선 속에 훌륭히 포착되고 있기 때문이었다.

그 흰 두 덩어리는 희미하게 빛을 풍기고 있었는데, 마치 나의 시선의 빛으로부터 얻은 인광(燐光)을 발하고 있는 듯했다. 그것들은 바닥에 직접 닿지는 않고 있어도 조금씩 움직일 때마다 바닥에 깔린 양탄자의 자지러질 듯한 감촉을 전해받으며 표피 깊숙한 곳에서부터 파상형의 경련을 일으키고 있었다. 두 손으로 붙잡아서 약간의 힘을 주면 그것들은 공기의 감미로운 진동이나, 혹은 섭씨 30도 가량의 따뜻함과 약간의 말랑거림을 손바닥에 남겨놓고 색(色)도 향(香)도 없이 허공으로 꺼져버릴 것이었다.

마침내 그 하얀 빛 덩어리가 내 앞에 멈추어 섰다. 무언가 묻어서 검게 더럽혀진 부분과 유난히 매끄럽게 반짝이는 발톱 부분을 유심히 살펴보려 했지만 엄밀히 말해서 아직 미숙한 나의 제 3의 시각으로는 그 형태도 분명히 구별할 수가 없었다.

끊임없이 파들거리는 인광을 바라보며 막연한 관능적인 쾌감을 몸으로 느끼고 있을 때였다. 갑자기 그 하얀 덩어리가 갑작스럽게 확산하더니 내 눈앞에 번쩍이는 빛을 일으켰고, 곧 이어 그 빛은 뺨의 통증으로 확인되었다. 놀라서 눈을 번쩍 치뜨는 순간에 음침한 주문 같은 그의 목소리가 껄끄러운 미꾸라지가 되어 귓속으로 스며들었다.

"졸고 있는 거야? 눈 안 감고 자는 버릇은 아직 여전하구나."

나는 그 자세 그대로 그를 올려다보았는데 그건 마치 내가 화가 나서 그를 노려보고 있는 듯한 형국이었다.

"어이구, 화가 나셨나. 졸음 섞인 눈으로 노려보시네."

내가 끙 소리를 내며 자세를 약간 바로잡자 그는 맞은편 당구대 위에 올라앉아서 오른쪽 발에 힘을 빼고 앞뒤로 천천히 흔들면서 나를 내려다보았다. 유난히 긴 발가락들을 가진 하얀 발이 눈앞에서 건들거리는 모양을 바라보면서 나는 현기증이 잠시 머리를 스치는 것을 느꼈다. 나는 좀더 몸을 바로했다. 의자에 밀착된 등에 불유쾌한 감각이 불에 녹아내리는 고무처럼 들러붙었다.

그때 다시 층계 쪽에서 발소리가 울렸다. 그러나 이번에는 4층에서부터 서두르지 않고 또박또박 내려오는 차분한 소리였다. 처음에는 몰랐지만 그건 차츰 여자의 하이힐이 내는 소리임이 분명해졌다. 규칙적으로 들려오던 소리는 당구장의 문 앞쯤이라 짐작할 수 있는 곳에서 멈추었다. 나는 출입문을 힐끔 바라보고는 당구대에 앉아서 고개를 떨구고 계속 다리를 흔들고 있는 그에게 시선을 주었다. 그러나 그의 표정이 너무도 무심해서 내가 들은 발소리가 환청이었나 하는 의혹이 들 정도였다. 그러나 잔기침 소리가 들렸다 싶었을 때 문이 안으로 밀리면서 한 여인의 모습이 반투명한 어둠 속에서 드러났다.

내가 목을 빼고서 그쪽을 바라보다가 몸을 일으키려 하자 그제야 그가 고개를 들었다. 그녀가 불빛 밑으로 들어서자 순간 노란색 계통의 빛이 그녀의 얼굴과 온몸에 흘러내리다가 눈 주위의 검은색과 입술의 붉은색에 압도되면서 전체적인 윤곽이 그어졌다.

그가 당구대에서 내려서며 낮은 목소리로 중얼거렸다.

"소식통 하난 알아줘야겠군."

사실 그녀는 문을 연 후 아주 천천히, 그러나 멈추지 않고 발을 움직였기 때문에 이미 카운터 앞까지 다가와 있었다. 그제야 나는 그녀가 술에 꽤 취해 있다는 것과 그녀의 얼굴 어딘가의 심상치 않은 구석을 발견했다. 그녀의 창백한 표정 자체는 둘째치고라도 물기가 뺨에서부터 턱까지 번들거리고 있었고 눈 주위에 시커멓게 번진 마스카라 자국이 눈물 줄기를 따라서 밑으로 죽죽 그어져 있었다.

"그렇지 않아도 잠시 쉬었다가 술 한잔 하러 내려가던 참이었는데, 무슨 일이라도?……"

"아니, 심각한 일은 아녜요. 그저 술에 취했구, 지치구, 피곤해요."
 그녀는 물기가 촉촉이 젖은 목소리로 대충대충 발음하고는 그의 상체에 몸을 기댔다. 그가 그녀를 받아 안으며 말했다.
 "쉬어야겠어. 푹 쉬고 나면 다 좋아질 거야."
 "그래요. 쉬고 나면 다 제대로 될 거예요."
 그는 여자를 조심스레 끌고서 방으로 들어갔다가 약 일 분쯤 지나서 혼자서 밖으로 나왔다. 그리고는 유영하듯이, 미끄러지듯이 실내를 한바퀴 돌며 불들을 하나씩 껐다. 실내의 구석들은 어둠 속에 잠겨들어 안도의 한숨을 내쉬었다. 남은 불이라곤 내 앞의 당구대 위에서 빛나고 있는 형광등뿐이었다. 실내에는 저절로 귀에 들리지 않는 멍한 울림이 이쪽 벽에서 저쪽 벽으로, 천장에서 바닥으로, 바닥에서 천장으로 끊임없이 부딪치면서 진동하는 암울하고 고즈넉한 분위기가 조성되었다.
 그가 담배를 문 입으로 무어라고 중얼거렸다. 그러나 나는 그 말뜻을 새기기보다는 그가 입을 움직임에 따라 끄덕거리는 담배 끝을 흥미 있게 바라보고 있었다. 그가 담배 연기를 내 얼굴에 정면으로 불어댔고 나는 눈을 깜박이면서 연기를 고스란히 받아 썼다.
 이제 술기운은 거의 증발되어버리고 온몸이 푸석푸석한 솜 덩어리처럼 느껴졌다. 남은 거라곤 편두통과 피로와 다시 술을 마시고 싶은 극심한 갈증뿐이었다. 나는 그의 손가락 사이에서 담배를 뽑아내어 입에 물었다. 내가 꽁초를 재떨이에 비벼서 끄자 그는 새 담배에 불을 붙이고는 또다시 돼지고기를 훈제하듯이 내 얼굴에 연기를 뿜어냈다. 바로 그 담배 연기 때문에 나는 하지 않기로 스스로 다짐했던 말들을 꺼내기 시작했다.
"그 전화 말이야. 어떻게 된 거야?"
그는 흔들리는 자신의 발끝을 잠시 내려다보다가 대답 대신 다른 말들을 늘어놓기 시작했다.
"작년 이맘때 우리가 저쪽으로 함 팔러 갔던 일 아직 기억하나?"
나는 고개를 끄덕거렸다.
"바로 그날이었지, 홍도와 내가……"
"그날? 그 빗속에서?"
"그래, 그 빗속에서."
"그러니까 그때 그 친구는……"
"맞아, 그게 그렇게 된 거야."
우리는 한동안 침묵에 잠겼다. 이번에도 내가 먼저 입을 열었다.
"내가 홍도를 마지막으로 본 건, 얼마 전에 서울 근교의 한 유원지에서였지. 개천이 흐르고, 낮은 산들이 늘어서 있고, 딸기 포도 뭐 그런 것들이 있는 곳이었어. 그리고 터무니없이 크고 요란하게 써붙인 모 유원지라는 간판하고, 어때, 흥미 있나?"
그는 대답 대신 손짓으로 계속하라는 시늉을 했다.
"특별히 기억나는 일이 있는 건 아니구, 그저 이것저것 늘어놓자면…… 그래 홍도는 한 남자하구 포도나무 그늘 아래의 탁자에 앉아 있었어. 한 손에는 베이지색 모자를 들고서 만지작거리고 있었지. 파란색 리본이 매여 있었던 걸로 기억되는데 여름에 여자들이 흔히 쓰는 챙 넓은 그런 모자 말이야. 다른 쪽 손은 옆의 남자에게 맡기고 있더구만. 나하고 인사를 나누는 동안에도 내내 그 손을 잡고 있었지, 아마. 홍도는 얼굴이 꽤 탄 것 같았어. 아, 그래. 탁자 위에는 포도하구 맥주가 두 병, 글래스가 두 개 놓여 있었어. 나두 별걸 다 기억하구 있네."

그때 그가 흔들던 발을 멈추면서 말했다.

"아니, 틀렸어. 맥주 한 병하구 콜라 한 병이었어."

나는 하마터면 그의 발을 잡아당길 뻔했다. 나는 그를 올려다보며 말했다.

"그래애?"

"그래, 홍도가 손을 잡고 있던 남자의 얼굴도 똑똑히 보아두었지. 하지만 기억하기가 어려운 낯선 얼굴이 아니어서 다행이었어."

그는 담뱃갑을 꺼내서 한 대를 입에 빼어물고는 갑째로 내게 넘겨주었다. 우리는 담배가 거의 반 이상 타들어갈 때까지 아무 말도 하지 않았다. 이번에도 담배를 끄면서 내가 먼저 말을 꺼냈다.

"아직도 그 얼굴을 기억하나?"

"아니, 이젠 잊어버렸어. 게다가 지금은 그런 게 문제가 아니야. 우린 그저 모자와 맥주와 리본에 대해 말하고 있는 거야."

내가 한쪽 손을 쳐들며 말했다.

"아, 좋아. 그러니까 나보고 얘기를 계속하라, 내게서 어떤 말이 나올까 궁금하다, 이거지? 말하겠어. 그날 홍도는 대단히 아름답게 보였어. 사랑을 느낄 정도였지. 잠깐 그녀가 모자를 쓴 모습을 보았는데 멋지게 어울리더군. 날씨도 기가 막히게 좋았지. 너 말이야, 기가 막히다는 말처럼 기가 막힌 말이 있다고 생각해, 응? 어쨌든 그 여잔 참 괜찮은 사람이었어. 간혹 불안해하는 듯한 면만 빼어버리면 사람들을 편안하게 해주는 그런 타입이었지. 너는 네가 나보다 그 여잘 훨씬 더 잘 안다고 생각하겠지만, 물론 그럴지도 모르지. 하지만 반드시 많은 시간적 공간적 유대가 이해를 보장해주는 건 아니야. 그건 그렇다고 치고, 하긴 이런 건 하등 쓸모 없는 얘기인지도 모르고, 또 사실 내가 우연히 그곳에 가게 된 것 자체만 해도 그렇지만, 어쨌든 우리의 입장으로는……"

"오늘만은 제발 그 단서 좀 떼구 말해라. 피곤하다."

나는 불빛을 등지고 앉아 있는 그의 표정을 살필 수가 없었다. 입술 움직이는 것이 간신히 보일 뿐이었다. 하지만 그렇다고 말을 자르고 들어오는 그의 공격을 앉아서만 당할 수는 없는 일이었다. 나는 무언가 그에게 덜미를 잡혔다는 기분이 들어 필요 이상으로 높은 소리를 질러대기 시작했다. 나는 나 자신은 물론, 적에 대해서도 제대로 파악하지 못한 상태에서 공격을 개시한 셈이었다.

"단서를 떼라구? 이런 제기랄. 너한테서 배운 이 좋은 습관을 이젠 네가 나보구 떼어버리라구 말하는 거야? 그런 말이 도대체가, 아니 이건 도대체가, 하나둘도 아니고 꼬리 아홉 개 달린 여우처럼 지독하고 변화무쌍한 꼬리표를 사타구니에, 겨드랑에, 온몸에다 달고 다니는 네가 나한테 말이야. 물론 이런 경우에는 그건 용기도 신중함도 아무것도 아니겠지. 내가 또 옆으로 빠지고 있다고 말하려는 거야? 피곤해? 그렇지, 피곤하겠지. 푹 쉬고 나면 다 잘될 테지."

말을 마치면서 나는 그의 얼굴에 드리워진 그림자가 안면 근육이 이루는 고랑 속으로 스며들면서 더욱 어두워지는 것을 보앉다. 그 어둠의 농도는 그 정도만큼 내게 대한 일종의 경고일 수도 있었고, 조금 달리 말하면 거리감일 수도 있었으나, 나는 그의 말을 받아들여서 일단은 그것을 피로감이라고 생각하기로 했다. 이제 나는 그와 타협을 꾀해야 할 것이었다.

그가 나를 내려다보며 말했다.

"굳이 이런 기회를 통해 우리 사이에서 이루어져야 할 타협 같은 것이 남아 있었나?"

나는 여자의 허벅다리를 더듬으려고 슬며시 내뻗던 손이 거절된 듯한 무안감을 느꼈다. 내가 무어라고 응수하기 전에 그가 내처 말을 계속했다.

"나는 지금 그저 모자와 맥주에 대해서 얘기하고 싶을 뿐이라니까. 한 남자에 대해서도 말하고 싶지 않아. 우리 손이 닿을 수 있는 것은 따로 있어."

결과적으로 나 혼자 또 한번 지나치게 멀리 나가버린 셈이 되었다. 그가 따라오고 있으리라 생각하고 달려나가다가 돌아보니 그는 저 멀리 출발점에 돌처럼 주저앉아 있는 상황이었다. 돌아서서 그의 옆으로 되돌아갈 수밖에 없었다. 그리고 그의 옆에 쭈그리고 앉아서 그가 먼저 말을 꺼내기를 기다리며 땅바닥에 의미 없는 낙서를 그어나가는 것부터 시작해야 할 것이었다.

한동안 멈춰 있던 그의 발이 다시 느린 템포로 움직이기 시작했다. 잠깐 동안의 충돌이 있은 후에 나의 자존심은 지푸라기를 쑤셔넣은 박제가 되어버렸지만 불쾌감을 느끼지는 못했다. 그가 다시 말을 시작했을 때 나는 심지어 나른한 안온함에 젖어들었다.

"너나 나나 피차 마찬가지고 다른 일도 다 그렇지만, 이 마당에서 변명 따위를 하려 든다는 건 내몰아놓고 쫓아가는 꼴이랄까, 말하자면 전후 관계를 혼동하는 짓일 뿐이야."

말하자면 그와 나 사이에는 한쪽 배에서 다른 쪽 배에 힘을 가할 때 생기는 반작용의 힘이 작용하고 있다고 말할 수 있었다. 그것은 꼭 서로 떨어지는 것을 의미하는 것이 아니라 가까워지는 경우도 포함하고 있는 것이었다.

시각이 얼마나 되었는지 궁금했지만 그렇다고 손목을 들고 시계를 들여다보는 귀찮은 행위를 수행할 정도로 그 궁금증이 심한 것은 아니었다. 그의 발은 여전히 시계추처럼 어느 한쪽에도 머무르지 않고 집요하게 앞뒤로 흔들리고 있었다.

꼼짝도 않고 앉아 있는 나의 몸에 또다시 졸음이 마비감처럼 죄어들었다. 감정의 완벽한 공백 상태에서 나는 마치 백지장처럼 서서히 죽어가고 있는 것이었다. 어떤 소리들이 폭포 소리처럼 크게 울리다가 때로는 완전히 귓전에서 사라져버리기도 했다. 내일 날씨는 기가 막히게 좋을 것이었다. 나는 곤충 바늘에 찔려 표본이 된 나비처럼 소파의 등받이에 붙박인 채 손가락 하나하나에 따끔거리면서 파고드는 죽음을 느끼고 있었다. 하지만 나는 눈을 완전히 감고 있지는 않았다. 따라서 나는 모든 것을 볼 수 있었고, 또한 모든 것을 꿈꿀 수 있었다.

나는 지금 내가 진실로 서서히 죽어가고 있다는 것을 느낄 수 있었다. 여태껏 내게 찾아왔던 죽음은 항상 여기까지뿐이었다. 죽음은 그 색도 향도 형태도 모든 것이 가물거리는 이 상태를 한 번도 넘어서지를 않았었다. 하지만 이번에는 내가 성실하게 애를 쓴다면 더 많은 것을 보고 듣고 맛볼 수 있을 것이었다.

나는 죽어가고 있었다. 온몸의 세포들이 쭈글쭈글하게 노화되는 것이 느껴졌다. 아무리 세포 분열을 왕성히 하고 신진 대사를 활발히 해도 나는 그보다 더 빨리 죽어가고 있었다. 이대로 나는 영원 속으로 흡수되어 흔적도 없이 소화될 것이었다. 하다못해 나의 머리카락 따위가 배설되는 영광도 없을 것이었다. 온몸에 차츰 사물과 같은 정적이 내려앉기 시작했다.

나는 모든 신경을 왼손의 검지에 집중시켰다. 그리고 조금씩 손가락 끝을 움직여보았지만 그것조차 그리 쉬운 일이 아니었다. 이번에는 발가락을 조금씩 꼼지락거려서 신경을 일으켜세웠다. 그리고 다섯 개의 발가락에 가늘게 걸린 힘을 발바닥 쪽으로 천천히 오므리자 발이 조금씩 안으로 당겨졌다.

창밖이 밝아오고 있었다. 나의 감각과 의식이 그 성능과 감도에 있어서 자꾸 떨어져내리고 있었지만 그렇다고 나는 흔히 쓰이는 말의 의미대로 잠에 들 수는 없었다. 대신 나는 꿈을 꾸기로 했다. 이제부터 다소 음침한 꿈을 꾸기 시작할 것이었다. 그 꿈은 나의 꽉 막힌 속이 심리적으로 배설을 하도록 도와줄 것임에 틀림없었다.

나는 당구대를 잡고 겨우 자리에서 일어서서 결리는 등뼈 위에 올라섰다. 일어선 채로 잠시 환해진 주위를 돌아보다가 붉은색 담요를 어깨에 걸치고 창문 쪽으로 걸어갔다. 그때 창문턱에서 무언가를 발견하고 그 자리에 멈추어 섰다. 아직 확연하게 밝아지지 못한 시선 속에 고스란히 들어와 앉아 있는 그 물체는 분명히 한 마리의 고양이였다. 나는 미동도 삼간 채 그 동물을 바라보았다. 놈은 조금 머리를 비틀고 입을 벌리려는 듯하다가 이내 움직임을 멈추고 나를 마주 바라보았다. 놈은 담요를 뒤집어 쓴 나의 몰골이 자기들과 비슷하게 보인다고 생각하고 있었다.

한밤 동안 파란 불꽃을 튕겼을 동그란 두 눈은 새벽이 되어서인지 연한 갈색으로 되돌아와서 멍청하게 나의 모습을 담고 있었다. 그러나 엄밀히 말하면 그 눈은 어둠 속의 야성을 잃고 이제는 낮의 지성을 얻기 시작하고 있다고 해야 할 것이었다. 놈의 꼬리가 공중으로 곧게 치켜졌다가 곧 창밖으로 늘어뜨려졌다. 나는 조금 흐느적거리며 바닥을 미끄러져서 놈에게 다가갔다. 놈의 목 뒤쪽 털이 잠시 곤두섰다가 가라앉았다. 놈은 내가 술에 취했다고 생각하고 있었다. 나의 손바닥이 머리에서 등 쪽으로 꼬리까지 쓰다듬어내리자 놈은 몸을 바닥에 납작 붙였다. 털의 감촉이 기가 막혔다. 하긴 손바닥으로 느끼는 감각이 내가 놈을 현실적으로 느낄 수 있는 전부였다. 놈은 기분이 좋은지 밖으로 내려진 꼬리를 조금씩 끌어올렸다. 꼬리가 흔들거리면서 그 끝이 내 눈 높이까지 올라왔다. 꼬리는 좌우 상하로 움직이면서 내 눈을 혼미하게 했다. 나는 놈이 나를 얕보고 있다는 것을 알고 있었다. 나는 손을 멈추었다가 갑자기 손가락 끝을 오므려서 놈의 목덜미를 세게 움켜쥐었다. 그러나 그건 거울을 바라보다가 그 차갑고 매끄러운 면에 손바닥을 가져다 대보는 것과 다를 것이 하등 없는 단순한 행동이었다. 순간 놈은 날카로운 소리를 내지르며 몸을 솟구쳐서 나의 손아귀를 빠져나가, 그럴 줄 미리 알고 있었노라고 중얼거리고는 밖으로 뛰어내렸다.

    발톱 세례를 받은 나의 손등에 길다란 상처가 났고 핏방울들이 그 선을 따라 송골송골 맺혔다. 그때 말로 할 수 없는 황홀감이 느닷없이 온몸에 아우성치며 빽빽하게 들어찼다가, 순식간에 허벅지 아래쪽으로 빠져 달아났다. 그러자 마음속 깊이 드리워진 심지가 뽑혀나간 듯이 몸에서 맥이 빠지고 담요가 어깨에서 미끄러져 바닥에 떨어졌다.

홍도가 죽었다.

잠의 무게가 담요처럼 바닥에 털썩 떨어지는 순간 나는 잠에서 깨어났다. 내가 거짓잠에 빠져 있었던 시간은 약 5분 정도였을 것이었다. 이제 그의 발은 희미한 발광체 같던 눈부심도 완전히 잃어버리고 익사체의 그것처럼 푸르딩딩한 색을 띠고서 죽어가는 곤충의 다리 마디처럼 간혹 가다가 천천히 움직이고 있었다.

그러나 그것은 여전히 내 눈앞에서 무한한 변신을 해나가고 있었다. 그것은 일종의 대리석의 조형미를 갖춘 원추형이 되었다가, 아직 발바닥에 남아 있는 양탄자의 기억 탓인지 순식간에 짧고 보드라운 털로 뒤덮여버렸다. 그러나 털은 구속이었다. 구속은 벗어버려야 했다. 이번에는 동전이 짤랑거리는 쇠저금통이, 그러고는 곧 한번도 본 적이 없는 어떤 해저 동물이 앞에 나타났다.

나는 냄새를 맡기 위해 거기에 코를 가져다 댔다. 그러나 그의 발가락이 코끝을 스쳤기 때문에 섬뜩한 차가움이 좀전의 어떤 냄새에 대한 기억을 지워버렸다. 놈을 가두어놓아야 했다. 서랍에 처넣고 다이얼식 자물쇠를 하나 채워놓아야 했다.

나는 지붕에서 기왓장을 들어내듯이 가벼운 마음으로 팔을 뻗어 그 발을 잡았다. 그때 내가 흘낏 올려다본 그의 표정은, 지문처럼 복잡한 온몸의 신경이 갑작스런 자극을 받아서 회오리바람처럼 온통 얼굴 위로 솟구쳐올라 콧구멍이나 귓구멍, 혹은 입을 통해 밖으로 빠져나가려고 안간힘을 쓰고 있는 듯한 그런 표정이었다.
　나의 돌발적인 행동에 대한 후회감이 덮쳐왔지만 이미 팔에 가해진 힘을 되돌릴 수는 없었다. 그의 발부터 시작해서 온몸이 아무런 저항 없이 내 위로 무너져내렸다. 그의 어깨와 나의 입술이 세게 부딪쳤고 그의 머리는 뒤쪽 벽을 들이받으면서 요란한 소리를 냈다. 이 모두는 전혀 예상치 못한 일이었다.
　나는 그의 몸을 얼싸안은 채 곧 균형을 잃고 바닥으로 나동그라졌다. 찝찔한 맛이 입 안에 번졌다.
　우리는 옆으로 서로를 껴안은 채 누워 있었다. 그는 잠이 든 듯이, 아니면 죽어버린 듯이 미동도 하지 않았다. 나는 바닥에 이마를 몇 번 비비다가 곧 몸을 축 늘어뜨렸다. 그 상태로 잠이 들 수 있을 것 같았다. 그 상태로 죽·을·수·있·을·것·같·았·다.　　　　　　　　　　　　　〔1983〕

공중 누각

  그는 아직 졸음이 섞여 있는 눈을 가늘게 뜨고 의자에 앉아 있었다. 그는 창밖의 담과 길을 바라보고 있는 것이 아니라 그저 텅 빈 시선을 그쪽으로 고정시키고 있었으므로 투명한 유리창을 바라보고 있다는 표현이 더 정확할 것이었다. 유리창 뒤에는 바다색 방충망이 있어서 가뜩이나 날씨가 흐린 바깥의 풍경은 그에게 점묘화처럼 미세한 입자들로 분할되어 있는 듯이 보이다가 때때로 눈의 초점이 졸음으로 더욱 흐려질 때에는 바둑판 무늬의 물결처럼 보이기도 했다.
  그러나 그가 점점 더 안구에 힘을 줌에 따라 그물 사이의 미세한 각각의 조각들도 차츰 그 윤곽을 드러내기 시작했다. 그리고 그 풍경의 부분들은 나일론 그물의 날과 올 덕분에, 그것들이 속해 있는 담벼락이나 줄장미, 은행나무 등등의 전체에서 독립하여, 모두 나름의 색깔과 소리와 냄새의 독특한 성질을 가지면서 이를테면 감각의 무정부 상태를 준비하기 시작했다. 맞은편 건물 중앙에 붙어 있는 창문의 푸른색이 게릴라처럼, 아니면 인디

언 전사처럼 그물코를 타고 조금씩 확산되어나가다가 줄장미의 붉은색과 초록색에 부딪혀 갑작스럽게 원래의 크기대로 수축되어버리고, 줄장미의 붉은색과 푸른색은 바람 탓인지 가볍게 몸을 움직이면서 원숭이처럼 그물눈의 이쪽에서 몇 칸 건너 저쪽까지 넘나들고 있었다. 그러자 밤새도록 어두운 방구석에 버려져 있던 그의 코와 귀, 눈의 감각 세포들이 뇌(腦)가 잠들어 있던 동안에 부스럭거리고 뒤척이며 꾀하고 있던 음모를 결행이라도 하려는 듯이 조금씩 반란을 일으키기 시작했다. 그의 감각 세포들은 방충망의 잘고 무수한 그물코를 통해 멋대로 바깥 풍경의 조각들을 끌어들여서 스스로 자극을 받고 기꺼워하며 흥분하거나 제풀에 기가 꺾이곤 하는 것이었다.

　시신경 세포 속에서 단단하게 뭉쳐진 진흙 덩어리 하나가 그물코를 빠져나가 요란한 소리를 내며 앞집 창문을 산산조각으로 부수어버렸다. 회색 창문이 열리면서 붉은색 상의의 여인이 머리를 내밀어 무심하게 밖을 살폈다. 그녀에게서 장미꽃 내음이 나는 듯하다가 이내 코를 찌를 듯한 매캐한 냄새가 그의 귓구멍 속에서 붉은 여인이 지르는 몇 마디 말과 뒤섞여서 아래턱을 떨리게 할 정도의 불협화음을 일으켰다.

　그는 속으로 빨리 이 비정상적인 상태에서 벗어나서 정상으로 돌아가야 한다고 소리치고 있었다. 그러나 그는 그의 안과 밖의 혼란, 혹은 반죽 덩어리의 뒤섞임 속에서 오히려 온몸의 아홉 개 구멍이 서로 뚫려서 공기가 자유로이 내왕하는 듯한 조금 횡하기까지 한 트임, 허공으로 떠오를 수도 있을 듯한 무중력을 느끼고 있었다. 그런 상태가 한동안 더 지속되었더라면 앉은 자세 그대로 승천(昇天)을 하거나 입지(入地)를 할 수 있었을지도 모르는 일이었다. 아니면 최소한 그의 모든 감각 기관은 물론 신체의 각 부분들이 전혀 그의 의지에 상관없이, 예를 들어 이두박근이 불쑥불쑥 튀어오르거나 안면 근육이 씰룩거리면서 이완과 수축을 거듭하는 일이 일어났을지도, 심지어는 온몸의 살갗이 파동을 일으키는 물결처럼 제멋대로 밀렸다가 펴지는 일을 되풀이했을지도 또 모르는 일이었다.

그러나 그는 엉덩이를 받쳐주는 나무의자의 감촉을 느끼기 시작하면서 자신의 콧구멍이나 귓구멍·망막·콧날개·눈꺼풀·혀끝·귓바퀴에서 꿈틀거리는 자극들을 불편하게 여기기 시작했다. 다시 말하면 한 발 뒤로 물러서서 그것들을 바라보게 되었던 것이었다. 그때 그는 풍경을 모자이크화처럼 조각조각으로 해체하는 것이 앞쪽에서 시야를 막고 서 있는 바다색 방충망이라는 사실을 새삼스럽게 깨달을 수 있었다. 그는 몸을 일으키고 손을 뻗어서 그것을 확인했다. 그 순간 그는 갑자기 그 망(網)이 얼굴에 덮쳐드는 듯한 착각을 느끼며 의자에 털썩 주저앉았다.

이제 잠은 완전히 달아난 셈이었다. 그러나 여전히 창을 향해 고정되어 있는 그의 시각의 귀퉁이에서 그는, 티끌이 눈에 들어간 듯 그를 괴롭히는 엷은 갈색의 덩어리를 보았다. 그는 간신히 초점과 방향을 맞추어 그것을 바라보았다. 그것은 바깥쪽에서 방충망에 올라앉아 그에게 배를 들이대고 있는 작은 나방이었다. 보통 나방들처럼 날개로 몸을 싸거나 수평으로 펴지 않고 날개를 아래쪽으로 곧게 내려뜨린 그것은 여러 개의 다리로 망에 단단하게 매어달려서 미동도 않고 있었다. 그는 창문을 열고 얼굴을 그쪽으로 가져갔다. 나비보다 통통한 몸통과 두 개의 촉각과 눈을 잠시 들여다보던 그는 엄지손가락과 집게손가락을 지렛

대처럼 이용해서 그것을 가볍게 튕겼다. 그러자 그 작은 생물은 하마터면 발을 놓칠 뻔했다는 투로 요란스럽게 몸을 가누다가 이내 다시 조용한 자세로 돌아갔다. 그는 이번에는 손가락 끝에 힘을 주어서 새벽잠에 집착하는 나방의 아랫배를 세게 쳤다. 불시에 안쪽에서 가해진 타격에 밀려 나방은 공중에 날아올랐다가 날개를 퍼드덕거리면서 떨어져내렸다. 그것은 어렵게 몸의 균형을 잡고 좀전에 앉아 있었던 자리보다 훨씬 아래쪽에 내려앉았다. 그리고도 한동안 현기증 때문인지 고통을 견디어내기 위해서인지 조금씩 몸을 움직이면서 부산 떨기를 멈추지 않았다. 그는 손을 거두고 그것을 바라보았다. 그는 나방의 무늬와 주름, 털 등의 세부 모습에 익숙해지면서 여느 날과 마찬가지로 새벽녘의 곤혹과 신체 각부의 고통이, 몸 위에서 쉬지 않고 걸어다니는 다족류의 곤충이 남기는 감각처럼 여기저기에서 피어오르는 것을 느끼고 있었다.

그는 의자에 앉은 채로 찌뿌드드한 몸을 이리저리 비틀어보았다. 두 팔을 들어 어깨 위로 돌리고 힘을 주자 언제나처럼 팔과 어깨의 관절에서 두두둑 소리가 들렸다. 뼈마디가 조금은 상쾌해지긴 했지만 매일 아침마다 그러하듯이 그는 뼈마디에서 나는 소리에 섬뜩 놀라 팔을 멈추었다. 그러나 그는 매일의 주어진 일과를 성실히 수행하는 모범 장기 근속자처럼 다음 작업으로 들어갔다. 어금니를 꽉 물었다가 아래쪽 턱을 툭 내려뜨리자 역시 양쪽 방골(方骨)에서 따닥 소리가 일어났다. 매번 아무 이상이 없었음을 알면서도 그는 성실하게 턱과 어금니 쪽을 쓰다듬으면서 혹시 위턱과 아래턱이 빠지지는 않았는가 하는 고장의 유무를 확인했다. 마르고 건조해진 그의 몸의 관절들은 철사로 연결된 양철 병정처럼 자주 불유쾌한 타음을 일으켰다. 계속해서 그는 두 손을 모아쥐고 양쪽 열 개의 손가락을 꺾고, 이어서 양쪽 열 개의 발가락까지 일일이 꺾어서 도합 스무 개의 소리를 확인한 후에 의자에서 일어섰다.

손가락으로 말해서 검지에 해당하는 오른쪽 발의 두번째 발가락 부분이 약간 시큰거렸다. 그 부분만은 이상하게도 여간해서 아침 작업에 협조적이 아니었다. 잘 소리도 나지 않았을뿐더러 겨우 소리를 낸 후에는 통증이 느껴지기 일쑤였다. 허리에 두 손을 대고 목을 한바퀴 돌리자 부서지는 듯한 자잘한 소리들이 목속에서 일어났다. 그 소리를 들을 때마다 그에게는 살점이라곤 별로 없이 잔뼈들로 이루어진 통닭의 목 부분이 연상되었다. 아마도 목이라고 구별되는 신체의 부위를 지닌 모든 척추 동물들은 그 부분의 오밀조밀한 뼈의 조합에 있어서는 서로 유사할 것이었다.

그는 간단하게 아침 식사를 마치고 소파에 앉아 신문을 펴들었다. 잠시 후 그는 고개를 떨구고 두 손을 의자의 팔걸이에 건 채, 무릎 위의 신문 석 장이 그의 발 밑 여기저기에 흩어질 때까지 한동안을 일어나지 않고 있었다. 그러다가 언뜻 그는 그런 상태에서 꽤 오랜 시간이 지났다는 것을 깨닫고는 자리에서 몸을 일으켰다. 그의 거의 완벽한 무위(無爲)를 시간이 파괴한 셈이었다. 왜냐하면 최소한 그는 시간을 보내고 있는 것이 되어버렸기 때문이었다.

앞의 꼬리를 송곳니로 깊숙이 물고 그의 뇌리를 스쳐가는 무수하고 잡다한 상념, 혹은 영상들이 각기 어김없이 초(秒)와 분(分)의 단위로 환산되고 있었다는 사실에 그는 잠시 어리둥절해졌다. 그도 그럴 것이 그 상념들의 연쇄는 어떤 구체적인 궤적을 그리거나 각각의 상황이나 사건의 전반을 더듬는 것이 아니라, 단지 칸유리를 통과해서 흐리게 맺힌 상(像)처럼, 지극히 말초적인 그의 감정이 작은 거품으로 의식의 표면에 떠오르는 것에 불과했던 것이다. 여러 상념들은 컵에 부어놓은 사이다 속에서 기포들이 정확하게 규칙적인 간격으로 위로 떠오르듯이 어떤 시간차를 두고 그의 의식에 조그만 파문들을 일으키는 것이었다.

이러한 과정이 진행되는 동안 그의 자세에는 전혀 변화가 없이, 양쪽 손바닥을 활짝 열고 밑으로 무너져내릴 듯이 앉아 있었지만, 거의 무표정하여 약간 입을 벌리고 있는 그의 얼굴 위에서는 간간이 변화가 일어나고 있었다. 세심하게 관찰해보면 그는 멍한 표정의 사이사이에 미간을 찌푸려 콧등에 주름을 그어서 고통스런 표정을 짓곤 하는 것이었다. 그 곤혹의 표정은 그의 머릿속에 기억하기 싫은 사건이나 상황이 불쑥 튀어나와서 그의 의식이 전파 방해를 받는 TV 화면처럼 잠시 온통 뒤죽박죽이 되어버리는 상태였다.

사실 그는 이런 상태로 행동을 멈추고 생각이 제멋대로 치달리도록 내버려두는 것은 위험하고 무모한 일이라고까지 생각하고 있었다. 왜냐하면 결국 지금 그의 자의식은 자기를 갉아내고, 뜯어내고, 치고 받는 일 외에는 아무것도 생각할 수 없기 때문이었다. 그러나 그럼에도 불구하고 그는 손이 닿을 수 없는 곳에서부터 오는 고통을 감수하듯이 이 고문을 견디어내고 있었다.

그것은 거의 대부분 그의 게으름에서 기인하고 있었다. 다시 말하면 그에게는 오랜 시간을 상념하면서 보내는 것과, 무위의 시간을 견뎌내기 위해서 상념에 몸을, 전감각을 내맡기는 것이

역설적으로 거의 같은 것이었다.

 따라서 그는 이 시간 동안에 모든 행위를 상념으로 대치시키는 노력을 주도면밀하게 수행하고 있었다. 예를 들어 혀끝에 올라선 갈증을 느끼면 그는 이런 상태에서는 냉장고로 다가가서 열고 물을 꺼내 벌컥벌컥 마시는 대신에, 이전에 언젠가 버스에서 발등이 밟혔던 기억이나 고층 빌딩의 옥상 난간에 서 있었을 때, 아니면 은행에서 주간지를 읽던 때의 기억을 꼼꼼하게 되살리곤 하는 것이었다.

 물론 직접 물을 마시는 행위와 머릿속에서 쫓는 엉뚱한 상념이 처음에는 팽팽히 맞서지만 대개의 경우 그 머릿속의 생각으로도 갈증이 충분히 해소되곤 하는 것이었다. 그 긴장된 대립 상태는 그때의 충동의 성질에 따라 다르겠지만 그에게는 몇 가지 행위에 대해서 사전에 상념의 대응책이 준비되어 있었다. 말하자면 가려운 곳이 있으면 그곳을 긁는 행위 대신에 어느 겨울에 본 연극의 무대 한쪽에 이유 없이 놓여져 있던 목제 의자를 떠올리면 되었다. 그는 성적(性的)인 충동을 일으키는 대상, 즉 심지어 만년필이나 미지근한 물, 모래, 구름 등등을 피하는 불문율을 가지고 있었다. 왜냐하면 일단 생각이 그런 불건전한 식으로 빠져버리면 정상적인 방법으로는 헤어나올 수가 없기 때문이었다.

 따라서 그는 생각의 흐름을 바로잡으려 하거나 아니면 생각이 끊기는 것을 막으려 할 때, 그저 지푸라기처럼 매달릴 것이 필요할 경우에, 그는 온몸을 동원해서 머릿속에서 땅을 파헤치기 시작하곤 했다. 그는 우선 삽과 손으로 잡목림을 걷어낸다. 흙덩어리가 매달린 뿌리가 뽑혀나온다. 자갈을 발로 차내고 삽의 날을 세워 발로 밟아 땅에 깊이 박아넣는다. 흙덩이를 한 삽 퍼내고,

이후 삽질 사이사이에 곡괭이를 하늘 높이 쳐들었다가 내리꽂는다. 흙가루가 튀어 얼굴에 부딪히고 손등으로 비비면 땀에 섞여 으깨어져서 얼굴에 발라진다. 큰 돌이 곡괭이질에 부수어져서 끌려나온다. 잠시 후 다소 축축한 흙이 나오면 그는 먼지가 가라앉길 기다려 연장을 집어던지고 구덩이 앞에 무릎을 꿇고 앉아 흙을 손으로 퍼내기 시작한다. 손끝이 얼얼해지고 기분 좋은 젖은 흙냄새가 그를 흙기둥으로 화(化)하게 할 수 있을 듯한 정도의 도취감을 느끼게 한다.

대개의 경우 상념은 여기에서 그치고 만다. 그리고 집요하게 땅을 파는 행위는 그저 파는 행위에 지나지 않았고 그의 상념 속에서 무언가를 파낸다거나 파묻는 적은 한 번도 없었다.

그러나 그것은 어느 한도 내에서만 가능한 일이었다. 상념으로 육체적 감각과 행위를 충분히 오랫동안 상쇄시켜나갈 수 있다 하더라도 급기야는 그 모두가 뒤죽박죽이 되어버려서 순식간에 서로 굳은 매듭을 이루면서 점차 더 크고 둥근 덩어리로 불어나기 시작하는 것이었다. 그 실뭉치의 처음이나 끝 부분이라 생각하여 실을 당겨보면 오히려 더욱 단단하게 매듭을 짓는 결과를 초래할 뿐이었다. 그렇게 되면 그는 머릿속에 털실 뭉치가 채워진 듯한 기분에 빠져들게 되는 것이었다. 그것은 그저 약간의 탄력과 부피만을 지닌, 무게 따위는 가지지 않는 것이었다. 그때 그는 순전히 머릿속의 거북함 때문에 콧등을 찡그려 바로 그 곤혹스런 표정을 짓게 되는 것이고, 그 틈에 결국 이번처럼 시간이 많이 흘러버렸다는 깨달음이 그의 뒷골 위에 올라타게 되는 것이었다. 그리고 그런 깨달음을 얻자마자 그 실뭉치는 그 자체가 하나의 복잡한 매듭이 되어버리는데, 그것은 아마도 무의식적으로 그가 여태껏의 상념들을 단번에 시간적인 순서로 재배열하려는 의지가 개입되었기 때문인 듯싶은 것이었다.

머릿속이 이렇듯 결석화(結石化)되는 것 같을 때, 그는 그 자리에서 벌떡 일어나 냉장고 쪽으로 달려가거나, 창문을 열어젖히거나, 때로 이미 가려움이 사라진 부위를 손톱을 세워 긁어대곤 하는 것이었으나 그 매듭이 풀릴 가능성은 애초에 전무한 것이었다. 그때 그는 대개의 경우 자의식이 제멋대로 날뛰도록 내버려둔 자신의 게으름을 탓하며 애써서라도 밀린 일상의 업무에 적응하여 처리하곤 했다. 그러나 그는 이날만은 자리에서 일어선 채로 정면을 응시하며 한동안 서 있다가 허리를 굽혀 바닥에 떨어져 있던 신문지를 두 손에 꾸겨 들고 허리를 편 다음, 냉장고 옆의 쓰레기통 속에 쑤셔박았다. 그러고는 거의 간격을 두지 않고 구두를 끌면서 집을 나왔다. 빈정거리는 듯한 어감을 제(除)하고 원래 의미 그대로 가히 그는, 신탁이 내린 매듭을 칼로 내리친 알렉산더와 비견할 말했다.

등뒤로 현관문을 닫은 후에야 그는 자신의 행위를 의식했다. 그는 자신을 붙잡는 일상 업무가 하나씩 생각날 때마다 앞으로 크게 한걸음 내디뎠다. 잠시 후 이미 그는 큰길가에 나와 있었다. 바깥은 평범한 흐린 날씨와 역시 일상적인 거리와 사람들, 건물들이 적당한 배합으로 버무려져 있었다. 그는 음악 소리가 요란하게 울리고 있는 전파상 앞의 공중전화 박스 쪽으로 걸어갔다. 텅 빈 전화 박스가 그에게 요술상자나, 혹은 만화경, 혹은 주크박스처럼 여겨졌기 때문이었는지 확인할 길은 없지만 어쨌든 그가 보기에 좋았더라고 말할 수 있을 것이었다.

그는 바지 주머니에 오른손을 찌르고 박스 안으로 들어섰다.

일곱 자리 숫자를 돌리고 신호가 세 번 갔을 때 그는 상대방과 통화를 할 수 있었다. 그는 길 맞은편의 가구점 앞에 전시되어 있는 안락의자들을 바라보며 말했다.

"여보세요. (　) 저, 실례지만…… (　) 아, 나 방기본이야. (　) 그래, 날세. (　) 내가 올라왔는지 어떻게 알았나? (　) 그래? (　) 이제 며칠 됐네. (　) 글쎄, 일단은 그럴 수밖에 없지 않나, 두고 봐야지. (　) 그래. (　) 오호, 그게 그렇게 되는구나. (　) 별일은 아니야. 벌써 그렇게 됐나? (　) 그렇지, 그럴 순 없지. (　) 그럼, 그렇구말구. (　) 요즘 바쁘겠군. (　) 그래 그러지. (　) 음, 잘 있게."

전화를 끝냈을 때 이미 기본은 눈으로 건너편 가구점의 의자 하나하나에 모두 앉아보고 난 뒤였다. 의자들은 마치 여자들이 그러한 것처럼 각기 나름의 편리한 점과 불편한 점, 쓸 만한 점과 그저 버리기 아까운 점들을 가지고서 개성인 양 전시되고 있다는 느낌이 그가 간접적으로 앉아보고 난 후의 감상이었다. 그때 무표정하게 전화 박스를 벗어나던 그는 갑작스럽게 예의 그 표정, 그러나 이번에는 훨씬 도가 심하게, 미간과 콧잔등을 심하게 찡그리고 입까지 비틀면서 고개를 숙이고 걷기 시작했다.

그는 굳이 길을 건너려는 생각도 없이, 사람들이 모여 있는 횡단보도 앞에서 멈추어 섰다. 그는 입술을 뜨겁게 하는 담배 꽁초를 뽑아 바닥에 던지고 밟으려 했다. 그러나 그것은 빠져나온 타일의 모서리에 튕겨서 차도에 내려서 있는 사내의 옆으로 굴러갔다. 기본은 어쩌는 수 없이 사내가 왼발을 들어 필터 부분을 지그시 밟아서 바닥에 비비기 시작하는 것을 바라보았다. 그리세게 밟고 있지 않아서인지 꽁초는 천천히 해체되었다. 먼저 재가 된 검은 가루가 흩어져나오다가 겉종이가 터지면서 짙은 고동색의 내용물이 흩어졌다. 회색 타일 위에 검은 황토 흙을 뿌려 놓은 듯했다. 사내는 여전히 발바닥에 비비는 행위를 멈추지 않고 있었다. 이제는 누렇게 변색된 필터가 드러나면서 긴 조각으로 나누어져서 바닥의 흙과 담뱃가루에 섞이기 시작했다. 기본은 무표정한 얼굴로 사내의 발의 롤러 같은 기계적인 행위를 지켜보고 있었다.

그때 신호등이 바뀌며 사람들이 길을 건너기 시작하자 사내는 마지막으로 발목을 비틀어 세게 바닥을 비빈 후 앞으로 걷기 시작했다. 기본은 조금 늦게 사내를 따라 걸으면서 그를 관찰했다. 사내는 보폭이 제법 넓은 편이었으며, 발을 내디딜 때마다 흡사 바지를 추스르는 듯한, 엉덩이를 조금 치켜올리는 듯한 몸짓이 조금씩 나타나고 있었다. 반도 채 못 건너서 신호등의 불이 바뀌는 바람에 서둘러서 반대편 인도에 오른 기본은 천천히 발을 끌며 걸어서 사내의 뒤쪽 몇 보쯤 떨어진 곳에 서서 다시 담배를 피워 물었다. 사내는 버스 몇 대를 그냥 보내면서도 느긋하게 서 있었다. 조금씩 지루해지기 시작한 기본은 사내의 뒷모습을 바라보며 그제야, 조금 전 담배 꽁초가 부서질 때 잠깐잠깐씩 자신의 살갗이 땅바닥에 비벼져서 림프액이 바닥에 스며들고, 실핏줄이 터지고 살점들이 잘게 갈겨져서 바닥에 고루, 그리고 다소 불결하게 흩어지는 기분을 느꼈기 때문에 자신이 이 사내에게 적대감을 가지고 있는지도 모른다고 생각했다. 그리고 그것은 다분히 타당한 일로 여겨졌다. 사내는 여전히 한가로운 자세로 길가의 테니스장을 넘겨보고 있었다.

그때 짐작할 수 있었던 대로 흐려졌던 하늘에서 빗방울이 떨어지기 시작했다. 비는 더 심해질 것 같지는 않고 그저 한동안 그런 식으로 지속되다가 말 듯했다. 그는 조금도 당황하지 않는 사내처럼 그 자리에서 비를 맞아야 했다. 빗물이 무엇인가를 씻어낸다니 그건 천만의 말씀이라고 그는 생각했다. 빗방울은 마치 화농균처럼 포장이 안 된 인도나 웅덩이 위로, 그리고 주위의 건물 위에 떨어져서 종기 같은 파문을 일으키고 있었고, 그의 몸에 닿으면서 아뜩아뜩한 무게로 이미 꺼져버린 그의 의식의 재를 뒤적거렸다. 천식을 유발하는 습기가 도처에서 모든 사물들의 기관지에 경련을 일으키고 호흡을 곤란하게 하여, 이같이 빗방울이 듣는 날에는 사물들은 창백한 안면으로 눕지도 못하고 앉아서, 낮고 급하게 호흡을 해야 할 것이었다. 이 눅진한 습기는 삶이라거나 혹은 빈 병, 손수건, 혹은 그외의 무엇으로도 불릴 수 있는 어떤 것을 서서히 마멸시키고 부식시켜버리거나 아니면 간혹 그것의 초라한 털을 적셔서 푸드덕푸드덕 몸을 흔들어 물기를 털어버리도록 만들기도 할 것이었다.

    그때 무심코 뒤로 돌리던 그의 시선은 코앞에 닥쳐온 한 사내의 모습에 세게 부딪혔다. 아주 허름한 차림의 그 사내 쪽에서도 전혀 그를 의식하지 못했던 것인지 사내가 기본을 바라보는 눈빛도 크게 흔들렸고 그에 못지않게 몸도 심하게 비틀거렸다. 그러나 어쨌든 기본은 그에게 방해물이면서 동시에 의지물일 수밖에 없었다. 서로 이쪽저쪽 몸을 놀리던 그들의 돌연한 마주침은 급기야 사내가 그에게 덮쳐들다가 기본이 옆으로 비키는 바람에 바닥에 나동그라지는 것으로 끝장이 났다. 사내는 이내 몸을 일으켜 다리를 꺾은 채로 땅에 주저앉아 일어설 염도 없이 멍하니 앞을 바라보고 있었다. 거의 초로(初老)에 들어선 듯한 사내의 입가에서는 빗물과 분명히 구별되는 침이 흐르고 있었다. 이상한 점은 비가 별로 내리지 않았는데도 그의 바지는 거의 젖어 있었던 것이었다. 기본은 천천히 그의 옆을 지나쳤다. 그것은 왜냐하면 빗물이 빠르게 등줄기를 거쳐 사타구니로 흘러든 듯한 기분 때문이었다.

다시 말하면 그는 사내의 초점 없는 눈을 들여다보았을 때 그 눈알이 자신의 손바닥에 덜컥 올라앉는 듯한 감각을 거의 생생하게 느꼈던 것이었다. 그것은 연한 갈색으로서 그가 배운 대로 전체의 모양이 타원체가 아니라 거의 구형에 가까웠고 그 감촉은 매끄럽고 차가운 젤리와 같았으며 손바닥에 알맞게 수용되어서 조금만 힘을 줘도 물고기의 부레처럼 퍽 하고 터져버릴 듯했다. 그는 촛농이 손바닥에 떨어진 듯한 기분에서 벗어나기 위해 바짓단에 대고 손바닥을 썩썩 비볐다.

그가 다시 주위를 돌아보며 그의 담배 꽁초를, 아니 그를 밟아 비벼댔던 사내를 찾았을 때 이미 그 사내는 미행을 따돌리는 절호의 기회를 놓치지 않고 사라진 뒤였다. 대신 그 사내가 서 있던 쪽에는 노선 버스 한 대가 막 마지막 승객을 태우고 떠나려 하고 있었다. 기본은 달려가서 떠나는 버스의 옆구리를 세게 두들겼다. 차는 다행히 다시 정거했고 그는 겨우 올라탈 수 있었다. 숨을 몰아쉬며 실내를 돌아보았지만 그러나 사내는 발견되지 않았다. 그는 서둘러서 김이 서린 차창을 손으로 비비며 사내가 서 있던 쪽을 바라보았다. 기본이 탄 버스가 떠나자마자 그 사내가 입가에 웃음을 띠며 길모퉁이에서 걸어나올 듯했기 때문이었다. 그러나 이미 버스는 네거리를 지나고 있었다.

그가 버스에서 내려 외국 재단에 의해 지어진 문화 단체의 건물 앞에 섰을 때는 비가 이미 그쳐 있었다. 그는 잠시 자료실 건물을 바라보며 그 입구에서 머뭇거렸다. 그 현대식 5층 건물은 창문을 제외하고는 외부 장식이 거의 없는 붉은 벽돌색의 직육면체였는데, 비가 온 탓인지 눅진함으로 충만된 그 커다란 덩어리는 자신의 육감적인 분위기를 더 견뎌내지 못하고 밑동부터 무너져내릴 듯한 모습으로 서 있었다. 그것은 습기와 큰 나무들이 이루어주는 애매한 상황의 탓으로 다른 풍경들 속에 뭉뚱그려져서 조금은 방심한 태도로, 키 작은 서양인이 동양인들 사이에 스며들어가 있듯이 겉으로 드러나지 않으면서도 본래의 오만한 냄새와 더 이상 숨길 수 없는 피곤함을 주체하지 못하고 있었다.

잠시 후 그는 머리카락을 손으로 털며 건물의 터진 부분, 악성 난치 종양과 같은 입구로 걸어들어갔다.

그는 곧장 3층으로 올라가서 접수계의 여직원이 내민 출입자 명부를 펴들었다. 그는 '15, 김공도, 대학원생, 미술, 회원'이라고 쓴 칸의 아래에, '16, 방기본, ·, 문학, 300'이라고 쓰고 삼백 원을 지불했다. 그때 조그만 열쇠를 꺼내든 여직원이 그를 올려다보며 물었다.

"소지품은 없나요?"

"없는데요."

그는 대답하자마자 너무나 빨라서 오히려 고저나 박자를 파악할 수 없는 그녀의 목소리에 무언가 여운처럼 남는 호기심을 느꼈다. 그는 대화를 연장시켰다.

"여기 책들은 관외 대출이 됩니까?"

"회원이 아니면 안 돼요."

그녀의 혀는 매우 짧았다. 스타카토로 튀어오르는 그녀의 말의 음질들은 그 짧은 혀 때문이었다. 그러나 짧은 혀가 일으키는 분위기는 그 나름대로 의외로 오래 지속되고 있었다. 마치 성량이 풍부한 목소리가 귀청을 오랫동안 진동시키듯이.
명부를 받은 여인이 막 돌아서려는 그에게 물었다.
"직업은요? 여기다 쓰셔야죠."
그러나 그는 그대로 몸을 돌려 앞으로 걸어갔다. 서가들 사이에 대여섯 명의 사람들이 앉아 있는 자료실 안은 매우 조용했다. 그는 그들의 정숙함 사이를 걸어서 서가들을 기웃거리다가, 문예지 한 권, 연극에 관한 잡지, 그리고 두툼하고 색감이 좋은 원서 두 권을 뽑아서 팔로 싸들고 창가의 자리로 가서 앉았다. 그는 마치 몸의 어느 부위가 불편해서 스스로 진단을 내릴 수 있기 위해 의학 사전을 뒤지러 온 사람처럼 책을 읽었다. 그러나 그는 오줌 색깔의 변화에 따른 몸의 상태라거나 머리털이 많이 빠지는 이유 따위를 궁금해하는 사람보다는 훨씬 덜한 집중력과 흥미를 가지고 있었다.
그의 눈은 그저 끌려가듯이 글자의 행렬을 뒤따르고 있었다. 각각의 페이지에는 아래로, 옆으로 혹은 비스듬히 획획 삐치게 그어진 획들이 어떤 균열이나 아니면 날카로운 촉수처럼 선명하게 인각되어 있었고, 간간이 간교한 곡선이나 원들이 마치 별일 없다는 듯이 뒷짐을 지고 서서 딴전을 피우고 있었다. 그리고 각 음절들은 띄어쓰기와 줄바꿈에도 불구하고 바로 앞의 음절을 먹이로 하여 사슬처럼 탐욕스럽게 전개되어 있었다. 각 음절 속에서도 마찬가지였다. 말하자면 ㄱ은 ㅏ를 낳고, ㅏ는 ㅈ을 낳고, ㅈ은 ㅓ를 낳고, ㅓ는 ㅇ을 낳고, ㅇ은 ㅁ을 낳고, ㅁ은 ㅣ를 낳고, ㅣ는 ㅌ을 낳고, ㅌ은 ㅇ을 낳고, 낳고는 낳고를 낳고……

　그것들은 일종의 살벌한 장치였다. 날카롭게 벼려진 획들로 이루어진 사슬은 그 자체로 글을 쓰는 사람도 읽는 사람도 모두 꽁꽁 묶어버릴 수 있을 것이었다. 수많은 환충류(環蟲類) 생물들 같은 각각의 음절들은 서서히 아주 서서히 탁자 위에 쏟아지듯이 내려와서 그의 손가락을 타고 손등 위로 기어오르고, 쉬지 않고 손목을 거쳐 팔뚝을 지나면서 그에게 간지러움을 느끼게 했다. 그 지독한 연쇄가 그의 상체에 온통 퍼져들고 있을 때 그는 크게 하품을 했다.

　그는 무거워지는 눈꺼풀을 의식하고 억지로 치떴지만 그의 시선은 우중(雨中)에 날개를 퍼덕이며 땅에 붙을 정도로 낮게 날아가는 작은 새처럼 흔들렸다. 그러나 이미 초점을 잃어가기 시작하는 그의 시선은 실내의 어떤 물체에도 내려앉지 못하고 헛되이 방황하고 있었다. 그는 누렇게 변색된 책장을 내려다보았다. 그러자 진하게 찍힌 상태로 남아 있는 글자들은 마치 오래된 문창호지에 뚫려 있는 수많은 잔구멍들 같아 보였다. 모든 구멍들은 여전히 움직이고 있었다. 그때 그의 주위에 강력한 효모가 뿌려진 듯이 모든 것들이 꿈틀거리며 움직이기 시작했다. 책상 위의 책들이 무겁게 부풀어올라 청동처럼 푸르뎅뎅하게, 기도처럼 음울하게 공기 속으로 확산되고 있었다. 그때 그는 지렁이 같은 글자들 몇 개가 드디어 얼굴을 가로질러 그의 동공에까지 기어와 있는 것을 느끼며 이마를 책장 위에 뉘었다. 그의 콧김 탓인지 실내의 냄새들과, 그보다 훨씬 짙은 책의 냄새가 눅눅한 습기를 머금고서 그의 코에 느껴졌다. 그리고 이내 그 냄새마저 사라져버렸다.

잠시 후 그는 목 뒷덜미에 통증을 느끼면서 눈을 떴다. 그는 오른손으로 뻐근한 부위를 두드렸다. 그가 잠들기 전에 실내 안쪽에 앉아서 두터운 사전류를 몇 권 놓고 무언가 베끼고 있던 여인은 여전히 작업에 열중하고 있었다. 그녀는 끊임없이 사전을 뒤적이고 있었다. 그의 쪽에서 볼 때 그녀의 얼굴은 반도 채 보이지 않았지만 나머지 부분도 미루어 짐작할 수 있을 정도로 윤곽이 뚜렷했다. 그녀는 하나의 단어를 찾아내는 데에 겨우 5, 6초밖에 걸리지 않는 듯했다. 마치 책장의 이곳저곳을 무심하게 임의적으로 펴보는 듯이 보일 정도였다. 그가 막 그녀에게서 눈을 돌리려 할 때 그는 속에서부터 밀려나오는 어떤 힘을 느끼며 다시 한 번 크게 하품을 했다. 그러나 이번에는 졸음이 가신 뒤라서 하품을 하는 자신의 모습을 잘 관찰할 수가 있었다. 콧날개 양쪽과 양볼 사이에, 그리고 입 끝에서 턱 밑으로 깊게 패어진 주름살이 입 주위로 선명하게 드러났을 것이었다. 그러자 귓속과 바깥 대기와의 기압 차이로 인해 귀청이 진동을 멈춘다는 그의 학습 기억대로 그의 귀는 환청이 들릴 정도로 멍한 정적에 빠져들었다. 게다가 근육의 수축으로 자극을 받은 눈물샘에서 분비된 눈물이 눈동자를 덮어서 잠시나마 일종의 콘택트 렌즈를 쓴 효과를 주었기 때문에 실내의 모든 것들이 그가 미처 보지 못했던 흠집 하나까지 들고 일어섰다.

그는 의자를 뒤로 밀고 일어서서 창가로 걸어갔다. 한쪽 벽의 전면을 차지하고 있는 유리창의 바깥쪽에는 아직 다듬어지지 않은 비 온 후의 햇살들이 하얀 송곳니를 번득거리고 있었다. 당장이라도 유리창이 밀려 부서지면서 빛의 홍수가 걷잡을 수 없이 쓸려들 듯했다. 그때 어디에선가부터 대포 소리인지, 비행기가 음속을 돌파하는 소리인지 확인할 수 없는 폭음이 들렸고 유리창들은 심하게 진동을 했다.

창문은 고통스러울 만큼 허약했다. 그는 투명한 각막 같은 창을 통해 밖을 내다보았다. 그의 시선은 바깥에서 변덕스럽게 방향을 바꾸며 흐르고 있을 바람의 유동만큼이나 아무 생각 없이 이리저리 휩쓸리거나 때때로 급히 꺾이고, 시계추처럼 한동안 진동하고 전율하고 맴돌다가 진공 속에서 헛되이 한 사물 위에 내려앉아서 한참이나 시간을 보내고 있었다. 그러나 차츰 그의 시선에는, 창밖의 풍경이 인간 신진 대사의 일부분처럼 공기와 물을 식량으로 하여, 때로는 심지어 동물이나 인간들까지도 잡아먹으려 들며 호흡기와 순환기를 따라 한없이 변전하고 있는 듯이 여겨졌다. 그는 풍경의 지나치게 거짓된 고정됨을 노려보았다. 그리고 헛된 애를 써서라도 사물의 주위를 떠돌거나 관통하는 유성류의 흐름을 간파해내기 위해 눈에 힘을 주었다.

건물의 밑동 그늘진 부분에는 아직도 지난밤의 어둠의 가지가 땅바닥에까지 휘어져서 절지곤충처럼 바닥에 음울하게 웅크리고 있었다. 그는 건물 바로 아래쪽에 몇 그루의 나무들 사이에 서 있는 공중전화 박스를 바라보았다. 전화를 거는 사람은 없었다. 주황빛 전화기의 아래쪽 끝 부분이 눈에 띄었다. 그는 오랫동안 전화 박스의 폐쇄된 듯하면서도 안온하게 느껴지는 공간을 바라보며 서 있었다. 그리고 이토록 무수한 책들이 꽂혀 있는 서가에서 내려다보이는 저 전화 박스는 무언가 그에게 큰 암시를 하고 있는지도 모른다고 생각했다. 그러나 그 이상은 아무것도 추론해낼 수 없었다.

처음에 이곳에 들어왔을 때, 실내의 모든 것들이 두껍게 니스

칠을 한 듯이 매끄러워서 공기라거나 분위기, 심지어 먼지까지도 제대로 안착하지 못하고 담록색의 잔 꽃이 피어 있는 개구리밥처럼 부동하고 있었다. 그러나 이제 그는 홀로 된 고즈넉함과 정적 속에서 온갖 소리와 냄새가 바닥에서 정확하게 무릎까지의 높이에 촘촘히 깔려버리고 그 위로부터 그의 귀를 지나 좀더 위쪽까지는 완벽한 진공이 이루어져 있는 듯한 둔한 멍함을 느끼고 있었다. 그리고 바닥에서 기화해 올라오는 수많은 입자들은 그 진공 속으로 들어서자마자 권태라거나 무위의 색깔을 띠며 오히려 그 진공 상태를 더 잘 유지시키는 데에 기여하고 있었다. 그는 멍멍한 귀를 몇 번 두드렸다. 그러자 귀에서부터 시작된 두통이 머릿속 전체에 퍼져들었고 머리 가죽이 당겨지는 듯하기까지 했다.

그러자 그는 갑자기 자기 속의 한 부분이 날카로운 도끼에 패여나가 흔적도 없이 사라져버린 듯한 기분에 사로잡혔다. 그는 다시 한 번 전화 박스를 흘겨보고 창가를 떠나 자리에 돌아와서 책들을 제자리로 되돌리고 조금 서둘러서 자료실을 빠져나왔다.

그는 입구 옆의 나무를 돌아 전화 박스 안으로 들어섰다. 다이얼을 돌리고 신호가 떨어지기를 기다리면서 그는 기둥에 기대어 조금 전 그가 서 있던 3층의 창문을 올려다보았다. 유리창에는 무언가 형체를 알 수 없는 것들의 그림자가 마치 프라이팬에 뿌려진 식용유처럼 멋대로 번지거나 뭉쳐져 있었다.

"아, 여보세요. (   ) 저, 방기본입니다. 오랜만이군요. (   ) 며칠 됐죠. (   ) 그야 편지보다는 전화가 편할 것 같아서죠. (   ) 그래요, 벌써 그렇게 됐나? (   ) 물론 나도 전화보다는 한번 만나는 게 훨씬 편하다는 걸 압니다. (   ) 그렇겠군요.

( ) 그야 뭐 일단은 두고 보는 수밖에 없죠. ( ) 예, 저도 그 얘긴 들었습니다. ( ) 바로 좀전에요. 잘된 일입니다. ( ) 그럼요. ( ) 별 도리가 없겠네요. ( ) 글쎄요, 굳이 그렇게 생각하실 필요가…… ( ) 예, 예. ( ) 그럼 그렇게 하죠. ( ) 아니 괜찮습니다. ( ) 그래요. 그럼 다음에 언제 뵙게 되겠죠. ( ) 예. 안녕히 계십시오."

그는 사형수를 교수형시키듯이 전화기를 걸이쇠에 거꾸로 매달았다. 전화선이 위쪽에서부터 구불구불 비어져나와 밑으로 흘러내리고 있었다.

그는 이 끝으로 입술을 씹으면서 아주 천천히 걸었다. 그러자 팔과 발의 보조를 맞추기가 점점 힘들어졌다. 앞으로 쭉 내뻗은 길은 높은 담을 따라 그보다 저만치 앞서서 코뿔소의 코를 쳐들고 게걸스럽게 달려나가다가 때때로 들쥐들처럼 이곳저곳으로 샛길을 만들어 빠져 달아나고 있었다. 소아마비를 앓았던 듯한 사내가 발만큼 손을 휘저으며 그의 옆을 지나쳤다.

그때 한산한 길모퉁이를 돌아서 서로 엇비슷한 퍼머 머리와 고만고만한 복장을 한 세 명의 여자들이 어깨를 가지런히 하고 걸어나왔다. 그녀들은 무언가를 소곤거리며 모의를 나누다가 때로 마주 오는 그를 힐끔거렸다. 그녀들은 그렇게 재잘대고 가볍게 웃으며 다가오다가 막 그와 교차되고 난 순간에 더 이상 못 참겠다는 듯이 애써 무거운 돌을 얹어놓고 내리누르던 웃음을 터뜨렸다. 그는 그 자리에 멈추어 섰다. 그리고 돌아보지 않으면서 뒤쪽에서 들려오는 키득키득 소리가 완전히 사라져버릴 때까지 그 자리에 서 있었다.

잠시 후 그는 자신의 실수를 깨달았다. 몇 번의 당황을 겪고 나서도 또다시 범한 이번의 실수는 그래도 그 중 덜 난처한 편이었다. 그는 손을 앞으로 가져가서 활짝 열려 있을 바지 지퍼를 만졌다. 그러나 놀랍게도, 자주 벌어져서 환기 작용을 시켜주는 동시에 그를 곤란하게 만들던 바지 지퍼는 난공불락의 요새처럼 굳게 맞물려 있었고 지퍼의 고리도 아주 위쪽까지 올려져 있었다. 그는 손을 거두지도 않은 채 뒤로 돌아섰다. 그리고 한참을 그렇게 서 있다가 더 천천히 텅 빈 거리를 걸어갔다. 그의 발에 밟힌 맨홀의 뚜껑이 잘 닫히지 않았었는지 그가 발걸음을 떼자 덜커덩 소리를 냈다. 그가 조금 전에 걸어왔던 그 길은 하수도 물의 흐름보다 느리게, 길 위를 지나치는 바람보다도 느리게, 그러나 그의 발의 속도만큼 바닥에 끌리는 구두 발자국 소리를 내며 꾸준히 앞으로 나아가고 있었다.

바람이 다소 세게 일었다. 그의 머리카락을 흐트러뜨려서 기어이 가리마의 방향을 바꾸어놓은 바람은 이번에는 앞에서 걸어가는 여인의 치마를 한쪽으로 밀어붙여서 그 속의 둥근 곡선이 명확하게 드러나게 하고 있었다. 그것은 손끝이 알알할 정도로 분명한 촉각적 감각이었다. 바람이 죽자 치마는 정강이까지 흘러내려서 어떤 통(桶)처럼 되어 길가의 건물 안으로 들어갔다. 그는 곧 그녀를 따라 세 칸짜리 층계를 올라 안으로 들어갔다. 그녀는 무언가 보자기에 싼 것을 들고 있었다. 그녀가 막 다방으로 통하는 층계를 오르려 할 때, 수위실 안의 경비원이 유리창을 두드려서 그녀를 불렀다.

"미스 민, 미안하지만 시원한 보리차 한 컵 갖다 줄 수 있겠어?"

"그러세요."

그녀는 잠깐 고개를 돌려 대답을 마치고 다시 층계를 올라갔다. 그는 공중전화를 떠올리며 이층의 다방으로 들어섰다. 그러나 카운터 옆의 공중전화기에 두 명의 여자가 서서 왼쪽 발에 체중을 싣고 발을 꼬고 있었다. 그는 입구 쪽의 벽에 붙은 의자에 앉았다. 미스 민이 엽차잔을 놓으며 그에게 물었다.
"뭘 드시겠어요?"
그녀는 손등으로 하품을 가리고 손바닥을 그에게 내보이며 말했기 때문에 그녀의 말은 형편없이 파괴되어 그에게 들렸다. 그는 대답 대신 그녀를 바라보며 웃었다. 그녀도 눈을 깜박이며 따라 웃었다.
"우선 전화부터 하구요."
"그렇게 하세요."
그녀는 쟁반을 들고 그에게서 비켜났다. 그는 수첩을 꺼내 탁자 위에 꺼내놓고 주위를 돌아보았다. 실내 장식은 훌륭한 편이었다. 탁자들은 모두 낮았고, 탁자 높이의 의자들은 안락했으며, 실내의 전반적인 색조는 다소 어두운 무채색들이었다.
실내에는 온갖 종류의 소리들이 제각기 다른 음색과 박자로 울리고 있었다. 그것들은 마치 순식간에 자라나는 가시나무의 잔가시들처럼 솟아나와서 차츰 실내 전체를 가시나무 덩굴로 덮어버릴 듯했다. 그 사이를 매끄럽게 빠져다니는 레지들은 이를테면 날랜 토끼들이었다. 그리고 그 가시들은 설전음·치음·순음·후음·아음·경구개음·설후음·연구개음·파열음·마찰음 등등의 무디거나 혹은 날카로운 끝을 가지고 그의 귓속의 음습한 공간 속에서 함부로 부딪고 솟구치고 부서져나가고 있었다. 그는 벌써 오랫동안 통화를 거듭하는 여인의 옆모습을 바라보다가 수첩을 열었다. 그리고 아무 곳이나 펴서 읽기 시작했다. 진··, 434-2524, 김··, 3-0198, 심··, 878-4597, 한··, 323-6495, 김··, 269-5551~9 총무부. 꽁초의 담뱃재가 지면 위에 떨어져 구르면서 흰색과 검은색의 가루가 흩어졌다. 그는 전화 번호를 하나씩 읽으면서 오랫동안 입 안에 넣고 우물거렸다. 그러나 어금니뿐만 아니라 송곳니까지 동원했지만 그것들은 참나무 껍질처럼 여간해서 잘 씹히지도 부서지지도 않았다. 소화는 물론 더욱 안 될 듯했다.

 그는 그때 수첩장을 넘기다가 무언가가 수첩에서 팔랑거리며 탁자 밑으로 떨어지는 것을 본 듯했다. 그는 의자를 뒤로 빼고 몸을 숙여서 그것을 집어들었다. 그것은 한 장의 천연색 사진이었다. 언젠가 친구들과 산행(山行)을 했을 때 그곳에서 만난 여자들과 사진을 찍은 적이 있었는데, 그것이 언제부턴가 반으로 접혀져서 그의 수첩 뒷장의 비닐 뒤에 끼워져 있었던 모양이었다. 사진은 6명의 남녀가 섞여서 좁은 구멍으로 얼굴을 들이밀고 있는 형국을 하고 있었는데 그 속에는, 물론 돌이켜보니 그러한 것이지만, 젊은 남녀들이 만나서 이루었던 극(劇)의 모든 상황이 은유적으로 압축되어 있었다. 게다가 그 후 몇 번의 계속된 만남을 통해서 그들 사이에서 연출되던 모든 감정에까지 연루될 수 있는 요소들의 실밥들이 이미 사진의 이곳저곳에 싸구려 기성복에서처럼 빠져나오고 있었다. 그의 얼굴은 반으로 접혔던 선(線)의 바로 오른쪽에서 꼼짝도 않고 있었다. 사진 속의 그는 뒷줄에 엉거주춤 서서 입술 한쪽 끝을 약간 들어올리고 그쪽 눈살을 부신 듯이 찌푸리고 있었는데, 그로서는 자신이 왜 그러고 있었는지 기억할 수 없었다. 사진 속의 세부는, 상황으로서는 그에게 납득이 갔지만 그의 구체적인 기억이 닿을 수 있는 범위가 아니었다. 앞줄의 오른쪽 끝에 앉아 있는 여인의 얼굴 주위에는 파란색 볼펜으로 단 한 번에 그어진 거의 완벽한 원(圓)이 돌아가고 있었다. 푸른 잉크가 조금 번져서 그녀의 얼굴은 푸르스름한 이끼가 끼어 있는 듯했지만, 그래도 그 원에서 수은등의 후광을 받는 듯이 그 자체로 충만한 자족적(自足的)인 우주를 완성시키고 있었다.

그는 자신의 얼굴을 유심히 바라보았다. 거기에는 입 끝에서 지류처럼 번져나가다가 눈으로 연결된 경직된 신경선의 자취가 있었다. 파여진 그 홈은 얼굴의 한쪽을 떼어낼 듯이 가르고 있어서 마치 그쪽은 훼손된 데스 마스크 같아 보였다. 그는 손으로 얼굴을 썩썩 문질렀다. 그리고는 손바닥으로 사진을 몇 번 쓰다듬다가 그 양끝을 양손의 검지와 중지 사이에 끼웠다. 그는 왼손의 손가락들 사이에 사진을 고정시키고 오른손으로 손가락들 사이로 그것을 좌(左)에서 우(右)로 쓸었다. 사람들의 얼굴들이 이루는 다각형들이 쓸려나갔다가는 곧 다시 밀려들었다. 그는 오른쪽 손가락들 사이에도 힘을 가해서 사진을 양쪽으로 팽팽하게 잡아당겼다. 그리고 아주 서서히 양쪽 손가락에 힘을 주었다. 그러자 사진은 미끄러지다 손가락 안쪽에 걸리면서 더 이상 피하지 못하고 힘을 견뎌내기 시작했다. 사진과 접촉되는 손가락 안쪽에 통증이 느껴지기 시작했다. 그러나 이내 탄성의 한계에 이른 것인지 사진은 아래쪽에서부터 이미 접혔던 금을 따라 조금씩 벌어졌다. 그 균열은 반 정도까지는 직선을 따라 이루어졌지만 더 위쪽으로는 오른쪽으로 사선을 그으며 찢겨져나가고 그의 양손은 결국 양쪽으로 활짝 벌어져서 순간적으로 어색한 제스처를 이루었다. 사진은 그의 얼굴 위에서 코와 눈을 지나 공중으로 사라져버리는 선에 의해 분할되었다. 그가 손가락에서 힘을 쫓아내자 두 장의 조각이 팔랑이며 하나는 옆의 의자에 다른 하나는 바닥에 떨어졌다.

그는 일어서서 비어 있는 전화기를 향해 걸어갔다. 전화기는 분홍색이었는데 약간의 흠집과 먼지에도 유난히 불결해 보였다. 다이얼을 7번 돌리고 났을 때 미스 민이 그의 곁을 지나쳐갔다. "여보세요. (　) 자리에 있었구만, 나 방기본일세. (　) 응, 응, 그래. (　) 그야 내 탓인가, 시간 탓이지. (　) 오해하지 말아. 꼭 그런 뜻은 아니야. (　) 이를테면? (　) 그건 문제가 안 돼. (　) 조금 전에 두 사람에게 전화했지. 그건 예의니까. (　) 물론 자네한테도 예의상으로…… (　) 물론이지. (　) 그건 엄연한 사실이야. (　) 전화 끊는 즉시 냉수 한 컵을 코를 쥐고 5번에 나누어 마셔보게. (　) 꼭 딸꾹질이어야 하나? (　) 잊어버리게 될 거라구. (　) 내일이나 모레쯤. (　) 그래, 그렇게 하지. (　) 잘 있게."

그가 자리로 돌아오자 그의 의자 옆에서 미스 민이 찢어진 사진 조각을 들여다보고 있다가 말했다.

"이제 시키시겠어요?"

"요구르트."

그는 그녀의 손에서 사진을 뺏어 바닥에 던지며 말했다. 그녀는 다시 또박또박 걸으며 카운터 쪽으로 걸어갔다. 그는 팔걸이 의자에 몸을 맡기며 주위를 돌아보았다. 의자 위에 앉아 있는 사람들의 몸은 의자의 형태를 따라 허리와 무릎을 경계로 세 번씩 접혀 있는 셈이었다. 그들은 마치 세 개의 마디를 지닌 소시지 덩어리일 수도 있었고, 세 군데를 꼭꼭 씹어놓은 담배일 수도 있었다. 그러나 탁자 밑에서 두 다리가 서로 엇갈렸다가 이내 풀려 버리고 바닥을 비비다가는 발꿈치나 발끝으로 바닥을 두드리면서 쉴새없이 움직인다 해도 그들이 자리에서 일어섰을 때에는 몸의 세 부분이 다 고르게 연결되어서 훌륭히 걸어나갈 수 있을 것이었다. 그런 식으로 말하면 다리 대신 두 팔이 달려 있는 상체가 탁자 위에서 때로는 우아하게 때로는 힘있게 모든 종류의 감정을 분주히 나열한다 해도 마찬가지로 일단 그들이 일어서면 다리와 연결되어서 훌륭하게 걸어나갈 수 있을 것이었다.

그는 출입구의 반대쪽 벽을 바라보았다. 그곳은 거의 대부분이 열고 닫게 되어 있는 실내 장식용 겉장으로 가려져 있었다. 따라서 실내에는 한 줄기의 빛도 용납되지 않았고 오히려 실내의 여린 빛이 그 커튼에 흡수되고 있었다. 그는 잔을 입으로 가져가면서 부드러우면서 동시에 꺼칠꺼칠한 감촉의 커튼을 노려보았다.

그것은 검은 스타킹을 신은 여자의 다리가 점액질의 욕정에 부풀어 꼬이고 있는 형국을 교묘히 감추고 있는 두툼한 테이블보였으며, 동시에 음란한 감촉으로 휘감을 듯 쏟아지는 비로드의 속살이었다. 이제 그가 그것의 한쪽 끝을 몰아쥐고 와락 젖히면, 순간적으로 ㅍ, ㅌ, ㅋ의 파열음을 내면서 유리창을 그대로 밀고 들어온 빛이 ㄹ, ㅁ, ㅂ의 마찰음을 일으키면서 빠른 속도로 해체되는 불덩어리처럼 실내를 후줄근히 적실 것이었다. 난데없는 빛의 뜨거운 샤워 속에서 비밀스런 다각형의 욕망에 시달리던 사람들은 갑자기 환하게 밝아진 수족관 속에서 열대어처럼 빛의 강도에 따라 우왕좌왕 휩쓸릴 것이거나, 혹은 오랑우탄

공중 누각   105

이나 성성이, 여하튼 원숭이 종족에 속하는 어떤 동물들처럼 가슴을 두들기거나 탁자를 넘어뜨리고 이 자리에서 저 자리로 뛰어다닐 것이었다. 빛 속에는 전진(戰塵)처럼 피어오른 실내의 먼지가 투명한 비늘처럼 부동할 것이며, 빛의 경사각을 타고 바깥의 모든 것들이 녹아서 이곳으로 꾸역꾸역 밀려들 것이었다. 그리하면 그는 광신자처럼 빛을 향해 버티고 서서 고래가 작은 물고기떼를 삼키듯이 입을 크게 벌려 먼지를 들이켜며 사람들이 가득 모여 있는 성전에 옷자락을 가득 펼치고 높이 들린 보좌에 앉아 있는 모습을 향해…… 그는 천천히 커튼 쪽으로 걸어갔다. 여섯 개의 날개를 가지고 있어서 그 둘로는 그 얼굴을 가리고, 그 둘로는 그 발을 가리고, 또 그 둘로는 날며 서로 불러 화답하기를…… 그는 커튼을 잡고 잠시 있다가 힘껏 옆으로 젖혔다.

　갑작스러운 빛이 어떤 질량을 가진 듯이 그의 온몸에 충격을 가해 뒤로 밀어냈다. 그러나 실내에는 짧은 비명과 가벼운 소요가 일어났을 뿐이었고 달려온 레지들이 그의 손에서 커튼의 깃을 빼앗아 창문을 가려버렸다. 실내는 아주 잠깐 사이에 어두운 분위기로 되돌아갔고 그는 끌리다시피 하여 카운터로 걸어가서 요금을 지불당하고 밖으로 내몰렸다. 그의 뒤에서 이번에는 웃음의 소요가 일어났다. 그러나 강한 빛에 사람들이 탈수 현상을 일으키거나 최소한 그들의 얼굴이 표백되리라는 기대가 그에게 애초에 있었는지는 그로서도 확인할 수 없는 일이었다. 그는 희극 배우처럼 꾸민 듯한 몸짓으로 옷깃을 바로하며 층계를 내려갔다.

　그는 혀끝으로 입천장을 더듬으면서 건물 밖으로 나왔다. 잇몸의 뒤쪽에서 달 표면처럼 희극적으로 울퉁불퉁한 감각이 느껴졌다. 그는 한동안 혀끝에 닿는 그 오돌토돌한 융기에 마음을 빼앗겼다. 그는 혀가 얼얼해질 때까지 잇몸에서 입천장까지의 불규칙적인 감각을 알뜰하게 확인하면서 길을 걸었다. 속에서 회색 연기가 풀풀 일어나는 녹색 휴지통 앞에 이르렀을 때 그는 걸음을 멈추었다.

바람이 앞쪽에서 불어오고 있었으므로 그는 역풍을 받아 옷자락을 펄럭이며 길을 헤쳐나가고 있었다. 바람이 그의 몸에 툭툭 부딪쳤고 그는 계속 바짓자락을 마찰시키며 걷고 있었다. 허벅지 안쪽에서 열이 나는 듯했다. 그는 가만히 서서 바람의 방향을 가늠했다. 손바닥을 들어 침을 바르고 이쪽저쪽으로 향하게 했다. 그리고 뒷머리 쪽을 훑어서 뽑혀진 머리카락을 손가락으로 잡았다가 살며시 놓았다. 그러나 머리카락은 이내 그의 시야를 벗어나버렸다. 어쨌든 바람은 충분히 세지 못했고 방향도 제멋대로였다. 그렇다면 그는 돛을 단 범선처럼 평범하게 걸어갈 수는 없었다.

그는 바람을 의식하며 오른쪽 발꿈치만을 이용해서, 즉 발끝이 땅에 닿지 않게 해서 걷기 시작했다. 자연히 그의 발걸음은 절뚝거리게 되었고 그의 몸은 심하게 흔들렸다. 우선 금방 발꿈치가 아파왔고 발바닥의 가운데 부분도 서서히 저려왔다. 자세가 불안정했기 때문에 자연히 시선은 정면에 붙박일 수밖에 없었고 다른 사람들의 시선은 염두에 둘 수조차 없었다. 보도 블록의 딱딱한 감각이 그대로 발꿈치를 통해 온몸에 퍼져들었다가 뒷골을 딱딱 울렸다. 걸어나갈수록 그는 더욱 심하게 절뚝거렸다. 장딴지의 근육이 뻣뻣해지다가 오른쪽 옆구리가 결리기 시작했다. 조금씩 땀이 맺혔다. 그러나 쉽게 그 자세를 포기할 수는 없었다. 그는 한쪽 손으로 옆구리를 누르고서 계속 걸어갔다. 호흡이 거칠어졌다. 한걸음 내디딜 때마다 오른손 손바닥에 옆구리가 들쭉날쭉하는 것이 무척추 동물의 옆구리의 움직임처럼 느껴졌다. 발꿈치의 멍한 고통을 제외하고는 오른발의 감각이 거의 마비되어 있었다. 걸음이 점점 느려졌고 이제 한걸음 떼어놓는 것이 곧 그만큼의 고통이었다. 그는 잠시 발꿈치만을 땅에 대고 그 자리에 서서 쉬었다. 그러나 몸의 오른쪽이 목덜미까지 뻣뻣했기 때문에 허벅지 근육이 조금 풀렸을 뿐 그리 편할 것도 없었다. 그는 목을 우에서 좌로 휘저으며 다시 걷기 시작했다. 그러나 그는 몇 걸음 걷지 못하고 다시 멈추어 섰다. 옆에 팔을 기댈 가로수가 없었더라면 그는 바닥에 주저앉을 뻔했다. 그는 오른쪽 발바닥을 보도 블록에 완전히 붙였다가 몇 번 바닥에 쾅쾅 굴렀다.

그는 숨을 크게 몰아쉬고 손바닥으로 이마의 땀을 턱밑까지 훑어내리면서 옆의 술집으로 들어섰다. 그는 안에 들어서자마자 가까운 의자에 주저앉아서 딴딴해진 장딴지를 주물렀다. 실내에는 아무도 없었다. 잠시 후에 폐경기를 갓 지난 듯한 중년의 여주인이 앞치마에 손을 닦으며 어디서나 언제나 쉽게 볼 수 있는 포즈로 주방 쪽에서 걸어나왔다.

"뭘 드시겠어요?"

"소주 한 병하구 파전이나 뭐 그런 걸로 줘요."

그는 탁자를 내려다보며 술을 기다리다가 갑자기 절망적인 음색으로, 아! 아! 아! 하고 소리쳤다. 그 소리들은 탁자 주위로 불결하게 흩어졌다. 그는 혼자 술을 마시기 시작했다. 온몸으로 퍼져드는 술기운은 마비된 오른쪽보다는 왼쪽으로 먼저 번져나가는 듯했다. 소주잔이 큰 편이었다. 그는 손톱을 하나씩 깎아나가는 정갈한 기분으로 잔을 들었다. 술병이란 이를테면 『아라비안 나이트』에서의 마귀가 수천 년 간 갇혀서 손톱을 세워 안쪽 벽을 갉아대는 호리병 같은 것이라고 생각하면서 한 잔을 마셨다. 그래서 애초에 그 병을 열어서는 안 되고 일단 마개를 따고 나면 오히려 당하고 만다는 생각을 하면서 다시 한 잔을 마셨다. 잠시 후 그는 자신이 술에 취했는지 아닌지를 알기 위해서는 다리를 높이 하여 바닥에 길게 누워보기만 하면 된다고 생각하면서 또 한 잔을 마셨다. 그리고 이번에는 가래가 섞인 침은 멀리 뱉기가 수월하다고 생각하고서 한 잔을 들이켜고 출입구 쪽으로 멀리 가래침을 뱉었다. 위장 속의 열기가 가라앉기를 한참 기다렸다가는 그는 찰랑거리는 술잔 위에서 담뱃재를 손가락으로 건져내고 한 잔을 마셨다. 담배를 깊이 빤 후에 다시 한 잔. 오늘은 웬일인지 격투를 벌이고 있는 위장이 쉽게 굴복하지 않는다고 생각하면서 또 한 잔을 마셨을 때 술병에는 술이 남아 있지 않았다.

"여기 술 한 병 더 줘요."

그는 술을 조금 바닥에 쏟아버리고 술잔을 채웠다. 그는 그것이 위장이건 그 어떤 것이건간에 그것을 이길 수 있을 것인지를 막연히 생각하면서 새 잔을 비웠다. 그리고 그것은 분명 상당히 어려울 것이라고 예상하면서 다시 빈 잔을 채웠다. 그는 그 잔을 눈 높이까지 들고 꼼꼼히 바라보다가 입으로 가져가 마셔버렸다. 그리고 자신은 술을 마시다 보면 항상 어느 한 잔에 고삐를 채이고 제동이 걸려서 갑자기 취해버린다는 것을 상기하면서 다시 한 잔을 마셨다.

담배를 새로 피워 물고 손가락 사이에서 타들어가도록 내버려

두면서 그는 술잔과 젓가락을 피해서 머리를 탁자에 박았다. 얼마 후 그는 이마의 언저리에 차가운 물기가 와 닿는 것을 느끼며 고개를 쳐들었다. 탁자가 흔들려서 쏟아진 소주가 번지고 있었다. 고개를 든 김에 다시 한 잔, 빈 잔에 별 같은 술을 따르고 그는 한동안 앞자리의 등받이 없는 의자를 바라보았다. 그것은 한쪽 다리가 짧아서 누군가가 그 위에 앉으면 몸의 균형이 흔들림에 따라 심하게 뒤뚱거릴 것 같았다. 그러자 갑자기 그의 뱃속에서 식도를 타고 치솟을 듯이 파동치는 뜨거운 기운이 수직으로 느껴졌다. 그는 이를 악물고 그것을 내리눌렀다. 호리병 속에 있던 마귀를 그는 호리병 속으로 되돌린 것이 아니라 자신의 위장 속에 가두어둔 셈이었다. 그의 얼굴이 벌겋게 달아올랐다.

얼굴의 열기가 조금 식은 후에 그는 자기를 취하게 하는 결정적인 어느 한 잔, 바로 그 한 잔을 사랑하고 기대하기 때문에 술을 마신다고 생각했다. 그런 의미에서 그리고 그런 의미를 위하여, 한 잔.

바깥의 시간은 그가 소주잔으로 환산했던 속도보다는 훨씬 빨리 흘러가고 있었다. 주인이 전등을 켜자 차츰 날곤충들과 사람들이 섞여서 들어오기 시작했다. 그는 손바닥으로 술잔을 막듯이 그 위에 얹어놓고 바깥을 내다보았다. 이제는 풍랑이 멈추고 잔잔하리라. 그가 더 이상 절뚝거릴 필요는 없으리라. 옆을 지나치는 사람들의 발끝에 차여 탁자가 흔들리자, 잔이 찰랑거리면서 차가운 혀처럼 그의 손바닥을 적셨다. 그는 손바닥을 바짓단에 문지르고 자리에서 일어서서 선 채로 남은 한 잔의 술을 마셨다. 서서 마신 술은 차갑게 입과 식도를 지나 단숨에 위장에 이르러 뜨겁게 타올랐다. 그는 드디어 기다리던 잔을 맛본 것이었다.

　그는 주인에게 대강 돈을 꺼내준 뒤 거스름돈을 손에 꾸겨 쥐고 밖으로 나왔다. 아직 오른쪽 다리가 뻐근했다. 그는 되도록 천천히 걸어서 대로를 벗어났다. 어둠이 그의 취기처럼 주위의 구석구석을 철저히 뒤져서 들어앉기 시작했다. 그는 오직 눈앞에 나타나는 길의 방향과 경사에 맞추어 한참을 걸었다. 순전히 그의 취한 발걸음을 단위로 해서 환산한 시간이 거의 한 시간쯤 지났을 때 그는 텅 빈 놀이터의 낮은 담 앞에 이르렀다. 놀이터의 입구 쪽에는 은은한 불을 켠 공중전화 박스가 홀로 서 있었다. 그는 그리로 다가갔다. 앞으로 돌아가보니 수화기가 줄에 매달린 채 공중에서 흔들거리고 있었다. 그 육면체의 공간은 알루미늄의 연한 회색 때문인지 주황색의 불빛 탓인지, 아니면 그의 취기 탓인지 따뜻하고 부드러운 덩어리로 화(化)하여 하나의 거대한 칼[刀]처럼 그의 몸 안으로 스며드는 듯했다.

　그가 막 그 안으로 들어서려 할 때 박스 속의 귀퉁이에서 무언가가 으르르 소리를 내며 위협으로 그를 제지했다. 그는 그제서야 누런 털을 가진 잡종견 한 마리를 알아보고 발을 거두었다. 그것은 구석에 웅크리고 앉아서 머리를 곧추세우고 그를 노려보고 있었다. 그는 개처럼 표정을 읽을 수는 없는 눈과 얼굴로 개를 바라보았다. 그러나 개는 여간해서 자리를 뜰 기색을 보이지 않았다. 인내력이 동이 나자 그는 전화 박스의 뒤쪽으로 돌아가서 요란스런 소리를 내며 박스의 몸통을 발로 걷어차기 시작했다. 결국 개는 다시 으르르 소리를 내며 일어서서 천천히 여유를 부리며 박스에서 나왔다. 그리고 그를 몇 번이나 돌아보며 어슬렁어슬렁 담벼락을 따라 어둠 속으로 사라졌다.

그는 앞으로 돌아와서 안으로 들어섰다. 개의 이빨 자국과 타액이 아직 남아 있는 수화기를 들어서 전화봉에 걸고서 그곳에 몸을 기대고 앞쪽을 바라보았다. 바깥의 어둠 속으로 막 사라져버릴 듯한 그의 얼굴이 유리창에 떠올라 있었다. 그는 고개를 돌려 사형수처럼 매달려 있는 푸른색 전화번호부를 바라보았다. 그리고 무심하게 손을 뻗어 그것을 잡아당겼다. 그러나 저항은 완벽했다. 그가 더 세게 당겼으나 번호부를 붙잡아맨 쇠사슬은 쇠막대처럼 꼼짝도 하지 않았다. 그가 놓아버리자 사슬이 유리창에 부딪혀서 내는 경박한 타음(打音)이 번호부가 내는 둔탁한 소리 위로 튀어올랐다. 유리창에는 막 어둠 속에서 모습을 나타내고 있는 듯한 그의 얼굴이 어떤 괴뢰처럼 낯선 열기에 들떠 있었다.

그는 사슬의 끔찍하고 완벽한 연결을 살폈다. 길쭉길쭉하게 교묘히 연결된 사슬의 이음새를 맨손으로 부순다는 것은 불가능한 일이었다. 그리고 사슬과 전화번호부의 연결 부분을 떼는 것도 번호부를 파괴하지 않고서는 어려웠다. 남은 곳은 사슬이 연결되어 있는 못뿐이었다. 그는 사슬을 못의 주위에 여러 번 되는 대로 얽어서 매듭을 엮은 후에 탁탁 치듯이 잡아당기기 시작했다.

한참 후 그의 얼굴이 땀으로 번들거리고 손아귀에 더 이상 힘을 줄 수 없는 지경이 되었을 때 못이 뽑혀나왔고 그의 등은 뒤의 유리와 기둥에 세게 부딪혔다. 뽑힌 못이 반대편 유리창을 요란하게 두드린 소리가 났다. 그는 잠시 가쁜 숨을 가라앉히고 땀을 닦다가 번호부를 한쪽 옆구리에 끼고 그곳을 나왔다. 그것은 꽤나 묵직했다. 그가 걸을 때마다 사슬이 건들거리면서 그의 무릎에 부딪혔다.

 그는 잠시 걸음을 멈추었다가 야산 쪽으로 빠지는 오르막길을 오르기 시작했다. 오를수록 어둠이 점점 짙어졌다. 그의 무거운 발이 몸의 무게는 고사하고 발 자체의 무게도 제대로 견뎌내지 못하게 되었을 때 그는 나무들과 잡초들이 밀집한 곳으로 들어섰다. 그곳은 어디서나 볼 수 있는 야트막한 야산이었고 낮은 관목들과 덤불이 여기저기에 이루어져 있었다. 그는 번호부를 가슴에 안고 땅바닥에 엎드려서 한동안 있다가 무릎을 꿇고 일어나 앉았다. 풀냄새와 흙냄새가 차가워지는 공기에 눌려 바닥에 낮게 엎드려 있었다. 그는 그 냄새를 깊이 들이마셨다. 그때 그는 아래쪽에서 후각적인 것인지 아니면 순전히 감상적인 것인지 무언가가 그의 코뚜레를 꿰뚫어 잡아당기는 힘을 느끼며 고개를 푹 떨구고 바닥을 내려다보았다. 거기에는 무언가가 단단히 매듭져 있거나 아니면 호리병 속에 갇힌 마귀랄까, 혹은 쉴새없이 지껄이기 좋아하는 전화기라도 숨어 있어서, 그는 그저 바닥을 파헤쳐 땅을 열기만 하면 될 듯했다. 그는 번호부를 옆으로 밀어놓고 두 손을 갈구리처럼 하여 바닥을 파기 시작했다.

 잡초들이 뽑혀나가고 나자 흙은 의외로 부드러웠다. 흙과 풀뿌리의 냄새가 먼지와 섞여 텁텁하게 느껴졌다. 그는 손을 멈추고 고개를 숙여서 바닥에서부터 일방적인 자기만의 약속을 얻어냈다. 그의 손놀림이 계속됨에 따라 무릎 앞에 흙이 수북이 쌓였다. 그때 손톱 끝에 단단한 어떤 것이 긁혔고 그는 갑작스런 오한을 느끼며 손아귀를 몰아쥐었다. 그것은 제법 큰 돌덩어리였다. 우선 주위를 파헤쳐서 그 돌을 들어내자 그곳에는 그가 원했던 만큼의 구멍이 생겨났다. 그의 이마에서 땀이 굴러내려 콧등에서 구덩이 속으로 떨어졌다.

그는 땅을 파는 의식(儀式)을 마치고 주위를 돌아보며 무언가 입지(入地)시킬 것을 찾았다. 그의 시선은 곧 번호부 위에 멎었다. 그러나 그가 막 상체를 굽혀서 그것을 집으려 할 때 뱃속에서부터 좌충우돌하며 다시 치밀어오르는 것이 식도를 거쳐서 목젖을 강타했다. 그는 이번에는 그 기운을 그대로 내버려두었다. 그것은 입 안을 거쳐서 물이 되어 구덩이 속으로 후드득후드득 쏟아지기 시작했다. 그 위로 땀방울이 뚝뚝 떨어졌다. 그는 요란한 소리를 내며 한동안 구토를 했다.

그는 구덩이 속으로 침을 뱉으면서 옆의 번호부를 들어 몇 장의 종이를 찢어냈다. 그는 뻣뻣한 종이로 입가를 닦아내면서 옆으로 쓰러져 누웠다. 그의 머릿속에 속았다는 생각이 얼핏 들긴 했지만 그래도 어떻게 생각하면 그가 이긴 셈이라고 할 수 있을 것이었다.

그는 그대로 잠이 들었다. 〔1982〕

신유년 겨울, 혹은 계륵

 아주 사소한 것이 의외로 의미심장하거나 심각한 것을 말해 줄 때가 종종 있다. 만일 이 말이 뜻하는 바가 진실에 가까운 것이 사실이라면, 내가 서울에서 맞은 1981년 겨울의 외양적인 모습, 혹은 캐리커처를 굵은 붓으로 그려내려 할 때, 서슴없이 치킨 센터와 OB베어를 슥슥 그려나가는 것도 그리 무모한 짓이 아닐 것이다. 물론 윤곽을 굵게 그어댈 때는 그 뒤에 가려진 세밀한 선이나 다양한 표정들이 지워지는 것이 사실이지만, 이는 각자의 상상력에 맡겨야 할 문제일 것이다. 그러나 아직은 서서 생맥주를 마시는 OB베어가 서울 사람들의 허리 디스크에 공헌했다거나 하는 전적이 그리 대단하게 나타난 것은 아니므로, 우선 여기에서는 치킨 센터를 다루기로 하고 OB베어는 잠시 접어두기로 한다.
 OB베어도 마찬가지지만 치킨 센터(종래의 치킨 센터가 아니라 특히 켄터키 치킨 센터)가 적어도 내게는 잠시나마 한 시대의 상징으로까지 부각하게 된 것은 우선 그것의 갑작스런 수적(數

的) 증가에 있다. 서울 시내의 경우만 하더라도 주택과 건물이 조금이라도 밀집해서 늘어서 있는 곳이라면 거의 예외 없이 닭 그림으로 코팅이 되어 있는 유리창 속에 닭고기 냄새로 가득 차 있는 그럴듯한 치킨 센터가 자리를 차지하고 있는 것이다. 1980 년말부터 순식간에 불어난 치킨 센터들을 숫자로 파악하는 것은 끈기와 노력, 그리고 그 따위를 헤아리고 앉아 있을 수 있는 황당한 싱거움과 권태가 요구되는 일이다. 게다가 그 종류 또한 거리에서 쉽게 눈에 띄는 것만 해도 켄터키 치킨, 림스 치킨, 발렌티노 치킨 등등으로 다양하다. 소위 켄터키 치킨이 그 중 가장 많이 눈에 부딪히는 형편인데, 이것은 닭요리 방식에 있어서 일종의 혁신이었던 모양이었다. 주지하다시피 종래의 닭요리 방식은 내장을 빼어버리고 통째로 오븐 속에 넣어서 전기구이를 한다든지, 닭찜을 한다든지, 혹은 육개장이나 닭곰탕처럼 닭고기를 잘게 찢어서 국물과 함께 먹는 방법 등이었다. 그리고 강원도의 춘천에서는 닭갈비〔鷄肋〕라고 해서 주로 닭의 갈비 부분을 가위로 썰어서 프라이팬에 튀겨 먹는 방식이 있었고, 아직도 그곳에서 크게 흥(興)하고 있는데, 이는 이전에 소갈비, 등심, 삼겹살 따위가 일반 서민들의 손에 닿지 않던 무렵에 각광을 받았던 것이 이제는 그 고장의 특이한 음식으로 발전해서 명맥을 유지하고 있는 터였다. 그런 의미에서 켄터키 치킨은 차라리 춘천의 닭갈비와 비슷한 발상에서 출발한 것이라고 할 수 있을 것이다. 왜냐하면 적어도 내 생각으로는 켄터키 치킨이 갑자기 인기를 누리게 된 것은 전기구이나 닭찜처럼 닭 한 마리를 통째로 접시에 올려놓고 포크를 집어들 때 사람들이 느끼는 막연한 부담감 탓이라고 여겨지기 때문이다. 비록 삼지창이라는 무기를 들고 있긴 하지만 닭 한 마리와 일대일로 대치해야 한다는 생각은 그리 안일하게 처리될 성질의 것이 아닌 것이다.

물론 내가 무리하게도 새로 맞이한 1981년의 캐리커처로서 켄터키 치킨 센터를 내세우는 것은 2년 전까지만 해도 드물게 보이던 그것이 근래 들어 세균처럼 번식을 해서 서울은 물론 지방 도시 곳곳에까지 잠식을 했다는 이유 때문만은 아니다. 그보다는 값싼 닭이 잘 팔린다는 것이 1970년대말과 1981년초의 경제적 불황을 단적으로 드러낸다는 생각이 들었기 때문이었다. 뿐만 아니라 닭고기를 요리해서 파는 집들이 대거 급증했다는 사실은 흡사 서울 장안의 공기가 온통 닭갈비 냄새로 가득 차버리고 있다는 인상을, 그리고 어디에 가서도 치킨 센터를 발견할 수 있다는 것은 닭고기 냄새가 배어 있지 않은 곳이 없다는 기분을 환기시키고 있으며, 심지어는 닭고기가 1981년을 전후한 거의 모든 장안 시민들의 소화 기관을 풍미하고 있다는 어처구니없는 생각에까지 연결되는 것이었다. 그러나 이러한 이유들마저도 실상은 부수적인 것에 지나지 않을 것이다. 이미 앞에서 이러한 생각은 나의 개인적인 생각이라고 간간이 언급했듯이, 치킨 센터가 중요성을 가지는 가장 큰 이유는 그것이 내게 일종의 곤혹감을 불러일으켰기 때문이었다.

다시 말하면 1981년 겨울의 어느 한 날 전형적인 서울 구석의 소시민인 나는 불현듯 닭이라는 동물이 주는 고통에 눈을 뜨게 된 것이다. 과연 그 고통이 켄터키 치킨과 어느 만큼의 상관 관계 내지는 함수 관계를 가지는지는 알 수 없는 일이었지만, 어쨌든 나는 그 고통의 원인 중의 하나가 장안의 하늘을 혼탁하게 뒤덮은 닭의 냄새 때문이라고 생각할 수밖에는 없는 노릇이었다.

이전부터 나는 닭고기와 생맥주를 즐겨 마시는 사람들 중의 하나였으면서도 1981년의 겨울에 들어선 어느 날에야 갑자기 온몸에 번져버린 피부병처럼 주위에 켄터키 치킨 센터와 OB베어의 수가 눈에 띄게 불어났다는 사실을 깨달은 것이었다.
 그날 아침 내가 잠을 깼을 때였다. 엄밀히 말하면 내가 잠에서 완전히 벗어나지 못하고 있을 때였다. 아직 깨닫지 못한 애매모호한 고통 속에서 나는 헛되이 몸을 비트적거리고 있었다. 팔, 다리를 버둥거리다가 반복되는 그런 행동 때문에 급기야 몸이 뒤틀리기 시작했다고 하는 편이 더 정확한 표현일 것이다. 눈을 떴지만 채 정신이 들기 직전의 순간에 모든 물체의 윤곽이 헝클어져서 그저 어지럽게 뒤섞인 색상으로만 느껴지듯이 그때의 나의 의식의 상태는 그런 환각적인 무늬의 모습이었다. 말하자면 나의 몸과 마음이 한데 뒤섞여 오랜 무동작 상태에서 탈피하려는 준비 운동을 하듯 등나무 줄기처럼 비비틀려버리다가 마침내는 숫제 경련을 일으키는 것이었다.
 나의 의식이 몽롱하게 깨어난 후에도 몸은 의식이 들기 전부터의 무의식적이고 단순한 행동을 거듭하고 있었으므로, 나의 몸이 의식보다 늦게 깨어났다고 하는 편이 옳을 것이다. 그러나 달리 생각하면 나의 몸은 의식이 깨어나기 전부터 뒤척거리고 몸을 떨어대며 의식이 들기를 종용하고 있었으므로, 의식이 몸보다 조금 늦게 깨어났다고 할 수도 있을 것이었다. 그러나 내가 알고 있는 것은 단지 아침에 나의 몸과 정신이 제자리를 벗어나 어지럽게 늘어서 있다는 것, 그러면서도 그들은 철저히 따로 논다는 사실뿐이었다. 그리고 또 하나 분명한 것은 그렇게 심리적으로 육체적으로 분리되어 고통을 받고 있는 나를 갑작스러운 충돌처럼 하나로 연결시켜주는 계기가 있다는 사실이었다. 나는 이 계기를 알아야 했다. 새벽녘의 몽환 속에서 느끼는 고통보다는, 오히려 이 계기라는 것의 정체 앞에서 전혀 속수무책인 나의 무기력함이 더 큰 고통인 셈이었다.

내가 이 고통의 예각을 느끼게 된 것은 거의 일주일 전부터였다. 일주일 전쯤의 어느 아침 나는 이전부터의 습관대로 이불을 몸에 감고 함부로 굴러다니다가 서서히 잠에서 깬 것이 아니라, 마치 악몽에 시달리다가 옆에서 자던 사람의 제재에 의해서 갑자기 깨어난 것처럼 오랜 동면의 답답함 속에서 번쩍 정신이 들었던 것이다. 그때 나는 몸과 정신이 밤 사이에 버려둔 제자리로 황급히 되돌아가는 것을 느낄 수 있었다. 그러나 나의 몸은 가위에 눌리던 한순간을 그대로 재현하고 있듯이 이상한 상태에서 그대로 멈추어버려 실로 우스꽝스런 체위를 연출하고 있었다. 심하게 얽혀 있는 팔, 다리, 허리를 풀고 제대로 일어나 앉기 위해서는 한동안 그 상태를 유지하며 궁리를 해야 할 정도였다. 나는 두 팔을 허리 양쪽으로 되돌려서 이불을 집고 다리를 아래로 쭉 폈다. 그제야 겨우 머리를 왼쪽으로 하고 이불 위에 대각선으로 엎드린 상태가 되었다. 긴 한숨이 흘러나왔다. 나는 배 밑에 깔려 있는 이불을 빼내어 등에 덮었다. 하지만 도대체 무엇이 나의 뒤통수를 둔탁하게 때려 잠을 깨웠는지는 알 수 없었다. 그 다음날도 전날과 비슷한 경험을 했지만 나는 여전히 무엇이 나의 귓부리를 아프도록 잡아채고 달아났는지 알 수 없었다.

그러나 이번만은 그것을 알아내야 했다. 그것은 숙취에 의해 새벽에 잠을 깨었을 때 제일 먼저 고통으로 와 닿는 갈증과 같은 것이었다. 어쨌든 새벽 어스름의 한끝을 들추고, 망각의 심연을 모두 퍼내서라도 그것을 찾아내야 하는 것이었다. 나는 잠이 깬 것을 스스로 의식하자마자 모든 움직임을 정지시키고 현장을 그대로 보존하면서 비트적거리던 상태에서 느낀 이부자리와 방바닥의 낯선 감촉, 눈곱 사이로 언뜻거리던 흐트러진 무늬를 기억하려는 노력을 시도했다. 분명히 나를 흔들어 깨운 감각이 있었다. 무엇이 잠의 모포를 벗겨버렸을까. 나는 끊어져서 너울거리는 의식의 줄을 조심스럽게 당기기 시작했다. 그 줄 끝에 매달려서 끌려오는 것이 무엇일까.

처음에 느낄 수 있었던 것은 전날들과 마찬가지로 새끼줄에 목이 매달려서 버둥거리며 느끼던 일종의 고양(高揚) 상태에서 갑자기 줄이 끊어져 무한한 하강을 시작하는 순간의 허한 심기(心氣), 뱃속의 허기와 같은 기분이었다. 나의 몸이 이불 속에 웅크리고 있는 포즈를 취하고 있었기 때문에 몸의 체중이 전부 걸려 있는 왼쪽 어깨가 저려오기 시작했다. 그러나 나는 바로크 미술의 한 장면 같은 나의 체위(體位)를 애써 의식하지 않으면서, 아니 그 불편한 상태를 애써 견뎌내면서, 금시라도 무산되어 버릴 듯한 정신의 날끝을 곤추세웠다. 그것은 잠시 다른 날과는 달리 엉뚱한 곳으로 치달렸다. 하복부의 뿌듯한 압박감, 세포들이 단단히 굳어져서 일어선 요란스런 팽만감이었다. 나는 생각을 멈추지 않았다.

전복과 추락의 순간에 무엇을 보았는가, 무엇을 들었는가, 어깨의 감각이 아예 없어지고 이번에는 허리 쪽이 결려오기 시작했다. 나는 온몸의 신경돌기를 불러일으켰다. 아직 눈앞에 보이는 헝클어진 베개 무늬는 말하자면 복잡한 상형 문자였다. 나는 아직 여운에 의해 진동하고 있을지도 모를 귀청에 신경을 쏟아부었다. 눅진한 흐느낌이었던가, 아니면 딱딱하게 부서져나가는 단절음이었던가, 나는 다시 혼신의 힘을 모아 귓바퀴 주위로 신경을 집중시켰다. 그때 나는 달아나는 도마뱀의 꼬리를 밟을 수 있었다. 그것은 어이없게도 닭울음 소리였다. 끊어져서 나의 발밑에 남겨진 도마뱀의 꼬리는 닭울음 소리였다. 그 울음 소리에 잠을 깬 것이었다. 귓속에서 다시 닭의 울음 소리가 빽 하고 울리며 일어났다가 스러졌다.

 나는 몸을 풀어 자리에 반듯이 누웠다. 그러나 후련하다기보다는 황당하다는 생각이 앞섰다. 이런 신흥 주택 단지에서 닭울음 소리를 들었다는 사실 자체가 그랬다. 그렇다고 이제 거의 이십 년 전이 되어가는 어렸을 적 고향의 닭울음 소리가 나의 기억에 묻어 있다가, 어느 날 불시에 나를 방문한 것이라 생각할 수도 없는 일이었다. 더구나 이것은 발상 자체가 우스운 것이지만, 정신분석적으로 어느 날 닭울음 소리를 들은 것이 나의 무의식 속에 묻혀 있는 어떤 사건, 예를 들어 닭을 무자비하게 죽인 적이 있다거나, 반대로 닭에게 곤욕을 치른 적이 있다거나 하는 사건의 상징 기호로 여길 수도 없는 것이었다. 내 속에 억압되어 있던 내가 아닌 내가 나를 벗어나기 위해서 안간힘을 쓰는 것이 아닌가 하는 등등의 생각들이 하등 부질없는 것임을 알면서도 나는 한번 빠져버린 의식의 미궁 속에서 쉽게 헤어나올 수가 없었다.

 결국 닭울음 소리를 알아내기 전과, 간신히 그것을 알아낸 지금, 속수무책이긴 마찬가지였다. 그리고 무기력감에서 비롯되는 고통도 조금 더 현실적으로 드러난 것 외에는 달라진 바가 없었다. 그러나 무의미한 환청이라고 못질을 해댈 수만은 없었다. 하루이틀도 아니고 나는 요즘 며칠째 아침마다 그 소리를 들은 셈이 되는 것이다. 해석이야 어떻게 하든, 닭이 새벽녘 고통의 현신이건 아니건, 그것은 분명히 진동수가 많은 목청과 훌륭한 성대를 가진 닭이 활개치며 울어대는 소리임에 틀림없었다. 그놈의 닭을 찾아야 했다. 이렇게 누워서만 당할 수는 없었다. 정 닭을 잡아낼 수 없다면 이비인후과에라도 가보아야 할 것이다. 혹시 중이염의 초기 증세일는지도 모르는 일이었다.

  그날 아침 나는 늦은 아침을 들고 집을 나섰다. 굳이 말하자면 나는 분연히 닭을 찾아나선 것이었다. 거리를 둘로 가르며 흐르던 개천의 복개 공사가 끝나고 도로 폭이 넓어진 후부터, 동네는 언덕 꼭대기까지 번듯한 주택들이 촘촘하게 세워지고 있었다. 나는 시멘트로 포장까지 된 비탈진 골목길을 따라 높은 담들 사이를 걸었다. 그때 나는 앞쪽에 버티어선 초록색 기와의 높은 지붕과 담 때문에 골목길이 직각으로 꺾이는 것을 바라보며 아직까지와는 전혀 다른 생각을 문득 갖게 되었다. 높은 담 건너편의 잔디와 포석이 깔려 있는 정원에 귀여운 강아지와 우아한 닭 한 마리가 한가로이 걸어다니는 모습이 더할 나위 없이 조화롭게 느껴졌던 것이다. 당장이라도 담을 기어올라 정원을 들여다본다면, 놀라서 나를 바라보는 닭의 동그란 눈을 볼 수 있을 것 같았다. 아직까지 이런 신흥 주택가에서 닭울음 소리를 들은 것에 대해 가졌던 기괴하다는 느낌은 극히 자연스럽게 선입관에 찌들은 나의 사고 방식 탓으로 여겨지기 시작했다. 그리고 나의 고통이란 도시 얼마나 사소한 것인지라는 혼자말조차 서슴지 않고 중얼거릴 수 있었다. 마침 시간상으로나 거리상으로나 매우 적절하게 골목을 돌아서면 길 옆으로 작은 복덕방이 있음을 나는 알고 있었다.
"닭이라, 닭이라니, 이 부근에서 닭 치는 집이라면……"
 강(姜)영감은 나의 말을 오해하고 있었다. 나는 꼭 달걀이나 고기를 목적으로 해서 '닭을 친다'는 것보다, 그저 애완용으로 정원에 풀어놓고 지내는 정도의 닭을 찾는 것이라고 말하려다가 스스로 입을 막아버렸다. 나의 말이 강영감에게 더욱 혼란을 일으킬 것이었기 때문이었다. 나는 팔짱을 끼고 눈을 치켜뜬 채로 생각에 잠겨 있는 강영감의 잿빛 눈알을 바라보며, 그것이 원래부터 잿빛이었는지, 아니면 나이가 들어 색이 바랜 것인지 궁금한 생각이 들었다. 그도 그럴 것이 그의 굽은 어깨와 칠면조의 목을 연상시키는 얼굴은 그 나름대로는 적자(適者)로서 생존하기 위해서 진화를 거듭한 모습으로 여겨졌기 때문이었다. 저고리 앞섶으로 조금 엿보이는 피부는 한기나 온기를 느낄 수 없을 정도로 마구 구겨져 있었다. 닭을 찾는 이유마저 얼버무리면서 밖에 버티고 서 있는 나의 표정이 소홀히할 수 없을 정도로 심각해 보였는지 강영감은 목제 책상 위에 그려 붙여진 동네 지도를 한참이나 들여다보았다. 이윽고 그는 허리를 펴며 세밀한 지도를 보느라고 찌푸려진 미간을 펴지도 않은 채 말했다.
"그보다는, 요즘 새로 지어진 굉장한 집들이 많이 있으니까 차라리 공작새나 꿩 같은 거라면 또 몰라도, 닭은 없을 걸세."
 이것은 나이 든 이의 기지와 혜안에서 얻어진 탁견이었다. 나는 넓은 정원과 높은 나무들을 감싸고 도는 육중한 담들을 돌아보았다. 나의 머릿속에는 어느새 희고 누르스름한 깃털의 닭 대신에 그보다 더욱 색감이 있는 공작이나 금계의 모습이 들어앉아 날개를 푸덕이며 꽥꽥 소리를 질러대고 있었다. 나는 나의 집에서 두 집 건너에 있는 2층 양옥의 청동색 철문으로 다가섰다. 초인종을 눌렀다. 개 짖는 소리는 들리지 않았다.
"누구세요?"
인터폰에서 여자의 앳된 목소리가 들렸다.
"실례지만 여쭤볼 게 있어서요."
"무슨 말씀인데요?"
여기까지는 공식적이었다. 나는 인터폰에 한 발 다가섰다.
"혹시 이 집에서 동물을 기르시나 해서요."
나의 목소리는 조금 속삭이는 어투가 되어 있었다. 그러나 대답 대신 인터폰에서 약간의 잡음이 들린 후에 목소리가 바꾸어졌다.
"무슨 일이시죠?"
성량이 풍부하고 억양에 균형이 잡혀 있는 윤택한 여인의 목소리에 의해서 얘기는 다시 원점으로 되돌려지고 만 셈이었다. 나는 다시 인터폰에 한 발 더 다가섰다.
"혹시 여기서 꿩이나 공작 같은 새들을 기르지 않습니까?"
"아이구 저희들이 그럴 형편이 돼야지요. 그런데 왜 그러시죠?"
목소리는 좀전의 가식적인 위엄과 균형을 거의 잃어버리고, 숨겼던 비속한 가락을 드러내고 있었다.
"예, 민가에 수용된 큰 새들 조사차 협회에서 나왔는데요."
나는 거짓말처럼 전혀 당황하지 않고 대답했다. 협회는 대강 동물보호협회 정도로 해둘 참이었다.
"그럼, 저 닭 같은 건 기르지 않습니까?"
"닭이요? 그런 건 입에도 안 댑니다."

재산 비축에 알레르기 반응을 보이던 윤택한 목소리는 이번에는 모욕을 느낀 모양이었다. 순간 나는 '기른다'는 말과 '먹는다'는 말 사이의 경계를 잃어버리고 두 말 사이에서 현기증이 날 정도의 진동을 느꼈다. 개를 기른다는 것과 개를 먹는다는 것을 전혀 구별할 수 없을 지경이었다.

내가 일부러 시멘트 바닥을 발로 몇 번 비비자 무어라는 웅얼거림이 딸까닥 소리에 의해 끊어졌다. 결국 늙은이의 계략과 젊은 놈의 시행이 철저히 빗나간 셈이었다. 하지만 나는 이미 청동색 대문을 향해 걸어갈 때, 그리고 급기야 그 육중한 대문이 내 앞을 완전히 가로막았을 때, 이 모두가 헛되고 무모한 짓이라는 느낌을 막연하게 갖고 있었다. 잠결이었던 탓도 있겠지만, 내가 아침에 들은 닭울음 소리는 성량과 음색이 어우러져 있는 현실적인 소리가 아니라, 내 속 어딘가의 공명에 의해 울려나오는 소리에 더 가까웠다. 그것은 때때로 성량으로만, 때로는 음색으로만, 기억될 뿐이었다. 다시 말하면 그것은 아침에 처음 눈을 떴을 때 그 동안의 어둠의 기억을 잃어버리게 하는 빛의 이미지처럼 굳이 의식하려 들지 않으면 잘 알 수 없는 추상적이며 막연한 것이어서, 그것을 잘 새겨들으려면 잠 깨기 전과 잠을 깬 후의 사이에 존재하는 극히 짧은 순간을 완전히 파악하는 수밖에는 없는 것이었다.

나는 더 이상 어떤 생각에도 집착할 수 없었다. 이런 상태에서 아직까지의 생각을 계속한다면 오히려 오해와 착각이 생기고 말 것이라는 조바심 탓이기도 했다. 그러나 분명히 내가 시도한 작업은 닭의 탐색 과정이었다. 명목상으로만 해도 여기서 단념할 수는 없는 일이었다.

신유년 겨울, 혹은 계륵

버스가 시내 중심부의 한곳에 나를 내려두고 떠난 뒤, 천천히 길을 걷던 나는 가벼운 심장마비의 증세처럼 가슴속이 후끈 더워지는 것을 느낄 수 있었다. 닭을 찾으려고 집을 나섰던 나의 허황된 생각이 결코 공중 누각만은 아닐지도 모른다는 새로운 기대감이 나를 엄습했기 때문이었다. 전혀 새삼스러운 것이 아니었음에도 불구하고, 시내의 도처에 여기저기 켄터키 치킨 센터들이 차려져 있는 것을 갑작스런 놀람 속에서 발견한 것이었다. 조금의 주의력을 가지고 시가의 상점들을 눈여겨본 사람이 가면 누구나 거의 몇 달 사이에 켄터키 치킨 센터가 서울 시내 곳곳에 몇백 개나 들어섰다는 사실을 깨닫고는 어리둥절했을 것이다. 나는 요즘 며칠을 계속해서 켄터키 치킨과 생맥주를 마셨던 것을 기억했다. 꼭 치킨 센터가 아니라도 대부분의 경양식집에서 켄터키 프라이드 치킨을 대할 수 있다는 사실도 생각났다. 나는 무심코 허공을 휘젓던 손바닥 속에 무언가 단단한 것, 혹시 닭다리일지도 모르는 것이 붙잡힌 기분을 느꼈다. 이 많은 치킨 센터의 어느 한곳에서 닭 한 마리가 뛰쳐나와 내가 알 수 없는 구석에 숨어서 나를 곯리는 것이 왜 그리도 황당하게 느껴졌는지 이해가 잘 되지 않을 정도였다.

그러나 또 한 번의 기대는 또 한 번의 좌절의 확인에 지나지 않는 것일지도 모르는 일이었다. 손바닥 속에서 단단하게 느껴졌던 그것은 쉽게 손아귀에서 부서져 모래가 되어 흘러내렸다. 애초에 켄터키식으로 요리된 치킨 조각들이 내게 무언가 정보를 제공하리라는 생각부터가 잘못되었던 모양이었다. 나는 턱을 괴고 내 앞의 탁자 위에 놓인 치킨과 맥주를 망연히 들여다보았다. 나의 빈약한 상상력으로는 그것들에서부터 울음 소리는 고사하고 화사한 깃털이나 선홍색 벼슬조차도 연상해낼 수가 없었다. 나는 다시 아침에 들은 닭울음 소리를 생각했다.

 아침에 나는 열병에 걸려 신열에 시달리다가 어느 순간에 정신이 들 듯이 잠을 깼다. 나의 눈은 경악 때문이 아니라 일종의 갑작스런 정지 때문에 동공을 최대로 열어제치고 있었다. 눈앞에까지 내려와 있던 천장 무늬의 둥글고 각진 선들이 서서히 올라가 제자리에 박혔다. 몸 속을 관류하여 연결되었던 신경선이 조금 전까지 팽팽히 당겨졌다가 어처구니없이 끊어져버리고, 나의 몸은 땅바닥에 함부로 내던져진 기분이었다. 흡사 배의 항적에 휘말려든 것 같았다. 거함이 맹렬히 스크루를 돌리며 지나간 뒤로 깊이 파인 물구덩이와 소용돌이 속에서 자맥질을 거듭하다가 고통 속에서 의식을 잃어버리듯이 잠을 깬 것이었다.

 그때 나는 분명히 닭울음 소리의 꼬리 부분을 들었다. 그외에 달리 어떻게 생각해볼 여지가 없었다. 항상 닭울음 소리를 듣고 아침에 일어나던 과거의 습관이 오랜 시간이 지난 지금에야 술과 담배로 찌들은 나의 아침잠 속에 고통스러운 습관으로 파고들려 하는 것이었다. 내가 정신을 겨우 수습했을 때는 이미 그 소리는 공중에 흩뿌려진 모래알들처럼 허공의 정점을 지나 밑으로 흐트러져서 기억할 수 없는 한밤의 꿈으로 스러져버렸다. 그 소리는 나의 눈까풀이 가볍게 떨리기 시작하는 것을 확인하자마자 한숨 소리처럼 스산하게 꺼져버린 것이다. 이미 닭은 깃털 하나 남기지 않고 사라져버린 뒤였다. 만일 어느 하루만이라도 내가 나보다 일찍 깨어서 일어나 앉을 수 있다면, 그러나 그것이 상식적인 생각처럼 영원히 불가능하다면, 나는 결코 닭울음 소리의 전악장(樂章)을 잡아낼 수 없을 것이다. 그렇기 때문에 나의 잠을 깨운 것이 분명히 닭의 울음 소리였음을 확신하고 있는 지금에서도 그 소리의 음색이나 성량, 고저, 그 어느 것도 막연하게밖에는 느낄 수 없는 것이었다. 마치 그 소리를 청각으로가 아니라 시각으로 느낀 기분이었다.

사태가 이렇게 된 마당에 결국 나는 닭을 찾아야 했다. 닭을 찾아내기 전에는 그것이 실재의 닭인지, 단순한 꿈의 편린에 불과한 것인지, 혹은 편집광적인 나의 성격에서 비롯된 아집인지조차도 알 수 없는 노릇이었다. 그 닭의 성대(聲帶)를 들여다보고 내가 들은 닭울음 소리를 재구성해야 했다. 그래야 까닭없이 우롱을 당하고 있다는 기분에서, 그리고 무게를 측량할 길도 없고, 그 성격을 파악할 수도 없는 하중에서 놓여날 수 있는 열쇠를 찾아들게 될 것이었다. 조금은 날카롭게 시작하여 유려한 곡선을 이루며 정점에 이르러, 사통오달 막힘이 없는 성대를 과시하고 올라올 때보다 더욱 매끄럽게 흘러내려 목청 맨 밑바닥의 허스키로 완벽하게 끝을 맺는 닭의 울음 소리를, 우리와 친숙한 동물이 내지르는 친숙한 가락의 흐름을 나의 귀청 속에서 완성시켜야 했다. 내가 그것을 언제까지나 철저히 의식할 수 없는 한 그것은 나의 의식의 표면에서 찰랑찰랑 파문만을 일으키는 바람소리와도 같을 것이었다. 그 바람을 일으키는 대기의 흐름의 진원(震源)을 보아야 했다. 여윈 여인의 동체처럼 날렵한 닭이 세 개의 발가락으로 가볍게 반동을 주며 춤추듯, 조금은 경박하게 그러나 우아하게 걷는 모습을 보아야 했다. 그 닭은 새빨간 벼슬을 부리 끝까지 늘어뜨리고 있을 것이다. 부리 끝은 육식을 하는 독수리의 부리처럼, 심한 매부리코처럼 날카롭게 구부러져 있을 것이다. 하얀 깃털은 물방울 하나 스며들지 못할 정도로 풍요한 기름기가 흐르고, 꼬리의 깃털은 흰고래의 물뿜기처럼 우아한 순백의 곡선을 이루며 하늘로 퍼져올라가 요란스럽게 떨어져내리고 있을 것이다. 그리고 그 울음 소리는 블루스 곡의 선율에 따라 몸에 휘감기는 여인의 피부처럼 부드럽고 촉촉한 질감으로 와 닿을 것이다.

  나는 잠깐 동안 몰두했던 상념의 양끝을 붙잡아 단단히 매듭을 지어놓고, 코트의 단추를 두 개 끌렀다. 그리고 닭모가지를 비틀 듯이 빈 재떨이에 담배를 비벼 껐다. 아침마다 하필 나의 귀에다 대고 소리를 질러대는 닭을 붙잡아 모가지를 비틀어버리고 싶다는 생각을 해본 적은 한번도 없었지만, 끝이 비틀려진 담배 꽁초는 모가지가 잘리고 털이 뽑혀서 접시 위에 놓여진 닭을 연상시켰다.

  나는 맥주를 한 잔 마시고 포크로 닭고기 한 쪽을 집었다. 닭의 살이 저작되면서 혀끝에 익숙한 맛이 알알이 감촉되었다. 그 맛은 곧 닭고기를 연상시키는 것이며, 닭을 보면 그 맛이 연상되는 것이므로, 사람에게 고기를 제공하는 가축은 그 맛과 보통 밀접한 관계를 가진 것이 아닌 듯싶다는 생각이 언뜻 머리에 떠올랐다. 그런데 내가 아직까지 닭에게 쏟은 관심의 과잉 때문이었는지, 아니면 터무니없는 신경쇠약 증세 때문이었는지, 혀에 감지된 닭고기의 맛은 닭의 각 부분에 따라 복잡하게 느껴지더니 차차 나의 머릿속에서 뼈와 살로 형상화되어 훌륭한 한 마리의 닭으로 변신해버리고 말았다. 내가 그 닭을 구체적으로 ─ 약간의 어폐가 있긴 하지만 ─ 느낄 수 있었던 것은 두번째 닭조각을 먹기 위해서 포크로 다른 조각을 찌르려 하는 순간이었다. 이전부터 익숙하게 보아오던 닭 한 마리가 머릿속에 연상이 된 것이

려니 하고 단순하게 생각을 했던 그 닭이 갑자기 나의 좁은 두개골 속에서 살아 움직이기 시작한 것이었다. 나의 포크가 다가가자 내 머릿속의 환상에 불과한 닭이 느닷없이 무엇에 깨물리기라도 한 듯이 푸드덕 횃대에 날아오르더니 펄쩍 땅으로 내려앉고, 뒤뚱거리며 달리다가 우뚝 멈추어 서서 땅을 박박 긁어대는 소동을 벌인 것이었다. 나는 닭의 날갯짓 소리로 가득 찬 머릿속의 혼란을 무릅쓰고 과감히 포크를 꽂았다. 사실은 머릿속의 닭을 죽여버릴 셈이었다. 그러자 그 닭은 높은 울음 소리를 빽빽 내지르며 단말마의 고통을 맞이하는 듯이 푸드덕거리기 시작했다. 나는 얼떨결에 포크를 뽑아 접시에 내던지고 말았다. 머릿속의 소동은 곧 가라앉아버렸지만 나는 한동안 얼을 빼앗겨 있었다.

  나는 맥주를 몇 잔 거푸 들이켰다. 나의 몸이 하나의 커다란 빈 병이 되어 술이 발바닥에서부터 꼴딱꼴딱 소리를 내며 채워지기 시작했다. 여간해서 취기가 오를 듯싶지가 않았다. 나는 붙들어 매두었던 상념의 매듭을 조심스럽게 끌렀다. 실재의 닭울음 소리와 환청, 실재의 닭과 허구의 닭, 그것을 의식하는 무의식의 나와, 의식의 나, 나는 잔을 놓고 의자를 뒤로 조금 뺐다. 그리고 복잡한 머릿속을 떨쳐버릴 셈으로 크게 기지개를 켰다. 두 손을 뒤쪽으로 치켜올리고 발끝을 쭉 뻗으며 몸 전체에 힘을 주니 자연히 입에서 묘한 소리가 새어나왔다. 몸을 바로하면서 나는 얼굴에 몇몇의 낯선 눈길들을 받았다. 그들의 무표정한 시선이 무방비 상태인 나의 맨얼굴을 겨우 놓아주자마자, 나는 조금 전에 기지개를 켜던 모습이야말로 영락없이 닭이 울어대는 형국이라는 생각이 들고 말았다. 나의 머릿속은 다시 닭에 대한 피해 의식으로 온통 모자이크가 되기 시작했다. 순간 내게는 주위에서 쉴새없이 움직이는 포크의 번득이는 날이 내게 무관하지 않게 구체적인 고통으로 의식되었다. 밑도끝도없는 전율감이 전신을 훑어내렸다. 나는 서둘러 치킨 센터를 벗어났다.

이날 내가 닭의 성대를 들여다보기는커녕 깃털 하나 주울 수 없었던 것은 어느 모로 보나 당연한 일이었다. 그러나 일단 시작된 나의 닭 탐사 작업이 그 상태에서 결판난 것은 아니었다. 나는 치킨 센터를 나와서, 용케도 집에 붙어 있던 친구를 불러내어 OB베어에서 이차를 했다. 내가 굳이 친구의 불평을 감수하면서 불편한 OB베어를 택한 것은 왠지 모르게 그것이 치킨 센터와 밀접한 관계가 있는 것처럼 여겨졌기 때문이었다. 아마 OB베어가 생기기 전까지 생맥주는 주로 치킨 센터에서만 팔았기 때문일 것이리라. 어쨌든 나는 닭을 찾을 수 있으리라는 기대를 아직 포기할 수 없었던 터이라 다시 한 번 일말의 기대를 걸어볼 심산으로 OB베어에 들른 것이었다. 물론 그곳에서 나는 열심히 닭다리를 물고늘어졌다. 그러나 매번 어이없게 비워져나가는 생맥주 잔처럼 심신이 모두 허탈해질 뿐이었다.

처음에 나는, 전통적인 온돌방에서의 생활 방식이 침대와 스탠드 바 등을 거쳐서 서구의 생활 방식에 완전히 동조한 것의 첨예화된 예가 바로 OB베어라는 말을 친구에게 떠벌리며 다분히 자조적(自嘲的)인 만족에 취해 있었다. 그때 나는 아까부터 한 곳으로 자꾸 눈길이 끌리는 것을 의식하고 있었다. 나는 탁자에 한쪽 팔을 기대고 비스듬히 서 있는 친구의 어깨 너머로 오래 전부터 한 남자를 바라보고 있었다. 사내는 출입문 쪽에서 나의 친구와 비슷한 포즈로 서서 생맥주 500cc를 마시고 있었다. 나를 마주 보는 방향으로 서 있는 사내의 옆에는 그의 동행인 한 여자가 벽에 붙어 서 있었다. 나는 그들을 바라보면서 까닭없이 병든 닭이니, 폐백닭 따위의 어휘들이 입 안에 침처럼 고이는 것을 느꼈다. 사내의 병색이 완연한 얼굴과 어깨가 빈약한 체격, 게다가 눈을 내리깔고 담배를 빨아대는 모습도 그렇지만, 여자의 쌍꺼풀이 진 동그란 눈과 살이 쪄서 둥글둥글한 하체는 나로 하여금 잠시 잃어버렸던 닭의 고통을 다시 깨닫게 하였다.

그러나 내가 사내에게 관심을 쏟은 것은 그렇게 사소하고 무의미한 연상 작용 때문만은 아니었다. 사내에게는 그보다 더 흥미로운 면이 있었다. 그것은 내가 그에게 주목한 후부터 한 번도 다리를 바꾸지 않고 한쪽 다리로만 몸을 지탱하고 있다는 점이었다. OB베어에서 선 채로 술을 마실 때 사람들은 다리의 피로를 덜거나 견디기 위해 한쪽 다리에만 힘을 주어 몸을 지탱시키고, 다른 쪽 다리는 구부정하게 굽혀서 긴장을 풀어주는 것이 보통이었다. 그러다가 그쪽 다리가 피로해지면 다리를 바꾸어 다시 반대쪽으로 그런 자세를 취하곤 하는 법이었다. 그러나 사내는 내가 다리를 벌써 여러 번을 바꾸도록 한 번도 자세를 풀지 않는 것이었다. 그는 왼쪽 다리를 뻣뻣이 세우고 오른쪽 발도 왼쪽 발에 교차시켜 구두 끝을 바닥에 대고 있었다. 상체를 탁자에 기댔다고는 하지만 두 발로 서 있는 것도 아니고 외다리로 그렇게 오래 서 있는 것은 강인한 체력과 무의식적인 인내심이 없으면 어려운 일일 것이었다. 나는 습관적으로 그 사내에게 쏠리는 신경을 끊으려 했다. 잠시 후 내가 500cc를 비우고 잔을 내리며 그를 흘깃 보았을 때도 그는 여전히 그 자세를 고집하고 있었다.

그때 나의 비범한 연상력──닭에 관한 문제에 한해서──이 활동을 시작하였다. 외다리로 훌륭하게 서 있는 사내의 모습은 어렸을 적에 익히 보아왔던 모습, 즉 닭이 양지바른 곳에서 한쪽 다리를 깃털 속에 감추고 한 다리로 서서 졸고 있는 모습과 근사한 비교가 되고 있었다. 나는 그런 닭을 볼 때마다 저 닭이 원래부터 한 다리만을 가지고 있었던 것인지 아닌지 혼란이 생기곤 했다. 그때마다 나는 번번이 그 닭을 훠이 놀래주어서 숨겼던 다리를 뽑고 두 다리로 도망치는 모습을 보아야만 했다. 나의 연상력은 거기에서 멈추지 않고 나의 채찍 세례에 더욱 먼지를 일으키며 치달렸다. 술집 내의 양쪽 벽에 부착되어 있는 긴 탁자는 재래식 양계장 속의 횃대를 환기시켰다. 그리고 탁자에 상체를 기대어 땅콩을 집어먹는 우리는 횃대에 올라서서 아무거나 쪼아대는 닭과 별다를 바가 없게 되었다. 단지 닭은 허리가 없을 뿐이었다.

  그 동안에도 사내는 여전히 한쪽 다리만을 혹사시키고 있었다. 나는 차츰 불편해지기 시작했다. 술기운 탓이었다. 술에 취하면 그것이 아무리 쓰잘데없는 것이라 해도 한번 신경에 거슬리면 묵과해버리기가 어려운 법이었다. 나는 언젠가 술을 마시다가 손등에 난 화상의 흉터가 신경을 긁어대서 곤욕을 치른 적이 있었다. 나의 신경선들이 사내의 왼발에 한올 한올 감기기 시작했다. 물론 그가 왼손잡이일지도 모르고, 혹은 오른쪽 다리를 저는 불구자일 수도 있을 것이다. 그러나 그가 불구자라면 또 모르는 일이지만, 왼손잡이라는 이유로 그의 행위를 정당화시켜줄 수는 없는 일이었다. 그렇다고 그를 불구자라고 생각할 수도 없었다. 또 속아서는 안 되기 때문이었다. 한 다리로 서 있던 닭이 내게 쫓겨서 두 다리로 달아날 때마다 느낀 기분은 당했다는 낭패감이었다.

생맥주를 한 잔 더 마시고 났을 때의 나의 불편함은 고통이라는 감정과 별 구별이 안 되는 것이었다. 결국 나는 깨끗이 나를 포기해버리고 말았다. 그의 유혹에 져버린 것이다. 외다리로 서 있던 닭이 두 다리로 도망치는 모습을 보아야 했다. 나는 탁자 위의 성냥갑을 주머니에 넣고 담배를 한 대 빼어문 다음 사내 쪽으로 끌려가듯이 다가갔다. 나는 천천히 걸어서 사내 앞에 섰다. 그러나 그가 불구가 아닌가를 확인하기 위해서 닭 쫓듯이 훠이 훠이 그를 내몰 수는 없었다. 아마 그는 소리를 질러대는 내게 맥주를 끼얹어서 나를 물에 빠진 닭꼴로 만들지도 모르는 일이었다. 여자의 염소 같은 눈이 먼저 내게로 향했다. 사내는 잔을 홀짝거리다가 얼굴을 들었다.

"저……"

나는 사내의 얼굴을 바라보면서도 그의 꼬인 두 발에 신경을 집중했다. 그는 몸을 풀지 않은 채로 나를 바라보고만 있었다.

"담뱃불 좀 빌릴 수 있을까요?"

나의 말에 그는 피식 웃는 듯한 표정을 짓더니 오른손으로 맥주 잔을 놓고 담뱃갑 위의 UN성냥을 내 쪽으로 밀었다. 사내는 팔만 움직였을 뿐이었다. 나는 난색을 감추며 담배에 불을 붙였다.

"고맙습니다."

어찌 되었건 그날의 작업은 그 상태에서 허허로이 끝나고 말았다. 물론 그 사내는 불구가 아니었다. 사소한 일상에 불과한 것에 헛되이 매달렸다고나 할까, 결국 견강부회의 의미 부여로 점철된 하루였다. 그날 밤 나는 피로와 취기에 곤죽이 되어서 오히려 숙면을 할 수가 없었다. 거의 새벽이 되어서 나는 징조라든지, 조짐, 예감 등이 뜻하는 애매한 기분에 의해서 채 깨어나지 못한 정신의 한 귀퉁이가 환하게 밝아져오는 것을 느꼈다. 그때 나의 무거운 눈꺼풀 속의 몽환 상태에서 낮에 그리도 찾아 헤매던 순백의 깃털과 선홍색 벼슬을 가진 닭이 외다리로 서서 나를 내려다보고 있는 것이 느껴졌다. 그 닭은 미동도 않은 채 조용히 나를 내려다보고만 있었다. 내가 눈꺼풀을 들어올리려는 노력을 계속하고 있을 때 그 닭은 천천히 목을 치켜들고는 샛노란 부리를 열어 분명하고 맑은 웃음 소리를 냈다. 나는 마침내 두 개의 눈꺼풀을 열었다.

녹색 커튼에 걸러진 여명의 빛 속에서 닭이 서 있던 방향 쪽으로는 유난히 짙은 어둠만이 깔려 있을 뿐이었다. 하지만 내가 조금이라도 더 음악에 대한 신경이 발달되었더라면 즉석에서 계명으로 옮겨 적을 수 있었을 만큼, 이번의 닭울음 소리는 전체가 확연하게 들려왔었다. 그리고 이번의 소리는 다른 어떤 인상이나 의문을 수반하지 않고 그 자체의 실재(實在)로서 내게 와 닿았다. 이제 나는 분명한 확신을 가질 수 있었다. 내가 아침마다 닭울음 소리를 느끼고, 그 닭을 찾으려는 최소한의 몸짓을 계속하는 한 그 닭은 언젠가는 몽환과 신경병 증세에서 한걸음 벗어나서 나의 실재에 거짓말처럼 들어설 수 있을 것이라는 사실을. 그리고 그때는 몽환과 실재의 경계에 대한 선입관이, 현실적인 고통의 실상이, 어느 날 아침에 느닷없이 듣게 된 닭울음 소리만큼이나 하찮은 것이라는 사실을 깨닫게 될 것이다.

나는 자리에 누운 채로 담배를 피우면서 이러한 깨달음이 완성되는 날 내 앞에 다소곳이 모습을 나타낼 닭을 어떤 식으로 요리를 해야 할 것인지를 생각했다. 그때 내가 그 닭을, 그 닭이 나를 서로서로 공유할 수 있는 가장 완벽한 방법은 내가 그 닭을 먹는 행위일 것이기 때문이었다. 그렇지 않으면 그것은 다시 눈두덩이가 유난히 무겁게 느껴지는 어느 날 그것에 대한 기억마저 싸들고 사라져버릴 것이었다.

춘천의 닭갈비식으로 잘게 썰어 사리와 함께 프라이팬에 튀겨서 소주를 곁들여 먹을 것인가, 아니면 켄터키 치킨식으로 요리를 하여 맥주 안주로 삼을 것인가, 이도 저도 아니면 가장 무난하게 전통적인 방식대로 삼과 대추 등을 넣어 푹 삶아서 삼계탕으로 먹을 것인가. 갑자기 나는 깔깔한 입 안과 거북한 위장의 거부 반응 등에도 불구하고 텅 빈 몸 속에서부터 맹렬하게 끓어오르는 닭에 대한 식욕을 느끼기 시작했다. 식용할 수 있는 살점이 빈약하다 하여 닭의 갈비를 일컬어 소위 계륵(鷄肋)이라 한들, 대체 그것이 무슨 대수일 것인가. 〔1981〕

부재를 위하여

그의 부재(不在), 이제 그는 내 곁에 없다. 그것은 그의 죽음이라거나, 실종이라는 어휘로 설명될 수 있는 것이 아니다. 단순히 내 곁에 있지 않음일 뿐이다. 나는 15층 건물의 회전문을 밀고 나오며 그 사실을 절감했다. 건물의 안쪽에서 유리창을 통해 상상했던 것보다 더 따가운 햇살에 눈을 찌푸리며, 나는 천천히 건물에서 멀어져갔다. 발바닥을 통해 느껴지는 포도(鋪道)의 탄력이 나의 허약한 뼈마디를 덜컹거리게 했기 때문에 잠시 걸음을 멈추었다. 순간, 시선을 안착시킬 만한 적당한 곳이 아무데도 없다는 사실을 느꼈다. 이윽고 나는 구두를 바닥에 질질 끌며 다시 걸음을 옮기기 시작했다. 거리를 달리는 차들, 노점, 사람들, 그 일상들은 바늘구멍만한 틈 하나 없이 꽉 메워져 있었다. 그때 나는 갑자기 지나는 여인의 블라우스 앞자락 틈을 들여다보고 싶은 객쩍은 욕망처럼 그를 다시 한 번 만나고 싶은 열망에 사로잡혔다. 그리고 바로 그 순간 나는 그의 완벽한 부재를 깨달았다. 내가 그를 필요로 할 때마다 번번이 그는 내 곁에 없었고, 나의 열망은 그의 부재 때문에 더욱 타들어갔다. 그 바람이 꺼져버리릴 때 그는 다시 내 앞에 나타날지도 모른다. 나의 욕망과 그의 부재는 동전의 양면이었다.

그러나 이번에야말로 그의 부재는 완성된 것일 것이다. 그가 죽어버린 것이 아니므로 그의 부재는 상식적으로 어느 다른 곳에서의 존재를 의미하겠지만, 적어도 내게는 이제 그의 내 곁에 없음이 곧 그 자신이 없는 것이다. 애초에 그와 나 사이에 있었던 일들은 극히 사소한 것들에 지나지 않는다. 내가 이 자리에서 그에 관해 생각할 수 있는 것은 우리 사이의 지나간 관계에서가 아니라 오히려 그의 부재 덕분이다. 나는 고체 상태인 그의 실재가 부재로서 액화(液化)되었을 때 압지(押紙)처럼 그를 빨아들인 것이다. 어찌 되었든간에 이제 더 이상 그는 내 곁에서건, 그 어느 곳에서건 존재하지 않는 것이고, 따라서 남아 있는 것이라곤 오직 그의 부재, 그에 대한 나의 기억뿐인 것이다. 그것이 왜곡된 것이라 하더라도, 그것이 부족한 것이라 하더라도, 이제는 나로서도 어쩔 수 없다. 인간의 체내에 약간의 독성을 중화시킬 수 있는 또 다른 독성이 있듯이 과거의 기억들도 시간의 흐름에 따라 그 날카로운 각이 마멸되고 독성도 잃어갈 것이지만, 그것하고도 역시 아무 상관이 없는 것이다. 왜냐하면 결국 그의 부재는 오히려 내가 선택한 것이기 때문이다.

윗글은 몇 년 전의 비망록 속에서 발견된 것이었다. 당시의 비망록에는 염색공으로 있다는, 거칠고 흉포하기까지 했지만 그로 인해 더욱 순수해 보였던 어느 젊은이와 시골역 대합실에서 마셨던 글라스에 부어진 소주에 대한 기억이나, 한일 합방 직후 활약한 어느 독립 투사의 동상이 서 있는 공원의 풀밭 어스름 속에서 싸움을 벌이고 풀냄새에 섞인 찝찔한 피 맛을 보았던, 이가 시릴 듯한 굴욕의 기억들이 원색적으로, 그러나 순간순간 절실함을 투박한 자루 속의 송곳처럼 드러내며 잔뜩 씌어져 있었다.

따라서 그러한 감정 과잉의 글들에 비해 처음의 글은 음영이나 색감이 없는 부조(浮彫)처럼 밋밋한 것으로 여겨질 것이다. 그러나 나는 처음의 글이 또 다른, 말하자면 관념의 과장임을 알고 있다. 하지만 그것은 단순히 갑작스럽게 군대를 가버린 어느 친구가 날 자주 배신했고 기대를 저버린 것에 관한 실망을 과장하여 표현한 것임에 다름아닌 것은 또한 아니다. 그 후 나는 또 한 편의 글을 발견하였는데, 그 글이 처음의 글과 많은 관련을 가지고 있음을 느꼈기 때문에 여기에 소개하고자 하는 것이다.

이미 지금의 나와 그때의 나 사이에는 별 연관이 남아 있지 않은 터이라, 그때에 느꼈던 상황이나 감정의 정황을 논리적으로 파악하는 것이 무리스럽긴 하겠지만 앞으로의 다음 글은 처음의 글이 씌어진 직후의 것으로 추정되는 것이므로, 말하자면 처음 글의 후속편이라 불러도 무방할 것이고 나도 기꺼이 그렇게 부르고자 한다.

간밤의 여파인 숙취로 잠에서 일찍 깨어난 나는 식사하기에 이른 시간—애초에 밥 생각이 전혀 없긴 했지만—이어서 대강 손을 씻고 책상 앞에 앉았다. 책상에 앉는 행위가 어떤 의미를 갖는 것은 아니었고, 단지 다시 잠에 들 수 없을 것 같은 생각이 들었기 때문에 별 생각 없이, 무료할 때 손가락 관절을 꺾어 소리를 내는 것처럼 일단 의자에 걸터앉은 것이었다. 책상 위에는 어제 오후에 읽다가 덮어둔 문예 잡지가 건설 회사의 사진이 실린 뒷장을 내보이고 있었다. 나는 역시 별 생각 없이 책을 끌어당겨 대강 뒤적거리기 시작했다. 한데 이러한 것을 두고 나의 관찰력을 거론한다는 것이 올바른 일일는지는 모르지만, 여하튼 앞부분에 실린 중편소설을 건성으로 읽어나가다가 한 가지 특이한──적어도 눈에 띄는──사실을 발견했다. 즉 책장의 옆부분에 세로로 길게 신간 서적이나 베스트 셀러의 선전란이 간간이 있었는데 그곳에서 나는 의외로 어느 약품의 선전 문구를 보았던 것이다.

그러나 그 사실이 눈에 띈 이유는, 첫 장부터 다시 찬찬히 책장들을 살펴본 바, 책 전편을 통해 책의 선전이 아닌 다른 상품 광고로는 그 약에 관한 문안이 유일했기 때문이었다. 사실 이런 점을 발견하게 된 것은 이미 언급했듯이 관찰력의 문제는 전혀 아니었고, 그만큼 소설이 재미가 없었거나 아니면 원체 주의력이 산만한 본인의 한심스런 권태의 탓이었는지도 모른다. 혹은 간밤에 몹시도 피워댄 담배 때문이었는지도 모르는 일이었다. 왜냐하면 그 약은 기관지 계통의 것이었기 때문이었다.

그 약 광고의 문안은 다음 두 가지 종류가 서로 교대하면서 책 전편에 걸쳐 거의 열 번이나 반복 선전되고 있었다. 그 첫번 것은:

> 목안이 시원합니다. 가래, 기침, 성대 보호에 / 용포날. 30g → 1500원. △△ 제약

그리고 두번째 것은 이러했다.

> 목안이 칼칼하고 목소리가 잠겨올 때 / 가래, 기침, 성대 보호에
> 물 없이 먹는 약 / 용포날. 30g → 1500원 △△제약.

　나는 이 사실을 확인하고 나서 잠시 책을 덮고 생각에 잠겼다. 왜 하필이면 오로지 그 약만이 끈질기게 반복 선전되고 있는 걸까. 아마 일반, 혹은 전문 서적이 아닌 문학 관계의 잡지에 용포날이 이토록 독점적인 선전을 하고자 한 저변에 깔린 의도는 시나 소설을 읽는, 혹은 시나 소설을 쓰는 사람들의 특히 지독한 흡연욕과 음주벽을 겨냥한 것인지도 모른다. 사람들이 무수한 파지 사이에 머리를 박고 담배를 결단낼 듯 피워대는 가련한 모습은 쉽게 연상되는 것이었고, 그러자 그들의 책상 위로 분말식 가루약을 후후 불어대고 있는 기막힌 상혼에 대한 경탄이 절로 흘러나왔다. 물론 그것이 우연히 이 잡지에만 선전을 내게 되었거나, 혹은 잡지사에서 이 상품만을 광고로 내보낸 것이 우연에 지나지 않을 수도 있겠지만, 그렇게 생각하기에는 납득이 가지 않는 점이 한두 가지가 아닌 것이다. 그리고 이 광고문이 주기적으로 거듭되고 있는 데에는 한 편의 글이 책장의 전면(全面)에 완벽하게 맞물리며 끝나도록 하려는 조판상의 기교도 어느 정도는 작용했을 것이다. 어쨌든 나는 선전 문구가 담백한 점이 마음에 들었다.
　나는 이토록 아침부터, 더구나 숙취 속에서 내게 일용할 거리〔件〕, 물고늘어지고 트집잡을 수도 있고 등을 비벼댈 수 있는 언덕이 주어진 사실에 모처럼의 만찬을 받은 금욕주의자처럼 과장

된 즐거움을 느끼기 시작했다. 나는 담배를 한 대 피워 물고 등을 의자에 기댄 채 생각을 계속했다. 과연 목안이 시원하지 못했고 목안이 칼칼했고 목소리가 잠겨오는 듯했으며, 가래가 끓고 기침이 나올 듯했다. 그리고 불현듯 그리 아름답지 못한 목소리나마 성대를 보호하기 위해 물 없이도 먹을 수 있는 약을 위해 천오백 원을 투자할 필요성을 느끼기 시작했다.

나는 일부러 목안 깊숙이에서부터 불유쾌한 소리를 내며 가래를 끌어올려보았다. 그러나 회색의 점액질 덩어리는 나오지 않았고, 대신 가벼운 헛구역질이 목을 타고 눈앞으로 현기증이 되어 튀어나왔다. 그러나 목줄기 아래쪽 양옆을 엄지와 검지로 지그시 누르자 다행스럽게도 내 기대에 어긋나지 않고 싸아 하는 고통과 함께 기침이 쿨럭쿨럭 쏟아지기 시작했다. 손을 떼자 그 기침은 금방 가라앉았다.

얼마 전에 나는 건강 종합 진단을 받은 적이 있었다. 은근히 간(肝)을 걱정하고 있었는데, 소변 검사, 혈청 검사 등의 과정을 치른 후에 내려진 진단은 모든 곳이 정상이며, 아직 간도 괜찮다는 것이었다. 그때 나는 안도감이 아닌 오히려 불유쾌함, 자존심의 상함을 느꼈었다. 많은 술을 마시고, 그 술기운에 편승하여 호기를 부렸던 많은 시간들은 이제 아무런 자취도, 보상도 얻지 못하게 된 것이었다. 지금도 그와 비슷한 기분이었다. 그러나 약간의 기침 정도에 만족해야 할 것이었다. 나는 담배 연기를 더욱 깊숙이 빨아들였다. 입 안이 텁텁했고 목안이 깔끄러워졌다. 들이마시지 않고 입에서 혀로 밀어낸 담배 연기가 얼굴 앞에 뿌옇게 뭉쳐져서 흩어지지 않았다. 나는 연기를 피할 셈으로 몸을 뒤로 잔뜩 젖혔다.

담배를 끄고 책상 위에 놓여진 금테 안경을 써보았다. 렌즈는 내 시력에 약간의 맑음을 제공했지만, 이내 앞머리 쪽에 두통을 수반했다. 시력이 맞지 않기 때문에 두통이 생기는 것임을 잘 알고 있긴 했으나, 나는 이미 오래 전부터 더 이상 렌즈의 도수를 높일 엄두를 내지 못했다. 안경점에 들러 점점 나빠지는 나의 시력을 확인하면서 눈을 멀쩡히 뜬 채로 맹인이 되어가고 있다는 기분을 갖기가 싫었기 때문이었다. 물론 나의 게으름 탓이기도 했다. 안경을 다시 벗고 의자에서 일어섰다.

나는 창문 옆의 벽에 바싹 붙어섰다. 온몸을 미지근한 벽에다 밀착시켰다. 코와 입술과 턱, 그리고 양쪽 어깨와 가슴, 배, 무릎까지, 벽을 마주하고 서서 내 몸의 가능한 모든 부분을 벽에 붙였다. 이러한 자세는 못되어먹은 교사들이 학생들에게 가하는 벌로 응용이 되기도 하는 모양이었다. 목줄기가 뻣뻣해지면서 고통이 느껴지기 시작했다. 가슴이 답답해져서 호흡이 곤란해졌다. 한때 이런 자세를 하고 서서 이 상태에서야말로 내가 나의 몸을, 혹은 나의 존재를 가장 절실하고 넓게 피부로 느낄 수 있겠다고 생각한 적이 있었다. 그리고 이건 일종의 자학이나 변태의 일종이 아닌가 하는 생각을 해보았었다. 그러나 사실 이 자세는 그런 생각들하고 아무런 상관이 없었다. 나는 언젠가부터 빈 방에 혼자 있으면 가끔 이런 자세를 취하는 버릇이 있었고, 목줄기와 가슴에 통증이 심해지면 누군가가 뒤에서 나를 눌러 벽 속으로 밀어넣어버릴 것 같은 공포를 느끼며 몸을 떼곤 했다. 이 상태에서는 벽 속이 텅 빈 것으로 여겨지는 것이다. 양쪽 어깨 끝을 활처럼 접어서 벽에 대고 무릎을 약간 굽혀 허벅지를 벽에다 붙이고 있으면, 다른 생각들보다는 고통에 대한 긴장과 인체라는 것이 얼마나 굴곡이 많고 울퉁불퉁한 것인지 정도만을 실감할 뿐이었다.

나는 고통을 견디기 위해 눈을 부릅뜨고 벽의 무늬를 눈 속에 집어넣었다. 코뼈 때문에 이마는 벽에 닿지 않았다. 조그맣게 위축된 성기의 끝이 벽에 닿아 있었다. 나는 누런 벽지의 무늬를 바라보며 갈대숲 속에서의 격렬한 정사(情事)를 그 위에 그렸다. 그러나 곧 성기의 감각마저도 사라져버렸다. 육체의 고통이 머릿속과 모든 감각을 마비시켜버렸고 나의 시야를 하얗게 탈색시켰다. 그 흰색 공간 속에는 아무것도 없었다. 그 속에서 나는 하다못해 지푸라기라는 단어조차도 생각해낼 수 없었다. 목과 가슴의 고통이 나를 벽에서부터 세게 밀어냈고 나의 몸은 침대 위로 벌렁 넘어져버렸다. 숨을 몰아쉬며 나는 그를 생각했다. 그는 마치 조금 전에 마주보고 서서 통과해보려고 애썼던 벽처럼 때로는 속이 들여다보이기도 했지만 대개의 경우 두터웠고 견고했다.

그때 나는 목 속에서 간지럽고 답답한 무엇이 조금씩 발돋움하고 있는 것을 느꼈다. 나는 잠시 숨을 죽였다가 불시에 덜미를 채듯이 목에 힘을 주어 요란한 소리와 함께 그놈을 쓰레기통 속에 뱉었다. 시커먼 가래 덩어리였다.

나는 느릿느릿 침대에서 일어나 화장실로 가서 부스스한 얼굴을 대강 지웠다. 아파트 밖으로 나오자 나의 얼굴만큼이나 희뿌옇고 창백한 태양이 동쪽으로 짐작되는 하늘에 낮게 걸려 있었다. 그러나 날씨는 좋을 것 같았다. 마침 아파트 단지 입구로 버스가 한 대 달려오고 있었다. 워낙 변두리의 주택가여서 버스 노선은 단 하나뿐이었다. 따라서 내게는 시내에서 들어오는 버스를 타고 다음 정류장인 명월동 종점으로 가느냐, 아니면 길을 건너 시내로 나가느냐 하는 두 가지 선택의 여지가 주어져 있을 뿐이었다. 대개의 경우 그토록 한정되어 있는 선택의 경우가 오히려 다행스럽기도 했다. 나는 길을 건너 막 떠나려는 버스에 올랐다.

조금 열려 있는 창문 틈으로 신선한 바람이 불어들었다. 나는 이미 죽어버린 물고기의 배를 따듯이 눈을 가늘게 뜨고 밖을 내다보았다. 버스가 멈추고 사람이 내리고, 또 타고, 바람이 불어오고, 풍경이 지나치고 하는 와중에서 나는 행선지에 대한 생각조차도 고집할 수가 없었다. 눈을 감았다. 그러나 닫혀진 망막 속도 바깥 세상만큼이나 소란스럽고 혼잡했다. 머릿속이 텅 비어 있었기 때문에 오히려 더 많은 잡다한 생각의 편린들과 평상들이 서로 부딪치고 있었다. 그때 버스의 천장 중간쯤에 매달린 검은색의 스피커에서 잡음 섞인 유행가 가락이 흘러나오기 시작했다. 복고풍의 가락에 현대의 리듬이 가미된, 대한제국 말기의 단장을 짚은 신사의 모습을 한 경박한 곡이었다. 그러나 싫건 좋건 그 가락은 그 동안 매스컴을 통해서 내 귀에 익숙해져 있었던 모양이었다. 나는 내가 그 노래의 가사를 모두 기억하고 있음을 알고는 쓰거운 낭패를 느꼈다. 노랫소리를 필사적으로 피하려 했으나 그것은 도리질하는 머리의 귓밥을 물고늘어지는 투견처럼 집요했다. 나는 잠시 후에 간단히 포기해버렸다. 나는 완전한 항복의 표시로 낮은 소리로 노래를 따라 부르기 시작했다. 그러나 마치 용포날 먹은 목구멍 속처럼, 거짓말같이 말짱한 평정의 종소리가 머리와 온몸 구석구석에 퍼졌다. 버스에서 듣기 싫은 유행가 가락을 피할 수 있는 유일한 방법은 그것에 열중하는 길

뿐이었던 것이다. 다분히 역설적이고 단순한 이런 깨달음처럼 세상 매사에 그저 뒤치기만 하면 해결되는 것이 그 얼마나 많은 것인가.

시내에서 버스를 갈아타고 마장동 시외버스 터미널에 닿은 것은 9시가 거의 다 되었을 때였다. 이제 나는 그를 만나러 갈 수 있는 것이다. 마침 토요일이었다. 아니, 어쩌면 나는 오래 전부터 이날 그에게 면회갈 것을 계획하고 있었는지도 모르는 일이었다. 또한 나는 군대라는 극한 상황에 몰려 있는 그를 일부러 찾아가서 그의 것보다 조금은 유리한 위치에서 그를 내려다보려는 욕망을 내가 가지고 있지 않다고 자신할 수도 없었다. 어젯밤의 폭주와 아침 일찍 집을 나선 것, 그 모두는 교활하게도 면밀히 계산된 일정을 따르고 있는 것일 것이다. 그에게 가기 위해서는 일단 가흥시(加興市)까지 직행 버스를 타고 가야 했다. 그곳에서 완행 버스로 두 시간 반을 더 가면 그를 만날 수 있을 것이었다. 나는 표를 산 후 느긋한 여행을 즐기기 위해 화장실에서 초라한 방뇨를 했다. 버스는 승객들이 채 반도 차기 전인데 규정 시간 탓인지 이내 시동을 걸고 떠나기 시작했다.

그의 이름은 현준식(玄俊植)이었다. 얼핏 그의 이름에서 느껴지는 인상은 '현'이나 '준'자(字) 때문인지 몰라도 멜로드라마의 주인공처럼 반듯한 얼굴을 가진 사람의 깔끔한 모습이리라. 나 자신이 그러한 선입견을 가지고 대했던 실제의 첫인상은, 그러나 그와는 아주 딴판이었다. 길고 검은 얼굴, 큰 눈, 코, 그의 음침하고 슬퍼 보이는 얼굴은 한마디로 무언가 피해 의식에 잔뜩 젖어 있었다. 처음엔 낯설었던 그의 이름과 얼굴 사이의 연관은 이제는 당연한 것처럼 이루어졌고, 이제 나는 그것이 피해 의식이 아니라 자의식(自意識)임을 알고 있다.

　버스가 내리막길을 벗어나자 앞쪽에서 가흥발 서울행 버스가 달려왔다. 운전사가 흰 장갑을 낀 손을 들어 이쪽을 향해 가벼운 인사를 보냈다. 뒷자리에서는 보이지 않았지만 이쪽에서도 그와 비슷한 답례가 있었을 것이었다.

　내가 그를 처음 만난 것은 몇 년 전 어느 술자리에서였다. 그날의 술자리의 성격이라고 한다면 최소한 고등학교 동창들간처럼 오랜 만남의 축적이 있는, 무의식간에 마음을 놓이게 하는 좌석이 아니라 치질 환자처럼 항상 엉덩이 밑을 긴장시키고 술 한 잔 권하기와 말 한마디 떼놓기에 각별한 주의력을 동원해야 하는 상황이었다. 그 자리에는 대학 선배 둘과 나, 그리고 어린 나이로 소극장의 연극 연출을 담당하고 있어서 나도 일찍부터 그 이름을 들어 알고 있었던 현준식과 그의 친구까지 모두 다섯이 모여 있었다. 내가 왜 특히 그런 자리를 불편하게 여겼는가 하면 그 이전에 내 나름대로 괴로운 시행 착오를 몇 번 거쳤기 때문이었다. 다시 말하면 대화가 어느 순간에 끊어져서 좌중에 어색한 침묵이 갑자기 자리할 때, 단순히 그 어색한 순간을 넘기기 위해 내가 조심스럽게, 그러나 어느 정도 당돌하게 꺼내놓은 말들, 혹은 내가 어리석게도 상대방에 대한 믿음을 확신하고서 드러내었던 내 속마음의 이야기들, 그것들이 얼마의 시간이 지난 후에 전후 상황이나 문맥과는 전혀 상관없이 벌거벗겨져서 사람들에 의해 돌팔매질을 당하는 예를 본 적이 몇 번 있었던 것이다.

　어쨌든 나는 나를 꽁꽁 감싸고 그와의 술자리에 임했었다. 그때 그와 나눈 대화가 한마디도 생각나지 않는 것은 아마 그런 연유 때문일 것이다. 그런대로 우리는 흥청흥청 취해버렸다. 그리고 우리의 습관이 그러하듯이 2차, 3차를 거듭하다가 급기야 택시를 타고 모두 나의 집으로 몰려갔었다. 문을 들어서는 순간 우리는 통금의 압박에서 벗어났다는 등허리의 안도감에 다시 허세를 부리기 시작했다. 그러나 술을 더 사오라거나 마주앉아 바둑판을 펴는 행위들은 사실 우리들의 허약한 체력과 취기를 감추려는 공허한 호기에 불과했다. 양말을 벗어던지고 아무렇게나 누워 있던 우리들은 그 자리에서 잠에 떨어져버렸다.

다음날 아침 나는 채 어둠이 벗겨지지 않은 새벽에 목을 가르는 갈증으로 눈을 떴다. 나는 응접실의 소파 위에 누워 있었다. 두통을 간신히 견디며 막연한 후회라거나 환멸 같은 감정과 구별되지 않는 위장의 불편함을 느끼며 냉장고를 열고 물을 들이켰다. 나는 다시 비척거리며 소파로 돌아가다가 아무 생각 없이 몸을 돌려 방문을 열었다. 눅눅한 술냄새와 더운 기운이 훅 끼쳐왔다. 방안에서는 모두들 가장 편한 자세로, 혹은 고통을 견디려고 몸을 뒤틀다가 그 상태로 멈추어버린 듯한 체위로 잠들어 있었다. 그때 방문을 닫으려다가 갑자기 이상한 생각에 쫓겨 나는 다시 방문을 활짝 열고 목을 뽑았다. 그가 보이지 않았다. 나는 잠시 눈을 감았다. 그리고 잠깐 동안의 시간에 나는 전날에 분명히 그와 술을 몹시 마셨고 밤늦게 아파트로 같이 왔었다는 사실을 확인하고는 눈을 떴다. 그러나 그가 누웠었던 것으로 여겨지는 곳에는 바둑판이 펼쳐진 채 놓여 있을 뿐이었다. 나는 해장술에 취한 듯한 혼란을 견디지 못하고 문을 닫았다. 전날 밤 그와 같이 술을 마셨던 것이 사실인지, 눈물을 글썽이며 오바이트를 하던 그의 빈약한 등에 대한 기억이 과연 분명한 것인지, 아무것도 단정을 내릴 수가 없었다. 나와 그의 관계는 그렇게 새벽녘의 그의 갑작스런 부재에서 비롯되었다. 그래서 나는 지금도 그가 새벽 어스름 속에서 두터운 아파트 철문을 열고 밖으로 나가듯 나의 취한 머릿속으로 걸어들어오는 듯한 이율 배반적인 느낌을 가지고 있는 것이다.

낮 시간의 버스 여행은 항상 골을 아프게 했다. 찌르는 듯한 칠월의 햇살은 차창을 통과하며 더욱 힘을 얻어 두개골의 음산한 습지(濕地)로 파고들었고 이윽고 내게 격렬한 두통을 일으켰다. 잡다한 기억으로 빽빽하게 채워진 골동품 창고 같은 머릿속이 화사한 햇살을 받아 빠른 속도로 소금기를 부석거리며 말라 붙고 있었다. 시간이 흐를수록 나의 버스 여행이 더욱 쾌적하지 못한 여정을 힘들게 끌고 가고 있는 지금, 나의 머릿속은 습기의 증발을 대강 마치고 황색 연기를 풀풀 날리며 한가품의 논바닥처럼 쩍쩍 갈라져버려, 지독한 피부병에 걸린 여린 피부처럼 터진 틈 사이로 섬뜩한 핏빛의 기억을 내비치기 시작했다.

그는 아주 어렸을 때 고아가 되었다. 그는 내게 이런 말을 했다. 그는 초등학교에 들어가기 전까지 점잖은 친척집에서 길러지게 되었다. 외가 쪽의 친척이 되는 두 부부는 그때 40대 중반이었는데, 자식이 없는 집안의 분위기가 대개 그러하듯이 두 분에 대한 그의 기억은 정적, 온화, 심지어 무동성(無動性)과도 어렴풋이 연결되어 있었다. 구체적인 사건에 대한 기억은 별반 없고 단지 그때의 분위기라거나 친구들, 그리고 그가 자주 머물렀던 곳에 대한 영상이 남아 있을 뿐이었지만 그때를 회상하면 자신이 몹시 방자했다는 인상을 갖게 된다는 것이었다. 어린 마음의 탓이었겠지만 당시에 그는 그들이 고아인 자신을 동정하는 마음에서 보살펴주고 귀여워하는 것이라는 사실을 깨닫지 못하고 그들이 자기를 좋아하기 때문에, 그가 없이는 견딜 수 없기 때문에, 그에게 매달리는 것이라는 생각을 가지고 있었던 듯한 기분을 느낀다는 것이었다. 물론 그분들이 그를 좋아했고, 그로 인해 외로움을 조금은 상쇄시킨 것이 사실이겠지만, 오랜 시간이 지난 지금까지도 그의 마음속에 주눅이 들긴커녕 의기양양했던 어렸을 적의 생각의 여운이 남아 있다는 것을 생각하면 철없던 방자함이 부끄러워져 두 분께 죄송스런 마음이 피어오르곤 한다고 그는 내게 털어놓았던 것이다.

이러한 그의 말에 나는 다음과 같이 대답했다. 그런 막연한 죄의식이야말로 고아들이 갖고 있는 피해 의식의 소산이라고, 다른 사람들에게는 고사하고 자기 자신의 극히 사소한 욕심에만 관심이 집중되어 있는 철부지 어린 시절의 기억 속에 그런 생각이 삽입되어 있다는 것은 조숙했던 그가 무의식적으로 자신의 처지를 의식하고 눈치를 보며 살아온 것으로 해석될 수 있는 것이었다. 그러나 돌이켜보면 내가 굳이 그에게 상처를 입혔을지도 모를 그런 말을 했던 것은 그에게 나의 예리한 통찰력을 과시하려 했던 지극히 이기적인 타산 때문이었는 듯싶다.

그의 또 다른 특징의 하나는 그가 C도 출신이라는 점이었다. 그러나 내가 그 사실에 주목하게 된 것은 그가 전형적인 C도 사람답게 행동하기 때문이 아니라 역설적으로 전혀 그 반대 경우 때문이었다. 서울에서 생활한 지 채 몇 년 되지 않았음에도 불구하고 그는 전혀 C도 사투리를 쓰지 않았던 것이다. 주위에서 서울 생활을 근 십 년 이상 계속하면서도 전혀 사투리를 버리지 못한 사람들을 많이 보아온 터이라서 나는 처음 그와 만나면서 그의 말 속에 ㅆ, ㅃ, ㄸ 등의 경음이 우후죽순격으로 튀어나올 것을 예상했었다. 그러나 그의 억양에는 애써서 찾으려 들지 않으면 의식할 수 없을 정도로 남부 지방의 잔재가 가볍게 섞여 있었고, 때로는 서울 말씨보다도 더 억양이 없게 느껴지기도 했다. 여기에 대해서 그의 해명을 들은 바는 없었지만 어떻든 나는 오래 전부터 이를 이상하게 여겨왔었고 이 사실 역시 그의 분위기를 결정짓는 데 어느 정도 기여하고 있음은 틀림없었다.

 해가 기울 듯 차츰 두통이 누그러지기 시작했고 차내에는 커튼 속의 온화하고 부드러운 그늘이 부유하고 있었다. 창밖으로 숲에 거의 가려진 조그만 마을이 숲의 초라한 일부인 양 보였다. 나는 창밖의 풍경에서 차의 요동과 함께 흔들리고 있는 하얀 끄나풀 같은 것을 발견했다. 나는 시선을 그러모아 그것을 유심히 들여다보았다. 그러나 그것은 창밖에서 흔들리고 있는 어떤 것이 아니라 차창에 직선으로 파여 있는 3, 4센티쯤의 흠집이었다. 그 불투명한 흰색의 흠은 아주 조그만 망나니의 칼처럼 유리창 위에서 덜컹거렸다. 차창을 지나치는 나뭇등걸이 그 짧은 칼날에 걸려 가차없이 잘려 넘어졌다. 나무도 싹둑, 축대도 싹둑, 바위들도 싹둑싹둑, 모든 것이 내 눈앞에서 단칼에 베어졌고 쿵쿵 소리를 내며 길가에 넘어졌다. 자전거를 타고 지나가던 행인의 무심한 머리 위로 춤추는 칼날이 아슬아슬하게 지나친 것도 그때였다.

 이윽고 버스는 가흥시의 진입로에 들어섰고 가흥의 외곽을 감고 흐르는 강을 가로지르는 다리를 건넜다. 버스 터미널이 이내 눈에 보였고 버스는 낮은 지붕이 얹혀진 벽돌로 된 숙직실 뒤로 돌아 터미널에 닿았다. 그곳의 분위기는 한마디로 어수선했고 애매한 불유쾌함을 느끼게 하고 있었다. 그것은 아마도 이역(異

域)의 입구에 서 있는 낯선 자의 거부 반응 탓일 수도 있었고, 납작 엎드려 있는 운전사들과 정비사들의 숙소가 연상시키고 있는 음습한 절지 동물들의 모습 때문인지도 몰랐다. 또한 나는 좁은 터미널 실내를 온통 차지하고 있는 젊은 여행객들이 잔뜩 부풀리고 있는 막연한 설렘에 동요되고 싶지 않았고, 그 반작용으로 무엇보다도 차츰 나의 기분이 불투명해지기 시작했던 것이다.

　게다가 나는 둘이 나란히 통과할 수 없을 정도로 좁은 화장실에서 녹십자가 내놓은 흰색 소변통에 오줌을 갈기며 플라스틱 통에 부딪히는 오줌 줄기의 맹렬한 소리에 굴욕을 느껴야 했다. 할 수만 있다면 엉덩이 끝의 괄약근을 수축시켜 방뇨를 멈추고 싶을 지경이었다.

　까닭없는 초조함 속에서 거의 30분을 넘긴 후에 나는 목적지를 향한 다음 여정을 위해 완행 버스에 올랐다. 버스가 서울과는 반대 방향으로 달려서 시내를 벗어나자 곧 비포장 도로가 펼쳐졌다. 먼지와 요동과 좌석의 불편함 속에서 나는 그를 만나기 위한 마음의 준비를 갖추기 위해 내가 오래 전에 그에게 보냈던 마지막 편지를 기억해냈다.

　이제 나는 자네에게 한 가지 시범을 보이고자 한다. 엿가락처럼 늘여서라도 편지를 좀더 길게 써서 최소한 외견상(外見上)으로는 우리가 막역한 사이임을 과시하고자 하는 것이다. 이것은 곧 내가 이 자리에서 아무리 실없고 객쩍은 소리를 요설체로 늘어놓더라도 자네는 군소리 없이 최소한 외견상으로만은 즐거운 듯이 읽어야 하는 인내와, 또한 자네도 이처럼 편지를 길게 써서 답장을 해야 한다는 의무를 동시에 요구하는 것이다. 지금부터 나는 오래오래 사정(射精)을 늦추어서 자네를 만족시켜보겠네.

내게 있어서 요즈음의 시간의 질감은 마치 맨발바닥으로 화강암을 딛고 서 있는 것처럼 꺼칠꺼칠하다. 시간이 흐름으로써가 아니라 인생의, 가치의 환산 단위로 여겨지고 있기 때문일까. 아니면 이미 시간으로부터 많은 배신을 당했고, 그래서 마치 나이가 들어 결혼을 하고 한 계집에게 영원히 예속되듯이 선택의 오솔길들이 하나둘 언덕을 돌아 사라져버리는 것을 느끼고 자꾸만 초조해지기 시작했기 때문일까. 그러나 선택의 여지가 남아 있다는 것이 오히려 고통을 일으키는 것일 것이다.

에, 또, 자네의 복학 건에 대해서는, 젠장 언제부터 우리 사이에 이렇게 할말이 없었던가. 하긴 언제 우리 사이에 말이 많이 오갔던 적이 있었단 말인가. 어쨌든 자네가 좀더 편한 곳에 근무하게 되었다니 다행한 일일세. 그러나 또 대대장 궐련을 훔쳐 피우다가 걸리거나 하진 말게. 정 못 견디겠으면 사후(事後)에 재떨이를 완벽하게 비워놓든지.

그리고, 이런 제기랄, 나는 아무래도 조루인 모양이다. 벌써 사정이 가까워졌네. 한 학기 수업 일수의 사분의 일을 넘기지 않으면 그 학기에 복학이 가능하다더군. 아, 나는 벌써 사정을 해버렸다. 정말 미안하네. 하지만 그래도 오르가슴을 느낀 것처럼 해주게, 최소한 외견상으로만은── ××

종점에서 버스를 내렸을 때는 점심 시간이 훨씬 지나서였다. 듣던 대로 면회 장소라거나 면회 신청소라기보다는 차라리 면회 수용소라는 이름이 더 적격일 듯한 그곳은 버스 종점에서 가까운 곳에 있었다. 흰 페인트 칠을 한 바탕에 검은 글씨로 용사의 집이라고 씌어진 팻말을 향해 걸어가는 도중에 몇몇 아낙들이 대야에 오물이 섞인 물을 담아서 길에다 좍좍 뿌려댔다. 그러나

군 트럭들이 잦은 내왕을 할 때마다 짐칸에 실린 사병들의 군가 소리와 함께 먼지가 사정없이 피어올랐고 바람이 불지 않을 때는 좁은 거리가 누런 먼지로 꽉 막혀버리곤 했다. 약 50미터 정도의 길 양쪽에는 식당과 여인숙, 다방의 팻말들이 번갈아 늘어서 있었다. 농사도 짓는지는 알 수 없었지만 이곳의 대부분의 주민들이 빈대처럼 면회온 사람들의 덕에 생계를 꾸려나가고 있음은 분명했다. 면회소는 여인숙 건물의 앞쪽에 달려 있는 문간에 적당히 벽을 세워 장소를 확보하고 있었다. 입구 바로 옆에 조그만 목재 책상이 놓여 있었고, 그 위에서 면회 신청자들과 병사들의 이름을 적는 장부 한 권과 군용 전화기 두 대가 혹사당하고 있었다. 책상 뒤쪽에는 낮은 탁자와 그 둘레에 몇 개의 의자들이 촘촘히 붙어 있었다. 토요일이라서 그런지 면회소에는 사람들이 가득 차 있었다. 몇 개의 의자로는 어림도 없어서 사람들은 면회소 앞과 여인숙 안채, 혹은 길 쪽에까지 나와 서거나 쪼그리고 앉아서 기다림이라는 가장 무료한 시간들을 보내기 위해 안간힘을 쓰고 있었다. 그 혼잡한 와중에도 퇴근한 중사나 상사쯤으로 보이는 사내 둘이 문간에 서서 담배를 피우며 농담을 주고받고 있었다. 한참 후에야 내 차례가 돌아왔다. 면회 신청을 접수하는 사람은 의외로 목소리가 카랑카랑한 늙은이였다.

 그에게 주민등록증을 내밀고 현준식의 관등 성명, 소속 부대를 밝히자 그는 꼬질꼬질한 글씨로 빽빽하게 차 있는 칸의 다음 부분에 느릿느릿 받아썼다. 그리고 그가 아무렇지 않게 중얼거린 몇 마디 말에 나는 잠시 절망해버리고 말았다. 이미 면회소의 분위기로 대략 짐작은 했지만 이곳에는 예비 사단들이 밀집해 있는 곳이어서 다른 단일 부대처럼 각 부대의 정문 앞에서 면회가 허락되는 것이 아니라 일괄적으로 이 한 면회소에서 면회를 할 수가 있다는 것이었다. 따라서 면회가 가능한지의 여부는 일단 접수가 끝난 후에 일일이 각 부대로 전화 통화를 한 후에야 확인되는 것이었다. 전방 작업에 들어갔거나, 훈련이 걸린 부대의 사병들과는 면회도 허락될 수 없었다. 그리고 일단 면회가 허락된다 하더라도 멀리 떨어져 있는 부대에서 이곳까지 걸어나오려면 대부분 한두 시간은 족히 걸릴 것이었다. 그의 말에 의하면 나는 친구의 면회 수속 시간까지 합해서 최소한 서너 시간은 여기서 기다려야 하는 것이었다. 나의 표정을 읽은 그는 면회를 하지도 못하고 돌아가는 사람들도 허다하다는 귀띔을 잊지 않았다.

    나는 사람들의 표정을 돌아보았다. 많은 여인들의 경직된 얼굴들이 거기 있었다. 어떤 사람들은 급기야 문간의 사복 군인들에게 붙어 서서 호소하는 몸짓으로 말했고, 군인들은 느슨한 웃음을 흘리며 때때로 손바닥을 펴서 두 손을 들어올리거나 영감을 가리키곤 했다. 나는 거리로 나왔다. 어차피 이곳에서 하루를 묵어야 할 것이니 면회소 영감의 말대로 여인숙이나 미리 잡아두는 편이 나을 것 같았기 때문이었다. 기왕이면 물 흐르는 소리가 들리는 개천 가의 방이 좋을 듯하여 나는 길에서 민가 쪽으로 한참 들어가서 여인숙을 선택했다.

    선불을 치른 후에 면회소로 나와 보니 먼지를 쓴 많은 사람들이 뒤섞여서 서성거리고 있었다. 면회소 안에서는 역시 그 영감이 충무니 화랑이니 하는 고함 소리와 휘파람까지 동원하여 일일이 확인을 계속하고 있는 중이었다. 내 이름이 씌어져 있는 칸에는 아직 면회가 가능한지의 여부조차도 표기되어 있지 않았다. 그때 아까부터 면회소 주변을 배회하던 일등병 계급의 사병의 눈과 나의 그것이 마주쳤다. 아마 그는 면회 신청을 받고 나왔는데 아직 친구나 친지들을 만날 수 없었던 모양이었다. 그는 잠깐 머뭇거린 후에 내게로 다가와 담배를 한 대 청했다. 나는 그에게 담배와 불을 제공했다. 포병에 근무한다는 그는 담배를 두어 모금 빤 후에 나직한 목소리로, 내 친구가 소속된 중대의 전화 번호를 알아서 직접 그곳으로 전화를 하는 편이 훨씬 빠를 것이라는 말을 했다. 나는 그의 말을 좇아서 길을 지나는 통신병이나 연락병처럼 보이는 사병들을 붙잡고 Y중대의 전화 번호를 물었다. 그러나 모두들 알지 못한다고 고개를 저었고 만약 알고 있더라도 말을 할 수 없다는 투로 서둘러 내 곁을 떠났다.

그러나 나는 일단 우체국으로 갔다. 그쪽에서의 대답도 전화 번호를 알 길은 없고, 원칙적으로 일반인에게는 그런 전화를 허락할 수 없지만 어쨌든 전화 번호를 알아오기만 하면 그곳을 불러주겠다는 것이었다. 나는 포기하고 우체국을 나와서 다시 면회소로 돌아와 명부를 확인했다. 면회가 가능한 것으로 표기되어 있었다. 그 일등병 덕분에 30여 분의 시간을 비교적 수월하게 보낸 셈이었다. 이제는 기다리기만 하면 되는 것이었다.

나는 일단 여인숙으로 철수했다. 몇몇 여자들이 게걸스러운 애인을 위해 음식을 준비하느라고 수돗가에 둘러앉아 있었다. 잠시 잠이 들었다가 깨어난 나는 방안에 가득 찬 어두운 그늘에 놀라 서둘러서 면회소로 달려갔다. 그는 보이지 않았다. 나는 마침 비어 있는 의자에 앉아서 아직 가시지 않은 잠의 여운을 눈을 뜬 채로 즐기기 시작했다.

잠이 다 달아나고도 30분이 더 경과한 후에 그가 문간에 달려 있는 낮은 촉광의 전구 밑으로 거짓말처럼 들어섰다. 나는 오랜 시간의 기다림이 결딴났다는 감격에 자리를 차고 일어나 그에게로 다가갔다. 그러나 그는 잠깐 면회소 안을 훑어보고 나를 확인한 후에 곧 자세를 바로하여 그 영감에게 반듯한 경례를 올려붙이며 관등성명을 밝혔다. 순간 그의 한쪽 어깨에 팔을 올려놓고 막 말을 꺼내려고 했던 나는 영감이 돋보기 너머로 겨우 명부에서 그의 이름을 찾아낼 때까지 머쓱한 표정으로 그의 옆에 서 있어야 했다. 잠시 후에 우리는 어둠과 불빛이 적당히 어우러져 조화를 이루고 있는 길가로 나왔다.

우리가 헤어진 것은 다음날 점심으로 자장면을 먹고 나서였다. 우리는 북쪽으로 길을 따라 걷다가 헌병 초소를 지나 민간인 통제선에 이르렀을 때 잠깐 멈추어 섰다. 그리고 그는 계속 가던 방향으로 나는 오던 길로 되돌아가기 시작했다. 그는 소설책과 주간지 몇 권이 들어 있는 종이 가방을 들고 한 시간 반 가량을 걸어서 다섯시까지 귀대해야 하는 것이었다. 면회온 날 밤의 무리한 행위로 대부분의 여자들이 다음날 팔자걸음으로 걸어나간다는 그의 농담을 떠올리며 나도 그녀들을 흉내내어 어기적거리며 따가운 햇살 속을 걸었다. 길을 걸으며 나는 영문 모르게 자꾸만 솟아오르는 묵직하고 새카만 가래침을 몇 번이나 뱉어냈다. 그러나 목줄기는 전혀 개운해질 기미가 보이지 않았다. 이런 곳에서는 항상 시간을 아무렇게나 이곳저곳에 뿌려버려야 했다. 대합실조차 없는 시골 종점에서 한참을 서서 기다린 후에야 버스가 들어왔다.

오후의 혼곤한 나른함 속에 잠겨 있다가 등에 밴 땀의 끈적거림에 눈을 떠보니 차가 막 떠나기 시작하고 있었다. 얼굴을 돌려

보니 옆자리에 어느 모로 보나 지나치게 평범한 여자가 앉아 있었다. 버스는 하루 사이에 낯이 익은 산길을 따라 달렸다. 다시 목줄기가 근질거리기 시작했다. 나는 엄지와 검지로 목 아래쪽을 지그시 눌렀다. 싸아 하는 고통과 함께 마른기침이 쿨럭쿨럭 쏟아지기 시작했지만 다행히 가래침은 올라오지 않았다. 나는 다시 등받이에 깊숙이 몸을 기댄 채 눈을 감았다. 간밤에 퍼마신 술기운과 불면 때문에 현기증이 일어났다.

나는 아까부터 차의 요동에 따라 이리저리 쏠리는 여인의 허벅지가 나의 것에 부딪히는 감촉에 신경을 쏟고 있었다. 약간 살이 찐 듯한 그것은 잠깐잠깐의 닿음을 통해서도 그 부드러움과 풍만함이 그대로 느껴질 정도였다. 그때 차가 검문소에 닿았고, 검문을 하기 위해 올라온 두 명의 헌병은 휴가 가는 듯한 병사 한 사람을 윽박지르면서 차에서 끌어내렸다. 병사는 그들과 함께 검문 초소로 들어갔다.

차는 주저하는 기색이 없이 그냥 시동을 걸고 떠나기 시작했다. 앞을 추월하는 지프에서 일어난 먼지 속으로 버스는 용감하게 달려들었다. 다시 차의 요동이 시작되었고 옷 속에 감추어진 옆자리 여자의 지체의 기름진 살이 다시 내게 느껴졌다. 그때 차가 심하게 흔들리는 순간 약간 내 쪽으로 밀려온 그녀의 하체가 약간 더 벌어진 나의 허벅지에 붙어서 떨어지지 않았다. 나는 어이가 없는 놀람의 눈초리로 당돌한 여인을 흘낏 쳐다보았다. 여자는 무심한 눈초리로 창밖을 주시하고 있을 뿐이었다. 나는 차의 요동을 빙자해서 조금 더 나의 살을 그녀에게 밀착시켰다. 예상대로 그녀의 다리는 밀려나지 않고 단단히 버티고 서서 내 음모에 적극적으로 호응해왔다. 그녀는 면회를 왔었던 것 같아 보이지는 않았으나 그 신분을 분간하기도 그리 수월하지가 않았다.

　나는 이 은밀한 접촉, 스침, 부딪침에서 혈액 순환이 갑자기 빨라진 듯한 홍분을 느끼기 시작했다. 나는 신경을 아래쪽에 쏟은 채로 의식하지 못한 사이에 크게 벌어져 있는 동공을 버스 앞창으로 보이는 단조로운 풍경에 고정시켰다. 그때 나는 깨달을 수 있었다. 그녀의 낯설고 조그만 존재(存在)가 나의 겨드랑이 밑에서 허벅지의 솜털 위에서 끊임없이 송알거리고 있는 것이었다. 그것은 마치 끊임없이 바스락거리는 은박지처럼 나를 향해 무언가를 웅얼거리고 있었고 불에 너무 익혀진 고깃덩어리처럼 바삭바삭 그 가루를 떨어뜨리는 것이었다. 나는 그녀가 내게 열어준 조그만 틈바구니로 그녀의 모골(毛骨)이 바람에 쏠리듯, 혹은 제 무게에 겨운 듯 하늘거리고 있는 늪지대를 보았고, 나는 그곳에 광폭한 침입자의 발길을 들여놓음으로써 그녀를 얻은 셈이었다. 차의 요동은 우리의 맞닿은 살결에 약간의 마찰을 부여했고 나무들이 부딪쳐 태고의 불이 일어나듯 나의 허벅지에서부터 물이 올라 나의 시든 육신이 그 수액을 얻어 다시 살아나는 듯한 착각을 느꼈다. 숙취와 피로에 가려졌던 육체의 욕망들이 하나씩 고통스러운 개화를 시작한 것이었다. 그것은 옷깃을 스치는 사소한 인연일 수도 있었고, 감히 존재의 충돌로 과장될 수도 있었다.

　버스가 댐 위로 나 있는 차도를 가로질렀다. 이제 가흥시의 원경이 산자락 사이에서 얼핏거리고 있었다. 나는 여인의 허벅지와 훨씬 그 위쪽의 근육의 움직임 하나하나까지도 헤아릴 수 있었다. 맞닿은 부분에 땀이 배기 시작했다. 그러나 그녀는 여전히

부재를 위하여　159

차창을 바라보고 있었고, 나도 앞쪽에 둔 시선을 옮기지 않았다. 가흥시에 닿으면 나는 그녀가 내게 열어준 틈으로 나의 온몸을 삽입시킬 수도 있을 것이었다.

버스가 운전사들과 정비사들의 허름한 숙소 뒤를 돌아 터미널에 닿았다. 나는 그녀의 가방을 들어주겠다는 의견 표시를 했고 그녀는 이에 선선히 응했다. 작은 여행용 가방을 든 나와 그녀가 막 터미널의 실내를 통과하려 할 때 그녀는 손짓으로 나를 제지시켰다. 그리고 그녀는 공중전화 박스 쪽으로 걸어갔다. 나는 그녀 쪽을 향해 그저 망연히 서 있었다. 저녁을 알리는 선선한 바람이 열려진 창문을 통해 실내로 불어들어왔다.

그때, 바람에 온몸이 서늘하게 식어버린 나는 맞닿음이 해체되던 순간부터 느꼈던 허전함 속에서 이미 그녀는 내 곁에 있지 않음을 느꼈다. 그러자 문득 낯선 여인의 가방을 들고 서 있는 나의 모습이 폐업을 단행하는 양품점의 쇼윈도와 같다는 기분이 느껴졌다. 나는 파격 세일, 폐업 처분, 무지하게 쌉니다, 싸면 사세요 따위의 야비한 선전 문구를 몸에 매달고 유객을 하는 초라한 마네킹이었고, 노예 상인에게 치아를 보여주어야 하는 검둥이 노예였다. 나는 상술을 더욱 교묘히 발휘하기 위해서 동정과 연민을 얻을 수 있는 비참한 표정을 얼굴에 떠올려야 하는 것이었다. 살이 쪄서 어깨의 선이 완만한 타원을 이루고 있는 여인의 등이 그녀가 킥킥거릴 때마다 곰살맞게 흔들렸다. 어차피 사람의 진실은 그의 뒷모습에 해당하는 것이 사실이라면, 그런 의미에서 지금 나는 어떤 선택을 내려야 하는 것이라면 나는 그 가방을 높이 들어 팽개쳐야 할 것이었다.

그러나 나는 주저하고 있었다. 목줄기 아래쪽이 근질거리기 시작했다. 나는 속을 전부 뒤집어올릴 듯이 요란스런 소리를 내며 가래를 긁어냈다. 그러나 목안의 거북스러움이 조금 가셨을 뿐 가래는 올라오지 않았다. 나는 아직 수화기를 붙들고 있는 여인의 뒤에 가방을 놓았다. 그녀가 뒤를 돌아보았다. 나는 천천히 대합실 내의 간이 약방으로 걸어갔다. 그리고 카운터에 주머니 속에서 헤아린 천오백 원을 놓으며 용포날을 요구했다. 그것은 은색으로 된 납작한 사각통이었다. 뚜껑을 열고 안에 들어 있는 작은 스푼으로 가루약을 떠서 두 번 입에 털어넣었다. 상큼한 향기가 입 안 전체에 퍼졌다. 입술을 굳게 다물었다. 그러자 이런 순간에 웃음이 나와서는 절대 안 된다는 생각이 머리에 떠올랐고, 순간 그 생각에 대한 어처구니없는 웃음이 가래처럼 목줄기를 타고 북받쳐올랐다. 그러나 나는 이에 대비하고 있었던 터이라 아직 한 가닥 남아 있는 자제력의 실로 기관지의 반란을 진압했다. 그러나 아직 분말이 침에 용해되기도 전에 내가 잠시 방심한 틈을 타서, 전화를 끊고 가방을 든 채로 나를 바라보고 있는 여자의 기묘한 모습이 내 시야에 찌를 듯이 들어왔고, 순간 나는 입 안의 것을 포기하는 동시에 푸푸푸 하고 웃음을 터뜨렸다. 흰색 가루가 입에서 터져나왔다. 이 모두는 아주 잠깐 동안의 일이었다.

  나는 주머니에 넣은 통을 다시 꺼내 이번에도 두 스푼을 입에 털어넣었다. 입 안 가득 퍼진 향기가 차츰 침 속에 녹아들고 식도를 따라 흘러내리기 시작했다. 반쯤 턱을 치켜든 나의 시야 속에서 모질게 그러나 투박하게 어깨를 틀어 터미널 밖으로 나서는 여인의 모습이 보였다. 그녀는 잠시 기둥에 가려졌다가 잠시 후에 열려진 창문을 통해 보여졌다. 여인의 둥글고 평퍼짐한 엉덩이가 인도를 따라 쉬지 않고 움직이고 있었다.
　나는 그곳, 그녀의 엉덩이에 친구에 대한 기억을 매달았다. 그것은 포도(鋪道)의 융기에 따라 덜그럭거리며 끌려갔다.
　나는 고개를 틀어서 마치 작별 인사라도 하듯이 근질거리는 목줄기를 훑어서 타일 바닥에 새카만 가래 덩어리를 뱉었다. 그것은 지독한 그리움일 수도 있었고 죽음보다 완벽한 존재로서의 부재(不在)일 수도 있었다. 갑작스런 피로가 엄습해왔다.

〔1981〕

어젯밤에 들렸던 총성에 대해
설명해드리겠습니다

　어젯밤에 들렸던 총성(銃聲)에 대해 설명해드리겠습니다.
　목격자들, 아니, 이 경우에는 목격자라는 말은 적용이 안 될 것입니다. 왜냐하면 그 소리를 들은 사람들은 단지 소리를 듣는 데에 그쳤을 뿐, 더 이상 그 총성의 연장이랄 수 있는 어떤 것을 보지도 듣지도 못한 것입니다. 여하튼 그 소리를 들은 사람들에 따르면 어젯밤, 여러분들이 막 잠자리에 들려고 했을 무렵, 정확히 말해서 열한시 삼십육분에, 그리고 십 초 후에 다시 한 번 난데없는 두 번의 총소리가, 흔히 비유되듯이 어둠의 장막을 찢고 허공에 울려퍼졌습니다. 여담으로 말하자면 어둠의 장막 운운하는 표현을 쓴 사람은 이십대 후반의 뚱뚱한 사내였는데, 그는 자신도 모르게 무심결에 한 그 말에 스스로 대단히 흡족해하는 표정이었습니다.
　물론 여러분들 중에는 극히 일부를 제외하고는 거의 대부분의 사람들이 그 소리를 듣지 못했을 터이고, 우연히 들을 수 있는 상황에 있었다 하더라도 그것이 무슨 소린지, 혹은 총소리가 아닌지 하고 생각한 사람들은 거의 없었을 것이며, 최소한 그 소리에 호기심을 느껴서 주의를 기울인 사람들도 역시 별로 없었을 것입니다. 더구나 이 사건은, 이미 말했듯이 별다른 부수적인 사건이나, 공개적으로 그리고 지속적으로 사람들의 관심을 끌거나 주목을 받을 여지를 남기지 않았기 때문에 그 다음날인 오늘의 조간은 물론이고 저녁에 배달된 석간에도 실려 있지 않았으며, 아마도 짐작건대 약간의 터무니없는 가능성을 제외하고는 앞으로도 결코 신문지상에 오르내리는 일은 없을 것입니다. 따라서 이 글을 쓰는 행위는 단순히 그 소리에 약간 놀랐을 제한된 독자들을 위한 것이라고 할 수 있습니다.

하지만 그 소리에 얽힌 구체적인 내용이 어떠한 것이든간에, 그리고 그것이 흥미가 있는 일이건 혹은 단순하고 우발적인 일이건간에, 우리가 모르는 사이에 우리의 주변에서는 그런 종류의 소리가 자주 울리고 있다는 것을 감안한다면 이 글을 끝까지 읽는 것도 그리 의미 없는 일만은 아닐 것입니다.

우선 사건 현장에 대해 자세히 말하자면, 그 소리가 들린 장소는 몇 년 전에는 신개발 지구에 속하는 지역이었으나 이제는 주변이 정리가 되고 제법 건물들도 들어서서 그리 황량하지 않은, 그러나 그래도 아직은 자동차들의 통행만이 빈번할 뿐 인적이 드문 어떤 어둠침침한 도로변이었습니다. 더 정확히 말하자면 높은 속도로 달리는 차들이 가끔씩 자갈들을 튕겨내는 그 도로의 한쪽에는 자갈 더미들이 쌓여 있고 잡초들이 듬성듬성 자라고 있으며 군데군데에 물웅덩이가 파여 있는 공터가 있었는데 그곳에서 총성이 울린 것입니다. 그리고 그 소리가 진정 총성이 분명하다면, 그 소리와 함께 두 발의 총탄이 유성처럼 짧은 불꼬리를 끌며 어둠을 갈랐을 것입니다.

그곳에서 주택가 쪽으로 향한 방향으로 공터가 끝나는 지역에는 장(莊)이라는 글자가 붙어 있는 고급 여관이 한 채 서 있었고, 그리고 그 뒤쪽으로 아파트 건물들이 몇 동 보이고 있었습니다. 그리고 그 반대편에는 꽤 먼 거리에서 번화한 밤거리의 네온사인이 휘황찬란한 불빛을 공터를 가로질러 보내오고 있었습니다. 한편, 공터에 접한 차도 건너에는 팔층 호텔 건물이 홀로 오연하게 주변을 제압하고 있었습니다. 따라서 낮에는 그곳이 주차장으로 이용되기 때문에 거의 항상 십여 대 이상의 차들이 주차해 있었으나 밤에는 고작해야 한두 대 정도의 차들만이 눈에 띌 뿐이어서 자연히 늦은 시각에 이곳을 지나는 일은 거의 없었습니다. 참고 삼아 말해두건대 그곳의 여관을 출입할 수 있는 길은 공터의 옆으로 따로이 포장이 되어 있었고, 여관 전용 주차장도 별도로 건물 옆에 마련이 되어 있었습니다.

여기에서 그 장소가 속해 있는 동(洞)의 이름이나 여관과 호텔의 상호를 밝히지 않는 것은 그것이 별 의미를 지니지 않는다고 생각되었기 때문입니다. 말하자면 위에서 한 정도의 사실적인 묘사만으로도 고유명사의 구체적인 명시(明示)를 전혀 무의미한 것으로 만들기에 충분할 것입니다.

어찌 되었든, 그것이 총성이 분명하다면 그 총성이 울렸을 때 그 소리가 너무도 요란하고 난데없는 것이어서 여관 건물에서는 몇 개의 창문이 열리고, 그 창문보다 조금 더 많은 수의 머리들이 창틀에 걸쳐져서 밖을 내다보기 위해 좌우로 움직여졌습니다.

그러나 그들은 바깥의 상황에 대해서는 물론이고 그 요란한 소리의 정체에 대해서도 전혀 짐작할 수 없었습니다. 왜냐하면 공터 한쪽에는 완만한 구릉이 이루어져 있었는데 그곳에는 주변 건물들의 빛이 전혀 닿지 않고 있었고, 하늘에는 별 하나 떠 있지 않았기 때문입니다. 여관에서 내다보면 첫눈에 그 어두운 부분이 가장 의심스럽게 보이는 것이었습니다. 그래서 여관에서 밖을 내다보던 사람들은 만약 그것이 총성이라면 총을 발사한 사람이나 그 총탄의 목표가 된 사람이나, 혹은 어떤 대상은 바로 그곳에 위치하고 있어서 보이지 않고 있다고 생각할 수 있었던 것입니다. 그러나 사람들이 눈이나 귀로 지각할 수 있는, 어떤 더 이상의 부수적인 사건은 일어나지 않았습니다. 아무리 기다려봐도 바깥은 너무 조용하기만 했습니다. 하지만 곧 창을 닫아 버린 사람들을 제외한 나머지 몇 사람들은 자기들이 분명, 보이지는 않지만 여러 가지 상상이 가능한 하나의 사건을 대하고 있다고 생각하고 있었습니다. 그들의 생각대로 말한다면 조용한 어둠 속을 응시하고 있는 그들은 눈 멀고 귀 먹은 목격자들인 셈이었습니다.

그들 중에는 유난히 오랫동안, 그리고 다른 사람들보다 더욱 열렬한 몸짓으로 창문을 통해 밖을 살피는 것처럼 보이던 사람이 한 사람 있었는데, 그러나 아마도 그 사람 역시 다른 사람들보다 한밤중에 울린 그 소음의 정체에 한 발 더 다가섰다거나, 남달리 그 소리에 호기심을 느꼈기 때문이라기보다는, 단지 그가 투숙하고 있는 방의 분위기가 그로 하여금 짐짓 공연히 밖을 내다보는 척하지 않을 수 없게 했기 때문이었을 것입니다.

그러나 모든 사람들의 호기심과 그 호기심에 의한 행동이 여기에서 멈춘 것은 아니었고, 한 사람, 그 여관의 종업원이 두번째 총성이 들린 얼마 후에 현관의 유리문을 열고 밖으로 나왔습니다. 그는 아마도 주인으로부터 나가서 밖을 살펴보라는 채근을 받고 마지못해 행동하고 있는 것이었는지, 아니면 원래 그러한 것인지 몰라도 얼굴이 아주 못마땅해하는 표정을 짓고 있었으며 움직임도 완만하고 타성적이었습니다.

어쨌든 그 종업원은 처음에는 문만 열고 머리를 내밀어 밖을 살피다가 일단 문을 나서서 층계 맨 윗단에 섰습니다. 그는 그 여관의 종업원 복장 같기도 하지만 그렇지 않고 그냥 사복 같아 보이기도 하는 애매한 차림이었는데, 검은색 바지와 연한 청색 셔츠를 입고 있었습니다.

그러나 여관의 창문에서 밖을 내다본 사람들도 그러했듯이, 그의 눈에 어떤 낯선 사람의 모습이 비추어져서 그의 의혹과 경계심을 불러일으키거나 하지는 않았습니다. 하지만 그 종업원은 몸을 돌려 다시 안으로 들어가버리는 대신 천천히 층계를 몇 단 내려섰습니다. 그에게는 그 소리가 술 취한 사람과 관계되어 생각된 것인지도 모르는 일입니다. 따라서 그는 자신이 좀더 주의 깊게 주변을 살핌으로써 술에 취해 어디에선가 곤경에 취해 있는 손님을 한 사람 더 여관에 유치할 수 있다고 생각한 것일 수도 있는 것입니다. 물론 그 소리가 두 번, 그것도 대단히 요란하게 울렸다는 것을 그는 이상하게 여기고 있었을 것입니다. 하지만 직업 의식이란 자기도 모르는 사이에 발동하는 것이고 그렇기 때문에 사람들의 판단력과 감각 기능은 그것에 쉽게 침해당하는 법입니다.

그는 층계 중간에 서서 잠시 어둠 속을 살피다가 다시 두 단을 더 내려섰습니다.

그러나 주변을 돌아보아도 사람의 모습이 전혀 보이지 않자 그는 자신의 애초의 생각대로 그 소리가 너무 크게 들린 것을 상기하고는 달리던 자동차의 타이어가 펑크난 것으로 생각했음인지 차도 쪽을 살피기 시작했습니다. 그는 어쩌면 두 번의 총성에서 두번째 것만 들었을 수도 있을 것입니다. 그렇지 않고 만일 그가 두 번을 모두 들었다면 그는 타이어에 펑크가 나는 소리가 연쇄적으로 반복하여 들렸다는 사실에 의아함을 느꼈을 것입니다.

하지만 도로를 살펴본 그는 자신의 짐작이 틀렸다는 것을 다시 깨달았을 것임에 분명했습니다. 왜냐하면 그곳에는 타이어가 펑크나서 길 한쪽으로 밀려나와 정차해 있는 자동차가 한 대도 없었기 때문입니다. 사실 그 총성에 관계하여 가능한 경우의 수는 훨씬 많은 것이었습니다. 아이들의 화약 장난이었을 수도 있고, 멀리서 가스가 폭발할 때 생긴 소리가 한밤중이라서 유난히 크게 들려온 것일 수도, 그리고 우리가 상상할 수 없는 어떤 정치적·군사적인 돌발 사고에 의한 것일 수도 있는 것입니다.

결국 그는 자기 나름의 상상을 모두 포기해버린 모양이었습니다. 그러나 그는 굳이 어떤 생각이나 의도에 의해서라기보다는 그저 관성에 의해서인 듯 계단을 더 아래쪽으로 내려섰습니다.

그때 마지막 단을 지나 발이 막 땅에 닿을 순간에 그는 몸을 정지시키고 귀를 바짝 세우는 자세를 취했습니다. 그리고 아직까지 무심함과 권태로움이 섞여 있던 그의 표정은 갑자기 경직되었고 그의 시선은 어둠의 한구석으로 고정이 되었습니다. 그는 한마디로 앞에 펼쳐져 있는 어둠에 압도당하고 있었습니다.

그는 분명히 시선이 닿을 만한 거리에서, 그러나 빛의 부재로 인해 보이지 않는 곳에서부터 어떤 소리를 다시 들었던 것인지 시선을 움직이지 않은 채 꼼짝 않고 서 있었습니다. 만약에 어둠 속에서 어떤 소리가 정말 울려왔다면 그 소리는 물론 총소리처럼 요란하고 단발적인 것이 아니라 끊일 듯하면서도 낮게 계속되는 소리였을 것입니다. 더 정확히 말하면 그 소리는 모래와 자갈, 풀 등이 섞인 평지 위에서 사람의 몸이 끌리거나 기어가는 듯한 소리였을 것입니다. 혹시 낮은 신음 소리 같은 것도 들려왔을지도 모르고 어쩌면 멀리서 방향을 급하게 꺾는 자동차의 헤드라이트 불빛이 공터를 휙 스쳐지나갈 때 언뜻 사람의 실루엣이 그 종업원의 눈에 들어왔을 가능성도 역시 높습니다. 그리고 아마도 그 실루엣은 사람의 뒷모습이었을 것입니다.

그 종업원이 듣고 본 내용을 어떻게 이렇게 잘 알 수 있는가 하면, 그가 듣고 본 것은 어쩌면 어둠에 압도된 그의 상상력이 주위의 소음, 어슴푸레한 불빛과 결탁하여 빚어낸 환청과 환상에 지나지 않을 가능성도 역시 충분히 높기 때문인 것입니다.

하지만 이제 우리는 여기에서 어투를 바꾸어야 할 것입니다. 우리는 아직까지 '……한 모양입니다' '……한 듯합니다' 등의 말로써 그 등장인물의 심리적 추이를 표현해왔는데, 어차피 그의 생각을 더듬는 작업을 계속해야 할 바에는, 아예 어느 정도는 이 얘기를 그에게 맡겨서 그의 시점(視點)을 다소 도입하는 것도 그리 무리스러운 일이 되지는 않을 것입니다. 그 대신 우리는 주도 면밀한 관찰력과 정확한 판단력을 유지하기 위해 노력을 경주해야 할 것입니다. 그리고 물론 우리는 아직까지 그래왔던 것처럼 계속하여 등장인물의 생각에 대하여 판단을 하고 제동을 거는 작업을 수행해나갈 것입니다.

　다시 얘기를 돌려서 원래의 화제로 돌아가면, 그 종업원은 한동안 소리가 들려오는 듯한 곳을 응시하며 서 있었습니다. 그러나 그 상태로 아무리 노려본다 하더라도 어둠에 감추어진 상황을 파악한다는 것은 거의 불가능한 일이었고, 그렇다고 소리의 발원지로 다가가본다는 것도 그에게는 썩 내키지 않는 일이었습니다. 바로 그 순간 그는 그 소리가 총소리였을지도 모른다고 생각하였고, 그 생각과 거의 동시에 그 소리는 총소리였다고 단정을 내려버렸습니다. 그는 갑자기 온몸이 딱딱하게 굳어가면서 그 피부에 찬물을 끼얹듯이 소름이 돋아나는 것을 느꼈습니다. 영화에서 보았고 소설에서 읽었던 많은 장면들이 주마등처럼 그의 뇌리를 획획 스쳐지나가자 그는 본능적으로 허리를 숙여 몸을 낮추었습니다.
　그는 어둠 속에서 총구가 자기를 겨누고 있을지도 모른다고 생각하였고, 그 생각과 거의 동시에 그는 또다시 분명히 총구가 불을 뿜을 준비를 하고서 그를 향하고 있다고 단정을 내려버렸습니다. 그의 생각에 의하면 어둠 속에 숨어 있는 미지의 살인자가 자기가 해치운, 혹은 중상을 입힌 사람의 몸 위에 엎드려서 그의 일거수일투족을 노려보고 있는 것이었습니다. 그래서 만약 그가 사건을 조금이라도 눈치챈 기색이 보이면 그 살인자는 세 번째의 총탄을 발사할 것이었습니다. 아마도 살인자는 만일의 경우에 대비하여 검은 장갑을 낀 손으로 자기가 쓰러뜨린 사람의 입을 틀어막고 있을 것이었고, 그리고 아마도 쓰러진 사람은 옷이 마구 찢겨진 여자였을 것이었습니다. 살인자는 검은 안경을 쓰고 검은 가죽 점퍼를 입고 있을 것임에 틀림없었습니다. 그리고 그 살인자의 권총에는 총탄이 한 발만 남아 있을지도 모르고, 어쩌면 그 살인자는 점퍼 주머니에 든 잭나이프를 만지작거리고 있는지도 모를 일이었습니다.

연한 청색 셔츠를 입은 종업원은 스스로 두려움을 느끼게 하는 그러한 생각에 잠겨 그 자리에 붙박여 서 있다가 갑자기 몸을 돌리더니 후닥닥 계단을 뛰어올라갔고 유리문을 열어제치고서 여관 안으로 들어가버렸습니다.

밖으로 나왔던 종업원이 다시 건물 안으로 사라져버리자 여관 방에서 창으로 밖을 내다보던 사람들 중 마지막 남은 한 사람의 모습마저도 창가에서 사라져버렸습니다. 마지막까지 남았던 그 방은 곧 이중으로 된 창문이 닫히고 불까지 꺼져버렸습니다.

한편, 종업원이 여관으로 뛰어들어간 것은 두려움 때문에 도망친 것이 아니라 다른 이유 때문이었음이 곧 판명되었습니다. 그는 잠시 후에 다시 현관문을 열고 뛰어나왔는데 그의 손에는 랜턴이 들려 있었던 것입니다. 그는 마치 자신의 행동이 민첩하면서도 미지의 사태에 정확히 대처하고 있다는 것을 스스로 의식하는 듯이 가벼운 흥분에 사로잡혀서 기민하게 움직였습니다.

물론 그는 자신이 조금 전에 어떤 소리를 듣고 어떤 모습을 보았다는 것을 확신하고 있지는 않았습니다. 하지만 그에게는 어둠 속을 바라보며 상상했던 것이, 어둠 속에서였기 때문에 더욱, 실제의 사실인 것으로 여겨지고 있었습니다. 그렇기 때문에 그는 비록 랜턴을 집어들고 뛰어나오긴 했지만 선뜻 불을 켜서 앞을 비추지 못하고 있었습니다. 만약 그 불빛이 살인자의 얼굴을 비춘다면 그 살인자는 눈부신 빛에 놀라 불빛을 향하여 총을 쏘아댈 것이기 때문이었습니다.

　우선 그는 천천히 계단을 내려와서 붉은색 랜턴을 든 손을 들어올렸습니다. 그리고는 긴장된 엄지손가락으로 스위치를 눌렀습니다. 불빛은 그의 오른편 앞쪽부터 차근차근 주위를 비쳐나갔습니다. 그의 오른쪽 방향으로 공터의 구석 쪽을 향하던 빛줄기가 주차해 있는 차체에 부딪혀서 어지러이 반사되었습니다. 그는 한참 동안 랜턴의 원형 불빛으로 자동차를 포착하고 있었습니다. 차 안에는 사람이 타고 있는 것 같지는 않았지만 확인할 수는 없었고, 그렇다고 가까이 다가가서 들여다볼 수도 없는 일이었습니다.

　그는 다시 랜턴의 불빛을 움직여서 자동차 주변을 뒤져나가기 시작했습니다. 길게 뻗어나가는 불빛은 마치 부드럽고 예민한 촉수, 혹은 개미핥기의 긴 혀처럼 땅바닥을 핥듯이 스쳐지나가고 있었습니다. 그때 그는 갑자기 불빛의 방향을 돌려서 자동차를 비추었습니다. 만약 안에 사람이 타서 숨어 있다면 그렇게 갑자기 불빛으로 덮쳐서 발견할 수 있으리라고 믿었기 때문이었습니다. 그러나 역시 차창에는 아무런 모습도 그림자도 보이지 않았습니다. 하지만 오히려 그는 안도의 한숨을 내쉬고 있었습니다. 만약 자기의 갑작스런 습격으로 살인자의 모습이 노출되었다면 그 살인자는 그대로 차를 몰아 그를 깔아뭉개버리려 했을 것이기 때문이었습니다.

　그는 불빛을 차츰 오른쪽에서 왼쪽으로, 그리고 앞쪽에서 뒤쪽으로 이동시켜나갔습니다. 키 작은 풀들, 나무들의 듬성듬성 자란 모습이 마치 바닷속의 수초를 연상시키듯이 하늘거리고 있었습니다. 그는 마치 어두운 수족관이나 바닷속에 잠수복과 손전등을 들고 들어와 있는 듯한 기분을 느끼고 있었습니다.

그는 랜턴으로 공터의 구석구석을 성실하고 집요하게 조사했습니다. 그러나 그가 예상했던 그 어떤 것도 발견하지는 못했습니다. 주변을 모두 조사해보고 난 그는 다시 불빛으로 앞쪽을 비추면서 자기가 랜턴을 가지러 여관에 들어갔다 온 사이에 살인자가 사라져버린 것이라고 생각했습니다. 하지만 그 짧은 사이에 시체까지 처리한다는 것이 가능하다고 생각되지는 않았습니다. 그는 이런저런 생각으로 머릿속이 온통 혼란에 빠져버렸고, 역시 세상에는 아직 자기가 알지 못하는, 자기로서는 추측할 수도 없는 일들이 너무도 많다는 생각에 엉뚱하게도 우울해지기까지 하고 있었습니다.

그때 정면을 멍하니 바라보고 있던 그가 막 고개를 옆으로 돌렸을 때 그는 어떤 물체가 바로 옆에까지 다가와 있는 것을 발견하고는 소스라치게 놀라면서 뒤로 몇 걸음 물러섰습니다. 그와 동시에 그가 들고 있던 랜턴은 불빛을 그 물체를 향해 쏘아보냈습니다. 그러나 사실은 그가 먼저 그 물체를 향해 쏘아보냈습니다. 그러나 사실은 그가 먼저 그 물체 쪽에서부터 덮쳐오는 불빛의 커다란 덩어리 안에 갇혀 있었습니다. 그는 손을 들어 눈을 가렸습니다. 그 물체는 자동차였습니다. 그는 그 살인자가 어느 틈에 자동차에 올라타고는 그를 기다렸다가 이렇게 옆에서부터 공격해오는 것이라고 생각했습니다. 여자일 것이 분명한 그 시체는 아마도 트렁크 안에 처넣은 것임에 틀림없었을 것이었습니다.

그는 몇 발 더 뒤로 물러났습니다. 그러나 곧 그는 자동차가 아주 천천히 달려오고 있다는 사실과, 뭔가 자기가 잘못 생각하고 있다는 것을 깨달았습니다. 그는 너무 자신의 상상 속에 잠겨 있었던 것이었습니다. 그러자 그의 그러한 생각을 뒷받침하기라도 하듯이 천천히 다가오던 그 차에서는 헤드라이트가 꺼졌습니다. 눈부신 불빛이 사라지자 그는 자신이 들고 있는 랜턴의 불빛에 비추어진 두 남녀를 볼 수 있었습니다. 차의 앞자리에 타고 있는 그 두 사람은 눈이 부신지 손으로 눈을 가리고 있었습니다. 그때 클랙슨이 신경질적으로 빵빵 울렸고, 그제서야 그는 자기가 랜턴으로 그들을 비추고 있다는 것을 깨닫고는 랜턴의 스위치를 껐습니다.

차는 여관의 현관 앞에 멈추어 섰습니다. 곧 차문이 열리더니 와이셔츠와 넥타이 차림의 삼십대 후반의 사내가 화가 잔뜩 난 기색으로 차에서 내렸습니다. 그 사내는 종업원 앞으로 몇 걸음 다가가서 손가락으로 그를 찌를 듯이 흔들며 말했습니다.

"도대체 뭐 하는 짓이야? 응? 뭐 하는 짓이냐구."

사내의 손가락 끝을 따라 눈을 위아래로 움직이던 종업원은 사내가 말을 멈추자, 죄송합니다, 라는 말을 두 번 반복해서 중얼거렸습니다. 그 사내의 뒤에는 뒤늦게 차에서 내린 한 여인이 그 사내의 것으로 보이는 베이지색 양복 상의를 팔에 걸고 역시 매우 못마땅하다는 듯한 표정을 지으며 종업원을 노려보고 있었습니다.

차체에 몸을 비스듬히 기대어 팔짱을 끼고 있는 그녀의 태도와 얼굴 표정은 종업원을 약간 화나게 했습니다. 물론 그는 자신이 벌이고 있는 행동에서 약간의 흥분과 스릴 같은 것을 느끼며 거기에 열중하고 있었던 터이라 공터 한쪽에서 다가오고 있는 차를 보지 못한 실수를 범하긴 했습니다. 하지만 그 차는 어엿한 여관 주차장으로의 진입로를 놔두고 도둑고양이처럼 엉뚱한 곳으로 살금살금 다가왔던 것이었습니다.

사내는 넥타이의 매듭을 끌어내리고는 종업원에게 자동차 열쇠를 넘겨주며 말했습니다.

"주차장에 차를 넣고 열쇠를 가져와."

그 말에 종업원은 다시 고개를 숙이며 죄송하다는 말을 해야 했습니다.

"죄송합니다. 운전을 할 줄 모르는데요."

막 몸을 돌리려던 삼십대의 사내는 종업원의 말을 듣고 고개를 돌려 그를 바라보면서 어이구, 여러 가지 하네, 운운의 어처구니없다는 말을 내뱉고는 열쇠를 뺏어들고 차 쪽으로 걸어갔습니다. 사내의 뒤를 쫓던 종업원의 눈길이 여전히 차에 허리를 기대고 있는 여인의 눈길과 마주쳤습니다.

여자의 눈빛은 이제는 아예 경멸과 조소의 빛을 띠고 있었습니다. 어두워 잘 보이지는 않았지만 여자의 입가에는 싸늘한 미소도 어려 있는 것 같았습니다. 종업원은 그녀에 대한 적개심이 타오르는 것을 느끼며, 그래봐야, 결국 그렇고 그런 것이…… 하며 속으로 중얼거렸습니다. 하지만 그런 말을 비록 속으로나마 중얼거리고 나자 그는 갑자기 그녀와 자기 자신 사이에 일종의 연대감 같은 것이 느껴졌습니다. 어쩌면 그녀도 자기처럼 생활의 무게에 허리가 휘어지고 감정이 피폐해지고 피곤이 겹쳐진 채로 살기 위해 발버둥치고 있는 것인지도 모른다는 생각이 그의 머릿속에 떠오른 것입니다.

그렇게 생각하자 그때까지 비웃는 것으로 여겨지던 그녀의 표정은 모든 것을 포기해버린 듯한 피로한 사람의 그것으로 그의 눈에 비쳤습니다. 이제 그녀는 부부 사이가 아닌 것이 분명한 저 사내와 밤을 보내야 한다는 사실에 가슴 아파하는 것이 분명했습니다. 그러한 생각이 그의 머릿속을 가득 채우자 그는 문득 차에 올라타고 있는 사내에 대한 증오심을 느꼈습니다. 그 사내는 투덜거리면서 차를 몰고 주차장으로 들어갔습니다. 그리고는 곧 손에 든 열쇠로 금속성을 내면서 주차장 밖으로 걸어나왔습니다. 종업원은 달려가서 셔터를 잡아당겨 내려놓고 앞서서 계단을 올라가는 두 사람의 뒤를 따랐습니다.

그러나 이미 그의 머릿속에는 여인에 대한 연대감이나 사내에 대한 증오감 등의 감정은 전혀 남아 있지 않았습니다. 그것은 벌써 여관 종업원 생활을 한 지 이 년이 지나면서 그가 경험을 통해 얻은 처세술의 한 부분이었습니다. 그는 쉽게 흥분하지만 또한 쉽게 모든 것을 잊어버렸고, 사람들에 대한 정확한 관찰력을 얻게 되었으면서도 대개의 경우 그들에게 무관심했습니다.

따라서 계단을 올라서면서도 여전히 투덜거리는 사내의 등판을 바라보며 그가 불만을 드러낸 방식은 고작 다음과 같은 들릴락말락하게, 거의 안 들릴 것이 확실하게 중얼거리는 것 정도일 뿐이었습니다.

여기가 일류 호텔인 줄 아나, 임마.

종업원은 현관문을 닫기 직전에 자신의 손에 랜턴이 들려 있다는 사실을 새삼스럽게 발견하고는 고개를 돌려서 뭔가 미진한, 아쉬움이 남은 시선을 어두운 공터 쪽으로 보냈습니다. 하지만 그는 더 이상 추리를 해보는 것이 무리스럽고, 그리고 전혀 쓸데없는 것이라고 생각하고는, 자신이 방금 힐끔 고개를 돌려 공터를 바라보던 모습이 그가 제일 좋아하는 배우인 버트 레이놀즈의 제스처와 매우 흡사했을 것이라는 사실로 스스로 자위하면서 현관문을 닫았습니다.

하지만 그날 밤, 그 소리, 그 소리가 총성이 분명하다면 그 총성이 두 번 울린 것에 대해 사람들이 쏟은 관심은 이 정도에서 멈춘 것은 아니었습니다. 멈춘다는 말의 의미 그대로 더 이상 아무도 이 사건, 아니 그 소리에 대해 신경을 쓰지 않았던 것은 아니라는 말입니다. 다시 좀더 장황하게 말하면 조금 전에 언급했던 그 종업원은 두 남녀가 계단을 올라 문을 들어서자 그 뒤를 따라 들어가 문을 닫으며 다시 한 번 공터 쪽을 흘깃 바라보았는데, 바로 그 행위, 미련이나 관성에 의해 거의 무의미하게 눈길을 돌린 것이 여기에서 거론되고 있는 그 사건에 사실상의 종지부를 찍은 것은 아니었던 것입니다.

종업원이 숙박부와 수건 등속을 들고서 두 사람을 방으로 안내한 후 카운터로 내려오자 스탠드 뒤에 앉아 있던 미스 김이 그에게 말했습니다.

"미스터 박, 왜 그렇게 밖에서 오래 있었어? 거 봐, 아무 소리도 아니라고 하잖았어?"

미스 김은 그 여관의 여주인과는 외가 쪽으로 먼 친척이 되는 사이인데, 그곳에 근무하게 된 지 이제 한 달 가량밖에 되지 않았는데에도, 모든 일을 능란하게 처리하고 있었습니다. 미스터 박이라고 불린 그 종업원으로서는 나이도 어린 여자가 여관 업무 같은 골치 아프고 거북스러운 일들을 아무렇지도 않게 해내는 것을 보며 그녀의 과거가 의심스러울 지경이었습니다. 그런 것을 능력이라고 불러도 좋을지 그는 판단이 잘 서지 않았습니다.

여하튼 그녀가 무심하게 던진 말에 대한 대답은 미스터 박으로부터가 아니라 다른 곳에서부터 울려왔습니다.

어젯밤에 들렸던 총성에 대해 설명해드리겠습니다

"천만의 말씀! 아무 소리도 아니라니, 그건 분명히 총소리였다구. 어둠의 장막을 찢고 허공에 울려퍼진 두 발의 총소리."

미스 김과 미스터 박은 고개를 돌리지 않고도 그 목소리의 임자가 누구인지 알 수 있었습니다. 미스 김의 말을 받은 사람은 여주인의 막내시동생 되는 남자로서 군에서 보름쯤 전에 제대하여 계속 그 여관의 귀퉁이 방을 차지하고 있는 터였고, 여주인은 그를 눈 속의 가시처럼 여기고 있었습니다. 그는 여관 일을 도와 줄 생각은 전혀 하지 않았고, 게다가 허구한 날 애인을 자기 방으로 끌어들여서 같이 자곤 했는데, 그렇기 때문에 미스 김과 미스터 박, 그리고 그외의 여관 종업원들은 여주인이 여관에 나타나면 여주인이 나타났다는 그 사실을 제일 먼저 그에게 알려서 애인을 뒷문으로 도피시키거나 옆방에 숨기도록 해야 했습니다. 그러나 이러한 모든 사실을 여주인은 대강 짐작하고 있었습니다.

여주인의 그 막내시동생이라는 사내가 애인을 자기의 방에 남겨둔 채로 러닝 셔츠 바람으로 어슬렁거리며 카운터에 나타나 미스 김의 말에 대답을 한 것이었습니다. 미스터 박은 마음이 긴장되는 것을 느꼈습니다. 그는 최근 들어 그 러닝 셔츠 바람의 사내가 미스 김에게 접근하고 있다는 사실을 눈치채고 있었기 때문이었습니다. 미스터 박은 숙박부를 들여다보는 척하면서 그를 곁눈질했습니다.

그때 미스터 박은 그가 러닝 셔츠를 뒤집어 입고 있는 것을 발견했습니다. 러닝 셔츠 바람의 사내는 옷의 바느질 부분이 밖으로 나와 있는 것도 모르면서 건들거리는 몸짓으로 미스 김에게로 다가갔습니다. 그렇다면 사층의 그의 방에서는 그의 애인이 발가벗은 채로 침대에 누워 있는지도 모르는 일이었습니다. 그의 짧은 바지 밑으로 드러난 다리에는 불결해 뵈는 시커먼 털이 잔뜩 나 있었습니다.

러닝 셔츠 바람의 사내는 어둠의 장막 운운한 자신의 표현에 스스로 만족해하면서, 노골적으로 반감을 드러내고 있는 미스터 박의 시선을 무시하고 미스 김에게 말을 걸었습니다. 그의 입에서는 소주 냄새가 풍기고 있었습니다.

"내가 군에 있을 때 말야……"

미스 김과 미스터 박은 이미 그의 그러한 말투에 진력이 나 있었습니다. 미스터 박은 그가 M16A1 소총의 가늠쇠에 담배 필터를 꽂고서 야간 사격을 하여 백 퍼센트 명중시켰다는 얘기를 하려는 것인지도 모른다고 생각했습니다. 그리고 그는 아마도 말 끝에다가 방위로 제대한 미스터 박을 조롱하는 말을 덧붙일 것이 틀림없었습니다.

러닝 셔츠 바람의 사내는 전방에서 소대장 생활을 하다가 중위로 제대한 터였고, 막 제대한 사람들이 대개 그러하듯이 군에서의 경험을 입만 열었다 하면 늘어놓곤 하였던 것입니다.

그런데 미스터 박으로서는 이해할 수 없었던 것이, 그가 그 지겨운 군대 얘기만 꺼내면 매번 거의 예외 없이 미스 김은 눈을 초롱초롱하게 뜨고 그의 말을 경청하는 것이었습니다. 그렇다고 그녀가 평소에 그에게 호감을 가지고 있는 듯한 태도를 보이는 것도 아니었던 것입니다.

결국 이번에도 미스 김은 그의 말에 관심을 보였고 러닝 셔츠 바람의 사내는 말을 꺼내기 시작했습니다.

그의 말에 따르면, 미스터 박은 방위 출신이니 그런 경험이 없겠지만 자기는 장교였기 때문에 권총을 다룰 기회가 종종 있었다는 것이며, 그런 경험으로 미루어보아 조금 전의 그 소리는 권총의 총소리가 분명하다는 것이었습니다. 참고 삼아 말씀드린다면 그 총성이 울렸을 때 마지막까지 창가에 남아 밖을 내다보던 사내는 바로 그였습니다.

그의 얘기를 들으면서 미스터 박은 자기도 그렇게 생각했노라고 말을 하려다가, 미스 김이 러닝 셔츠 바람의 사내를 말끄러미 바라보고 있는 모습을 발견하고는 입을 굳게 다물어버렸습니다.

장교 출신의 사내는 말을 계속했습니다. 그는 우선 콜트·왈사·매그넘·루가·모젤·리볼버 등의 여러 종류의 권총 이름들을 되는 대로 주워섬김으로써 자신의 박학을 과시하고는, 이번에는 자신의 전문적인 지식을 드러내기 위하여 사제 권총 만드는 법을 강의하기 시작했습니다. 즉 그는 길고 짧은 두 개의 쇠파이프로 총열과 노리쇠를 만들고 쇠붙이를 구부려서 방아쇠를 붙인 다음 손잡이는 없이 고무줄의 탄력으로 실탄을 치게 하는 사제총을 쉽게 만들어낼 수 있다고 큰소리친 것이었습니다. 그러나 그는 아까의 그 소리는 분명히 진짜 권총의 소리였다고 덧붙였습니다.

"우리나라에서 어떻게 그런 권총이 사용될 수 있죠?"

미스 김은 미스터 박의 얼굴이 찌푸려질 정도로 그의 말에 관심을 기울이고 있었습니다.

그녀의 말에 러닝 셔츠 바람의 사내는 더욱 신이 나서, 가능성은 여러 가지가 있다, 그 권총은 누군가가 육이오를 전후하여 미군 장교로부터 선물받은 것으로서 자진하여 신고하지 않고 불법으로 소지해왔던 것일 수도 있고, 아니면 군이나 경찰에서 유출

된 것일 수도 있는 것이라고 대답했습니다.

 미스터 박은 아무리 그래도 그렇지 어떻게 갑자기 멀리서 울린 소리를 듣고 그것이 권총소리다 아니다를 확신할 수 있겠냐고 반박하려다가 그만두었습니다. 어찌 되었건 그는 한 번도 권총을 쏘아본 적이 없었기 때문이었습니다. 그는 다른 식으로 러닝 셔츠 바람의 사내의 말에 제동을 걸어야 했습니다.

 "밖에 나가보니 아무 흔적도 없던데……"

 "가능성이야 여러 가지가 있지. 어쨌든 그건 분명히 권총소리였어. 내기를 걸어도 좋아."

 내기를 걸어도 좋다는 그 말은 미스터 박에게는 그것이 권총소리였다는 것에 내기를 건다는 것보다는 그것이 권총소리기 때문에 한 사람이 사살되었다는 사실에 내기를 걸겠다는 말로 들렸습니다.

 여하튼간에 그런 말을 주고받고 있는 그들의 머릿속에서는 그 소리가 권총소리로 다시 완성이 되어서 탕탕 울렸습니다. 그리고 특히 미스터 박에게 있어서는 그 소리는 분명히 정교한 금속 부품으로 이루어진 권총에서 총탄이 발사되면서 일어난 것으로서, 두 발의 총탄 중 한 발은 곧 빨간 불똥으로 변하여 멀리 어둠 속으로 최대 사거리까지 치달아 사라져버렸고, 다른 한 발은 워낙 낮게 조준이 되었기 때문에 공터에 비죽비죽 솟아 있는 돌덩이에 맞고 파란색 스파크를 일으키며 튕겨올랐다가 바닥에 떨어진 것으로 상상되고 있었습니다.

 그때, 그 소리가 권총소리였다고 믿어버리고서, 그런데 왜 난데없이 권총소리가 울렸을까 하는 의아한 마음에 가벼운 긴장감을 느끼고 있었던 그들은 현관에서 들려오는 인기척에 깜짝 놀라 일제히 고개를 돌렸습니다. 처음에는 갑작스런 소리에 놀랐던 그들은 현관 쪽을 바라보고는 그곳의 상황에 다시 한 번 놀라 버렸습니다.

세 사람의 시선이 합쳐져서 하나의 초점을 이룬 곳에서는 그들의 상상을 현실적으로 확인이라도 시켜주려는 듯이 피투성이가 된 한 남자가 한 여자의 부축을 받으며 문을 들어서고 있었던 것입니다.

사십대쯤으로 보이는 남자는 옷 여기저기에, 특히 가슴과 목 부분에 피가 흙과 섞여서 묻어 있었고, 손수건으로 닦아낸 것인지 얼굴에도 군데군데 핏자국이 남아 있었으며, 게다가 술에 매우 취해 보였습니다. 그리고 그 옆에는 이제는 남자의 부축을 푼 이십대의 젊은 여자가 두 손을 앞으로 몰아쥐고서 눈을 내리깔고 있었습니다.

약간 휘청거리며 균형을 잡기 위해 애쓰는 피투성이 사내의 모습을 보는 순간, 여관 안에 있었던 세 사람의 상상 속에서는 조금 전에 어둠을 가르고 날아가던 총탄이 최대 사거리까지 날아가는 대신 바로 그 사내의 가슴이나 어깨에 콱 박혀버렸습니다. 세 사람은 두 남녀를 번갈아가며 바라보았습니다. 핏자국 때문에 더욱 흉측하게 보이는 사내에 비해 여인은 한마디로 청순 가련형이었습니다.

미스터 박과 러닝 셔츠 바람의 사내가 두 남녀의 모습을 근거로 막 상상의 날개를 펴서, 그 날개 위에 두 남녀와 그 남자의 옛날 애인, 혹은 그 여자의 현재 애인, 그리고 권총을 막 올려놓으려 할 때에, 미스 김이 먼저 정신을 차리고서 여전히 놀란 표정으로 입을 열었습니다.

"총에 맞으셨나요? 무슨 일이죠? 많이 다쳤나요?"
 그렇지 않아도 피투성이의 사내는 여관 종업원들이 손님을 맞을 생각은 않고 그를 마치 가택 침입자 바라보듯이 쳐다보고만 있자 머쓱해져서 어쩔 줄을 몰라 당황해 있었고, 게다가 조금 전에 당한 어떤 사고로 몹시 불쾌해 있던 터이라, 미스 김이 한 말에 불같이 노해버리고 말았습니다.
 "뭐라고, 총에 맞았냐구? 이봐, 아가씨, 아가씨는 내가 이 지경이 된 것도 모자라서 총에 맞아 죽기까지 바라나? 그래, 총탄이 내 밸을 꿰뚫고 지나갔다, 어쩔 거야?"
 그때까지 축 늘어져 있던 사내가 갑자기 눈을 치뜨며 분명치 않은 발음으로 쏘아대는 말을 들은 미스 김은 새파랗게 질려서 만일의 경우 앰뷸런스를 부를 생각으로 무의식적으로 전화기를 향해 뻗었던 손을 슬며시 거두어들였습니다.
 그 남자의 말이 끝나자 그의 동행인 이십대 여자가 여전히 눈을 내리깐 채로 조용히, 요 앞에서 난폭하게 달리는 차를 피하려다가 넘어졌어요, 라고 말했습니다. 그러자 미스 김은 얼굴이 홍당무처럼 달아올랐고, 이를 본 미스터 박은 비록 조금 전에 자기 자신도 그랬지만 평소의 그녀답지 않게 여주인의 막내시동생이라는 자가 한 말을 곧이곧대로 믿어버리고 상상과 현실을 구별 못 한 미스 김의 순진함에 가슴이 아파왔습니다.
 그러나 미스터 박은 더 이상 연민의 정에 잠겨만 있을 수는 없었습니다. 피투성이의 사내가 에잇! 소리를 지르며 몸을 돌려서 문 쪽으로 걸음을 떼어놓았기 때문이었습니다. 미스터 박은, 아니, 미스 김, 뭘 해, 325호 열쇠를 줘, 라고 소리치면서 그 사내의 몸을 잡아 다시 뒤로 돌렸습니다. 사내는 그의 손길을 뿌리치고는 먼저 앞장서서 이층으로 올라가는 계단 쪽으로 걷기 시작했습니다. 그러자 황급히 이십대 여자가 그 뒤를 따랐고, 미스터 박은 미스 김에게서 열쇠를 건네받으며 그녀에게 눈짓을 해보였습니다. 그러나 미스 김은 이미 평소 그녀의 냉정함을 되찾고 있었습니다.

미스터 박과 이십대 여자는 술 취하고 다친 남자가 또다시 넘어질지도 모른다는 부담감을 느끼면서도 상대방의 자존심을 건드리지 않기 위해 단지 그의 뒤에 바짝 붙어 서서 약간의 거리만을 유지하며 걸었습니다.

그때 여주인의 막내시동생이며, 러닝 셔츠 바람이고 장교 출신인 사내가 피투성이고 옷이 흙으로 더러워진 사십대 사내의 앞을 막아서더니, 상대의 어깨에 두 손을 척 올려놓고 위아래를 훑어보며 말했습니다.

"이봐요, 형씨, 너무 화내지 말아요. 우린 조금 전에 총소리를 두 번 들었거든요. 그래서 걱정이 되어 한번 물어본 거예요. 형씨도 들었지요?"

사십대 남자는 새파랗게 젊은 사내의 손아귀에 어깨를 잡혀 꼼짝못하면서도 언성을 높여서 소리를 질렀습니다.

"이거 놓지 못해? 난 그런 소리 들은 적 없어."

그러나 러닝 셔츠 차림의 사내는 여전히 유들거리는 웃음을 흘리면서, 마치 총알에 의한 상처라도 찾으려는 듯이 사십대 사내의 이곳저곳을 유심히 살펴보며 말했습니다.

"그럴 거 없어요. 우린 경찰의 끄나풀이 아니니까. 뭐 사건이 복잡해질 것 같아서 그냥 피해만 받고 감수하려는 모양인데 그럴 거 없다니까요."

"아니, 도대체 이게 무슨 짓이오?"

얼굴이 벌겋게 달아오른 사십대 사내는 상대의 대단한 완력과 러닝 셔츠 밖으로 드러난 팔의 근육에 위압당하여 어쩔 줄을 몰라하고 있었습니다. 상대의 손이 그의 어깻살을 움켜쥐고 있었기 때문에 심한 통증도 느껴졌습니다. 그때 동행한 남자가 땀을 흘리는 것을 보다 못한 이십대 여인이 러닝 셔츠 바람 사내의 팔에 매달리며 악을 썼습니다.

"왜 이러세요? 그 사람은 넘어져서 코피가 터졌을 뿐이라구요. 이러시면 경찰을 부르겠어요."

그와 동시에 미스터 박도 그의 팔을 움켜쥐었습니다. 그러자 러닝 셔츠 차림의 사내가 버럭 소리를 질렀습니다. 그의 얼굴은 까닭모를, 터무니없는 적대감으로 활활 타오르고 있었습니다.

"이 자식들아, 조용히 못 해?"

그의 시퍼런 서슬과 일갈 대성에 그의 팔을 잡았던 두 사람은 손을 풀고 주춤거리며 뒤로 물러섰습니다. 단번에 기가 죽어버린 미스터 박은 슬며시 눈을 돌려서 미스 김을 바라보았습니다. 그녀는 그가 예상했던 것처럼 평소에 그랬듯이 강 건너 불을 바라보듯 무심하고 무표정한 얼굴로 세 남자와 한 여자의 작태를 물끄러미 바라보고 있었습니다.

그때 또다시 요란한 목소리가 울렸습니다.

"당신 그럼 정말 그 총소리를 못 들었단 말이오?"

사십대 사내가 절망적인 음색으로 대답했습니다.

"좋소, 좋아, 총소리를 들은 것으로 해둡시다."

그러나 러닝 셔츠 차림의 사내는 그의 어깨를 쥐어 흔들며 다시 한 번 그를 다그쳤습니다.

어젯밤에 들렸던 총성에 대해 설명해드리겠습니다

"들었으면 들었고, 못 들었으면 못 들었지, 들은 걸로 해두자는 건 또 뭐요. 안 그래요?"

사십대 사내는 절망과 고통의 마지막 막다른 곳까지 내몰렸습니다.

"그래요, 들었소. 분명히 총소리를 한 방 들었소. 하지만 그 소린 나와는 관계없는 것이오."

"한 방이 아니오. 두 방이었소. 그리고 그 소린 틀림없이 당신과 관계가 있소. 그렇죠?"

사십대 사내는 굴욕감 때문에 당장이라도 울음을 터뜨릴 듯한 목소리로 또 한 번 강요된 대답을 반복해야 했습니다.

"맞아요, 당신 말이 다 맞소. 하지만 난 다행히 총에 맞지는 않았소."

"진작에 그럴 일이지. 누군지 되게 총을 못 쏘는 놈이었던 모양이구만. 됐습니다. 이 일은 비밀로 지켜드리지. 자, 이제 허튼수작 말고 삼층으로 올라가보슈."

말을 마친 그는 사십대 사내의 어깨에서 손을 풀고 그를 뒤로 밀쳐버렸습니다. 강한 힘에 뒤로 밀려 뒷걸음치는 그를 미스터 박이 가슴에 안았기 때문에 그는 겨우 넘어지는 일을 면할 수 있었습니다.

잠시 후 옷을 추스른 사십대 사내는 어깨를 주무르며 고개를 떨구고 이십대 여자의 손을 잡고서 계단을 올라갔습니다. 그는 러닝 셔츠 바람의 사내가 말한, 허튼수작 말고, 라는 말의 의미가 무엇인지 알고 있었기 때문에 몸을 돌려 여관을 나설 엄두도 내지 못하고 있었던 것이었습니다.

그의 뒤를 미스터 박이 잔뜩 찌푸린 얼굴로 따라갔습니다. 그가 힐끔 러닝 셔츠 바람의 사내를 바라보니, 그는 예상했던 것처럼 뻔뻔스럽고 의기양양해하는 표정 대신에 어딘지 씁쓰레하고 멍한 얼굴을 하고 있었습니다. 미스터 박은, 도대체 알 수 없는 놈이군, 이라고 속으로 중얼거리며 층계를 올라갔습니다. 그때 그들의 뒤에서 러닝 셔츠 바람의 사내가 훨씬 누그러진 어조로 소리질렀습니다.

"옷 세탁할 거면 지금 내놓으슈. 내일 아침에는 입을 수 있도록 해드릴 테니까."

그러나 사십대 사내는 묵묵히 삼층까지 올라갔습니다.

미스터 박이 그들을 325호로 안내하고 다시 내려오자 카운터 쪽에서 미스 김과 그가 주고받는 말들이 들려왔습니다.

"내일 아침에 저 사람이 고발이라도 하면 어떡하려 해요?"

"고발을 하긴. 내가 뭘 어쨌다구. 게다가 제 녀석도 지금 뒤가 구린 판인데, 그럴 생각을 할 수나 있겠어?"

"뒤가 구리다니요?"

"그럼 그 젊은 여자가 자기 마누라겠어? 저런 녀석들은 그저……"

미스터 박이 천천히 다가가자 그들은 말을 멈추고서 그를 바라보았습니다. 그러나 그는 그들을 바라보지 않고 현관 옆의 거울 앞에 멈추어 섰습니다. 스탠드에 기대고 있던 러닝 셔츠 차림의 사내가 몸을 일으켜서 그의 등뒤로 다가와 손으로 어깨를 툭툭 치며 말했습니다.

"미스터 박, 어때, 총소리가 틀림없었잖아, 안 그래? 그러기에 내가 뭐랬어. 자네 이제 교대 시간도 되었으니까 내 방에 가서 나하고 술이나 같이 한잔할까?"

"그래, 미스터 박, 이제 올라가서 쉬어."

그러나 그는 그들의 말에 아무런 반응도 표하지 않았습니다. 그러자 러닝 셔츠 바람의 사내는 혼자 무어라고 중얼거리면서 계단을 올라갔습니다.

미스터 박이 고개를 돌려 미스 김을 바라보자 그녀는 졸린 듯이, 꿈꾸는 듯이 현관의 유리문을 통해 밖을 내다보고 있었습니다. 그는 그녀의 시선이 향한 곳, 현관문을 열고 밖으로 나와서 계단 위에 선 채로 어두운 공터를 바라보았습니다. 공터의 여기 저기에서 서걱서걱거리는 어두운 음모의 소리가 들려오는 듯했습니다.

그는 미스 김의 시선을 의식하며 계단에 쭈그리고 앉았습니다. 그는 러닝 셔츠 바람의 사내의 말과 행동이 아니었어도, 조금 전에 들렸던 그 소리는 총소리였음이 분명하다고 확신하고 있었습니다.

멀리 떨어진 차도에서는 간간이 자동차와 화물차들이 요란한 소음을 내며, 헤드라이트에서 불빛을 내뿜으면서 달려가고 있었습니다.

이상으로 어젯밤에 들렸던 총성에 대해 설명해드렸습니다.

〔1985〕

코

 김공도(金公道)가 돌연히 자신의 코를 잘라낸 행동을 이해한다거나 그런 행동을 하게 되기까지의 과정을 일목요연하게 추적한다는 것은 결코 쉬운 일이 아니다. 그러나 나는 오늘 저녁 병원에 누워 있는 그를 만나고 돌아온 후부터 그와 그의 코에 대한 생각에서 벗어날 수 없었다. 그래서 나는 그가 그런 짓을 저지르게 되기까지 그가 겪은 고통의 궤적을, 순전히 나의 빈약한 기억력과 인색한 상상력에 의지해서, 그러나 가능한 한 성실하게 따라잡아보기로 했다.
 그러나 그의 행위가 남들이 쉽게 생각하여 편리하게 부르는 대로 말하면 미친 짓임에 틀림없고, 그 행위 자체가 다소 정신발작적인 성격을 띠는 우발적인 것이며 게다가 어떤 외적인 충격보다는 내부적인 고통의 축적에 의한 것임이 분명한 만큼 나는 내가 지나칠 정도의 신중을 기해야 한다는 것을 잘 알고 있다.
 나는 이전부터 그가 자신의 코가 불러일으키는 고통에 대해서

하는 말들을 간간이 들어왔었다. 그러나 그때마다 나는, 지금 돌이켜보면 내 태도가 너무 경박했다는 느낌이 들 정도로, 그 말들을 아주 가볍게 받아들였을 뿐이었고 심지어 나는 항상 그의 말 끝에 농담이라는 돌을 달아서 그를 침수시켜버리곤 했었다.

"그래서 김형은 그렇게 자주 코를 쥐어뜯는 건가?"

이제 생각해보면 이런 말을 하던 때에 이미 나는 그가 자주 코를 만진다는 사실을 알고 있었던 셈이다. 만진다기보다 그는 자주 자신의 코를 엄지와 검지로 쥐어서 당기곤 했다. 그러나 그때 나는 그의 그런 습관이 어떤 복잡하고 고통스러운 연원을 지니고 있는 줄은 짐작조차 하지 못하고 있었다.

그가 코를 자르게 된 상황을 이해하기 위해서는 어쩌면 내가 그에 대해 알고 있는 모든 지식을 다시 떠올려보아야 하는지도 모른다. 예를 들어 그의 가족 사항, 즉 그의 아버지께서 육이오 때 단신으로 월남하여 그의 외삼촌 덕분에 약간의 사업을 벌였고, 그때의 재산은 일부는 사기를 당하고 일부는 그의 큰형이 도박에 미쳐서 날려버렸다는 것 등이 그것이다. 그러나 나는 내가 알고 있는 그의 삶의 단편들이 이 문제에 있어서는 별로 도움이 되지 않을 것이라고 믿고 있다.

그래서 나는 그에게 가장 근접해 있는 문제, 특히 그 자신이라고도 할 수 있는 그의 성격에 대해서 곰곰이 생각해보았다.

사람을 마주 대하고 있을 때 대개 상대의 코를 빤히 바라봄으로써 그쪽을 당황하게 만들곤 하던 그는 워낙에 안쪽으로 움츠러드는 경향을 지니고 있었고 때로는 지나칠 정도로 겸손하다는 인상까지도 불러일으키고 있었다. 그러나 겸손함이라는 말 자체는 그 말이 의미하는 내용과는 달리 일종의 단순함을 일차적으로로 연상시키는 것이긴 하지만 그는 결코 단순한 사람이 아니었다. 그와 몇 마디 나누어본 사람들은 그가 어떤 간단한 행동을 하기까지에는, 그리고 그 행동을 하고 난 후에까지도 그의 속에서 오만가지 복잡한 생각이 오고 갔다는 사실을 알게 되어 아연 실색하게 되는 것이었다. 좋게 말하면 매사에 철저한 그는 어떤 행동을 하게 될 때에 그것에 대신할 수 있는 다른 행동들을 일일이 머릿속에서 조목별로 분류해보고 하나하나에 적당한 평가를 내리는 것이라 할 수 있었다.

그러나 철조망 같은 한 인간의 성격에 접근하기 위해서는 멀리 우회를 하여 그에 대해 남들이 가지고 있는 인상이랄까 선입관 같은 것을 살펴보는 편이 더 효과적이고 경제적일는지도 모르는 일이다.

전반적으로 그에게서 풍기는 분위기는 우울함이었다. 따라서 우울함이 대개 그러하듯이 그는 사람들에게 항상 무엇엔가에 대한 생각에 잠겨 있는 듯한, 어떤 상념에 쫓기고 있는 듯한 인상을 주곤 했는데, 이를 영어식으로 표현한다면 그는 항상 긴 코를 하고 있었다고 말할 수 있을 것이다. 그리고 내 나름의 무리와 오류를 무릅쓰고서라도 그러한 인상을 조금 더 분석해보면 그것은 말하자면 피해 의식, 타인과의 관계에 의해서 하시라도 상처를 입지 않을까 하여 전전긍긍하는 모습에까지 연결이 되는 것이었다. 그런 탓인지 얼굴에 회색빛을 칠하고 앉아 있는 그에게 누군가가 선뜻 말을 던지면 그의 얼굴에는 번쩍 정신이 드는 순간의 당혹감이 드러나는 동시에 고통스러워 보일 정도의 은근한 수비 자세가 엿보였다. 그러나 사실 이러한 모습들은 세심한 주의력을 투자하지 않고는 얻을 수 없는 것이었다. 따지고 보면 그는 간단히나마 누구 못지않게 다양한 감정들에 휘말려서 유쾌하게 웃고 화도 내고 하는 편이었으며 우울해 보이는 그의 분위기는 그런 감정들 밑바닥에 깔려 있다가 간간이 그의 얼굴에 나타나곤 할 뿐이었다. 그러나 나를 포함한 다른 사람들은 그가 터뜨리는 웃음 속에서 그의 호연지기를 찾거나 그가 쏟아대는 독설들 속에서 그의 독기를 의식하려 하기보다는 한가로이 앉아 있을 때 그의 얼굴에 깔리는 우울함 속에서 그의 유약함을 기억하기를 즐겨했다. 아니 그보다는 사람들은 그의 다소 의식적인 커다란 웃음 소리와 때때로의 다변 속에도 항상 밑도끝도없는 우울감이 진하게 배어 있어서, 조울증이나, 심하게 말해 자폐증 환자의 경우처럼 그것이 시간과 장소를 불문하고 밖으로 내비치고 있다는 것을 잘 알고 있었다고 말하는 편이 옳을 것이다.

그러한 그가 코를 잘라냈다는 소식을 들은 것은 오늘 출판사의 동료들과 점심을 같이하던 중이었다. 그는 얼마 전에 그 동안 다니던 회사에서 뛰쳐나와, 우리 쪽에서 엎드리면 코 닿을 곳에 있는 어느 출판사에 입사했는데 그쪽과 우리 쪽은 같은 관심을 가지고 같은 계열의 책을 만들고 있었기 때문에 여러 번의 기회를 통해서도 잘 알게 되었고, 특히 그와 나는 개인적인 친분 관계에 이르고 있었다. 식사를 제일 먼저 마친 내 앞자리의 친구가 담배를 빼어 물며 아무렇지도 않게 말을 던졌다.

"김공도 말이야, 얘기 들었어? 코를 잘랐다는……"

그 말을 들은 나까지 다른 세 친구는 어떤 자세를 취하고 있었든지간에 거의 동시에 소리를 질렀다.

"뭐라구, 코를?"

그리고 우리는 아주 잠시 동안 서로의 얼굴을 바라보다가 이

욱고 코를 하늘로 쳐들고서 말처럼 식당 안이 떠나가라고 웃음을 터뜨렸다. 나 자신도 그때는 너무 우스워서 탁자에 머리를 박을 정도였다. 우리는 그 녀석 미쳤군, 도대체 왜 그런 거야, 낸들 알아, 그렇게 코 타령을 하더니만, 등의 말들을 각자 중얼거렸고 그때마다 눈이 터지고 코가 짓물러지도록 웃어댔다.

    그러나 나는 이쑤시개를 입에 물고 식당을 나서면서부터 갑자기 가슴속에 모가 진 섬뜩한 얼음 덩어리 하나가 들어앉은 듯한 기분에 사로잡혔다. 그 얼음 덩어리는 서서히 녹아버리기는커녕 애초의 각진 모서리를 유지하면서 차츰 나의 온몸을 얼려버리기 시작했다. 내가 점점 더 얼떨떨한 기분에 사로잡히게 되었다는 것은 편집실에 돌아온 한참 후까지도 이쑤시개를 입에 그대로 물고 있었다는 사실로도 증명이 될 수 있었다. 누군가가 내게, 점심을 아주 거하게 드셨나보군, 하며 빈정거렸을 때에야 겨우 거기에 신경이 미쳐서 이쑤시개를 뱉어버렸을 정도였다. 하지만 그 동안 내가 이쑤시개를 이로 씹고 있었던 것이었는지 그 단단한 나뭇가지의 반 정도는 거의 조각조각으로 해체되어 있어서 나는 침을 여러 번 뱉어야 했다.

    저녁에 나는 김공도의 집에 전화를 해서 혼자 집을 지키고 있던 그의 누이동생에게서 어렵게 병원과 호실을 알아내었다. 그녀는 오빠가 병문안 오는 것을 별로 좋아하지 않을 것이라는 말을 잊지 않았다. 퇴근 후에 병원으로 향하는 차 속에서 내가 느낀 기분은 어떤 것이었는가 하면 말하자면 일종의 죄책감이었다. 그것은 우선적으로 그의 불행에 대한 소식을 들었을 때 일방적으로 웃어버리기만 했다는 사실 때문이기도 했지만 그것보다도 나는 그가 내게 각별한 감정을 가지고 있다는 사실을 알고 있었음에도 불구하고 그가 내게 진지하게 고백한 어떤 사건을 공공연히 거론하여 몇 번이나 그를 웃음거리로 만들었던 일이 있었기 때문에 더욱 마음이 착잡했던 것이다.

그가 내게 털어놓았던 이야기의 내용은, 어떤 일에든 빠짐없이 등장하는 바, 바로 여자 문제에 관한 것이었다. 그는 어느 날 주로 무채색의 색조로 장식된 어느 카페에서, 색깔로 쳐서 역시 무채색에 가까운 음악을 들으면서 어떤 여자를 기다리고 있었다. 곧 그녀는 출입구 쪽에서 코를 앞세우고 들어왔고 얼마 후 그들은 한적한 장소로 자리를 옮겨서 가까이 붙어 앉아 이야기를 나눌 수 있게 되었다. 그는 바로 이때가 여자에게 키스를 해야 하는 기회라는 것을 느끼고 있었다. 말하자면 그는 그런 상황에서는 키스를 하는 편이 오히려 예의를 지키는 것이라고 생각하고 있었던 것이었다.

그는 별로 자신의 사생활에 대해서 남들에게 털어놓는 형이 아니었기 때문에 나로서는 그녀에 대해서는 물론이고 그와 그녀가 어느 정도 진척된 사이인지 그들이 이루는 관계가 어떤 성질의 것이었는지는 알 수가 없었다. 따라서 잘 알지도 못하면서 그 일을 함부로 입에 담았다는 것은 실로 무모한 실수였다.

어쨌든 마침내 그는 결단을 내려서 자신의 입술을 여자 쪽으로 굽혔다. 그때 그녀가 얼굴을 약간 비키면서 손가락으로 그의 입술을 눌렀다. 다분히 상투적으로 그녀는 그에게서 무언가 확인받으려 한 것이었다. 그녀의 행위는 영화 따위에서 흔히 보여지는 장면을 흉내낸 것인 듯했지만 사랑이란 본질적으로 삼류영화처럼 쉽게 통속적이 되듯이 그녀의 행동이 그에게 어색하거나 우습게 보이는 것은 아니었다. 그는 얼굴을 멈춘 상태로 여인의 손가락을 입에서 떼어내고서 가능한 한 분명하고 강하게 발음하기 위해 신경을 쓰면서 말했다.

"내가 당신을 사랑한다는 것은 당신 얼굴 한가운데에 도톰하면서 갸름한 코가 서 있다는 것만큼이나 분명한 사실입니다."

이 말이 지니고 있는 약간의 장난스러움과 그 때문에 오히려 더욱 강조되는 진지함은 여자를 감동시키기에 충분했던 모양이었다. 여자는 미소를 머금은 얼굴로 잠시 동안 그를 바라보다가 허용의 몸짓으로 두 눈을 살짝 감았고, 그는 한 손으로 그녀의 턱을 받쳐들고 얼굴 위에 자신의 얼굴을 포개기 위해 상체를 굽혔다. 그러나 순간 그는 멈칫거리고는 가만히 그녀의 얼굴을 들여다보기 시작했다. 한동안 바라보고 나서야 그는 자신의 입술을 멈추게 한 것이 여자의 얼굴 중앙에 자리잡은 코 때문이라는 것을 알 수 있었다. 한마디로, 바로 거기에 코가 있었던 것이었다.

알맞게 살점이 오른 데다가 끝이 뾰족하게 솟아오른 조형적인 코였다. 그 코는 그의 시야를 가득 채웠고, 그는 거기에서 시선을 뗄 수가 없었다. 그녀의 코는 그 자체로 어떤 감정을 지니면서 그녀에게 결부되어 있는 인상들을 대변하고 있는 듯했다. 코의 선은 그녀의 싱그러움을, 코끝은 그녀의 상큼함을……

그는 애써 눈길을 돌리고서 다시 입술로 내려려 했다. 그러나 그녀의 코는 마치 지렛대의 받침처럼 그녀의 얼굴 정중앙에 단단히 틀어박혀서 그 위에 걸쳐진 보이지 않는 어떤 막대기 같은 것으로 그의 얼굴을 다른 쪽으로 들어올리고 있었다. 그는 잠깐 동안 왜 하필이면 바로 여기에 코가 있어야 하는가 하는 생각을 했었다. 그러나 곧 그것은 당연한 것이라는 생각이 들었다. 이미 그의 관심은 그녀의 입술이 아닌 코에 쏟아지고 있었던 것이었다. 그는 그녀의 콧등에서부터 시작하여 델타 모양의 두 개의 콧구멍에 이르기까지 찬찬히 살펴보기 시작했다.

왼쪽 콧구멍 안쪽으로 코털이 한 가닥 보였는데 그것은 놀랍게도 우스꽝스럽게라기보다는 오히려 신비하게 보이는 듯했다. 그때 자신도 모르게 그의 왼손이 그녀의 턱을 놓고 천천히 올려졌다. 눈을 감고 있는 여자의 얼굴에는 의혹과 인내의 빛이 양미간 사이에 떠올랐다. 얼굴 위로 다가간 그의 왼손은 공중을 떠도는 수리처럼, 그러나 그보다는 훨씬 우유부단하게 머뭇거렸다. 그러나 그는 곧 손가락을 펴서 그녀의 코를 쥐었다. 순간 바라보기만 할 때 느껴지던 그녀의 코의 낯선 금속성 같은 이물감이 사라지는 대신 그의 손가락에 끈적거리는 듯한 점액질의 감각이 묻어났고 동시에 그녀의 두 눈이 번쩍 뜨였다. 하지만 그는 여전히 무감각하고 진지한 얼굴로 그녀의 눈을, 아니 정확하게 말해서 코를 들여다보았다.

민망해하는 웃음을 억지로 떠올리고 있는 그녀를 아랑곳하지 않고 그는 천천히 엄지와 검지로 코를 어루만지기 시작했다. 피부와 말랑말랑한 살점 속으로 안쪽의 물렁뼈가 만져졌다. 그것은 알몸 위에 두꺼운 털코트를 입은 여인을 품에 안고 있는 듯한 기분을 느끼게 했으며 묘하게 그의 성감을 자극했다. 그는 손가락에 힘을 더 주었다. 아래쪽의 뼈는 더욱 단단했다. 그때 그녀가 나지막한 비명을 올리며 코를 잡아뺐다.

그 자신에게서 들은 이 이야기를 내가 대강 뼈만 추려서 악의 없는 우스갯소리로 술자리 같은 곳에서 남들에게 들려주면 그들은 나의 기대보다 훨씬 크게 웃어주어서 더욱 나를 신나게 하곤 했다. 대개 나는 이를 그의 면전에서 떠들어댔었는데 부끄러워 코도 들지 못하리라는 나의 예상과는 달리 그는 고개를 약간 숙이고 한 손으로 코를 싸쥐고서 바보 같은 웃음을 짓고 있었다. 그러나 지금 생각해보면 그 웃음은 그가 작정을 하고 일종의 방어 자세로서 얼굴 위에 전시하고 있었던 것이 아닌가 하는 생각이 든다. 왜냐하면 그때 그의 동료 하나가 그의 코앞에 대고 이런 야유를 했을 때에도 그는 전혀 그 웃음을 거두지 않았기 때문이다.

"니 그 잘난 코 값이나 해라. 남의 코 뽑을 생각일랑 접어두고."

표정의 변화 하나 없이 그런 독설을 견디어낸다는 것은 전혀 그답지 않은 일이었던 것이다.

그 후 나는 그와 그녀의 사이가 어떻게 되었는지 그들이 이루던 관계가 어떤 국면을 맞이하였는지에 대해서 전혀 알 길이 없었다. 그러기 때문에 더욱 미안한 생각이 든 것인지도 모르는 일이었다.

다시 오늘 저녁의 일로 되돌아가야 한다.

삼십 분쯤 후에 나는 택시에서 내려 병원으로 들어가면서 코보다는 귀를 자르기가 훨씬 쉬울 것이며, 따라서 그에게는 빈센트 반 고흐보다 자르기로 마지막 결단을 내리는 데에 있어서나, 그리고 실제로 칼로 자르는 데에 있어서도 훨씬 힘들었을 것이라고 생각했다.

병실에 들어섰을 때 그는 마침 혼자 누워 있었다. 나는 옆자리의 환자들을 힐끔거리며 그에게 다가가서 그의 얼굴을 들여다보았다. 붕대 위로 간신히 드러나 있는 그의 눈은 한동안 천장을 바라보고 있다가 이내 나를 발견한 듯 어떤 표정을 지어보였다.

나는 그가 웃음을 짓는 것이라 생각했다. 자세히 살펴보니 그의 눈과 입 사이의 얼굴 한가운데뿐만 아니라 왼쪽 손에도 붕대가 두껍게 감겨져 있었다.

나는 그의 머리맡에 꽃을 놓아놓으며 그에게 말할 수 있느냐고 물었고 그는 입술을 조금만 움직여서 그렇다고 대답했다. 막상 그의 그런 모습을 대하게 되자 나는 조금 전과는 달리 장난기가 발동하는 것을 느꼈다.

"김형은 용감한 피노키오구만."

"무슨 뜻이야?"

"왜 그 있잖아, 거짓말할 때마다 코가 자라나는 나무 인형. 김형은 코를 잘라버렸으니까."

그는 아무 소리도 하지 않았다. 하지만 나는 그가 웃고 있지 않다는 것을 알 수 있었다. 그렇다고 해서 심각해질 수는 없는 노릇이었다.

"그래 잘라낸 코는 어떻게 했나?"

"화장지에 싸서 욕실 쓰레기통에 버렸지. 하지만 사람들이 다시 내 얼굴에 붙여놓았다더군."

"어느 만큼이나 잘라낸 거야?"

"코끝밖에 못 잘랐어."

"코뼈는 상하지 않은 게지?"

그런 식으로 우리는 몇 마디 더 말을 나누었다. 나는 나 자신의 경박한 호기심을 드러내지 않고 그렇다고 그를 동정하는 따위의 표현을 하지 않는 한도 내에서 그에게 질문을 하거나, 이 세상에는 코 없이 거리를 활보할 수 있는 권리를 가진 사람은 아무도 없다는 등의 말을 했고 미소를 보여주었으며, 그도 어떤 기행(奇行)을 벌이고 난 사람들에게서 흔히 보이는 뻔뻔스러움이나 혹은 아무렇지도 않은 듯한 작위적인 태도를 드러내지 않았다. 그는 적당히 멋쩍어하고 적당히 건성으로 대답하였으며 오히려 그가 나의 말과 행동을 이해하고 있는 듯했다.

차를 타고 집으로 돌아오면서 나는 내내 나 자신의 코를 주무르면서 그와 그의 코에 대한 생각에서 벗어날 수가 없었다.

외면적으로 볼 때 그의 코는 별다른 특징을 가지지 않은 평범한 것이었다. 만약 그의 코를 끄트머리뿐만 아니라 그 전체를 잘라놓고 그것이 누구의 코냐는 질문을 누군가가 내게 한다면 나는 분명 알아보지 못해서 대답을 할 수 없을 것이었다. 사실 나는 아무리 애를 써봐도 그의 코가 어떻게 생겼는지 머리에 떠올릴 수가 없었다. 코가 유난히 크다거나 콧날개나 콧등, 코끝에 어떤 특이한 점이 있다거나 한 것도 아니었고, 어쨌든 좋은 의미로든 나쁜 의미로든 다른 사람들의 시선을 끌 그런 종류의 코는 아니었던 것이다.

그런데 바로 그 코가 그에게 고통을 불러일으킨 것이니 그의 입장에서 보면 방자하게도 그의 코가 그의 얼굴 한복판에 있어준다는 당연한 사실을 일종의 권리로 행사하려 한 것이라고 생각할 수 있는 터였다. 하긴 어쩌면 어떤 의미에서는 그가 애매한 코를 혹사시킨 것인지도 모른다.

그러고 보니 일전에 들은 소문에 의하면 그가 이전에 다니던 회사에 사표를 내던 날 그곳 상사의 코를 비틀었다고 했었다. 그때 나는 그의 비공격적인 성격을 알고 있었기 때문에 그 말을 믿지 않았다. 하지만 지금 그가 사람의 코와 여러모로 다양한 연관을 지니고 있음을 확인한 이 마당에 있어서는 그 소문을 일방적으로 무시할 수는 없는 노릇이었다.

여기서 나는 그의 코에 대한 나의 생각을 일단 마치고 그가 내게 코에 대해 한 꽤 많은 말들을 세심하게 하나씩 돌이켜보기 시작했다.

그는 언젠가 이런 말을 했었다. 즉 얼굴에 있어서 귀를 제외한 눈, 코, 입 중에 코는 그 중요성의 정도에 있어서는 별 차이가 없지만 다른 부분들에 비해 여러 가지 이유로 인해 다양한 표정을 지을 수가 없다. 코가 어떤 표정을 지으려 한다면 그것은 기껏해야 우스꽝스러워질 뿐이다. 왜냐하면 코로써 할 수 있는 감정 표시 행위는 코를 벌름거린다거나, 킁킁대기, 혹은 코끝을 쫑긋거리기 정도에 한정되어 있기 때문이다.

내 기억으로는 이 말이 그가 내게 처음 코에 대해 한 말이었다. 하지만 이미 언급했듯이 그때까지 나는 그가 겪고 있는 코에 대한 고통을 모르고 있었기 때문에 그저 웃어넘기고 말았다. 그는 코를 하늘로 향하게 하여 자리에 누워 있다가 떠올린 이 생각을 매우 기발하게 여기는 듯했지만 나는 그의 말을 듣고 코를 몇 번 쫑긋거려보고 말았을 뿐이었다.

그가 코 때문에 고통을 받고 있다는 사실을 내가 조금씩 깨닫게 된 것은 그로부터 다음과 같은 고백을 듣고 나서였다. 그의 말에 의하면 무언가 불쾌한 일이 있다거나 일이 잘 풀려나가지 않을 때에는 별로 높지도 않은 코끝이 유난히 눈앞에 어른거리고 걸리적거리기 시작하며, 또 직장 상사한테서 핀잔을 듣거나 웃어른들로부터 어떤 종류의 것이든 훈계를 들을 때면, 즉 그가 있고 싶지 않은 자리에 일정 시간 동안 머물러 있어야 하는 경우에도 까닭없이 코끝이 뻐근하고 근질거린다는 것이었다.

그러나 그 얘기를 들었을 때만 해도 나는 그런 경험은 누구에게나 있을 수 있는 것이라고 대수롭지 않게 대답했었다. 따라서 나는 그때 그의 모든 관심이 코에 집중되어 있다고는 짐작도 하지 못하고 있었던 셈이었다. 그 사실을 내가 반쯤 어리벙벙한 상태에서 의식하게 된 것은 얼마 후에 그가 내게 반농담 삼아서 다음과 같은 말을 했을 때였다.
  "요즘 나는 거의 모든 것을 코에 결부시켜서 생각하는 습관을 얻게 되었어. 예를 들자면 길을 지나는 사람들이 나의 눈에는, 붉은색 원피스에 머리가 긴 여인, 장발에 바바리 코트를 입은 남자 등으로 비추어지는 것이 아니라, 들창코 여자, 매부리코 남자, 주먹코 여자, 돼지코 남자, 개코 여자, 딸기코 남자, 그리고 코가 평범한 남자, 여자 등으로 보이는 것이야. 한마디로 코가 기준이 되어 사람들이 구분되는 것이지. 그러다 보니 이전에 만난 적이 있는 어떤 사람들을 기억해낼 때도 일반적으로 그의 가장 특징적인 부분을 떠올리는 것이 아니라, 아, 콧날이 매끄럽던 남자, 라거나, 아, 유난히도 선이 예쁘고 오똑한 코를 가진 그 여자, 라는 식으로, 다른 사람들로서는 전혀 불가능한 구별 방법으로 어느 누구 못지않는 훌륭하고 정확한 기억력을 자랑할 수 있게 되었다구. 어쨌든 코가 없는 사람들은 이 세상에 단 한 명도 없으니까. 그런데 말이야. 가만있자, 최형의 코는⋯⋯"
  다소 과장된 감이 없지 않은 이 말을 듣고—내 코에 대한 얘기는 거론하지 말기로 하자—나는 그에게 어이가 없는 표정을 지으며 질문을 던졌다.
  "아니, 김형은 도대체 왜 코, 코, 항상 코 얘기만 하는 거야? 그렇다면 김형한테는 여자가 코만 이쁘기만 하면 모든 게 끝나는 것이겠구만."

　나의 말도 역시 반농담이었음에도 불구하고 그는 의외로 훨씬 진지하게 내게 대답했다. 바로 여기에서부터 나는 그가 사람의 얼굴 중에서 유독 코에 대한 관찰을 시작하게 된 내막을 다소나마, 그러나 상당 부분은 안개 속에서 이해할 수 있게 되었다. 그의 꽤 긴 이야기를 대강 정리해보면 다음과 같다.

　그는 우선 자신의 고통에 대해 자세히 말을 늘어놓았다. 그는 점점 더 심하게 코로 인한 고통에 시달리고 있었다. 그러나 그 고통은 육체적인 것이 아니라 더욱 교묘한, 그래서 더욱 황당한 성질의 것이었다. 처음처럼 간질거리는 코끝이 시야를 어지럽히는 것은 그래도 어느 정도 견딜 수 있는 일이었다. 하지만 이제는 그의 얼굴 한복판에 자리잡고 있는 코가 아주 변덕스럽게 그의 의지와는 상관없이 실리콘을 주입받은 듯이 부풀어올라서 그의 시야를 방해하곤 하는 것이었다. 물론 실제로 코의 크기에 있어서 변화가 일어나는 것은 아니었고 코에 대한 신경 쓰임이 자신도 모르게 극대화에 이르다 보니 코의 밑동까지 전체가 들썩거리는 듯한 기분을 느끼게 되는 것이긴 하지만 어쨌든 그에게는 시각적으로 그렇게 보이는 것이니 그로서는 미칠 노릇이었다.

　항상 그렇지는 않았지만, 예를 들어 날씨가 흐리다거나, 긴장이 되었다거나, 불쾌한 일이 일어났다든지, 아니면 하다못해 배가 고프다든지 하는 따위의 그저 그런 이유가 생기면 코는 어느 순간 갑자기 그의 시야 속에 뛰어들어 난장판을 벌이는 것이었다. 일단 코라는 신체의 한 부분에 의식이 거의 수동적으로 끌리고 나면 이미 문제가 발생한 셈이었다. 처음에는 코끝의 둥근 부분이 마치 물 위로 부상하는 잠수함처럼 모습을 드러내고서 그의 시계(視界) 아래 부분에 시커멓게 도사리고 있다가 차츰 그의 신경을 교란시키고 여러 가닥으로 찢어놓는 것이 정해진 진행 과정이었다.

그런 단계가 조금 지나면 약간의 운 좋은 예외를 제외하고는 거의 대부분, 그가 아무리 다른 쪽으로 신경과 의식을 돌리려 하고, 아주 엉뚱한 생각에 잠긴다 해도 결국 아래쪽에 드리워진 코끝의 음험한 그림자가 차츰 짧아지면서 급기야 콧날의 양쪽 날개가 눈앞에 가까이 들이닥치는 것이었다.

그렇게 되면 그는 묵직한 혹을 눈 아래에 달고 다니고 사람처럼 움직일 때마다, 소리는 나지 않더라도 덜그럭거리는 코의 무게를 느끼지 않을 수 없게 되고 얼굴의 안면 근육이 온통 마비가 되는 듯이 뻣뻣해지기 시작하곤 했다.

그러면 그는 그때마다 재채기를 하거나 아니면 코끝을 자신의 손가락으로 세게 비틀었다가 놓곤 했는데 그것이 대단히 신기한 처방이어서 그 강도에 비례하는 속도로 코끝은 시계에서 가라앉았다. 그러나 때로는 그러한 요법도 소용이 없을 때가 있는데 그때는 코끝이 가라앉는 듯하다가 다시 솟구쳐 올라오는 경우였다. 그렇게 되면 그는 어쩔 수 없이 자신의 코가 자신에게 부여하는 최대치의 고통에 짓눌려서 매운 것을 삼킨 강아지, 혹은 어떤 다른 애완동물처럼 코끝을 붙들고 맴을 돌고 싶을 지경에 이르는 것이었다. 그리고 잠시 후 마음을 가라앉히고 세상을 바라보면 그것은 가늠쇠 위에 목표물들을 얹어놓고 총을 정조준하는 것과 다를 바가 없었다. 말하자면 그에게 있어 코는 가늠쇠이고 눈알은 총구인 셈이었는데 그런 생각을 가지고 다른 사람들을 보니 그의 눈에는 모든 사람들의 얼굴이 각기 종류가 다른 하나의 총처럼 보이는 것이었다. 모두가 다 권총의 계열에 속하는 것이었는데 총구의 넓이와 그 명중률, 그리고 파괴력에 있어서 차이가 있을 뿐이었다. 사실 이 정도만 하여도 그의 코가 단순히 얼굴 한가운데에 붙어 있어준다는 사실만으로 그에게 너무도 많은 희생을 치르게 한다는 느낌을 주는 것임에도 불구하고 코로 인해 유발되는 고통은 여기에서 그치는 것이 아니었다.

예를 들어 그가 자신에게 불리한 어떤 돌발적인 사실 때문에 깜짝 놀란다거나 아니면 직장 상사들로부터 심한 면박을 당한다거나 자존심이 몹시 상하게 되는 경우에는 오히려 종전과는 전혀 상반되는 고통이 코를 통해 그에게 전달되는 것이었다. 말하자면 코가 싹둑 베어져서 얼굴로부터 떨어져나간 듯한 썰렁하면서 허탈한 느낌이 그것이었다. 그런 경우에 그는 시선을 내리깔고서 코끝을 찾으려 하곤 하지만 어떤 때는 콧날개까지 선명하게 나타나서 그의 눈앞을 가로막던 바로 그 코가 코빼기조차 보이지 않는 것이었다.

그러면 그는 자연히 손을 얼굴로 가져가 더듬거리면서 코끝을 찾아서는 이번에도, 그러나 전혀 다른 이유에서, 그리고 다소 다른 방법으로 코를 비트는 것이었다. 먼저의 경우에 있어서 그는 코끝을 내리누르듯이 밀면서 비틀지만 이번 같은 경우에는 코끝을 뽑을 듯이 잡아당기면서 비트는 것이었다.

이런 식으로 그의 코는 변화무쌍하게 변신을 거듭하면서 그를 괴롭혀댔기 때문에 그는 자연 코를 자주 만지게 되었고 그것은 거의 습관화되어서 누구를 만나게 될 때에 손이 우선적으로, 그리고 저절로 코로 올라가버렸다.

물론 이러한 증세나 버릇은 아주 서서히 이루어진 것이었다. 따라서 그가 정신을 퍼뜩 차리고서, 왜 자꾸 코를 주물러야만 하는가 하는 생각을 가지게 되었을 때는 이미 코에서 손을 떼고는 못 견딜 상태에 이르고 있었다. 그 이후로 그는 틈만 있으며, 그리고 일부러 틈을 내서라도 코끝을 쓰다듬으면서 도대체 어떻게 이렇게까지, 어떻게 이런 지경에까지 이르게 되었는지에 대해 수없이 자문을 거듭했지만 그가 얻은 해답이라곤 전혀 없는 형편이었고 그래서 결국 그는 답답한 마음에 코를 한 번 세게 비틀어놓고는 골치에다가 코까지 아픈 상념을 끝마쳐버리곤 했다.
　그러나 그가 그런 노력을 포기하지 않은 결과로 얻어낸 몇 가지 일견 그럴듯한 실마리가 없는 것은 아니었다.
　첫째로, 그가 시선을 공중에 떠올리고 코끝을 만지작거리면서 기억해낸 사건은 몇 년 전에 앓았던 콧병이었다. 코 위쪽으로 유난히 두통이 심해지고 잘 풀어지지도 않는 누렇고 끈끈한 코가 콧구멍을 틀어막아버려서 말 그대로 코의 고통에 시달릴 때에 그는 이비인후과를 찾은 적이 있었다. 그때 그가 받은 진단은 예상과는 달리 축농증은 아니었고, 그보다 여러 가지로 증세가 경미한 비후증이었다. 자세한 원인이나 그 구체적인 증상에 대해 별로 기억나는 것은 없지만 어쨌든 그것은 콧속의 살이 자라나서 콧구멍의 안쪽을 막아버리게 되는 병인데 그로 인해서 콧물이 짙어지고 두통이 생긴다는 것이 그때 의사로부터 들은 말이었다.
　치료 방법으로는 우선 수술과 차선책으로 약물 치료가 있는데 그 어느 쪽도 재발을 완전히 막을 수는 없다는 것이었다. 수술을 위해서는 잇몸과 입술 사이를 뜯고 안쪽을 드러내서 콧속의 자라난 살을 잘라야 했다. 수술 방법이 워낙 혐오감을 주는 것이었고 결국 코 안쪽의 살이 자라나는 것을 완전히 막을 수 없는 바에야 장기전을 펴는 편이 좋을 듯하다는 판단하에 그는 약물 치료를 선택했다. 그래서 지금은 전적으로 만족스럽지는 못하나마 거의 완치가 된 상태였다. 그러나 그가 요즘도 특히 환절기 때면 말하는 도중에 간간이 킁킁 소리를 내어 불쾌감을 주는 것은 바로 그러한 사실에서 연유한 것이었다.

그러나 그는 아무리 철저히 생각해보아도 그 병의 후유증이 현재의 코의 고통과 연관되는 것이라고는 생각되지 않았다. 비후증은 이전에 앓았던 하나의 질환에 불과한 것이었고 아무리 그 당시 코의 육체적인 고통이 심했었고 수술에 대한 공포에 시달렸다 하더라도 그것이 이제 와서 이런 식으로 그에게 덮쳐들었다고 생각한다는 것은 너무도 무리스러운 일이었다. 그래서 그는 비후증을 하나의 미약한 가능성만으로만 남겨놓았다.

머릿속의 먼지가 덮인 서가를 이 잡듯이 뒤져서 찾아낸 또 하나의 사건은 다소 우스꽝스런 것이었다.

그것은 그가 이전에 잠시 몸담았던 회사에서의 신입 사원 환영회가 있었던 날의 일이었다. 그날 그는 다른 몇몇 신입 사원들과 마찬가지로 권유와 부추김, 그리고 윽박지름이 적당히 뒤섞인 고참 사원들과 상사들의 요구대로 모두 몇 곡이나 되었는지 기억 못 할 정도로 많은 노래를 수시로 일어나서 불러댔고, 노래 한 곡을 소주 반 병으로 환산해서 그 노래 숫자보다 훨씬 많은 수의 소주병을 비웠었다. 그가 제정신이 어렴풋이 들었을 때 그는 다른 사원들의 부축으로 바로 자신의 집 대문 앞에 서 있었다. 아마 그는 집에 가야 한다고 고집을 부렸던 모양이었다. 이미 초인종을 눌렀는지 안에서 누군가가 나오는 기척이 들렸다. 취중에도 그는 어머니가 늦게까지 기다리시다가 나오시는 것이라고 생각했고 그런 모습으로 집 안에 들어설 수는 없다는 오만이 생겨서 옆의 두 사람을 뿌리쳤다. 그러나 양쪽에서 그의 팔을 단단하게 끼고 있던 그들은 완강히 그를 놓아주지 않았다. 그는 그의 몸만큼이나 취해 있는 자존심을 들먹이면서 사정을 했고 대문이 열리면서 그의 몸은 동료들로부터 자유로워졌다. 그리고 그는 막대기처럼 꼿꼿하게 앞으로 넘어갔고 얼굴 중에서는 앞으로 돌출한 코가 제일 먼저 시멘트 바닥에 닿았다.

그 후 그는 뼈에 금이 간 코를 반창고로 덮고 다니면서 기회가 있을 때마다 술 취한 사람이 놓으란다고 놓는 법이 어딨냐고 농담조로 투덜거리곤 했다. 그러나 한동안 반창고가 그의 시야를 방해했고 코에 많은 신경이 쓰이긴 했지만 이 기억 역시 그리 중요한 사건으로 여겨지지는 않았다. 그것은 단지 코와 관계되고 있다는 것 외에는 별다른 의미를 지니는 것이 아니었고, 그때 곧 반창고를 떼어냈듯이 쉽게 잊혀졌을 뿐 현재의 코의 고통에 어떤 영향을 미치는 것은 아니었던 것이다. 따라서 그는 그저 코에 관한 사건을 기억하는 것이 중요한 것은 아니라는 깨달음을 얻게 되었다. 그때 그는 어떤 쓸쓸한 기억이 그의 코끝과 함께 슬며시 떠오르는 것을 느낄 수 있었다. 그는 엄지와 검지로 코끝을 힘껏 비틀어 눌렀다.

그 기억이 그를 불쾌하게 만든 이유는, 그가 평소에 지니고 있던 어떤 믿음 때문이었다. 그는 코가 얼굴의 가장 앞에 위치하는 것인 바, 말하자면 간판인 것이므로, 그것은 곧 그의 자존심과 관계되는 것이라고 생각해왔던 것이었다. 그런 그의 코가 어느 날 한갓 손잡이로, 그를 앞으로 끌어당기기 위한 일종의 잡을 것으로 사용되었었으니 그 기억을 떠올린 지금도 그의 얼굴이 붉어지지 않을 수 없는 노릇이었다.

그것은 몇 년 전 겨울, 친구의 결혼식 하루 전에 함을 팔러 친구의 처갓집이 있던 시골로 내려갔을 때의 일이었다. 일의 화근은 그가 본의 아니게 소위 말이 되었다는 사실이었는데, 그는 마부의 역을 맡은 친구가 밀고 당기는 대로 끌려다녀야 했다. 마부는 짓궂게 구는 것이 오히려 예의라는 명분하에 많은 시간을 끌었고 결국 처가 쪽에서 나와 있던 한 사내를 지독히 화나게 만들었다. 그 사내는 갑자기 다짜고짜 그의 앞에 내달아 두 손가락으로 그의 코를 틀어쥐고는 잡아당기면서, 이 사람들이 함 팔아서 무슨 떼돈을 벌려 하나, 라고 소리를 질렀다. 그는 마치 송아지가 코뚜레를 뚫리는 듯한 아픔에, 놀라움에, 당황함에 어쩔 줄을 모르다가 그 사내를 땅바닥에 밀어버리고는 함을 벗어서 마부의 가슴에 던져버렸었다.

그 기억을 돌이켜보면서 그는 내내 코를 움켜쥐고서 고개를 가로 저었다. 그러나 잠깐 동안의 멍한 기분이 지나가고 나자 그 사건 역시 별로 중요한 것이 아니라는 생각을 하게 되었다. 그런 식으로 현재의 고통을 설명한다는 것은 분명한 어불성설이었다. 그렇다면, 그렇다면…… 그는 결국 그 상태로 상념을 중지시켜버리고는 세면대로 달려가서 요란한 소리를 내며 얼굴을 씻어냈다.

그는 전혀 웃음기 없는 얼굴로, 어떻게 들으면 우스꽝스럽기 짝이 없는 이 긴 이야기를 늘어놓고는 잠시 사이를 두었다가 갑자기 웃음을 억누르는 듯한 장난기 가득한 표정을 지으며 말하기 시작했다.

"내가 당하고 있는 식으로 생각해보면 사람들은 두 종류로 구분될 수 있지. 자기 자신의 코끝을 제대로 볼 수 있는 사람들과 그렇지 못한 사람으로 말이야. 자신의 코끝을 제대로 볼 수 있는 사람들도 역시 두 종류로 나눌 수 있어. 코가 제대로 솟아 있기 때문에 볼 수 있는 사람들과 워낙에 눈알이 돌출해서 그럴 수 있는 사람으로. 어떤가? 이게 내가 코의 고통 때문에 깨닫게 된 잡다하고 허튼생각들이야."

물론 이 말은, 그가 말을 마치고 코를 싸쥐면서 웃음을 터뜨렸듯이 그저 그런 재담이었지만 나는 그의 터무니없을 정도로 집요한 코에 대한 관심에 기가 질려버리고 말았다. 나는 그를 조금 놀래줄 생각으로 말했다.

"김형은 워낙에 자의식이 강해서. 결국 그 코라는 게 형의 자의식의 결정체인 건 아닐까?"

비록 농담식으로 이런 말을 했지만 그때 나는 어처구니없게도 나의 말이 상당히 진실에 접근한 것이라고 믿어 의심치 않고 있었다. 그러나 그 후 나는 지극히 예민한 그에게 내 나름으로는 정확한 판단이라는 믿음하에 자의식 운운하여 그의 자의식을 더욱 팽배시키고 상처를 입혔다는 다분히 추상적인 회한을 느끼고 있었다. 나는 그의 코의 고통이 돌아갈 길을 끊어버린 것이었다. 나의 말을 듣고 그는 희미한 미소를 띠며 한 손을 코에 얹고는 묵묵히 앉아 있었다.

그리고서 약 일주일이 지난 후에 그는 자신의 코를 얼굴에서 제거하려 한 것이었다.

그 일주일 동안에 그가 칼을 들어, 그의 표현대로 성기를 잘라버리는 것과 다름없이 자신의 코를 베어버리게 된, 내가 모르는 어떤 직접적인 동기가 유발되었었는지 아닌지는 알 수가 없다. 예를 들어 이발소에서 면도를 하다가 코 옆을 스쳐가는 칼날의 섬뜩함에 충격을 받아서 그런 것인지도, 아니면 아침에 거울을 바라보다가 너무 자주 주물러서 코에서 통증이 느껴지고, 그래서 코가 실제로 커지는 듯한 환각을 보았기 때문에 충동적으로 그런 행동을 벌인 것인지도 모르는 일이다.

그러나 그 동기 자체는—물론 내가 모르고 있기 때문이기도 하지만—그리 중요한 것은 아닐 것이다. 겨울 찬 바람에 코가 유난히 시렸기 때문이건, 아니면 도대체 자기의 코가 어떻게 생겼는지 손에 올려놓고 자세히 살펴보려 했던 것이건, 자의식의 혹을 떼어내기 위해서였건, 그 근본적인 동기는 아주 미묘한 코의 고통에 그 근거를 두고 있을 것이다. 그리고 비록 그 자신이 자신의 코를 잘랐다는 것이 분명한 사실이기는 하지만, 눈 감으면 코 베어가는 세상이라는 속담처럼 그를 잘 알고 있는 나로서는 세상을 자꾸 눈 감고 살아가려는 그의 코를 누군가 다른 사람이 잘라버린 것이라는 느낌에서 벗어날 수가 없다.

앞에서 말한 이 모든 사실 덕분에 나는 어제 저녁 그가 코를 자르던 순간의 정황을 눈앞에 보듯이 자세히 그려볼 수 있다는 생각이 들며, 그것이 단순한 추측 이상이라는 것에 대해서도 어느 정도 자신이 생기는 것을 스스로 느끼고 있다.

그는 어제 저녁 출장에서 돌아와서 이젠 어머니가 안 계신 방에 여동생이 잠들어 있는 것을 확인하고 불도 켜지 않은 채, 유리창을 투과하여 들어오는 가로등의 어슴푸레한 불빛 속에서 여행용 가방의 지퍼를 열었을 것이다.

그리고 그 속에서 면도용 칼을 꺼냈을 것이다. 그는 칼의 날을 한 번 살펴보고 욕실로 갔을 것이다.

  욕실의 불이 그의 눈을 부시게 했지만 그는 굳이 눈을 부릅뜨고 견뎌내려 했을 것이다.

  그는 칼을 든 채 세면대에 물을 틀어놓고는 거울 속을 들여다보았을 것이다. 그리고 코라는 것은 부끄러움이며 동시에 뻔뻔스러움이라고 생각했을 것이다.

  그는 이제 어떤 결단이 코앞에 닥치고 있다는 것을 느끼고 있었을 것이다. 그러나 그는 코가 없는 편보다는 오히려 팔이나 다리 한쪽이 없이 살아가는 편이 훨씬 수월할 것이라고 생각했을 것이다.

  그때 그는 또다시 코끝에 바늘이 꽂히는 듯한 고통을 느꼈을 것이다. 그러자 여느 때와 마찬가지로 코가 부어올라서 그의 시계를 가로막기 시작했을 것이다.

  어떤 쪽이나 고통은 마찬가지라 생각하여 그는 왼쪽 손으로 코끝을 잡고 오른손에 든 칼날을 위로 치켜들었다가 밑으로 내리그었을 것이다.

  너무 급작스러운 일이라서 약간 비스듬히 그어진 칼날은 코끝을 잘라내고는 왼손의 아래쪽 세 손가락에도 차례로, 일직선으로 깊은 상처를 냈을 것이다. 그의 비명 소리는 면도칼 떨어지는 소리에 간단히 묻혀버렸을 것이고 욕실 바닥과 세면대는 삽시간에 뻘겋게 칠해지기 시작했을 것이다.

  그는 화장지를 뽑아 세면대의 물 속에 잠겨 있는 코를 찾아내어 그것으로 싸서 휴지통을 열고 던져넣었을 것이다.

  이상으로 나는 그와 그의 코에 대한 추론을 마쳤다. 이미 꽤 늦은 시각이었다. 나는 손으로 얼굴을 몇 번 쓱쓱 문지른 후에 옷을 모두 벗어버리고 자리 속을 파고들었다. 그러지 않고는 잠이 들 것 같지가 않았기 때문이었다. 어둠 속에서 나는 코끝을 하늘로 향하고서 반듯이 누웠다. 그때 나는 분명히 느낄 수 있었다. 코끝에 약간의 근질거림이랄까, 뻐근함이랄까, 어쨌든 낯선 감각이 느껴졌던 것이다.

 나는 어두워서 보이지는 않았지만 나의 코가 왕성한 세포 분열을 하면서 커지는 것을 알 수 있었다. 그러나 그것은 김공도의 경우와는 달리 일종의 희열감을 동반했다. 이대로 잠이 들면 나의 코는 방안을 가득 채울 것이고, 어쩌면 천장을 뚫고 차가운 밤하늘로 고개를 내밀지도 모르는 일이었다. 나의 코는 무한히 팽창했고, 나는 깊은 잠에 빠져들었다. 〔1984〕

소리에 대한 몽상

 서울 시내의 제법 번화한 도로변이 대개 그러하듯이 지금 그가 높은 의자에 앉아 있는 곳의 대기 속에도 온갖 소리들이 가득 차 있었다. 물론 그곳은 길거리인지라 차량들의 엔진 소리와 차바퀴가 바닥에 마찰되는 소리, 소리라기보다 소음에 가까운 것들이 주종을 이루고 있긴 했지만 그래도 약간의 주의만 기울인다면 그외의 더 많은 종류의 소리도 들을 수 있었다. 말하자면 길거리에 앉아 있어야 하는 직업을 가지고 있는 그는 이제 약간의 경력에 의해 시끄러운 자동차들의 소음 속에 파묻혀 있는, 그래서 간간이 단편적으로 드러나는 행인들의 말소리들, 그들의 몸이 내는 소리들, 여하튼 사람들이 만나고 헤어지고 살아가면서 내는 모든 소리들을 놓치지 않고 들을 수 있었다.
 그러나 하루 종일 울리는 높은 데시벨의 소리들은 그의 청각기관을 멍멍하게 했고 머릿속 더 깊이 파고들어서 가끔 두통을 일으켰다. 그러한 시달림 때문인지 아니면 실제로 어떤 이물질 때문인지 귓속이 근지러움을 느낀 그는 한 손에는 배차 시간표를 들고 오른쪽 새끼손가락으로 역시 오른쪽의 귓속을 후볐다. 그러나 귓속의 기묘한 고통은 그의 손가락 끝이 닿을 수 있는 곳 너머에 있었다.

그때 그는 손가락을 귓구멍 속에 넣은 채로 아주 이전의 어떤 기억을 떠올렸다. 그것은 그가 중학교 시절에 단체 관람으로 보았던, 홍콩에서 만들어진 것으로 생각되는 쿵푸 영화에 관한 것이었다.

영화 속의 주인공은 주사위로 하는 도박에 끼여들었었는데 그는 극도로 예민한 청각을 지니고 있어서 위아래로 덮여진 사기 그릇 속에서 주사위 두 개가 흔들리는 소리만 듣고도 그 주사위들이 바닥에 떨어져서 가리키게 될 숫자들의 합까지 계산해낼 수 있었다. 하지만 그 장면이 그의 뇌리에 이토록 오랜 후에도 간간이 떠오르는 것은 그 주인공이 자신의 의지대로 귀를 움직일 수 있었다는 사실 때문이었다.

그릇 속에 감추어져 있는 주사위가 딸그락 소리를 낼 때마다 그 소리에 맞추어 주인공의 귀는 마치 개의 그것처럼, 혹은 작은 부채처럼 앞뒤로 약간씩 접혀졌다가 다시 펴졌다 한다. 결국 그는 많은 돈을 따게 되고 이에 놀란 도박장측에서 사기를 치려 하지만 그는 새로 바뀐 그릇 속에서 주사위 부딪치는 소리가 심상치 않음을 깨닫고 그릇을 빼앗아 그 속에 감추어진 이중 구조를 사람들에게 폭로한다. 영화의 대부분은 그 당연한 귀결로서 도박장측 그리고 그쪽에서 고용한 폭력배들과 애초에 사부의 원수를 갚기 위해 그곳에 침투했던 주인공과의 혈전으로 일관되는 것이었지만 지금 그에게 있어서는 오직 주인공이 귀를 움직이는 장면만이 또렷이 기억되고 있을 뿐이었고 그때 영화를 보고 나서 그의 마음속에 얻어진 것은, 신경선이 파들거리며 살아 있는 그 귀야말로 진정한 의미의 살아 있는 귀라는 느낌이었다.

그 당시 그 영화를 본 그의 친구들 대부분은 그 나이 또래의 치기에 따라 영화의 주인공을 흉내내서 각자 자기들의 귀를 움직여보려고 무단히 애를 썼었다. 그 역시 예외는 아니어서 인류의 조상들이 먼 역사의 한 시기에 움직였었음에 틀림없는 귀의 근육을 되살려보기 위해 노력했었다. 그는 그때까지만 해도 콧구멍을 벌름거릴 줄도 몰랐기 때문에 우선 콧날개를 움직이는 것부터 시도했다. 그러나 코에 있어서는 그 성과가 쉽게 나타났지만 그의 친구들 모두가 그러했듯이 도대체 귀에 쏟은 노력은 손톱만큼의 결과로도 ─ 하다못해 귓날이 약간 떨리는 정도로도 ─ 보상받지 못했다. 그것은 마치 닿을 수 없는 먼 나뭇가지에 걸기 위해 신경선이라는 밧줄을 번번이 헛되이 던지는 행위와 다를 바가 없었다.

눈을 뒤집고 코를 쫑긋거리고 입술을 뒤트는 등, 온갖 우스꽝스런 표정을 지어가며 귀에 신경을 집중시켜보려 했지만, 심지어 목줄기에 힘을 주고 온몸을 비틀어보았어도 그의 신경은 겨우 목 뒤쪽의 근육에까지밖에 다가가지 못했다. 덕분에 그의 친구들의 노력이 매번 수포로 돌아갈수록 그들이 영화의 주인공에 대해 지니고 있던 선망은 더욱 커갔고 바로 그렇기 때문에 그는 그 장면을 지금도 잊지 못하고 있는 것이었다. 일부에서는 그것이 카메라 조작일 것이라고 주장했으나 그를 포함한 대다수의 중학생들은 훈련만 잘하면 귀를 움직일 수 있으며 실제로 그런 사람들이 있다는 것을 믿고 있었다.

그 후 그 기억이 간간이 떠오를 때마다 항상 그러했듯이 그는 의자에 앉은 채로 귓구멍에서 손가락을 빼고는 또다시 귀에 신경을 집중시키기 시작했다. 그러나 그는 길을 지나는 버스에서 눈을 뗄 수 없는 형편이었으므로 지금은 그러한 노력을 수행하기에 적절한 시기가 아니었다. 그는 몇 번 안면을 찡그리고 목덜미를 긴장시켜가며 속으로, '귀여, 귀여'를 중얼거리며 그쪽에 신경을 걸어보려 하다가 스스로의 표정에 멋쩍은 웃음을 지으며 여느 때보다 더 간단히 포기해버렸다. 그도 그럴 것이 그런 시도를 할 때마다 보통 그의 얼굴 표정은, 일단 눈은 위로 비스듬히 치켜떠지고 콧날개는 최대한으로 펼쳐지고 입은 끝이 동그랗게 되어 시선의 방향과 반대쪽으로 뒤틀리고 목은 어깨 속으로 파묻혀버리곤 하기 때문이었다.

지금 그는 시끄러운 길거리, 은행 건물의 벽에 붙어 있는 바닥으로부터 1.5미터쯤 되는 높이의 의자 위에 앉아 있었다. 의자는 그가 쉽게 길 건너편까지 볼 수 있도록, 그리고 좌석 버스 안쪽까지 들여다볼 수 있도록 특별히 높게 만들어진 것이었다. 따라서 앉아 있는 그의 눈 높이는 그가 어떤 자세로 앉아 있건간에 최소한 2미터 이상이 되었고 그쯤 되고 보니 길을 지나는 모든 사람들은 눈 아래로 내려다보기에 충분했다. 그가 이 직무를 맡고 있으면서 어떤 의미로든 보람이라거나 만족을 느끼는 경우가 있다면 그것은 눈을 내리깔고서 사람들을 바라볼 수 있다는 사실이었다.

그러나 그는 한가로이 사람들의 머리통들을 바라보고만 있을 수는 없었다. 그는 배차(配車)라고 불리는 직업을 가지고 있었는데 길 이쪽 편을 지나는 51번 좌석 버스를 일일이 점검하여야 했다. 그는 그 차들이 그곳을 지나는 시각과 그때 버스 속에 탄 인원을 확인하여서 손에 들고 있는 배차 시간표의 시(時)라고 씌어진 칸에 그 시각을 분 단위까지, 그리고 수(數)의 칸에 차 안의 승객 수를 기입해 넣어야 하는 것이었다. 그래서 신호 대기 문제로 벌어지는 차들 사이의 간격을 운전 기사들에게 때로는 말로, 때로는 두 손의 제스처로 알려주어야 했다. 길 건너편을 지나는 51번 좌석 버스의 경우에 있어서는 기록을 할 필요는 없었지만 역시 그 시간 간격을 그쪽의 운전 기사들에게도 알려주어야 했다.

그의 앞을 지나가는 사람들은 대개 그의 존재를 의식하지 못했다. 그러나 때로 옆으로 흘깃 사다리가 달린 긴 의자를 발견하고는 그 사다리를 빠른 속도로 밟아 올라온 행인들의 시선이 그의 얼굴에 고정되곤 하는 적도 물론 있었다. 그때 그들은 순간 당황해하거나 마치 무언가 스스로 손해를 당한 느낌과 그에 대한 아니꼬움을 감출 수 없다는 표정을 짓곤 했다.

의자에 오래 앉아 있는다는 것은 그리 쉬운 일이 아니었고 특히 앉는 자세가 단정치 못한 그는 항상 팔걸이에 한쪽 팔을 기대고 비스듬히 앉아 있기 때문에 자주 높은 의자에서 내려와 가볍게 팔다리 운동을 해야 했다. 보통 그는 인도 한복판에 서서는 길 건너편의 정류장과 이쪽의 정류장, 양쪽을 살피기 위해 고개를 좌우로 번갈아 돌리면서 팔을 움직이고 무릎을 가슴까지 들어올리곤 했다. 그래서 어떤 때에는 시선을 내리깔고서 걸어오던 여자들이 길 가운데 서 있는 그를 바로 앞에서야 발견하고는 그의 기괴한 행동에 깜짝 놀라 나직한 비명 소리를 지르며 옆으로 비켜가곤 했다.

결국 그는 오후 두시부터 시작해서 아홉시나 열시쯤 교대를 할 때까지 완전히 혼자서 이 경황이 없으면서도 지루한 작업을 해나가야 했는데, 그러다 보니 그는 항상 그의 좁은 귓구멍 속으로 아우성치며 빽빽하게 밀려드는 길거리 소리들에 완전히 수동적으로 내던져져 있었다. 따라서 그가 어떻게든 이 소리에 길들여지든가 아니면 그것들을 어떤 나름의 방법으로 정복하든가 하는 일이 필요했다. 그러나 그는 아직 그 일의 전문가답게 그런 소리들에 무감각해지거나, 아니면 반대로 그 소리들에서부터 어떤 소소한 소일거리를 이끌어낼 수 있는 능력까지는 얻지 못하고 있었다.

그러나 엄밀히 말하면 그에게 그런 기회가 전혀 없는 것은 아니었다.

그는 의자 옆의 맨홀 뚜껑 위에 올라섰다. 그 밑은 아마도 건물 뒤쪽의 아파트 단지와 연결되는 하수도인 모양이었다. 그곳에 올라서면 그는 땅속에서 물 흐르는 소리와 물의 흐름에 따른 미세한 진동을 느낄 수 있었다. 그러나 사실 차량의 운행이 많은 이런 대낮에는 그런 감각을 제대로 느낄 수는 없었다. 벌써 오래전 아침 근무를 하던 어느 날 새벽에, 그는 사무실로 가기 위해 그곳을 지나다가 잠시 그 맨홀 뚜껑 위에 멈추어 서 있었던 적이 있었다. 차들은 간간이 한두 대씩 빠른 속도로 지나다니고 있을 뿐이었다. 그때 그는 아주 낮은 물의 흐름 소리와 그 진동을 느꼈었다. 아직 잠이 덜 깬 귀로 들려오고 무딘 발바닥의 감각으로도 확인되는 그 소리는 그 스스로도 놀랍도록 그가 잊고 있던 많은 것들을 상기시켰었다. 소리라는 것은 냄새라거나 색깔, 그리고 육체적인 감각과 쉽게 연관이 되는 모양이었다.

우선 그는 여자의 벗은 아랫배에 귀를 대고 누워 있는 듯한 기분을 느꼈다. 그리고 그가 처음으로 사람의 아랫배에서는 시냇물 흐르는 소리가 항상 들리고 있다는 것을 깨달았을 때의 놀라움을 거의 그대로 다시 한 번 느꼈다.

그러자 곧 감겨진 그의 눈앞에 훨씬 멀리 그로부터 떨어져 있던 전혀 예기치 못한 기억의 편린들이 눈앞에 펼쳐졌다. 그것은 바닥의 돌들에 푸른 이끼가 끼어 있는 시냇물, 그 주변의 덤불들, 나뭇가지나 마른 솔잎으로 불을 지피던 아궁이, 그리고 계속해서 냄새, 냄새, 매캐한 연기, 밭에서 풍기던 두엄 냄새…… 그는 가슴이 벅차오르는 것을 느꼈다. 그것들은 그가 서울로 도피해왔던 이후로——어떤 이유, 어떤 의미로든 서울보다 더 좋은 도피처가 그 어디에 있겠는가!——떠올려보지 않았던, 아니 결코 그리움 같은 것을 느껴보지 못했던 것들이었다.

그때 그가 처음으로 아이러니컬하게도 더러운 폐수가 흐르는 하수도의 뚜껑 위에 서서 되살려본 감각이 너무도 생생했던 터이라, 지금처럼 소음들 때문에 전혀 물 흐르는 소리가 들리지 않는 대낮에도 그 위에 올라서면 그 생생함의 정도는 훨씬 약하지만 다시 그때처럼 가슴이 퍽 젖어드는 기분을 느낄 수 있었다.

피곤하고 지루한 틈 사이사이에 이런 경험을 가질 수 있다는 사실에 의해 그는 자신이 이 직업에 있어서 조금씩 전문가가 되어가고 있다는 만족감을 느꼈다. 그래서 만약 사람들이 각각 어떤 이명이나 환청 같은 것을 가져야만 하고 그것을 선택할 수 있다면 그 자신은 그것이 물 흐르는 소리거나 최소한 그것을 닮은 소리이기를 바라고 있었다.

이외에도 높은 의자에 앉아 있는 그에게 아래쪽에서부터 위안을 주는 목소리가 있었다. 남녀노소를 가리지 않고 많은 사람들이 자주 그에게 버스 노선이나 길을 물어오는 것이었다. 특히 그는 어린 여자 아이의 당돌한 목소리를 좋아했다.
"아저씨. 아저씨."
양쪽으로 갈라서 땋은 머리를 뒤로 젖힌 여자 아이가 조그맣게 내려다보였다.
"응, 그래. 너 혜영이구나."
"아니에요, 저는 혜영이가 아니에요."
"아, 그래, 그래. 왜 그러니 정화야?"
"아니에요, 제 이름은 정화가 아니에요. 저는 진경이에요. 아저씨는 거기 앉아서 뭘 하세요?"
그러나 이러한 정갈한 대화는 성인들에게는 통하지 않을 것이었다. 길을 물어오는 사내에게 "길 건너서 오른쪽 두번째 골목으로 들어가십시오, 최관조씨"라고 말할 수는 없는 것이기 때문이었다.
그는 하수도 뚜껑 위에 서서 시냇물 소리를 듣기 위해 다시 한 번 귀를 접어서 아래로 향하게 해보려 했다. 이럴 때의 실패는 더욱 가슴 아픈 일이었다. 귀를 움직이는 것으로 말하자면 그는 그런 능력을 가진 한 사내를 알고 있었다. 사실 그가 소리라는 것에 민감해지고 각각의 소리에서 어떤 감각을 느낄 수 있었던 것, 그래서 소음에 찌든 그의 귀에 몇 개의 신비하고 청량한 소리를 깨우쳐주어서 그에게 신선한 충격을 준 것도 알게 모르게 그 사내의 덕분이라고 할 수 있었다. 돌이켜보면 그는 어떤 식으로든 그 사내를 만날 수밖에 없는 상황에 있었다.
대략 한 달 전쯤의 어느 날 그는 늦은 시각에 귀가하고 있었다. 그의 거처는 걸어서 십 분쯤 걸리는 곳에 위치한 열 평 남짓

한 아파트였다. 그는 자신이 삼 년 전에 저지른 사건으로 인한 화병이 거의 대부분의 이유가 되어 돌아가신 홀어머니의 유산과, 절약이라는 자기 자신의 노력으로 고향을 떠나 서울로 온 후 겨우 얼마 전에 이 아파트를 구할 수 있었다. 저금 통장 속의 약간의 액수를 제외하고는 이것이 그의 전재산이었다.

그 어느 날 그는 벤치가 놓여진 작은 공원을 지나 자신의 아파트 쪽으로 걸어가고 있었다. 그때 왼쪽으로 뻗은 길 멀리에서 한 남자가 비틀거리며 다가오는 것이 보였다. 술에 잔뜩 취해 보이는 사내는 기이하게도 한 손에 손전등을 들고 있었다. 어떻게 보면 몇 번 마주친 적이 있는 듯한 빈약한 어깨를 가진 그 사내는 고개를 떨구고 발길에 몸을 맡기며 갈짓자로 걷고 있었고 두 팔은 아래쪽으로 축 늘어뜨린 상태였기 때문에 불이 켜진 채로 오른손에 들려진 손전등은 바닥에 커다란 원을 그리고 있었다. 그 원은 낯선 사내의 팔의 움직임에 따라 계속해서 앞뒤로 크게 흔들렸다. 사내의 왼발이 앞으로 나오고 오른손이 앞으로 뻗쳐질 때는 회중전등의 불빛도 앞쪽으로 날아와서 앞에서 걸어가고 있는 그의 발 밑에까지 이르러 커다란 타원형을 잠깐 동안 그려냈고, 사내의 오른발이 나오며 오른손이 뒤로 돌려질 때면 전등의 불빛은 뒤쪽으로 멀리 어둠 속으로 확산되어서 사라지는 것이 끊임없이 반복되었다.

그가 왼쪽 길로 접어들어 계속 걸어가자 사내의 행로도 그쪽이었는지 불빛의 벌건 타원이 그를 따라오면서 규칙적인 간격을 두고 그의 발 밑을 밝혔다가 사라지는 것을 집요하게 되풀이했다. 불빛이 앞으로 날아오는 순간에 발 밑이 밝아져서 자갈이나 담배 꽁초 같은 것들이 눈으로 확연히 들어올 때마다 그는 발바닥이, 아니 하체가 화끈 불에 덴 듯한 열기를 느낄 수 있었다. 그는 걸음을 빨리해서 그 빛의 사정권에서 벗어났다.

그러나 얼마 후 뒤에서의 빛이 더 이상 그에게 느껴지지 않게 되었을 때 그는 이번에는 아직까지 의식하지 못했던 낯선 소리가 울리는 것을 들었다. 그 소리는 마치 탭댄스의 박자와 유사하게 따그르댁 따락 딱 따그르 댁거리면서 울렸다. 그는 걸음을 계속하면서도 뒤에서 울리는 그 소리를 떨쳐버릴 수가 없었다. 뒤쪽의 사내는 일부러 구두 바닥으로 땅을 차면서 걷고 있었다. 한쪽 발이 바닥과 부딪치고 공중으로 떠오르면서 기묘한 소리가 들렸고 다시 다른 쪽 발에서도 마찬가지로 딱 소리 후에 따그락거리는 소리가 들렸다. 그 낯설고 묘한 화음에 빠져들던 그는 곧 그 소리의 정체를 알 수 있었다. 구두의 뒤축에는 빈 공간이 있는데 바닥이 마멸되면 그곳에 구멍이 생겨서 작은 자갈 같은 것이 들어가는 수가 있었다. 그 자신도 언젠가 그런 경험을 한 적이 있었는데 걸을 때마다 뒤축 속에서 자갈 부딪는 소리가 들려서 구두를 바꾸어버렸었다.

그는 뒤쪽으로 당겨지는 신경을 끊어버리고 더욱 걸음을 빨리하여 그 소리로부터도 벗어났다. 그가 서두름에 따라 그의 발소리는 더욱 크고 신경질적으로 울렸고 그 소리는 아파트의 입구 속으로 스며들었다가 어둠 속에 웅크리고 앉아 있는 괴물의 이빨 사이로 흘러나오는 신음 소리로 반향이 되었다. 그는 습기, 먼지, 페인트 따위가 온통 뒤섞인 냄새를 맡으면서 327동의 입구로 들어섰다.

5층 건물을 완만히 기어오르고 있는 층계의 제일단에 발을 올려놓자, 마치 축축하고 끈끈한 가죽을 가진 어떤 생물체의 등줄기를 밟은 듯한 물컹 하는 현기증이 느껴졌다. 그러나 그는 어쨌든 다리의 근육을 가장 덜 긴장시키려는 노력을 하면서 계단을 하나씩 밟아 오르기 시작했다. 그가 첫번째 층계참에 이르렀을 때에야 그는 자신이 조금 전에 느꼈던 생소한 이질감의 원인을 알 수 있었다. 일층의 양쪽 현관문들 사이에 붙어 있는 보안등 불빛이 끊임없이 깜박거리면서 그가 한 단을 오를 때마다 거의 한 번씩 꺼졌다가 다시 켜지곤 했기 때문이었다. 불빛에 따라 그의 발걸음도 순간순간 절단되었고 따라서 그는 잠깐의 어둠 후에 다시 주위가 밝아져서 계단의 각이 드러날 때마다 발끝이 저려오는 것을 느꼈다. 그러나 그는 난간을 잡지 않고서 발걸음을 규칙적으로 떼어놓는 데에 전념했다. 조금 전의 규칙적으로 번득거리던 손전등의 불빛과 지금 명멸하는 형광등 불빛의 우연적인 일치는 그를 더욱 피곤하게 했다. 이층의 불빛은 이번에는 아주 침침했으나 그런대로 발 밑을 건사할 만은 했다.

집 안으로 들어간 그는 불도 켜지 않은 채 의자에 앉았다. 이토록 지독한 피로가 느껴질 때면 그는 접시에 떠놓은 생선회의 어떤 절실함, 알알함을 자주 온몸으로 느끼곤 했는데 왜 그런 연상이 머릿속에서 이루어지는지는 자신도 잘 모르고 있었다. 그때 조금 전의 그 기묘한 발소리가 다시 들려왔다. 그 소리는 아주 천천히 계단을 올라와 사층을 지나 오층까지 올라갔고 잠시 후 철문이 닫히는 소리가 아파트 전체를 울렸다.

그가 구두로 명랑한 타음을 내던 그 사내의 방문을 받은 것은 그로부터 며칠 뒤의 일이었다. 그날 그는 비번이어서 저녁에나 잠깐 사무실에 들러서 잡무를 정리해주거나 그렇지 않으면 아예 나가지 않아도 상관이 없었다. 숙취로 인해 늦게 일어난 그가 목덜미가 뻐근해질 정도로 오랫동안 고개를 뒤로 젖히고서 의자에 앉아 있을 때 초인종이 울렸다. 방문을 열면 곧 현관이었으므로 그는 고개를 뽑아서 누구냐고 물었다. 밖에서는 잠시 있다가 바로 위층에 사는 사람이라는 대답이 들려왔다.
　그는 머리를 스쳐가는 전날의 몇 가지 기억 때문에 호기심을 느끼며 문을 열었다. 그러자 그가 문을 40도 정도도 채 열지 않았을 때 얼굴 하나가 쑥 들이밀어지면서 문이 안쪽으로 밀렸다. 그는 약간 불쾌감을 느끼며 사내의 얼굴을 바라보았다. 그는 사내의 모습을 기억할 수 있었다. 그는 어둑어둑한 저녁 무렵 슬리퍼를 신고 아파트 입구의 계단에 쭈그리고 앉아 있는 그 사내의 모습을 자주 보곤 했던 것이었다.
　돌연한 방문객의 용건은, 위층의 베란다에 걸어두었던 와이셔츠가 날려서 사층, 즉 그의 베란다의 난간에 걸려 있으니, 실례지만 그것을 가져다주시겠느냐는 것이었다. 그가 베란다의 알루미늄 섀시 문을 열고 보니 그 말대로 흰색 와이셔츠가 난간에 아슬아슬하게 거꾸로 걸려 있었다. 그는 혹시 저 사내가 일부러 이런 수작을 벌이는 것이 아닌가 하는 의심을 하면서 그것을 걷어다가 넘겨주었다. 사내는 와이셔츠를 어깨에 걸치고는 인사치례와 함께 묘한 소리를 하여 그를 어리둥절하게 했다.
　"감사합니다. 근데 어제는 꽤 과음하셔서 고생을 하시는 것 같던데요."
　"예? 어떻게 아시고 그런 말씀을 하는 겁니까?"
　"소리를 들었죠."
　"소리라뇨?"
　"소리 말입니다. 부딪치는 소리, 토하는 소리, 밤새 잠 못 이루고 뒤척이는 소리, 그런 것 말입니다."

　말을 마친 사내는 스스로 문을 닫고 그의 시야에서 사라졌다.
　그날 그는 낮 시간을 잠으로 때웠다. 그러나 잠이 깨고 나자 그는 도저히 나머지 시간마저 방 속에서 해결할 자신이 없었다. 그렇게 되면 그는 자신의 방에 갇혀 있다는 느낌을 갖게 될 것 같았다. 그는 대충 옷을 꾸려입고 밖으로 나와서 열쇠를 돌렸다. 그때 그는 위층의 사내에 대한 궁금증이 생기는 것을 느꼈다. 자물쇠 잠기는 소리가 그에게 왠지 의미심장하게 들렸던 모양이었다. 그는 계단을 몇 개 올라가서 507호의 굳게 닫힌 철문을 올려다보았다. 그 문 옆으로는 옥상으로 올라가는 검은색 사다리가 매달려 있는 것이 보였다. 아파트의 건물은 오층으로 끝나 있는 것이 아니라 더 위쪽으로 올라갈 수 있는 것이었다.
　그는 계단을 올라가서 주저하지 않고 사다리를 타고 오르기 시작했다. 사다리가 끝나는 곳에는 사각 철문이 덮여 있었는데 잠겨 있지는 않았다. 그가 그것을 밀어올리자 덜커덩하는 요란한 소리와 함께 문이 열렸다.
　옥상 위로 상체를 내밀자 바람이 모래와 먼지를 쓸어와 얼굴을 때렸다. 그는 사막에서 목 밑까지 땅에 파묻혀 있기라도 한 듯, 얼굴을 돌리지도 못하고 흙먼지를 고스란히 뒤집어썼다. 그가 완전히 오르고 나서 발로 밀자 철문이 요란한 소리를 내며 닫혔다. 주위에는 함석 조각들, 둥글게 말려 있는 로프, 부서진 의자나 가구 더미 등이 여기저기에 흩어져 있었다. 그는 건물의 앞쪽으로 걸어갔다. 난간 대신에 허벅지 높이의 담이 옥상 둘레를 한바퀴 돌아서 제자리로 정확히 돌아와 있었다. 그는 손가락을 몸 쪽으로 하여 두 손바닥으로 담 위를 짚고 그 위에 상체의 무게를 실었다. 같은 높이의 아파트 건물들이 주위에 가득히 들어서 있었다.

아래쪽에서는 귀가하는 사내들과 쇼핑을 하고 돌아오는 여자들의 분주한 모습들이 보였다. 그는 몸을 일으켰다가 한쪽 엉덩이를 담 위에 걸치고 고개를 빼서 밑을 내려다보았다. 아래쪽의 사람들은 누군가가 위에서 그들을 내려다보고 있으리라는 사실을 전혀 염두에 두지 못하고 있었다. 가벼운 옷차림의 한 여인이 보통 걸음으로 걸어오고 있었다. 그는 상체를 더 숙여서 그 여인이 바로 밑을 지나는 순간을 포착했다. 그녀의 단단한 어깨와 풍만한 가슴의 단면이 그의 눈에 확연히 들어왔다. 그때 그는 옥상의 철문이 덜컹 열리는 소리에 뒤를 돌아보았다. 옥상 위로 위층의 사내의 얼굴이 쑥 올라왔다. 그는 사내가 완전히 올라와서 슬리퍼를 끌며 그에게 다가오기 시작할 때까지 그쪽을 바라보다가 다시 고개를 밑으로 돌렸다. 그의 옆으로 다가와 그의 시선이 향한 방향을 내려다보면서 그 사내가 말했다.

"위를 올려다보는 사람은 한 사람도 없죠?"

사내의 말에 그는 대답 없이 고개를 들어서 바람에 흐트러진 머리카락 사이로 상대방의 눈을 바라보았다. 사내가 약간 얼굴을 돌렸을 때 그는 머리카락 사이로 사내의 귀를 바라보았다. 그 귀는 꽤 크고 길었으며 두툼했으나 아래쪽으로는 귓밥이 거의 없이 쪽 곧은 선을 그으면서 옆볼로 연결이 되어 있어서 언뜻 첫인상이 짧은 칼을 연상시켰다. 그는 마음속으로 그 사내를 칼귀라는 별명으로 불러야겠다고 생각했다. 칼귀의 사내가 머리를 쓸어올리며 말했다.

"형씨의 싱크대에서는 수돗물이 제대로 잠기지 않았는지 물이 계속 떨어지고 있더군요."

그러나 그는 상대의 말에 별 흥미를 느끼지 못하고 있었다. 그러자 사내는 자신의 말이 객쩍은 농담으로 들렸다고 생각했는지 몸짓을 써가며 덧붙여서 말했다.

"나는 바닥에 납작하게 엎드려서 귀를 밀착시키고 아래층의 소리를 듣죠. 특히 한밤중에는 소리가 잘 들립니다. 물론 그건 소리라기보다 아래층의 소리가 천장에 부딪혀서 진동이나 울림으로 전해지는 것이지만 그 울림 속에서도 웅얼거리는 말소리, 물건 부딪는 소리, 걸어다니는 소리 등이 구별됩니다. 더구나 그 울림을 오래 느끼다 보면 조금씩 그 소리들을 분류할 수 있는 전문적 기술을 얻게 되는 것이죠. 형씨가 이사오기 전에는 재미있는 소리를 많이 들었습니다. 방사(房事)하는 소리까지 말이죠. 하지만 형씨는 재미없게도 별로 소리를 내지 않더군요."

그는 하마터면 사내에게 '죄송합니다'라고 말할 뻔했지만 입을 다문 채로 계속 상대의 칼귀를 바라보기만 했다.

"물론 나는 벽에다 귀를 대고 옆집의 소리도 듣죠. 그러나 역시 아래층의 소리를 듣고 그 소리의 정체를 판단하는 것이 쉽습니다."

그는 자신의 의도에 상관없이 칼귀를 가진 사내의 말에 흥미를 느끼고 있었다.

"물 떨어지는 소리가 들리던가요, 똑 똑 하는?"

그의 질문에 이번에는 사내가 대답 없이 웃으며 그를 바라보았다. 그는 몸을 일으켜 담에서 멀어지며 물었다.

"왜 그런 짓을 하죠?"

"뭐랄까, 심심할 때 하는 취미 생활이죠. 게다가 그러고 있으면 오히려 좁은 방 속에서도 신비스럽고 자유로워지는 느낌을 가지게 됩니다. 자유로워진다는 것 말요. 이렇게 말하면 이해할 수 있겠어요?"

사내가 그의 뒤를 따르며 대답하고는 계속해서 말하기 시작했다.

"근데 좀전에 갑자기 쾅 하는 소리가 두 번 들리더군요. 한 번은 출입문이 닫히는 소리여서 처음엔 형씨가 외출하는 소리로만 알았는데 곧 옥상문 열리는 소리가 들리더군요. 그래서 나도 이렇게 올라왔죠."

그는 다소 기분이 언짢아진 표정으로 물었다.

"당신은 날 감시하고 있는 거요?"

"아, 그런 건 절대 아닙니다. 나는 그저……"

"일전에 와이셔츠 건으로 나를 방문했을 때에도 어떤 의도가 있었던 건 아닙니까?"

"예민하시군요. 다 말씀드리겠습니다. 말하자면 나는 내 청각의 정확함을 테스트하고 있는 것이죠. 그러니까 밤에 나는 바닥에 귀를 붙이고 누워서 형씨 집의 가재 도구들의 배치도를 작성한 것입니다. 간간이 웅웅거리는 냉장고와 TV수상기, 책장 등의 위치 말입니다. 그러다 보면 자연히 형씨 집의 어떤 변화라거나 사건들뿐만 아니라 형씨가 밤에 혼자 하는 행동에 대해서도 파악할 수 있죠. 전날 내가 형씨의 집을 방문했던 것은 내가 예상했던 바를 확인하려 했던 것입니다. 그 이외의 악의는 전혀 없습니다."

"그래 당신의 예상은 모두 적중했습니까? 만약 빗나간 것이 있다면 당신이 예상한 자리로 가구를 옮겨드리지요."

"하하, 그러실 필요까진 없습니다."

그와 사내는 다시 낮은 담에 기대어 아래를 내려다보았다. 조금 전보다 자리만을 약간 옮긴 셈이었다. 그때 사내가 손목에서 시계를 끌러내며 말했다.

"이 시계를 떨어뜨린다면 저 밑바닥에 부딪히는 소리가 여기까지 들리겠습니까, 어때요?"

그가 아무 말 없자 사내는 정말 시계를 공중에서 떨어뜨려볼 것 같은 자세를 취했다. 그는 사내가 정말 그런 짓을 하리란 생각이 들어서 상대의 팔을 잡아끌며 말했다.

"시계보다는 차라리 우리가 밑으로 내려가도록 합시다."

그들은 건물에 불을 지른 방화범이나 옥상에서 누군가를 저격한 테러리스트들처럼 신속하게 사다리를 내려왔다. 그의 눈에 여러모로 묘하게 비치는 칼귀의 사내는 잠깐 자신의 집에 들러 복장을 바꾸고 구두를 신고 나왔다. 그들은 사다리를 내려오듯이 그렇게 층계를 내려갔고 역시 그런 식으로 언덕진 길을 따라 내려갔다.

그가 자신의 이름이 박찬중이라고 밝히자 칼귀의 사내는 김인곤이라고 불러주십쇼, 라고 대답했다. 박찬중이 김인곤에게 만약 우리가 친하게 되어서 상대를 놀리는 말이 농담으로 받아들여질 수 있는 사이가 되면 김인곤씨 당신을 칼귀라고 부르겠습니다, 라고 하자 김인곤은 좋다고 말하면서 낮게 웃었다.

그때 그는 사내가 걸을 때마다 구두에서 언젠가 들은 적이 있는 딸그락 소리가 울리는 것을 들었다. 그는 그 자리에 멈추어 서서 상대의 구두를 내려다보았다. 끝이 벗겨지고 옆 부분이 터진 낡은 갈색 구두였다.

"이 소리. 아, 바로 이 구두였군요."

그의 말에 사내는 웃으면서 한쪽 발을 치켜들고 공중에서 흔들었다. 다시 딸그락 소리가 들렸다.

"이 소리 말입니까? 이 소리요? 그렇죠. 이 세상엔 온갖 소리들로 가득 차 있으니까 그 중 몇 가지를 자기 자신의 것으로 소유하고 있는 것이 필요하죠."

그날 그들은 사거리까지 나가서 커피를 같이 마시고 헤어졌다. 그 후 그와 그 사내는 몇 번 더 가벼운 만남을 가졌었다. 그러나 사내와 헤어지고 나면 그는 번번이 자신들이 무너진 갱도에 갇혀서 전혀 상반된 태도를 보여주는 두 명의 광부들과 같다는 느낌을 가졌었다. 한쪽은 돌더미로 막혀버린 통로에 헛되이 곡괭이질을 하고 있었고 다른 한쪽은 누운 채로 안전문에 달린 전등의 불이 꺼지기를 그저 기다리고 있거나 물방울 듣는 소리에 신경을 쓰고 있는 상황이라고 할 수 있었다. 그러나 그들 중의 어느 쪽이 애쓰는 타입이고 어느 쪽이 무관심한 타입인지는 쉽게 규정지을 수는 없었고 단지 전반적인 느낌이 그러한 것이었다. 그 대부분의 이유는 그들이 나누는 대화의 내용에서 비롯되고 있었다. 칼귀를 가진 사내의 화제는 대개 소리와 빛, 냄새, 어둠, 그리고 다시 소리 등에 국한되어 있었고, 그런 얘기를 주로 듣기만 하는 그의 입에서는 살아가는 얘기, 특히 먹고 사는 얘기, 신문지상에 오르내리는 사건들, 삶과 자존심의 문제 등이 쏟아져나왔던 것이었다. 그가 사내의 말에 쉽게 응수를 하거나 동조를 할 수 없었듯이 그쪽에서도 그의 말에 그러했던 모양이었다. 게다가 칼귀의 사내는 말끝마다, 그리고 매사에 소리라는 단어를 발음했다. 결국 그는 사내의 소리에 대한 편집광적인 관심에 혀를 둘러대고 말았다.
 일주일 전쯤 그는 퇴근하여 돌아오다가 갑자기 위층의 사내를 놀래주려는 의도로 507호의 초인종을 눌렀다. 만약 칼귀의 사내가 집에 있다면 아마도 바닥에 엎드려서 그가 퇴근 후에 하는 행동을 살피고 있을 것이었다. 예상대로 주인은 집에 있었고 잠옷 차림으로 문을 열어주었다. 담담한 표정으로 맞아들이는 사내를 바라보며 그는 자신의 선입관 탓인지 잠옷의 뒤판보다는 앞판 쪽이 더 더럽혀져 있다는 생각을 하며 속으로 쓴웃음을 지었다. 실내에는 별 가재 도구가 없었는데 그것은 사내가 온 바닥을 기어다니며 아래층의 소리를 듣고자 한 것이기 때문인지도 모른다는 생각이 들었지만 그는 곧 그런 생각도 모두 자신의 선입관 탓으로 돌렸다. 좁은 응접실을 지나 방안에 들어가보아도 눈에 띄는 별다른 특징은 없었다. 그의 예상대로라면 실내에는 요란한 소리를 내는 괘종시계도 서너 개 있어야 했고 새장 속에서는 새들이 울어대고 손만 대도 저절로 울리는 악기들도 몇 개 있어야 했다. 그는 약간 속았다는 기분이 들었고, 이 사내가 바닥에 엎드려 소리를 듣고자 하는 것은 단순히 남들의 사생활을 정탐하려는 악취미의 소산이라는 생각을 하였다. 그러나 방 한쪽 면을 장식한 오디오 세트는 그의 기대에 부응할 만했다. 세트 밑에는 수백 장의 레코드판과 많은 카세트 테이프들이 놓여져 있었다. 칼귀 사나이의 말투를 흉내내서 말한다면 그것들은 모두 다 일종의 소리들이었고 그것도 온갖 종류의 무수한 소리들이었다. 그는 방석 위에 앉으면서 집주인의 이름을 기억하려 했다. 그가 겨우 이름을 기억해낸 것은 그들이 커피를 마시고 난 후였다.
 그날 대화 속에서 그는 선선히 자신의 직업을 밝혔으나 김인곤은 그저 일종의 자유 직업을 가지고 있다고 했을 뿐 구체적인 말은 하지 않았고, 서울에서 이렇게 혼자 살고 있는 이유는 시골 고향에 대한 어떤 원한을 지니고 있기 때문이라고 말했다.

　잠시 대화가 그치고 서로 벽에 등을 기대고서 시선이 얽히는 것을 가능한 한 피하고 있을 때였다. 그의 시선이 주변을 더듬거리고 있다가 김인곤의 얼굴을 스쳐갈 때 그는 깜짝 놀라 상체를 벽에서 떼었다. 김인곤은 눈을 내리깔고 앉아 있었는데 그의 귀가 앞뒤로 움직이고 있었다.

"아니. 김형."

"예? 아, 이 귀 말입니까? 글쎄요, 별 어려운 일은 아닙니다. 사람들은 원래 누구나 귀를 움직일 수 있는 법입니다. 단지 잊고 있을 뿐이죠. 우선 신경을 머리 끝에 집중시켰다가 차츰 내려오면서 귀에 이르렀을 때 잡아채면 되는 것이죠."

"그래도 그게 어디 그렇습니까? 제가 좀 만져봐도 되겠습니까?"

　사내의 승낙을 받고 그는 앉은걸음으로 움직이고 있는 귀 쪽으로 다가갔다. 그는 조심스레 손을 들어서 왼쪽 귀를 잡았다. 그 귀는 언뜻 청진기를 연상시켰다. 잠시 멈추어 있던 귀가 다시 앞뒤로 까닥이며 움직이기 시작하자 손끝으로 귀의 근육의 움직임이 분명히 느껴졌다. 그러나 어렸을 적 처음 움직이는 귀를 보았을 때 지극히 동물적이라는 인상을 받았던 것과는 달리 실제로 눈앞에서 그 모습을 보자 그것은 더할 나위 없이 인간적이라는 느낌이 들었다. 그가 너무 세게 눌렀는지 귀의 임자는 낮은 비명을 질렀다. 그는 손가락에 힘을 풀고서 오랫동안 귀를 만졌다. 방에 들어서면서 김인곤에게서 느꼈던 그의 실망감은 완전히 사라져버린 셈이었다.
 그날 밤 늦게 그는 왠지 쉽게 찾아오지 않는 잠을 기다리며 천장을 응시한 채로 오랫동안 어둠 속에서 누워 있어야 했다. 그때 그는 간혹 어디선가 창문 같은 것이 덜컥거리는 소리 사이사이에서 벽과 바닥을 통해 울려오는 어떤 소리를 들었다. 어쩌면 그것은 소리라기보다 김인곤의 말대로 진동, 그 자체일는지도 모르는 일이었다. 그것은 마치 울에 갇힌 야행성의 맹수가 눈에 불을 켜고 밤새워 서성이는 발소리처럼 외롭고 단조로웠으며 깊은 밤 잠 못 이루는 그 누군가가 있어 자기 속의 회한을 못 견디어 문설주에 머리를 들이받는 듯한 건조한 소리이기도 했다. 그는 누운 채로 문을 열고 아무것도 보이지 않는 두터운 어둠을 응시했다. 그러나 그는 그 동안 쉽게 잠에 빠질 수 없었기 때문에 잠을 자려고 노력하는 대신 잠이 스스로 찾아들기를 기다리고 있었던 터이라 얼마 후에 잠이 그의 몸 속으로 스며들었을 때는 이미 그 잠의 힘에 저항하여 울려오는 소리에 계속 귀를 기울일 여력을 가지지 못했다.
 귀를 만져보았던 날 이후로 오늘까지 아직 김인곤을 만나지 못했으므로 그 동안 이미 일주일 간의 공백이 있는 셈이었다. 그는 맨홀의 뚜껑에서 내려서서 다시 높은 의자로 올라가 앉으면서 오늘 밤 퇴근 후에는 그를 혹은 그의 귀를 다시 만나보리라는 생각을 했다.
 길 건너편으로는 종점에서 나오는 51번 좌석 버스들이 배차 시간에 맞추어 지나가고 있었지만 길 이쪽 편으로는 벌써 삼십 분이 지나도록 종점으로 향하는 차가 한 대도 나타나지 않고 있었다. 그는 의자에서 내려서서 길가를 서성거렸다.

잠시 후에 버스가 왔을 때 그는 두 손을 가슴에 올려 양쪽으로 크게 벌리면서 너무 늦었다고 소리쳤다. 운전대에 앉은 박씨는 열린 문을 통해 찌푸린 얼굴로 그러지 않아도 차가 막혀서 화가 나는 판이라고 되받아 소리질렀다. 버스는 마지막 승객이 완전히 내리기도 전에 서둘러 떠나갔고 그는 배차 시간표에 시각과 버스 속에 승객 수를 적어넣었다.

각 좌석 버스 회사에서는 정부측의 요구대로 버스의 운행 시간이 제멋대로이지 않도록 배차를 담당하는 요원을 배치하고 있는 것이었지만 그의 생각으로는 이러한 제도가 단순히 승객들의 편의를 도모하고자 하는 데에 그치는 것이 아니라 이를 기화로 하여 운전 기사들의 삥땅도 막고자 하는 어두운 수단으로도 이용되고 있다는 기분을 떨칠 수가 없었다.

퇴근하기까지에는 아직 네 시간이나 남아 있었다. 이러한 낮 시간은 따사로운 햇살을 받아 그의 속에서 많은 권태의 입자들로 발효하였는데 그는 그 입자들을 몸에 기생하는 벼룩이나 이처럼 하나씩 죽여 없애야 했다.

그러나 시간이 아주 천천히 흘렀어도 결국 교대 시간은 어김없이 찾아왔고 그는 사무실에 들러 하루의 성과를 보고하고는 집을 향해 천천히 걸었다. 제대하고 할 일이 없어 막막할 때 군에서 얻은 약간의 기술과, 무료함을 때우기 위해 취득한 운전 면허를 바탕으로 운수 회사와 관계를 맺었다가 잠시 몸담기로 한 이 일에 어쩌다 보니 삼 년 간이나 덜미가 잡혀 있다는 생각이 들자 우울감이 느껴졌다.

그는 아파트의 사층에 이르러 잠시 오층 쪽을 올려다보다가 그냥 집 안으로 들어섰다. 실내의 불을 켜자 바닥에서 무언가 단단하고 작은 생물이 바닥을 줄달음치는 소리가 들렸다. 바퀴벌레들인 모양이었다. 바퀴벌레가 도주하는 건조한 소리를 듣자 그는 불을 켜는 순간 실내의 가구들이 주인의 부재시에 어둠 속에서 벌이던 소란을 황급히 정리하는 서두름 같은 것을 느꼈다. 그러나 그는 모르는 체해주며 그들을 관대하게 용서했다.

그는 우선 수도꼭지가 제대로 잠겨 있는지부터 확인하고는 화장실로 들어가서 양변기에 소변을 누었다. 고환 위를 받친 집게손가락 끝에 장거리 마라톤 주자의 거친 숨결처럼 다급하게 밀리면서 요도라는 좁은 관을 통과하는 오줌 줄기의 감각이 그대로 느껴졌다. 물갈음 손잡이를 누르자 물이 빠지는 요란한 소리 속에서 낮고 요기로운 휘파람 소리 같은 것이 들렸다. 그 소리는 그가 혼자라는 사실을 더욱 강하게 느끼게 했다. 그는 그 소리를 혹은 그런 생각을 막아버리려는 듯이 화장실 문을 세게 닫아버렸다.

그는 이부자리에 누워 몸을 뒤척이며 팔다리를 뻗었다. 그때 그의 오른쪽 손끝에 어떤 작은 덩어리 같은 것이 걸렸다. 그는 몸을 일으켜 그것이 무엇인지를 확인해보는 대신에 그 작은 물체를 가볍게 만지작거리기 시작했다. 하지만 쉽게 그것의 정체를 파악할 수는 없었다.

그것은 우선 가벼운 편이었으며 반들거리는 부분도 있었고 반대쪽에는 어떤 깔끄러운 잔가지 같은 몇 가닥의 털이 나 있었다. 그는 여전히 그것에 대해 혼란을 느끼고 있었지만 까닭없이 손가락이 긴장되는 것을 느꼈다. 그리고 바로 다음 순간 그는 그것이 무엇인지를 알 수 있었다. 이부자리 위에서 그의 몸이 위로 밀려올라가 있었고 그 상태에서 손을 위로 뻗었기 때문에 그의 손은 책상 밑 먼지가 두텁게 깔려 있는 구석으로 들어가서 죽은 바퀴벌레를 집어든 것이었다.

그것이 바퀴벌레의 껍질이라는 것을 안 것과 동시에 그의 손은 그것을 놓아버리고 움츠러들면서 옆의 책상다리에 부딪혔다. 그러나 그는 잠시 후 손을 몇 번 쥐었다 펴보고는 다시 그것을 집어들었다. 그의 머릿속은 평정되고 정돈된 상태로 돌아왔고 현재의 사태에 대한 논리적인 사고를 할 수 있게 되었다.

일단 그는 바퀴벌레가 갑충류라는 사실에 다행스러움과 과장된 감사함을 느꼈다. 그도 그럴 것이 만약 그 벌레가 온통 말랑말랑한 단백질과 지방의 덩어리로만 되어 있었다면 어느 음습한 구석에서 죽어버렸을 때 썩어가면서 악취를 풍기거나 혹은 어떤 불유쾌한 흔적을 남겨놓을 것이기 때문이었다. 그러나 바퀴벌레는 죽음을 당한 후에 단단한 갑 속에서 조금씩 말라붙어서 다른 벌레들보다는 훨씬 늦게, 그러나 광물질보다는 훨씬 빠르게 차츰 해체되어갈 것이었다. 그래서 그것을 손에 든 지금의 감각은 그 이름의 어감상으로, 혹은 시각적으로 느끼게 하는 불쾌감보다는 오히려 산뜻한 가벼움만이 전달되고 있었다. 만약 그가 발견하지 못했다면 그것은 아주 오랫동안 그곳에 그대로 속이 텅 빈 박제처럼 놓여져 있었을 것이었다.

이 정도의 생각으로도 그는 피로를 느꼈고 얕은 졸음 속에 빠져들면서 딱정벌레가 되어 천장을 기어다니는 그런 종류의 환상까지는 아니었지만, 어쨌든 그의 피부가 단단한 껍질처럼 말라붙는 꿈인지 환각인지를 볼 수 있었다. 그 두텁고 주름과 골이 깊이 파여져 있는 피부 속에서 그의 살덩어리가 짓물러져 검은 피와 고름 속에서 썩어버려 완전히 말라 붙고 만다 해도 그의 피부는 코뿔소나 코끼리 혹은 하마나 악어의 가죽처럼 의연히 원래의 형태를 유지시켜주어서, 언제까지나 그가 이곳에서 죽은 후 오랜 시간이 지나고 급기야 사람들이 문을 부수고 들어와 그의 시체를 발견했을 때에도 그의 모습을 알고 있던 사람들에게는 그것이 바로 그라는 사실을 별 어려움 없이 깨닫도록 해줄 것 같았다. 비록 그의 피부가 형편없이 쭈그러들고 푸릇푸릇한 반점처럼 곰팡이가 슬고, 무엇보다도 특히 주름살이 깊이 파인 늙은 농부의 가죽과 같은 형상을 하고 있더라도.

그러나 그는 아직 잠이 든 것은 아니었다. 그는 목이 답답함을 느끼고 마른 헛기침을 했다. 그러자 곧 방의 구석에 세워놓았던 기타줄이 울리면서 속이 깊이 파인 곳으로부터 흘러나오는 듯한 은은한 공명이 일었다. 그는 그 소리가 듣기 좋아 몇 번 더 헛기침을 했고 그때마다 공기의 파동에 의해 기타에서는 맑고 조화로운 음이 울렸다. 이런 현상은 낮보다는 밤에 그리고 좁은 방에서 겪을 수 있는 것이었다.

그때 그는 훈련된 귀를 가지고 있는 김인곤을 생각했고 그를 흉내내볼 생각으로 이부자리 위에서 고개를 굴러내려서 바닥에 귀를 대고 엎드렸다. 그러자 과연 칼귀 사내의 말대로 아래쪽에서 소리들, 혹은 울림들이 들려왔다. 누군가가 걸어다니는 소리들이 고무망치로 바닥을 두드리는 것처럼 경쾌하게 느껴졌고 특히 문이나 창문 여닫는 소리들은 분명하게 들을 수 있었다. 게다가 웅얼거리는 듯한 두 사람의 대화에 귀기울여보니 그 내용까지는 알 수 없었어도 그들이 사투리를 쓰는 남녀라는 것 정도는 알 수 있었다. 그는 청각을 잃어버린 귓속으로 처음으로 몇 개의 소리가 스며든 것처럼 갑자기 가슴이 벅차올랐다. 그 소리들은 마치 입이 달려 있는 한 외계인이 입을 전혀 움직이지 않고서 초능력으로 지구인의 언어로 이야기하는 듯한, 손에 닿을 듯이 아주 가까이에서 울리면서도 그 근원을 쉽게 파악할 수 없는 그런 것들이었다. 어디선가 아기 울음 소리가 불길하게 울리기 시작했다.

 그는 자기가 혼자 살면서 늦게 귀가하기 때문에 이젠 김인곤이 이런 소리를 들을 수 있는 기회가 거의 없어졌다는 생각을 하고 그에게 다소 미안함을 느꼈다. 계속해서 동굴 속의 박쥐가 날개를 퍼덕이는 소리 같은 것, 시계나 전화의 벨소리 같은 것이 들려왔다. 그는 바닥에 귀를 댄 채 잠에 빠져들었다.

 한동안 잠이 들었던가. 그는 아파트를 울리고 있는 낮고 단조로운 소리를 느끼고 다시 눈을 떴다. 그 소리는 규칙적이지는 않았지만 그래도 나름의 템포를 지니고 있었다. 그의 눈꺼풀이 그 소리의 진동에 맞추어 깜박거렸다. 그는 바닥에서 얼굴을 들고 이불 위에 반듯이 누웠다. 그는 잠깐씩 잠이 들었다가 다시 깨어나곤 했는데 그것은 마치 그가 눈꺼풀이 내려져 있을 때는 잠이 들었다가 낮고 깊숙한 소리에 놀라 눈꺼풀이 올려졌을 때 다시 깨어나는 것 같았다.

 그 소리는 점점 더 커지고 다급해져가고 있었다. 따라서 그는 더욱 자주 흔들리는 눈꺼풀의 움직임에 따라, 잠이 들었다가 곧 다시 깨어나고 금방 다시 잠들었다가 거의 동시에 잠에서 깨어났는데 이는 결국 그가 잠에서 완전히 벗어난 것이라 말할 수 있었다. 그는 눈을 크게 뜨고서 그 소리의 근원지임에 틀림없는 천장을 바라보았다. 오늘 밤 그 무엇이 김인곤의 몸으로 하여금 이런 소리를 만들게 하는 것인가.

그때 그는 그 소리들이 무언가 뜻을 전하려 한다는 생각을 하였다. 그러자 갑자기 그 소리는 그와 위층의 사내와의 사이에 그동안 느낄 수 없었던 일종의 비밀스런 유대감을 일깨웠고, 사층과 오층을 어떤 인과 관계로 묶어버렸다. 그는 숨을 죽이고 귀를 긴장시켰다. 그 소리는 바로 그의 머리 위쪽 천장에서 울리고 있었다. 아마도 지금 김인곤은 그와 비슷한 위치에서 누워 있거나 혹은 앉아 있는 모양이었다.

그 소리는 마치 석조 지하 감옥의 독방에 갇힌 죄수가 극단적인 고독 속에서 간수가 잠든 한밤중에 옆방의 다른 죄수에게 의사를 전달하는 신호처럼 느껴졌다. 분명 그 소리는 무언가를 말하려 하고 있었다. 그는 모르스 부호라는 것이 있다는 사실을 떠올렸다. 그러나 그가 그 소리의 박자를 종이에 적어넣는다 해도 현재로선 그것을 해독해낼 도리가 없었다. 그는 왼쪽 어깨가 뻐근했기 때문에 오른쪽으로 돌아누우며 그 소리가 말하는 바를 상상했다. 쿵, 쿵쿵, 쿵, 쿵쿵, 쿵쿵, 쿵, 쿵…… '위로 올라와 주쇼, 박형. 지금 일이……' 쿵, 쿵, 쿵, 쿵…… '이 소리가 안 들리는 겁니까……'

그러나 냉혹한 간수와 엄격한 규정이 있는 것도 아니었고, 그가 잠들어 있는지 아닌지도 모르는 이 한밤중에 위층의 사내가 도대체 무슨 할말이 있는 것인지 그로서는 알 수가 없었다. 그러고 보니 그가 늦은 시간에 이런 소리를 어렴풋이 들었던 경험이 한두 번에 그치는 것이 아니었다. 그는 베개를 벽에 반쯤 기대어 놓고 그 위에 상체를 약간 세워서 눕혔다.

하지만 여하튼 김인곤이 그에게 무슨 말을 전하려 하고 있는 것이라면 그는 천장을 두드려서라도 거기에 대답해야 했다. 모르스 부호를 알건 모르건간에 그가 천장을 둔탁한 물건으로 마구 두드려대면, '무슨 말인지 잘 못 알아듣겠으니 어찌 되었든간에 좀 조용히하쇼' 라는 의미로 위층에 전달될 것이었다. 그는 몸을 일으키려다 말았다.

묵직하게 울리던 소리가 이제는 날카로운 것이 부딪치는 소리로 바뀌었다. 소리가 더욱 분명해지자 그가 상상하는 내용도 더욱 구체적인 성격을 띠었다. 어쩌면 위층의 사내는 아파트 전체에 소리가 더 잘 퍼져나가도록 하기 위하여 두드리던 물건을 다른 것으로 바꾸었는지도 모르는 일이었다. 그래서 당신들 중에 이 신호를 알아듣는 사람이 있으면 내게로 오라고 하는 의미로 바닥에 대고 소리를 치고 있는 것인지도 모르는 일이었다. 아니, 아마도 저 사내는 자신이 아파트에 갇혀 있다는 생각이 들어서 지하 감방의 죄수들이 땅굴을 파듯이 아파트 벽을 허물고 있는 중일 것이었다. 하지만 그는 곧 그렇지는 않을 것이라고 생각했다. 지금 김인곤이 두들기고 있는 곳은 방바닥이므로 분명히 구멍을 아래층 쪽으로 뚫고 있는 중일 것이었다. 그래서 조금 후에 사람이 빠져나갈 수 있는 만큼의 통로가 생긴다면 주저 없이 이쪽으로 내려올 것이었다.

장판을 뜯어내고; 시멘트 바닥을 망치로 대강 부순 후에 나머지를 끌 같은 것으로 조금씩 끈기 있게 쪼아내고, 시멘트 조각 사이로 드러난 난방용 쇠파이프를 쇠톱으로 절단하고, 거기에서 흘러나와 바닥에 고인 쇳물을 퍼내고⋯⋯

그리고 김인곤은 절단된 쇠파이프를 몇 개 들어내고서 이번에는 날과 올이 얽힌 철근들을 쇠톱으로 긁어댈 것이었다. 그리고 일이 대충 끝나고 나면 바닥을 세 번 가볍게 두들겨서 아래층에 누워 있는 그에게 신호를 보낼 것이고, 그가 일어나 천장을 가볍게 세 번 두들겨서 승낙의 표시를 하거나, 아니면 아무런 응답을 하지 않거나 하면 위쪽에서부터 마지막 남은 시멘트 바닥을 허물어버릴 것이었다. 그러면 벽지가 찢어지고 시멘트의 가루와 덩어리가 빗줄기에 섞여서 쏴아 소리를 내며 아래층의 그에게 쏟아져내릴 것이고, 누워 있는 그는 재빨리 몸을 피해야 할 것이었다.

그의 방 천장의 한곳에 뚫린 구멍은 계속 시멘트 가루와 작은 덩어리를 떨어뜨리면서 넓어질 것이고 잠시 후에 칼귀의 사내의 파리한 얼굴이 그 구멍을 통해 아래를 내려다볼 것이었다. 그때 그 사내의 얼굴은 뒤쪽에서부터 빛의 후광을 받아 검게 그늘져 있을 것이었고 그래서 아래쪽에 멍하니 서 있는 그로서는 그 얼굴의 표정을 살필 수 없을 것이었다. 단지 얼굴의 윤곽만이 보일 것이고, 머리카락 사이로 드러난 칼귀가 약간씩 앞뒤로 까닥이는 것도 보일 것이었다.

끝 모르게 뻗어나가던 그의 상상 속에서 그는 다시 졸음에 빠져들었다. 위층에서 시작되는 우울한 진동은 살(肉)의 벽을 두드리는 심장의 박동처럼, 혹은 만성이 된 통증이 신체의 한 부위에 밀려왔다가 물러가고 다시 느껴졌다가 사라지는 것처럼 오히려 그 단순한 리듬감 때문에 그를 편안하게 해주었던 것이었다. 그것은 절제된 고통 속에서 느낄 수 있는 역설적인 휴식이었다. 그의 의식은 잠의 수면(水面) 위에서 끝없이 자맥질을 거듭했다.

그러나 그는 또다시 시끄러운 소리들에 의해 잠의 물 속에서 끌려나와서 물방울을 튀기며 머리카락을 털어내야 했다. 이번에 들려오는 소리는 좀전보다 훨씬 복합적인 것이었다. 복도 쪽에서 여러 사람의 발소리가 요란하게 울렸고 현관문 열리는 소리들이 들렸으며 그 사이사이에 높고 낮은 목소리들이 섞여 있었다. 발소리는 사층을 지나 오층에서 그쳤고 조금 후에 507호의 초인종 소리가 울렸다. 그와 동시에 아직까지 계속되던 위층에서의 타음도 사라졌다.

그는 자리에서 일어나 현관문 앞의 어둠 속에 멈추어 섰다. 위층에서는 문이 열리는 소리와 함께 말소리, 몸 부딪는 소리, 발소리 등의 온갖 소리들이 일어나기 시작했다.

이제 우리는 더 이상 참을 수가 없다구요, 김인곤씨죠, 인곤아, 에미 말을 들어라, 서까지 같이 가셔야, 몸 부딪는 소리, 도대체 왜 이러지, 발소리, 현관문 열리는 소리, 저런 놈은 정신 병원으로, 인곤아, 인곤아, 그러지 말고, 하루 이틀이면 말도 안 해, 이거 놓지 못 해, 뭔가 깨지는 소리, 공무 집행 방해야, 씨팔아, 퍽 퍽 소리, 박찬중씨를 불러주쇼, 어떻게 저럴 수가, 바로 아래층에, 인곤아, 다 필요 없다구요, 이제 그런 곳에는, 가자니까, 인곤아, 내가 뭘, 인곤아……

위층에서 실랑이하는 소리는 한참 계속되었다. 그러나 그는 현관 안쪽에 선 채로 꼼짝도 하지 않고 있었다. 얼마 후에 무겁게 울리는 발소리들이 그의 현관문을 격한 복도를 지나서 아래쪽으로 내려갔다. 누군가의 발이 그의 현관문을 걷어찼다. 무언가가 층계를 구르는 소리가 들렸다. 복도에 남아 있던 몇 마디의 말들이 여기저기에서 아파트의 철문이 닫히는 소리와 함께 사라졌고, 뒤이어 바깥에서는 자동차가 요란한 소리를 남기고 떠나갔다.

그는 한참을 더 서 있다가 현관문을 열고 밖으로 나왔다. 복도의 창문에는 넝마 조각 같은 하늘이 소리도 표정도 없이 안쪽을 들여다보고 있었다. 그는 자신의 발소리를 의식하며 계단을 올라가서 507호의 현관 앞에 섰다. 문은 잠겨 있었다. 그는 손잡이를 잡은 채로 이마를 앞으로 떨어뜨렸다. 통증은 느낄 수 없었으나 쾅 하는 소리가 한참이나 계단을 오르내리다가 스러졌다. 그는 이제 자신에게는, 다시 그 칼귀의 사내를 만났을 때 자기 자신을 위하여, 그리고 다른 사람들을 대신하여 그에게 무언가 아무것에 대해서라도 사과를 하는 일만이 남아 있다고 생각했다.

그는 소리가 나지 않게 주의하면서 천천히 층계를 내려갔다.

〔1984〕

도주

　그는 대문 앞에 멈추어 서서 일단 이마의 땀을 닦아내고 다시 한 번 시간을 확인했다. 시침과 분침이 모두 한시와 두시 사이에 몰려 있으므로 시간은 대략 한시 십분 가량이었다. 오른손을 앞으로 뻗어 힘을 주자 문은 슬며시 뒤로 물러섰다. 그의 몸이 안으로 들어설 수 있을 정도의 공간이 생기기까지에는 녹슨 금속성이 서너 번 울려야 했다. 그는 몸을 옆으로 하여 비집고 들어갔다. 잔디 사이의 포석을 지나 현관문 앞에 이르러서 그는 다시 한 번 멈추어 섰다. 그리고는 열쇠를 꺼내어 든 손으로 손잡이를 잡고 돌려보았다. 문은 언제나와 다름없이 탄탄한 벽의 일부처럼 느껴졌다. 열쇠로 문을 열고 나서 응접실로 올라서기 전에 또 하나의 문이 있었지만 그 문은 안으로 잠겨 있지 않았다. 그는 등뒤로 문을 닫고서 어둠에 눈이 익숙해질 때까지 잠시 선 채로 책장이 있는 방향 쪽을 바라보았다.
　넓은 응접실 안은 너무도 조용하고 어두웠다. 커튼이 드리워진 창문 쪽은 다소 어슴푸레했지만 가구들과 벽이 이루는 귀퉁이마다에는 마치 어둠이 덩어리로 결정화되어 바닥에서 굴러다니고 있는 듯했다. 만약 그것들을 밟는다면, 그러나 그는 단지 그 생각만으로도 발끝이 저려오는 것을 느꼈다. 만약 그것들을 밟는다면, 그러나 그는 더 이상 아무것도 생각할 수 없었다.

전날 그가 이곳에 온몸으로 땀을 흘리면서 열한시쯤 돌아왔을 때 응접실에는 열두엇 가량의 남녀가 모여 앉아 있었다. 그 정도의 늦은 시각이면 다른 사람들과 마주치지 않고, 마주치더라도 성가신 일을 겪지 않고 자신의 방으로 올라갈 수 있으리라는 생각이 그의 착각이었다.

전날, 열려진 대문을 지나 정원을 걸으면서 그는 활짝 열려진 창문을 통해 실내의 환한 불빛을 바라보며 잠시 머뭇거렸지만 어쩔 수 없이 현관문과 응접실의 문을 통과하여 안으로 들어섰었다.

거기에는 꽤 많은 사람들이 탁자를 중심으로 해서 일부는 소파 위에 일부는 바닥에 앉아 있었고, 그들 각자의 앞에는 술이 담긴 유리잔들이 하나씩 어김없이 놓여 있었다.

그들 사이에 들어앉은 짧은 침묵의 순간 동안에 스무 개 이상의 눈알들로부터 나오는 시선의 빛이 그의 고개를 옆으로 돌아가게 했다. 딱딱하게 굳은 표정으로 그가 막 이층으로 올라가는 층계의 난간을 잡으려고 할 때, 그의 태도가 보여주는 약간의 흐트러짐을 놓치지 않고 한 사내가 몸을 일으키면서 말했다.

"여, 최형, 늦었군요. 이리 오세요. 우리 같이 한잔합시다."

그는 다시 고개를 돌려 그들을 바라보았다. 그가 선뜻 앞으로 나설 기미를 보이지 않자 앞쪽에 앉은 한 여자가 잔을 쳐들면서 쾌활하게 말을 던졌다.

"오늘이 우리 회사 창립 기념일이잖아요. 사장님께서 술을 보내주셨어요."

그는 얼굴의 긴장을 조금 누그러뜨리면서 입을 최소한으로 작게 벌려 낮은 목소리로 말했다.

"아뇨, 전 됐습니다."

그러자 몸을 일으킨 사내의 입에서, 아 이거 왜 이러실까, 이리와서 한잔만이라도 드시죠, 라는 말이 나왔고 동시에 그의 뒤쪽에서 미스 민, 뭘 해요, 여기 잔 하나 가져와요, 예, 알았어요, 하는 소리들이 울렸다.

그들을 찬찬히 바라보자 그 동안 알게 모르게 시선을 부딪쳤던 탓인지 그에게는 그런대로 낯이 익은 얼굴들이었다. 그대로 가만히 서 있다가는 다른 그들이 그에게 달려와서 잡아끌 것 같다는 생각이 들었기 때문에 그는 천천히 탁자 쪽으로 걸어갔다. 미스 민이 가져오고 몇 개의 손들이 동원되어 얼음이 넣어지고 술이 부어진 투명한 유리잔이 그의 코앞으로 내밀어졌다. 바로 앞쪽의 한 여자가 옆으로 옮겨 앉으며 그에게 자리를 내주면서 앉으라는 몸짓을 했지만 그는 잠시 여인의 얼굴을 내려다보다가 다시 고개를 술잔으로 돌렸다. 그는 술잔을 받아들고 다른 사람들의 시선을 느끼면서 잠시 잔 속의 갈색 액체를 바라보다가 입으로 가져가서 얼음만 남기고 마셔버렸다. 술은 꽤 많은 양이어서 그의 목과 가슴을 고통스럽게 했지만 그는 화끈거리는 식도의 긴장을 가라앉히며 태연을 가장했다. 그리고 목 언저리가 안정되길 기다렸다가 스스로, 나직하며 심각한 어조를 의식하면서 말했다.

"이제 됐습니까?"

사람들은 처음에는 기가 질린 듯한 표정을 짓다가 이내 어이가 없다는 듯이 그의 얼굴을 마주 바라보았으며 잠시 후에는 서로의 얼굴을 돌아보며 고개를 설레설레 젓기 시작했다.

그는 그들 중 누군가가 고개를 반대쪽으로 돌린 채로 한쪽 손을 들어 흔들면서, 이제 됐수다, 올라가보쇼, 라고 말하기를 바랐다. 그래야 내일 아침에라도 그와 그들이 동등한 위치에 서서, 한쪽은 무관심으로, 다른 한쪽은 경멸감으로 서로를 바라볼 수 있을 것이었다. 하지만 그의 기대에 반하여 아무도 입을 열지 않았다. 그가 막 몸을 돌렸을 때 한쪽에서 예의를 갖춘 차분한 목소리가 들려왔다.

"전작이 있으신가 보군요, 아니면 술을 못 한다든가."

그는 다시 몸을 돌려 소리가 난 쪽을 바라보다가 분명하게 발음했다.

"아닙니다."

그리고는 몸을 돌리기 전에 잔 속에 남아 있는 얼음 조각을 하나 집어들어서 입에 넣었다. 그가 층계를 오르는 내내 얼음은 그의 입 안에서 요란한 소리를 내며 부서졌다. 그는 얼음을 부숴버리듯이 뒤쪽에 대한 신경을 끊어버렸다. 계단을 열두 개 올랐을 때 층계참이 있었다. 그에게는 자신이, 이제 입사한 지 일주일도 채 안 된, 정확히 말해서 기본적인 연수 과정도 아직 마치지 못한 햇병아리에 지나지 않는다는 사실이 얼마나 다행스럽게 여겨지는지 몰랐다. 만약 그가 유능하다고 인정받는 엘리트 사원 중의 하나로 손꼽히고 있었다면 아마도 응접실에 앉아 있는 사람들은 그를 지독하게 건방지다고 생각했을 것이었다. 그러나 지금 그들은 그가 성격적으로 어딘가 이상이 있는 편집증적인 기벽을 가진 별난 사내라고 생각하며 약간의 연민까지 느끼고 있을 것이었고 어쩌면 여자들은 그에게 묘한 호기심을 느끼며 까닭 모를 모성애에 가슴 두근거림을 느낄 것이었다.

어쨌든 그는 층계를 계속 올라갔고, 층계참에서 방향을 백팔십 도로 틀어서 다시 계단을 여섯 개 오르자 양쪽으로 방들이 늘어서 있는 복도가 나타났다. 그의 방은 오른쪽 맨 끝방이었다. 그는 방을 들어서자마자 안으로 문을 잠가버렸다. 실린더의 딸깍 소리가 뻣뻣하던 그의 몸을 단숨에 촛농이나, 아교질, 혹은 밀가루 반죽 같은 것으로 이완시켰었고, 그는 그제서야 편안함을 느낄 수 있었다.

그가 이렇게 오늘 다른 날보다 훨씬 늦은 시각에 귀가한 것은 전날처럼의 그러한 사건을 피하기 위해, 단순하게 말해서 다른 사람들과의 맞닥뜨림을 피하기 위해서였다. 하지만 지금의 응접실 안은 너무 조용하고 너무도 어두웠다.

그는 문의 오른쪽 옆으로 손을 더듬어서 벽에 나 있는 또 다른 작은 문의 손잡이를 찾았다. 그 좁은 공간은 청소 도구라거나, 망치, 드라이버 등의 연장을 넣어두는 곳이었는데, 아침 일찍 집을 나서면서 그는 저녁에 늦게 들어올 것을 감안하여 그곳에 작은 손전등을 넣어둔 터였다. 땀이 밴 손바닥을 한쪽 구석으로 밀어넣자 산뜻하고 매끈한 금속의 부피가 손 안에 느껴졌다. 그것은 모양과 크기가 모두 만년필과 흡사했지만 그 성능에 있어서는 어두운 실내를 밝혀주기에 부족함이 없었다. 그는 불빛으로 이곳저곳을 비추어보았다. 손전등이 그려내는 노란색의 원형에 사로잡힌 물건들은 각각 어떤 사람의 그로테스크한 표정처럼 언뜻언뜻 튀어나와서 그에게 낯선 이질감을 느끼게 했으므로 그는 곧 손전등의 불빛을 바닥으로 향하게 했다. 그리고 계단을 하나씩 밟아 올라갔다.

열두 개의 계단이 끝나는 층계참의 맞은편 벽에는 커다란 거울이 걸려 있었다. 그는 거울에 전등을 비추어보았다. 그는 불빛이 거울 전체에서 환하게 반사되어 나오리라 생각했다. 그러나 빛은 거울 속으로 스며들어서 거울 속의 한 대상, 그러니까 그의 뒤쪽, 출입문 위의 커다란 액자만을 밝혀줄 뿐이었다. 그는 고개만을 돌려 뒷벽을 바라보면서 여전히 거울을 비추고 있는 불빛을 아래쪽으로 천천히 내려보았다. 거울에 반사된 불빛도 차츰 아래로 내려갔으며 빛의 확산 따위는 일어나지 않았고 따라서 그 주변은 그냥 컴컴한 그대로였다.

그는 다시 거울 속을 들여다보며 전등으로 얼굴을 비추어보았다. 코와 볼 사이의 주름들이 유난히 강조되어서 마치 살가죽이 늘어져내리고 있는 듯이 보였다. 그것은 늙고 초췌한 흑인종의 얼굴이었으며, 음산한 데스 마스크였다. 그는 자신이 늙어가고 있다고 생각을 했다. 아니 그는 자신이 서서히 죽어가고 있다는 것을 느꼈다. 시간의 흐름에 따라 세포들의 노쇠에 의한 죽음보다는 몇 배나 빠르게, 그러나 분명히 눈에 띄지 않고, 아주 서서히 그는 죽어가고 있었다. 그대로 계속 선 채로 전등으로 얼굴을 비추고 있으면 그의 몸은 얼굴부터 시작해서 차츰 시체의 푸른색으로 변색되기 시작할 것 같았다.

그는 다시 몇 개 더 남은 계단을 오르기 위해 몸을 돌리고 전등으로 앞을 비추었다. 그때 불빛에 의해 그의 앞에 나무로 되지 않은 어떤 다른 것이 걸쳐져 있음을 알아낸 순간 그는 거의 한 발을 뒤로 물러섰다. 한 사내가 계단 위에 마치 시체처럼 대각선으로 엎어져 있었다. 그는 아주 잠깐 동안 조금 전 거울 속에서 생생하게 바라보았던 자신의 시체를 실물로 바라보고 있는 듯한 기분을 느꼈다. 그러나 어쨌든 그것은 불편한 자세로, 술기운에 편승하지 않고는 가능하다고 여겨지지 않는 그런 포즈를 취하고서 잠들어 있는 한 남자의 몸이었다.

  몸의 반 정도는 층계참 위로 흘러내려와 있었고 머리는 두번째 층계에, 그리고 팔과 어깨는 첫번째 층계에 머문 상태로 사내는 용케도 견뎌내고 있었다.

  그는 사내의 옆얼굴에 전등을 비추어보았다. 처음에는 그저 아무 생각 없이 불빛으로 얼굴 부분을 밝히고 있었지만 그는 차츰 그 사내가 누군지를 알아낼 수 있었다.

  그가 그 사내를 처음 알게 된 것은 그 동안 살고 있던 아파트를 떠나 이곳으로 이사를 왔던 날이었다. 그날은 그가 지금의 회사에 입사한 첫날, 아니 정확히 말해서 기본 연수 과정을 받기 시작한 날이었다. 그가 그곳에 발을 들여놓게 된 것은 외가 쪽으로 인척 관계가 있는 영업부장의 주선에 의해서였고, 따라서 그는 다른 번거로운 절차 없이 서류 전형만으로 채용될 수 있었다.

  그가 이 회사의 사옥으로 옮길 수 있었던 것도 영업부장의 입김이 작용한 결과였다. 사실 연수 과정을 받고 있을 뿐이므로 정식으로 사원의 자격을 얻지 못한 그가 곧장 회사 사옥에 입주할 수 있게 된 것은 전례 없는 특혜에 속하는 일이었다.

  이 입주 허가 소식을 전하면서 영업부장은 만족스러운 어조로 말했었다.

  "그렇다고 자네를 이 회사에 영원히 붙잡아두겠다는 것은 아니야. 상황을 듣자 하니 자네는 지금 무언가에 몰두하는 것이 필요한 것 같아. 한번 일에 힘을 써보게. 그러면 많은 것을 잊어버릴 수 있게 될 것이고 그러다가 마음에 안 들면 그때 가서 다시 생각을 해보면 되겠지."

이 말을 들으면서 그는 이사를 한다면 아파트의 관리비 부담이 없어진다는 생각을 하고 있었다.

그날 저녁 그는 한 번도 와본 적은 없었지만 아무 머뭇거림 없이 현관과 응접실을 지나 층계를 올라서 낯선 시선으로 그를 바라보는 시선을 무시하고 그에게 지정된 방으로 짐작되는 곳으로 들어갔었다. 그때 이 사내는 이층의 화장실에서 목에 수건을 걸고 러닝 셔츠 차림으로 나오다가 그와 거의 부딪칠 뻔했었다.

그는 잠시 사내를 바라보다가 그의 비누 냄새를 스쳐서 방으로 들어갔었다. 그가 커다란 트렁크 두 개를 내려놓고 창문을 열어제치고서 창밖을 내려다볼 때 그 사내가 문턱에 몸을 기대고 서서 말을 걸었다.

"안녕하십니까? 전 최관조입니다. 950지역이죠. 이곳에 오신걸 환영합니다."

그는 한동안 창밖을 그대로 내려다보고 있다가 마지못한 듯이 몸을 돌려서 말했다.

"안녕하쇼? 전 최배중입니다."

그는 말을 마치고는 다시 그의 비누 냄새와 치약 냄새를 스쳐서 방을 나와, 대문 앞에 놓아둔 다른 짐들을 가져 올라오기 위해 층계를 내려갔다. 그가 짐을 들고 다시 층계를 오르자 그 최관조라는 사내가 그를 도와 짐을 나눠 들면서 물었다.

"우린 성이 같군요. 본이 어디죠?"

"강릉 최씹니다."

"그래요? 저도 강릉 최씹니다. 우린 동성 동본이군요. 그럼 항렬이 어떻게 되죠?"

그러나 이미 짐은 그의 방안에까지 날라진 뒤였고 그는 최관조라는 사내에게 더 이상 무엇을 대꾸할 필요를 느끼지 않았다. 그는 잠시 상대방의 얼굴을 마주 바라보았다. 상대의 눈도 그의 눈을 피하지 않았다. 그는 먼저 눈을 돌려서 짐들을 구석으로 밀어넣고 층계를 거쳐서 집을 나왔다. 그리고 그는 이틀 동안 외박을 했었다.

그가 이틀 후 밤늦게 거의 모두들 잠이 든 집 안에 조용히 들어가서 그의 방문을 열고 불을 켰을 때 책상 위에는 포장지로 싸여진 몇 개의 작은 물건들이 놓여 있었다. 우연히 쓰레기통에 눈이 닿았을 때 그는 그곳에 자신의 것이 아닌 휴지들이 구겨져서 들어 있는 것을 보았다. 그것들을 꺼내어 펴보고 나서 그는 이 모든 것들이 전날, 혹은 전전날 그를 환영하기 위해 이곳의 사람들이 준비한 작은 모임을 위한 것이었음을 알 수 있었다. 그가 짐작한 대로였고 그는 바로 그 때문에 외박을 한 것이었다. 그는 책상 위의 잡동사니들을 서랍 속으로 쓸어넣었었다.

그는 그 후에도 최관조라는 사내를 몇 번 더 마주쳤었지만 그가 미처 말을 꺼내기도 전에 자리를 뜨곤 했었다.

바로 그 사내, 전혀 모르는 것도 아니고 몇 가지 사소한 사항들, 살결이 흰 편이고 어깨가 알맞게 발달했으며 세수를 하고는 꼭 수건을 목에 걸고 나오고 술을 많이 마신다는 것, 그리고 특히 이름이 최관조라는 것을 알고 있는 그 사내가 지금 그의 앞을 가로막고 누워 있는 것이었다.

만약 사내가 잠들어 있는 것이 아니고 맨정신으로 이렇게 그를 막아서고 있었다면 그는 어깨로 밀어제치고는 계단을 올라섰을 것이었다. 그러나 상대가 전혀 자신의 행위를 의식하지 못하고 있다는 점, 그것이 그를 난처하게 만들고 있었다.

그는 그냥 사내를 넘어가기 위해 왼쪽 손으로 난간을 잡고 오른발을 높이 들었다. 그러나 그는 발을 세번째 난간에 올려놓으려다가 그만두었다. 타넘을 수는 없는 일이었다. 그것이 누워 있는 사람의 발 밑으로 돌아서 지나다니도록 배웠던 가정 교육의 습관에서 비롯되는 것인가를 그는 잠시 생각했다. 그러나 그 때문은 아닐 것이었다. 만약 단순히 그 때문이라면 오히려 일부러라도 그는 사내의 아랫배를 밟고서라도 계단을 올라서야 했다. 그러나 여전히 그럴 수는 없었다. 그는 사내의 어깨를 잡아 흔들어보았으나 상대는 몸을 약간 뒤척이고는 얼굴을 팔 밑에 묻어버렸다.

어쩔 수 없이 그는 손전등을 주머니에 집어넣고 잠든 사내의 팔을 어깨에 걸쳐서 일으켜세우고는 계단을 올라섰을 때 사내가 그의 얼굴에 대고 응얼거렸다.

"고맙수다."

그러나 그는 다소 거칠게 사내를 맞은편 벽 쪽에 밀어붙이고는 팔을 놓아버렸다. 그는 주머니에서 손전등을 꺼내어 사내의 얼굴을 비췄다. 최관조는 두 손바닥을 벽에 붙이고 간신히 몸을 지탱하면서 불빛을 피해 고개를 가로 저었다. 그리고는 정확히 발음하려고 애쓰면서 말했다.

"우리 술 한잔 같이 하지 않겠소? 내 방에 가서 말이오."

그는 갑자기 취한 사내의 얼굴을 후려갈기고 싶은 충동을 느꼈다. 그러나 결국 사내는 밑으로 주르륵 미끄러져내렸다. 그는 손전등을 거두고 발꿈치로 복도를 울리면서 오른편 끝방으로 걸어갔다. 그때 뒤쪽에서 형편없이 해체되어 알아듣기 힘든 목소리가 들려왔다.

그는 복도의 사내가 일으키는 소음을 들으며 곧 잠에 빠져들었다.

그는 한 여자의 위에 엎드려 있다. 여자가 딸꾹질을 한다. 그는 여자의 입을 손으로 틀어막는다. 입이 막힌 채로 여자는 하품을 한다. 크게 벌려진 입 속으로 그의 손이 손목까지 들어간다. 그는 여자의 머리카락 사이로 손을 집어넣어서 머리를 움켜쥔다. 자, 마그리트, 다시 한 번 해봐요, 이 작품은 팔분음부로 한 음을 올려서 시작해야 해요. 그리고 나서 안단테가 되면 어조가 바뀌는 거죠. 어서 대본을 들고 무대에 올라요. 그렇지, 그 부분은 스타카토죠. 여자가 배를 움켜쥐고 층계에서 굴러떨어진다. 머리카락이 부챗살처럼 마룻바닥에 좍 퍼진다. 여자는 하품을 하듯이 입을 벌리고 있다. 그는 그 여자의 입 속을 들여다본다. 그는 그 동굴을 좀더 자세히 살펴보기 위해 상체를 굽히다가 그녀의 위에 푹 엎어져버린다.

다음날은 토요일, 일주일 간의 기본 연수 과정이 끝나는 날이었다. 그는 아침 여덟시에 출근했다가 다섯 시간의 강의를 듣고 회사를 나왔다. 일주일이 지난 지금 그의 머릿속에 남아 있는 생각은 무언가가 끝난 대신 또한 새로운 어떤 것이 닥쳐오리라는 분명한 예감뿐이었다.

그는 늦게까지 밖에서 시간을 보내다가 다른 사람들과 마주치지 않으리라 생각되는 시각, 새벽 한시쯤에 숙소로 돌아가고 싶었지만 일주일 간의 피로를 더 이상 견딜 수 없었다. 결국, 그는 한낮의 더위에 허덕이면서 천천히 걸어서 일단 대문 앞에 이르자 빠른 걸음으로 단숨에 자신의 방에까지 올라갔다. 그리고 방에 들어서자마자 등뒤로 문을 닫고 기대어 서서 숨을 몰아쉬며 얼굴과 목의 땀을 닦았다. 그리고는 바깥이 조용한 때를 틈타 화장실로 가서 세면을 하고 돌아왔다. 그는 수건을 목에 건 채로 침대 위에 걸터앉았다. 발바닥이 방바닥에 닿았다. 그는 발바닥을 방바닥에 비비면서 중얼거렸다. 발바닥과 방바닥, 방바닥과 발바닥.

 사실 끝나버린 것은 일주일 간의 연수 과정뿐이었지만, 그는 마치 무언가 외설적인 행위를 하고 난 듯한 뒷맛을 느끼고 있었다. 그래서 그는 까닭없이 이제 모든 것이 다 끝나버렸다는 허탈한 기분에서 벗어날 수 없었다. 다시 또 이런 일은 없을 것이었다. 마지막 날의 강의에는 모 TV 방송국에서 MC를 맡고 있다는 사람이 연사로 초청되어 왔다. 과연 낯이 익어 보였던 연사가 화술(話術)이라거나 상대의 마음을 사로잡는 법 따위의—그가 서점에 들를 때마다 그런 내용을 다룬 무수한 책들을 바라보며 도대체 어떤 사람들이 그 책을 사갈 것인가 하는 의아심을 불러일으키게 하던—이야기를 늘어놓는 동안, 두 시간 내내 그는 영업부장의 시선을 옆얼굴에 따갑게 느꼈었다.

 결국 두시쯤 강의가 모두 끝난 후에 복도에서 마주친 영업부장이 그에게 이렇게 말했었다.

 "잘 견뎌냈어. 이제 자네도 차츰 제 페이스를 찾아가고 있는 거야. 월요일에 지역 배당이 있을 걸세. 모쪼록 자네가 내 담당이 아니길 바라네. 무슨 뜻인지는 그날 알게 돼."

그때 그는 일주일 동안 식물처럼 그냥 의자에 앉아 있기만 했고 몇 번의 테스트를 건성으로 치렀을 뿐인 자신이 무엇을 견뎌냈는지 알 수 없었다. 그러나 그는 지금은 자신이 참고 견뎌낸 무수한 것들을 머리에 떠올릴 수 있었다. 공공칠 가방의 낯선 감각, 매일 아침의 정장, 속을 뒤집어놓던 강의들, 성공 사례를 늘어놓던 간부 사원들의 뻔뻔스러운 표정들……

그때 문에서 노크 소리가 들렸다. 그는 발바닥으로 방바닥을 디디며 걸어가서 방문을 열었다.

문이 반쯤 열렸을 때 얼굴 하나가 안으로 쑥 들이밀어졌다. 그 얼굴은 최관조의 것이었다. 그는 순간 손으로 그 얼굴을 감싸쥐고 밖으로 밀어버리고 싶은 충동을 가까스로 가라앉혔다. 최관조는 문이 다시 닫혀버릴까 두려운 듯이 어깨로 그를 밀고 들어오면서 말했다.

"죄송하지만 들어가도 되겠습니까? 술을 가져왔습니다. 같이 한잔하고 싶어서 말이죠."

최관조는 이미 그를 다루는 방법을 깨달은 듯이 그의 대답을 기다리지도 않고 방안으로 들어섰다.

"제 방은 바로 옆입니다. 돌아오시는 기척을 들었죠."

그로서는 잠깐 사이에 술병을 든 사내가 들어설 수 있는 틈을 내주고 만 셈이었다. 그는 다시 침대에 걸터앉았고 무례한 침입자는 잠시 그의 반응을 살피다가 그로부터 아무 말도 없자, 스스로 의자를 끌어다 놓고 그의 옆에 앉았다. 침입자는 병의 마개를 따서 코를 가져다 대고는 눈을 감고 냄새를 맡았다. 그러나 최배중은 발꿈치를 무릎에 올려논 자세 그대로 움직임 없이 바닥을 내려다보고 있었다. 술꾼 사내는 주위를 두리번거리며 돌아보다가 혼자말처럼 중얼거렸다.

"뭐, 술잔 같은 것이 있어야 할 텐데. 내가 준비해올 것을 그랬나……?"

그러나 여전히 그가 아무 말도 하지 않고 있자 술꾼은 하는 수 없이 그에게 말했다.

"술잔으로 쓸 게 뭐 없을까요? 아무거라도 말이죠."

그는 잠시 사내의 두 눈을 빤히 들여다보다가 어쩔 수 없다는 표정을 지으며 자리에서 일어나 벽장을 열고 유리잔을 하나 꺼내와서 탁자 위에 소리를 내며 놓았다. 그러자 사내가 자리에서 일어서며 벽장으로 가서 다시 잔 하나를 더 꺼내왔다.

"아니죠. 이 좋은 술을 절대로 혼자 마실 수는 없습니다. 귀찮아서 날 쫓아내지 않으신다면 같이 마셔야죠."

무뢰한은 갈색 액체를 두 개의 유리잔에 삼분의 일 가량씩 따랐다. 그리고 잔을 입으로 가져가서 혀끝을 축이며 말했다.

"어젯밤엔 고마웠습니다. 너무 과음을 해서요."

그는 무표정한 얼굴로 상대의 얼굴을 바라보았다. 술잔을 든 사내가 술잔을 내려놓으며 말했다.

"물론 전 누가 어젯밤 나를 부축했는지 기억할 수 없었죠. 아침에 일어나서 사람들에게 물어봤는데 모두 그런 일이 없다고 하더군요. 그래서 최형이로구나 하고 생각했죠."

"이 술이 바로 어제 말한 그 술인가요?"

그의 말에 술잔을 내려놓은 사내는 순간 어리둥절해하다가 이내 머쓱한 표정을 지으면서 애매하게 웃으며 말했다.

"날이 매우 더운데 방문을 열어놓을까요? 창문만 열어선 답답하지 않은가요?"

도주 257

그는 대답 대신 고개를 한 번 옆으로 저었다.
술 좋아하는 사내가 석 잔째를 마시고 났을 때에도 그는 잔에 손을 대기는커녕 처음에 침대에 걸터앉았던 자세를 조금도 흐트러뜨리지 않고 유지하고 있었다.
술기운이 조금씩 오르고 있는 사내는 말이 많아졌다. 그러나 그는 자기만의 상념에 몸을 맡기고 있었기 때문에 의자에 앉아서 자작을 하고 있는 사내의 말에 별로 관심을 가지지 않고 있었다.

그는 노송이 빽빽이 들어선 산을 지난다. 나뭇잎 사이를 통과한 싱그러운 바람처럼 그렇게 나타난 여자를 만난다.
그는 물풀들이 떠 있는 강을 따라 걷는다. 대낮 더위 속에서 훅훅 느껴지는 풀냄새뿐, 불꽃 덩어리처럼 가지런히 자라나 살랑살랑 물결치듯이 움직이고 있는 풀숲, 그녀는 더 이상 없다.

그가 언뜻 정신을 차렸을 때 계속해서 거의 혼잣말을 하듯이 중얼거리고 있던 술 취한 사내의 목소리가 귀에 들어왔다.
"이거, 낮술이라 그런지 술이 잘 안 취하는데요. 하긴 지금 난 해장을 하고 있는 것이긴 하지만서도. 헌데 최형은 술 잘 못 하십니까? 잘 하실 것 같은데 말입니다. 왜 안 드시죠? 아직 한 잔도 안 하셨습니다. 이건 꽤 좋은 술이라구요. 헌데 최형, 최형은 얼마 전까지 형사들이 이곳에 수시로 드나들던 일에 대해 알고 있습니까? 모르셨군요. 아, 뭐 그리 대단한 일이 있었던 것은 아니었습니다. 어느 날 아침 지하실에서 웬 남자 시체 하나가 발견되었었죠. 신원을 밝힐 단서라고는 전혀 없었고, 몸에 아무런 외상 같은 것도 없었습니다. 아마 대문도 열려 있고 해서 하룻밤 신세를 지기 위해 지하실로 기어들어갔던 모양이에요. 거긴 여름엔 시원하고 겨울엔 따뜻하거든요."

수다스런 사내가 떠들고 있는 동안 그는 몇 대의 담배를 계속해서 피우고 있었다. 열려진 창문으로 차들의 소음이 더운 공기에 섞여 들려왔고 그 소음과 별로 구별되지 않는 사내의 습기 찬 목소리는 술잔 때문에 중단되었다가 끈질기게 다시 계속되었다. "오늘만큼이나 더웠던 지지난주의 토요일이었습니다. 그날 나는 일찍 퇴근해서 돌아오자마자 찬물로 샤워를 했었죠. 그래도 좀체로 더위가 가시질 않더군요. 그래서 여러 가지로 생각한 끝에 지하실에 내려가서 낮잠을 자면 좋겠다는 생각을 하게 되었죠. 그때까지만 해도 스스로 기발한 착상이라고 탄복을 하면서 돗자리하고 얇은 담요에다 베개까지 들고 다른 사람들, 특히 여사원들이 눈치 못 채게끔 조심하면서 밑으로 내려갔었어요. 그런데 지하실로 들어가 보니 이미 한 발 앞서서 자리를 차지하고 누워 있는 사람이 있지 뭡니까. 게다가 그자는 지하실 한 귀퉁이에 말아서 세워놓았던 비닐 장판을 깔고 그 위에 누워 있었습니다."

술기운이 올라 말이 많아진 사내는 자신의 말을 그가 듣고 있다는 것을 확신하고 나자 일부러 이야기 듣는 사람의 궁금증을 유발시키기 위해서, 혹은 그게 아니면 그저 술을 한 모금 마시기 위해서 이야기를 다시 중단하고 잔을 입으로 가져가서 비워버렸다. 새 잔이 채워지고 나자 말은 곧 다시 계속되었다.

"처음에 나는 그 남자가 우리 동료 사원인 줄 알았어요. 헌데 그 옆에는 빈 소주병 하나가 넘어져 있을 뿐 아니라 옷차림이 너무 남루했고 자세히 보니 전혀 모르는 얼굴이었습니다. 갑자기 온몸이 얼어붙더군요. 난 그때 이미 그것이 죽은 시체라는 것을 직감적으로 느낄 수 있었습니다. 발끝으로 툭툭 건드려보아도 역시 반응이 없었어요. 그래서 베개고 담요고 모두 거기다 버려두고 밖으로 뛰쳐나와서 경찰에 신고를 했었죠. 말도 마세요. 그리고 나선 경찰들이 어찌나 귀찮게 굴던지…… 우리 모두 일일이 심문을 받고 지문까지 조사받았다니까요. 지하실에 내려가 보면 아직 그 남자가 누워 있던 자리에 백묵 자국이 남아 있을 겁니다. 하지만 우리 모두 알리바이가 분명한 데다가 시체의 신원을 끝내 알아내지 못해서 수사는 미궁에 빠졌고, 결국 자연사로 낙착을 보았죠. 검시 결과, 간이라든가 콩팥이라든가가 이미 치명적인 상태였다고 하더군요."

이야기를 마친 사내는 팔까지 들어올리며 길게 하품을 했다. 그는 최관조가 하품을 끝내기를 기다렸다가 담배를 재떨이에 비벼 끄고, 이제 그만 가보시지 하는 표정을 지었다. 그러나 최관조는 술잔을 살짝 들어보이며 아직 술이 남았잖수, 하는 표정으로 응수했다.

"각자가 알리바이를 밝힐 때 일어난 해프닝을 짐작할 수 있겠습니까? 물론 비밀이 엄수된다는 조건을 형사들이 제시하긴 했지만 어디 그게 감추어질 수 있는 일인가요. 더구나 그날은 공교롭게도 남자 사원 둘하고 여자 사원 하나가 외박을 했었거든요. 남자들은 그렇다 치더라도 미스 최의 외박 사유에 대한 소문이 쫙 퍼졌습니다. 결국 그 여자는 여길 나갔지요. 그래도 나가면서 한마디 하더군요. 내달에 결혼을 한다나요. 모두 웃었지요. 그래서 우리는 미스 최가 내달에 결혼을 할 것인지 내기를 걸려고 했어요. 하지만 내기가 성립이 안 됐어요. 왜냐하면 아무도 결혼설 쪽에 걸지를 않았거든요."

　그는 갑자기 어젯밤에 느꼈던 감정과 비슷하게 이 뻔뻔스런 사내의 멱살을 틀어쥐고 방 밖으로 내몰아버리고 싶은 충동을 명치 끝에서부터 느꼈지만 억지로 기분을 내리누르고 대신 새 담배를 한 대 피워 물었다.

　그는 담배를 손가락 사이에 낀 채 두 팔꿈치를 무릎 위에 얹어놓고 두 손바닥에 얼굴을 묻었다. 등허리에 고인 땀방울이 등골의 파인 곳을 따라 흘러내리는 것이 느껴졌다. 그는 이번에는 아무 생각도 할 수 없었다. 그러나 앞에 앉은 사내의 말도 들을 수 없었다. 담배를 많이 피우시는군요, 하루에 한 갑 이상 피우시나요, 라는 말을 마지막으로 듣고 나서 그는 완전히 몽롱한 감정의 공백 상태에 빠져들었다. 온몸의 가죽이 살덩어리와 떨어져나오는 듯한 저림을 느꼈지만 그는 스스로에게 미동도 허락하지 않았다. 머릿속에서 형형색색의 끈 같은 것들이 마구 헝클어지다가 어느 순간 갑자기 시야에 광활한 순백색의 사막이 펼쳐졌다. 그러나 이내 그 위로 순식간에 우기(雨期)가 닥쳐와서 비가 내리고 호수가 고이고 모래 사이에 묻힌 씨들이 싹을 내고 가지를 뻗어 꽃을 피우고 그 사이로 온갖 동물들이 모여들기 시작했다. 그러나 곧 그 형체가 분명치 않은 동식물들은 다시 각각 길게길게 늘어나다가 애초의 가늘고 긴 끈들로 되돌아가버렸다. 그리고는 다시 사막이었다. 간간이 푸르고 붉은색의 스파크가 튀어 올랐다.

　그는 손가락 끝으로 눈두덩을 눌렀다. 그때 그의 머릿속에 부동산 소개업소들이 즐비하게 늘어서기 시작하고 그 안에서 화투

판을 벌이고 있는 사람들의 모습이 나타났다. 그는 순간 영문을 몰랐지만, 곧 취해서 떠들고 있는 사내가 이제는 부동산에 대한 얘기를 하고 있기 때문에 그런 엉뚱한 영상이 떠오른 것임을 알 수 있었다. 그는 손바닥으로 얼굴을 비비면서 입 속으로 중얼거렸다.

"이런 제기랄."

그러나 사내가 그의 말을 듣지 못했음은 분명한 일이었다. 그는 현재 자신의 감정을 상대방 사내가 알고 있지 못하다는 것 자체가 마음에 거슬렸다. 아직까지 그는 침입자를 쫓아내고 싶지 않다거나 그렇게 하는 것이 귀찮았기보다는 그럴 필요성을 느끼지 않고 있었다. 지금 그의 앞에 누군가가 있건 없건 그에게는 큰 문제가 될 수 없었고 그의 마음은 단순한 무관심에 의해 꽉 닫혀 있는 상태였기 때문이었다.

하지만 다시 좀전의 감정의 여백 속으로 들어가는 일은 쉽지가 않았고 그는 차츰 이제 그것이 불가능해졌음을 깨닫게 되었다. 부동산 거래가 혼미를 거듭……, 이라는 말이 이번에는 분명하게 그의 귀를 통해 머릿속까지 따갑고 날카롭게 전달되었다. 그러자 머리보다 훨씬 밑인 가슴속에서 일종의 쓰린 고통이 번져나갔다. 그때 그는 무언가의 감각을 발등에 느꼈다. 고개를 들어보니 그의 손가락 사이에서 타들어가던 담뱃재가 떨어져서 발등과 방바닥에 하얗고 거무스레하게 부서져 있었다.

술 취한 사내는 벌써 전혀 다른 이야기를 하고 있었다.

"그렇게 만나서는 우리 두 사람 사이에서 상투적인 해명이 오고 갔지요. 결국 그 사람 말은 그 여자가 다시는 자기 집에 와서 자길 죽이겠다고 협박하는 일은 없어야겠다는 거였어요. 그게 도대체 무슨 말입니까? 어쨌든 그 사람이 보기에 내가 곧이듣지 않는 얼굴을 하고 있었던 모양이에요. 자기 말이 믿기지 않는다면 이부장에게 물어보라고 하더군요. 이부장을 아십니까? 그래서 내가 하지만 그 여자가 죽이겠다는 건 자기 자신이겠지요, 라고 말하니까 당신을 죽이겠다는 건 아니고?라고 되묻더군요. 생각을 해보세요. 배꼽을 빼는 얘기 아니에요? 그래서 우리 둘은 한바탕 웃음을 터뜨렸죠."

 말을 마친 사내는 콧등과 이마에 땀이 번질거리는 얼굴로 상체를 기울이면서 키득거렸다.

 그는 꽁초가 된 담배를 재떨이에 비벼 끄고 침대에서 벌떡 일어섰다. 그러나 사내는 전혀 동요하는 기색 없이 손에서 찰랑거리는 술잔처럼 여유로운 표정으로 그를 올려다보았다. 그는 그 침착한 표정 때문에 하지 않으려고 했던 말을 할 수밖에 없었다.

 "최관조씨. 내가 당신을 죽이게 될지도 모른다는 것을 모르십니까?"

 그는 상대가 땀으로 범벅이 된 얼굴로 싱긋 웃으며 무언가 말을 할 듯하다가 말았다는 것을 알 수 있었다. 그리고 만약 입을 열었다면, 최배중씨, 당신 자신을 죽이겠다는 것은 아니오, 라는 말이 나왔었을 것이라고 그는 생각했다.

 술에 취한 데다가 자존심까지 상한 사내는 끙 소리를 내며 자리에서 일어섰다. 그리고는 시계를 보고 말했다.

 "저녁 식사는 어떻게 하실 생각입니까?"

 "그런 건 신경 쓰지 않아도 됩니다."

 흔들리는 걸음걸이로 문 쪽을 향해 걸어가는 사내의 뒷모습을 바라보고 있다가 그는 책상 위에 아직 삼분의 일쯤 남아 있는 술병을 발견했다. 그는 한 손으로 병을 들고 막 문을 나서는 사내의 어깨를 잡았다.

"가져가십시오."

그러자 사내는 얼굴의 땀을 손바닥으로 쓸어내려 붉어진 얼굴로 웃었다.

"아닙니다. 가져가세요."

이번에는 그 사내도 얼굴의 동요를 감추지 못하고 그의 얼굴을 한동안 바라보다가, 술병의 모가지를 움켜쥐고는 술병을 높이 쳐들어보이고서 복도로 나갔다.

그는 다시 침대에 걸터앉아서 이제 무엇을 해야 하는가 하는 생각을 했다. 그때 책상 위에 놓여 있는 병마개가 눈에 띄었다. 그는 손을 뻗어서 그것을 구겨버릴까 하다가 가슴 높이까지 올렸던 손을 다시 떨어뜨렸다.

이제 무엇을 어떻게 해야 하는가 하는 생각, 그것은 시간이 남는다거나 아니면 어찌할 바를 모를 때에 그의 머릿속에 떠오르는 것은 아니었다. 조금 심하게 표현하면 그것은 거의 강박관념처럼 한시도 그의 머리를 떠나지 않고 있었다. 하다못해 변기에 걸터앉을 때에도 그는 이제 무엇을 어떻게 해야 하는가 하는 생각을 했다. 따라서 그것은 그가 실제로 무엇을 어떻게 해야 할까, 라고 자문하는 것이 아니라 언제부턴가 까닭없이 가슴이 답답하게 짓눌리는 것을 느끼기 시작할 때면 입버릇처럼, 비록 말로 표현은 되지 않더라도 항상 그의 상념의 입에 붙어다니는 것이었다. 그것은 달리 표현하면, 아, 어쩔 것이냐, 아니면 아, 죽고 싶다, 따위와 동일한 것이었다. 때로 그는 이 말 대신에 도대체 어떡하겠다는 거냐, 아니면 그래서 어쩌자는 거냐, 라는 말도 때때로 사용하곤 했다.

하지만 어쨌든 그는 무엇을 어떻게 해야 할지 모르는 것도 아니었고, 뭘 어떻게 하겠다는 것도 아니었으며, 물론 그래서 뭘 어쩌자는 것도 역시 아니었다.

결국 그는 자리에 벌렁 드러누울 수밖에 없는 일이었다. 그때 옆방으로 들어간 최관조의 노랫소리와 무언가 투박한 것이 자꾸 벽에 부딪히는 소리가 들렸다. 그는 신경을 곤두세우게 하는 소리에서 벗어나기 위해 옆으로 몸을 돌리고 누워서 베개로 머리를 덮었다. 그러나 그 소리는 끊어진 듯하다가 잠깐 후에 번번이 다시 시작되었다. 벽을 통과해서 들려오는 노랫소리는 마치 밤에 귓전을 맴도는 모기의 날갯짓 소리처럼 그의 베개 위에서 웅웅거렸다.

그는 베개를 집어서 그쪽 벽을 향해 내던졌다. 별로 크지 않은 둔탁한 소리가 울렸고 건너편에서 들려오는 소리가 멈추었다. 그러나 그것도 잠시뿐이었고 다시 노랫소리와 묵직한 충돌음이 들려왔다.

급기야 그는 침대에서 튀어나와서 벽을 발길로 차고 말았다. 아까보다는 훨씬 크게 벽이 울리고 집 전체가 조금 흔들릴 정도로 큰 소리가 났다. 발길질을 한 번 더 할 필요는 없었다. 집 전체는 무더운 한낮의 정적 속으로 빠져들어갔다.

그는 침대로 돌아오다가 탁자 위에 반쯤 찬 상태 그대로 놓여져 있는 술잔을 들어서 창밖으로 쏟아버렸다.

그날 그는 밖에 나가서 저녁 식사를 해결하고 늦게까지 혼자 시간을 보내다가 한시쯤 사람들의 눈에 띄지 않고 방으로 돌아왔다. 그날 밤은 유난히 길게 느껴졌다.

그는 지하실에 누워 있다. 눈을 뜬 것도 아니고 지하실에 내려와본 적도 없지만 그는 분명히 알 수 있다. 그는 지하실에 누워 있다. 목덜미가 쓰려온다. 하지만 그는 상처에 손을 대지 않는다. 처음에는 벽에 기대어 있다가 몸이 바닥으로 흘러내린 것인지 비닐 장판이 훨씬 저쪽으로 밀려나 있다. 아니 비닐 장판 같은 것은 없다. 대신 그의 주위에 흰 백묵으로 그려진 선이 보인다. 그는 발꿈치로 그 줄을 지운다. 아픔은 없었지만 시멘트 바닥이 뻘건색으로 더럽혀진다. 쥐 한 마리가 그의 얼굴을 타넘는다. 옆에 그 여자가 누워 있다. 손을 뻗어서 그녀의 손을 쥔다. 찬 감각이 그의 내장에서 느껴진다. 여자의 내장이 차다는 것을 그는 느낀다. 어떤 금속이 그녀의 배를 차게 했음을 안다. 아니 그녀는 없다. 그녀는 없고 흰 백묵의 선이 보인다. 여인의 나체를 기가 막히게 매끄러운 선으로 그려낸 흰 선이 보인다. 그런데 다리가 하나 없다. 아, 그녀는 다리를 꼬고 죽었구나. 그녀는 다리가 하나 없다. 그녀는 휠체어를 타고 다니거나 의족에 의지해야 한다. 오, 다리여 다리여! 지하실에 달이 하나 떠오른다. 달 주위에 백묵처럼 창백한 흰색의 달무리가 빛난다. 달은 더 높이 떠오른다. 낮은 천장에 부딪힌다. 소리가 쾅쾅 울린다. 달이 시멘트 바닥에 반쯤 스며든다. 소리가 밖에서 들려온다. 누군가가 지하실로 들어온다. 문이 열리지 않는다. 문이 부서져나간다.

그는 누군가가 방안으로 들어오는 인기척에 눈을 떴다. 책상 앞에 서서 그의 얼굴을 내려다보고 있는 사내는 최관조였다. 집요할 정도로 귀찮게 구는 사내가 멋쩍은 웃음을 흘리며 말했다.

"잠을 깨웠다면 죄송합니다. 술병 마개를 두고 가서 말이죠. 아무래도 그게 있어야…… 아, 여기 있군요. 실례했습니다."

사내가 나간 뒤 그는 몸을 일으켜서 침대에 걸터앉았다. 차가운 방바닥이 발바닥의 맨살에 닿았다. 이미 시간은 정오를 지나고 있었다. 일요일이었다.

그는 담배를 입에 물고 성냥갑을 집어들었다가 거기서 멈춘 상태로 정면을 응시하면서 꼼짝도 하지 않았다. 그는 창문도 열지 않은 채, 침대에 앉아 땀방울 하나 흘리지 않으면서 의식의 정지랄까, 사물과 같은 정적이랄까, 여하튼 일종의 기묘한 마취 상태에 빠져들어가고 있는 것이었다.

그때 그는 손가락 끝의 심한 경련을 느끼는 것과 동시에 자리에서 벌떡 일어나 창문을 열어제치며 소리를 질렀다.

"나는 죽어가고 있다. 서서히 죽어가고 있다."

멍하니 앉아 있다가 자신도 모르게 북받쳐오른 감정에 놀라 그렇게 소리를 지르고 나자 그의 얼굴은 붉게 달아오르고 두 눈도 팽창이 되어 충혈되어 있었다. 그는 창틀을 부여잡은 손아귀에 힘을 몰아넣고 부릅뜬 눈으로 바깥을 내다보았다.

그는 심장의 빠른 고동과 다소 급한 호흡을 느끼며 자신이 겨우 다시 깨어났다는 기분을 느꼈다. 하마터면 앉은 채로 영원히 죽음 같은 깊은 잠에 빠져들 뻔했다는 생각이 들었다. 그는 이제 그의 계획을 실행해야만 할 때라고 마음을 작정했다.

그는 삼층을 지나서 다락방으로 올라갔다. 그곳은 태양열을 받아서 한증막 속처럼 공기가 뜨거웠다. 그는 옷을 벗어던지고 팬티 차림으로 구석에 세워져 있는 돗자리를 옆구리에 끼었다. 그리고는 창문을 통해 옥상으로 나갔다. 바깥은 햇살이 따갑긴 했지만 그래도 간간이 살랑거리는 바람이 있어서 다락방보다는 나은 편이었다. 주위는 한여름의 한낮답게 움직이는 것이라곤 거의 눈에 띄지 않았고 집들은 모두 창문을 열어놓고 잠이 들어 있었다.

그는 또다시 아뜩함을 느꼈지만 정신을 가다듬고 두 눈을 치떴다. 햇살이 그의 피부에 닿아서 땀을 흘리게 하는 동시에 그것을 증발시켰기 때문에 그는 마치 모래사장 위에서 뒹구는 듯한 감촉을 온몸으로 느꼈다.

그는 옥상의 한가운데에 돗자리를 깔고 그 위에 누웠다. 그러자 더운물 속에 들어가 있을 때 그러하듯이 그는 차츰 심장이 답답해질 정도로 강한 햇살의 압박을 느꼈다. 눈두덩이 안에서는 불이 붙듯이 노란색에 가까운 영상들이 어른거렸다. 그는 몸을 돌려서 배를 깔고 엎드렸다. 팔에 얼굴을 묻고서 그는 한동안 움직이지 않았다. 햇살들이 그의 등에 부딪혀 튀어오르거나 옆으로 주룩주룩 미끄러져내렸다.

그는 다시 혼자 중얼거렸다.

"나는 죽어가고 있다. 서서히 죽어가고 있다."

무언가 잔뜩 잉태한 듯하면서도 숨막힐 정도로 고요하고, 당장이라도 어디부턴가 끓어넘칠 듯한 한낮의 분위기는 흡사, 아니 거의 그대로 그의 머릿속과 같았다. 그는 잠들지 못하면서, 몸의 감각들이 머릿속의 의식으로 치환되는 과정을 직접 바라보듯이 느끼고 있었다.

마치 편안한 공간 속에 갇힌 느낌이었다. 아무런 감각이 요구되지 않았다. 따라서 현재는 물론 과거와 미래의 아무런 감정도 의식도 문제되지 않았다.

등허리와 어깻죽지 쪽이 따끔거리기 시작했다. 그는 다시 몸을 뒤채서 반듯이 누웠다. 꽉 닫힌 눈꺼풀을 들어올리고 파고들 듯한 햇살이 얼굴을 때렸다. 그대로 가만히 있다가는 얼마 가지 않아서 속눈썹이 불에 그을린 것처럼 연한 갈색으로 동그랗게 말려올라갈 것이었다.

그는 상체를 일으켜서 주위를 돌아보았다. 그리고 머리맡의 대략 삼십 센티쯤 떨어진 곳에 굴뚝이 있고 그 밑에 짧은 그림자가 드리워져 있는 것을 보았다. 그는 돗자리 채로 몸을 위로 끌어올려서 그 끝이 그늘에 걸치게 되었을 때 몸을 멈추었다.

그는 다시 몸을 뉘었다. 뜨겁게 달구어진 함석판의 감각 같은 것이 등에 들러붙었다. 그러나 그의 이마와 눈은 그늘에 잠길 수 있었다. 그는 눈을 크게 뜨고 하늘을 올려다보았다. 하늘은 정면으로 바라보였고 그 옆쪽에는 굴뚝의 붉은 벽돌이 액자의 틀처럼 장식되어 있었다.

인간은 그늘 속에서는 결코 태양을 바라볼 수 없는 것이었다. 그때 다시 좀전의 그 졸음 같은 마비감이 서서히 그의 옆구리를 문지르기 시작했다.

자극적인 햇살 때문에 잠들 수가 없는 그에게 또다시, 죽어가고 있다는 생각이 덮쳐들기 시작한 것이었다. 이것이 죽어가는 것이구나, 그는 그렇게 생매장을 당하는 사람처럼 자신이 죽는 모습을 느낄 수 있었다. 이제 그는 손가락이나 발가락 하나 꼼짝할 수 없었다. 호흡과 맥박은 점점 약해지고 느려졌다. 그는 속이 울렁거릴 정도의 어지러운 몽환을 느꼈다.

그때 그는 갑자기 왼쪽 눈에 쏟아져드는 햇살을 느끼고 눈을 감았다. 태양의 움직임에 따라 그림자가 차차 이동을 해서, 처음에는 그의 콧등에 걸려 있던 그림자가 미끄러지면서 왼쪽 눈 위가 햇빛에 드러난 것이었다.

  햇살은 그림자를 벗겨내고는 뜨겁고 강렬한 애무를 하기 시작했다. 그는 이게 바로 죽음이구나라는 생각을 했다. 죽음이 그의 가슴에 덜컥 올라앉은 것이 느껴졌다. 그러나 그는 잠시 후에도 죽지 않고 있었다. 햇살은 여전히 생생하게 느껴졌다. 땀이 이마와 몸 전체에서 번질거리고 있었지만 일부는 곧 증발이 되었기 때문에 옆으로 흘러내리진 않았다. 땀샘을 벗어난 땀은 살갗에 소금 자국을 남기면서 따뜻하게 밀착되었다. 그는 마치 뜨거운 욕탕에 들어갔을 때 몸에서 분비된 땀이 곧 불에 섞여버리는 것 같은 기분을 느꼈다.

  태양은 계속해서 움직이고 있었던 모양이었다. 그림자는 결국 오른쪽 눈 위에서도 벗겨졌다. 따라서 그는 마음만 먹는다면 다시 태양을 바라볼 수도 있게 되었다. 눈이 아파왔다. 그는 자리를 박차고 일어나서 난간 쪽으로 달려갔다. 그리고는 상체를 앞으로 굽히고 또다시 소리를 치기 시작했다.

  "나는 죽어가고 있다. 서서히 죽어가고 있다."

  다음날 아침에 그는 짐을 대충 꾸려서 구석에 몰아놓은 후에 방을 나왔다. 여덟시쯤에 그는 지난주의 습관대로 회사 건물의 지하 강당으로 통하는 층계를 내려갔다. 환기가 잘 안 되어 아침부터 후텁지근한 공기가 그의 호흡기를 틀어막았다.

  강당으로 들어서 보니 여느 때와는 달리 사람들이 무더기로 몰려서 웅성거리고 있었다. 그들이 서 있는 곳의 앞, 양쪽 벽 위에는 각각 흰색의 커다란 종이가 붙어 있었다. 공고를 보고 각자가 배치된 지역과 사무실을 확인하고서 아홉시에 그곳으로 올라가면 되는 거였다.

그의 이름은 '990 지역'이라고 씌어진 글자 밑의 명단 속에 들어 있었고 사무실은 607호였다. 그는 막 몸을 돌리려다가 다시 고개를 들이밀고서 자신이 소속된 명단의 아래쪽에 '담당: 이종해 영업부장'이라는 문구를 발견했다.

그는 강당을 나와 복도에 서서 담배를 피우고, 자동 판매기에서 아이스 커피를 뽑아 천천히 마시며 시간을 보냈다. 시간은 시계의 바늘에 의해서는 다른 때와 다름없이 정확하게 진행되고 있었지만, 그에게는 초침의 움직임 하나하나가 절실하게 느껴졌고 따라서 그는 아주 천천히 움직이는 에스컬레이터를 타고 까마득히 높은 곳으로 올라가야 하는 듯한 기분을 느꼈다. 그렇다고 에스컬레이터 위를 뛰어서 오를 수도 없었다. 그의 발은 바닥에 붙박여 있었고 손가락 하나 제대로 움직일 수 없었으며 호흡마저도 한 계단 오를 때마다 한 번씩 허락되는 것이었다. 그는 손바닥을 눈 높이까지 들어올려서 촘촘하고 미세한 지문(指紋)들의 굴곡을 하나씩 더듬어나가기 시작했다.

아홉시 십분 전부터 사람들은 엘리베이터 앞으로 몰려들었다. 그는 한참 후에 몇몇 사람들과 함께 마지막으로 엘리베이터를 탔다. 일부는 사층에서, 그리고 나머지 중에서 일부는 오층에서 내렸다. 남아 있는 사람들은, 만약 그들이 입을 조금이라도 벌린다면 무언가 시커먼 것, 혀를 대보면 매우 쓴맛이 느껴질 길쭉한 덩어리 같은 것이 튀어나올 듯한 얼굴을 하고 있었다.

그들 사이에서 몇 마디 말이 오염된 개천의 수면에서 볼 수 있는 기포처럼 떠올랐다.

"야구로 말하면 이진(二陣)이구만."

"축구로 말하면 후보 선수지."
"제기랄, 어디 가도 찬밥 신세야."
　엘리베이터를 내려서 607호에 들어섰을 때 지하 강당에서와는 달리 사람들이 모두 뒤쪽 자리를 차지하고 있어서 그는 부득이 비어 있는 맨 앞자리에 앉아야 했다. 그들의 태도는 모두 흐트러져 있었다.
　그때 서류 뭉치를 가슴에 안고 있는 여비서와 함께 영업부장이 들어왔다. 그녀는 종이를 돌리기 시작했다. 영업부장은 뒷자리를 두리번거리며 누군가를 찾는 듯한 표정으로 말을 하기 시작했다.
"나는 영업부장입니다. 실무는 영업과장과 함께 배우게 될 것입니다. 하지만 인원 관계상 여러분은 잠시 나와 함께 이 사무실을 지켜야 합니다. 그렇다고 해서……"
　영업부장은 무언가 하기 어려운 이야기를 멀리 우회해서 완곡하게 표현하기 위해 애쓰고 있었다. 그때 맨 앞자리에 앉아서 길게 늘어지고 있는 말을 듣고 있던 그가 거의 무의식적으로 불쑥 말을 던졌다.
"900이나 950, 990 지역이 대체 무엇을 뜻하는 겁니까?"
　그것은 최근 얼마 동안 남들의 말에 대한 대답으로서가 아닌, 그 스스로가 먼저 꺼낸 최초의 말이었다. 말을 마치고 나자마자, 아니 입을 열기 시작한 순간부터 그는 후회하고 있었다. 뒤쪽에서 자조적인 허탈한 웃음 소리가 몇 번 들려왔다.
　영업부장은 약간 놀란 듯이 그의 얼굴을 바라보다가 한동안 탁자 위에 있는 종이장들을 간추리며 뜸을 들인 후에 입을 열었다.

"그 숫자들은 여러분들을 세 파트로 구분하기 위한 의도 외에는 아무런 의미도 없습니다. 그러나 기분 나쁘게 생각하지는 마십시오. 우리에게는 여러분이 필요합니다. 여러분들에게도 곧 기회가 주어질 것이니 그때를 기다리세요. 하지만 분명히 해둘 것은, 앞으로 이 회사에 대한 여러분의 태도 결정은 여러분의 자유 의사에 전적으로 달려 있다는 점입니다."

그 후 그는 몇 장의 서류를 작성해서 제출하고 '900 지역'의 사원들과 함께 다른 날보다 조금 일찍 회사를 나왔다.

그는 회사 건물을 벗어나자마자 여느 때처럼 넥타이를 풀어서 주머니에 쑤셔넣고 웃저고리를 벗어들었다. 한낮의 찌는 듯한 더위가 온몸에 들척지근하게 들러붙었다. 그는 바닥에 떨어져 내리는 햇살처럼 포도(鋪道) 위에 낮게 깔려서 그대로 부서져버리거나, 구두창에 들러붙는 콜타르처럼 녹아버릴 것 같았다.

습관이 안 된 탓인지 와이셔츠 깃에 접촉이 되어 상한 목덜미의 피부가 쓰려왔다. 그는 구두를 끌며 걸어서 가까운 약국으로 들어갔다. 그는 그곳에서 피부 연고제를 한 통 샀고 내친김에 수면제도 삼 일분을 샀다. 약국을 나오다 보니 길 건너편에 '해동장'이라는 여관의 간판이 보였다. 그는 육교 쪽으로 걸어가다가 공중전화 박스 앞에서 멈추어 섰다. 전화를 걸어야 할 곳이 있었다.

"여보세요, 최관조씨 계십니까? (   ) 저 최배중입니다. (   ) 어떻게 자리에 계시는군요. (   ) 아, 그렇습니까? (   ) 저요, 990 지역입니다. (   ) 그런 말씀 하시지 않아도 됩니다. (   ) 아뇨, 거기서 이사할 생각입니다. (   ) 회사 앞에 해동장이라는 여관에서요. (   ) 그야 들어가서 정해야죠. (   ) 한번 들르시겠습니까? (　) 아, 그래요. (　) 예, 전화 끊겠습니다."

피로감이 어떤 거대한 손아귀처럼 그의 목을 움켜쥐었고 공중에 떠오른 그의 두 다리가 관절이 끊긴 듯이 멋대로 흔들렸다. 그는 천천히 육교를 오르기 시작했다.

이제 그는 최관조가 올 때까지 깊은 잠에 빠질 수 있을 것이었다. 오지 않을 것을 알고 있었기에 전화를 한 것이었다. 전화 통화는 전화 받는 상대를 조롱하기 위함이었고, 따라서 그것은 그들 둘의 관계를 완성시켜줄 것이었다. 따라서 그는 여관방의 문을 안으로 걸어잠그고 삼 일 낮과 삼 일 밤을 잘 수 있을 것이었다. 한 번도 깨어나지 않고, 몸 한 번 뒤척거리지 않고 죽어버린 듯이 잠들 수 있을 것이었다. 그가 깨어나기 전에 사람들이 그를 발견한다면 아마도 죽은 것이라고 생각할 것이었다. 하지만 그는 깨어날 것이었다. 분명히 어느 날 저녁 무렵에 커튼을 통과한 햇살을 느끼며 그는 지하실 속 같은 잠에서 화려하게 깨어날 것이었다.

〔1983〕

어느 날, 모험의 전말

1

 우리의 주인공, 성은 김(金)가에 공(恭)자, 근(勤)자를 쓰는 김공근씨는 어느 날 대단히 심각한 변화를 겪었다.
 모든 면에서 너무도 평범하여 오히려 이상하게 여겨질 정도의 그는, 말 그대로 어느 날 갑자기 자신도 모르게 자신이 변화했다는 것을 깨달았다. 그것은 말하자면 어느 날 아침에 깨어났을 때 자신이 실어증에 걸려 말을 하기가 힘들고 입을 연다 해도 심하게 더듬고 있다는 사실을 자각하게 된 상황과 흡사한 것이었다.
 그러나 물론 그가 실제로 실어증에 걸린 것은 아니었다. 사실 그는 전화를 받을 때마다 간간이 자기 자신도 놀랄 정도로 말 한 마디 한마디가 어렵게 혀끝에 올라선다는 느낌을 충격 속에서 받은 적이 있었지만, 그 사실이 그를 불안하게 할 정도는 아니었다. 오히려 그럴 때마다 그는 자신이 제법 의식 있는 현대인이라는 생각이 들어 마음이 흐뭇하기까지 한 것이었다. 그러한 그가 어느 날 자신의 변화를 의식한 것이다.

하지만 그것이 심각한 것이었음에도 불구하고 우리의 주인공, 김공근씨가 어느 날 갑작스럽게 겪게 된 심각한 변화, 혹은 변화 그 자체가 아니라 하더라도 그 변화의 조짐 내지는 약간의 짐작의 실마리라도 알고 있는 사람은 아무도 없었다. 그도 그럴 것이 그에게 일어난 그러한 변화로 인하여 그에게 어떤 외적인 변모가 유발되었다거나 하는 일은 전혀 없었던 것이다. 그러나 그럼에도 불구하고 그는 변화했고, 그리고 그것은 분명한 사실이었다.

다분히 추상적인 얘기를 구체적으로 풀어나가기 위해 우선 몇 가지 사실을 말하자면, 그는 그 스스로도 그 변화에 대해 지극히 막연하게밖에는, 즉 자신이 변화했다는 것밖에는 모르고 있었다. 그러나 그것은 막연하긴 했지만 오히려 그로 인해서, 자기 자신도 잘 모른다는 사실로 인해서 그 변화는 더 확연하게 느껴지는 것이었다. 다시 말하면 불투명한 예감이 현실보다 더욱 절실할 수 있는 것이고, 마찬가지로 약간의 불투명한 안개 같은 것으로도 시야에서 주위 현실이 사라져버릴 수도 있는 것이었다.

다른 식으로 말하자면, 우리의 주인공, 김공근씨는 언젠가 두꺼비라는 동물이 뱀에게 통째로 삼켜진 후 그 뱃속에서 알을 낳는다는 얘기를 듣고 그 사실 여부는 둘째치고 일단 충격을 받았는데, 그는 어떠한 충격을 받은 후에는 한동안 매사를 그것과 연관시켜 생각하는 버릇이 있었던 터이라, 이번 경우에도 그 변화라는 것이 구불구불 그의 몸 속으로 흘러들어와 이미 그의 몸 어딘가에서 최소한 유충의 형태는 훨씬 지난, 제법 성숙한 모습으로 자리잡고 있다는 느낌에 사로잡혀 있었던 것이다.

이러한 생각에 그는 자신이 마치 두꺼비를 삼킨 뱀처럼 쓴 입

맛을 다시면서 그 불쾌한 감각을 떨쳐버리기 위해 주변과 가까운 과거를 돌이켜보면서 그 변화의 연원을 추적해보려고 하는 것인데, 이를 보아도 그 스스로도 어느 날 갑자기 자신의 몸 속에 자리잡은 그 변화의 애매모호한 성격에 갑갑증을 느끼고 있음이 분명했다.

자기 자신에 대해서는 그 누구보다도 잘 알고 있다고 자신하고 있었고, 우스꽝스럽게 그것을 자랑으로 여기고 있던 우리의 주인공, 김공근씨는 그 궁금증을 명쾌히 해결할 수 있는 가장 빠른 지름길로 생각되는 방향을 택하여 과감히 앞으로 나아갔는데, 그것은 이미 언급했듯이 그가 최근에 받았던 충격들을 하나씩 하나씩 더듬어보는 일이었다. 이는 매우 타당한 작업임에 틀림없는 것이므로 우리는 그저 뒷짐을 진 채로 한동안 그저 지켜보기만 해도 별일 없을 것이다.

그는 무언가 생각에 잠길 때마다 하는 버릇대로 가부좌를 틀고 앉아서 눈을 위로 치뜨고 왼손 둘째손가락으로 왼쪽 눈썹을 가볍게 긁었다. 매일 세수를 하는데도 비듬이라고 부를 수 있는 하얀 가루가 떨어져내리는 것은 그에게 매번 신기하게 느껴졌다.

우리의 주인공, 김공근씨에게 충격으로 느껴졌던 일 중에서 가장 먼저 떠오른 것은 이틀 전 일호선 지하철 객차 안에서의 일이었다.

그는 공중에 매달린 손잡이를 잡고서 창을 향해 서 있었다. 그의 앞에는 비번인 여공처럼 보이는 아가씨가 앉아 있었는데, 그녀는 핸드백 대신에 소형 나이키 가방을 무릎에 올려놓고 앉아 있었다. 그녀는 그 가방 때문인지 마치 목욕을 가려고 집을 나왔다가 어떤 이유로 인해 지하철을 탄 듯한 인상을 주는 것이었는데, 그녀의 모습은 그를 약간 우울하게 만들었다. 그녀 옆으로, 그러니까 그의 오른쪽 앞에는 한 사내가 서 있었는데 복장은 그냥 점퍼 차림이었지만 사내의 발 옆에는 연장통인 듯한 알루미늄 상자가 놓여 있었다. 아마도 선반공 내지는 프레스공으로 불릴 그 사내의 모습을 우리의 주인공, 김공근씨는 유리창에 비친 그림자를 통해 한동안 지켜보고 있었다. 김공근씨의 눈초리는 그 사내만이 지니고 있는 어떤 독특한 버릇을 찾아내려는 듯한 그러한 종류의 것이었다.

그때 그는 사내 바로 옆에 서서 어둠과 그림자 속으로 빨려들어가버릴 듯이 위태롭게 차의 요동에 따라 흔들리고 있는 자기 자신의 모습을 유리창 속에서 발견했다. 거기에 있었느냐, 그는 자신도 모르게 신음 소리처럼 중얼거렸다. 그는 자신의 모습을 피하기 위해 눈을 내리깔았다. 순간 그는 머릿속이 휑하니 비워져나간 느낌을 받았다. 그러나 텅 빔이라는 말 그대로 그의 머릿속에서는 더 이상 아무런 생각도, 느낌도, 감정도, 감각마저도 이루어지지 않았다. 대신 그는 그의 허벅지 높이에서, 그리고 앉은 여자의 가슴 높이에서 그저 흔들리고 있을 뿐이던 오른손을 천천히 들어올려서 피로로 변색된 얼굴을 쓰다듬고는 뻐근한 오른쪽 눈을 후볐다. 그리고는 그 손가락을 방금 후빈 눈앞으로 가져갔다. 손가락의 지문 부분, 그곳에는 의외로 가늘고 짧은 속눈썹이 세 개나 붙어 있었다. 그는 속눈썹들을 눈의 수정체에 닿을 듯이 가까이 대고 망연히 들여다보다가 엄지손가락의 손톱으로 그것들을 털어버렸다. 이윽고 그의 손이 다시 그의 허벅지 높이로, 앉은 여자의 가슴 높이로 툭 떨어져버렸다. 그는 조금 전보다 대략 세 배나 더 우울해졌다.

　우리의 주인공, 김공근씨는 왠지 모르게 그의 기억 속에 강하게 남아 있는 그날의 그 충격을 분석해보려고 했다. 그러나 그것은 얼핏 생각하기에도 상당히 무리스러운 일이었는데, 그는 현명하게도 이 하나의 충격에 집착하여 오래 머무르는 오류를 범하지는 않았다. 대신 그는 그것과 비슷한 충격들을 가능한 한 모두 머릿속에 나열해보는 방법을 택했다.

　그의 손가락은 이제는 오른쪽 눈썹을 만지작거리고 있었다. 위쪽을 향한 그의 시선은 손바닥에 의해 차단되었기 때문에 조금 아래쪽으로 내려왔다. 그의 기억도 과거의 일들을 시간순으로 쌓아올렸을 때 지하철에서의 그 일보다는 조금 더 아래쪽으로 내려왔다.

　며칠 전 그는 영동의 '어떤 카페'라는 카페에서 이른 시간부터 술을 마시고 있었다. 토요일이었다고 생각되는 그날 친구들보다 먼저 도착한 그는 스탠드에 앉아서 맥주 한 병을 마셨고 조금 후에 친구들이 왔을 때 옆 테이블로 옮겨 앉아서 계속 술을 마시기 시작했다. 그날 오고 간 대화들 중에서 꽤 많은 것들이 그의 기억 속에 남아 있었다.

　우선 군 법무관으로 있는 한(韓)이라는 친구가 하던 말이 그때의 음색이나 제스처까지 동반하여 생생하게 그의 머릿속에서 재현되었다.

　"그때가 그러니까, 맞다, 박찬희가 사차 방어전을 할 때였어. TV에서 선전을 요란스럽게 해댔기 때문에 아직도 기억난다구, 그날⋯⋯"

　그때 페인트 회사 영업부 대리로 있는 이(李)가 그의 말을 받앉다.

"근데 박찬희가 무슨 급이더라, 플라이급이었나, 아니면 슈퍼 플라이급이었나?"

"아니, 그게 도대체 무슨 상관이야? 또 네놈의 그 고질이 나오는구나. 쓸데없이 남의 말을 끊는 그 버릇 말이야."

"그럼 도대체 박찬희가 사차 방어전을 했건 오차 방어전을 했건 그게 무슨 상관이야?"

한(韓)과 이(李)는 과장스런 몸짓으로 계속 서로를 공박했고, 결국 한은 이의 속셈에 말려들어가 애초에 정작 하려던 말을 잊어버렸기 때문에 대화는 다른 화제로 넘어가버렸다.

그들은 그렇게 술을 계속 마셨고, 곧 그들이 거꾸로 들고 흔들어댄 빈 맥주병들이 탁자 위를 가득 채웠다가 일부는 치워지고 일부는 바닥으로 내려섰다. 그때 바텐더를 보던 아가씨가 과일이 든 큰 접시를 병들 사이에 내려놓으며 말했다.

"이건 언니가 김선생님을 위해 특별히 보내드리는 거예요."

그녀의 말에 우리의 주인공, 김공근씨는 고개를 번쩍 쳐들었고 그의 친구들은 요란스럽게 빈정거리는 말로 그에게 무차별 사격을 하였다. 야, 이거 언제 피가 백십 리까지 간 거야, 저 녀석은 그저 맨발로 뛴다니까, 이거 정말 안 되겠다, 가서 언니 좀 오라 그래.

맨 마지막에 법무관 한이 한 말의 기세등등함은 카페 주인인 미스 임을 그들의 자리로 불러오게 하기에 족했다. 한은 굳이 미스 임을 옆자리에 앉히고는 손으로 어깨를 쓰다듬으며 타이르는 듯한 어조로 말했다.

"언니. 언니는 상대를 잘못 찍었어. 저 녀석은 말이야, 선택성

발기형이라, 이 말씀이야."
"그건 무슨 법률 용어냐?"
 또다시 끼여드는 이대리의 말을 무시하고 한은 그저 웃고만 있는 미스 임에게 계속 말했다.
"그게 무슨 말씀인고 하니, 저 녀석은 언니 같은 여자가 아무리 발가벗고 덤벼들어도 소용이 없다, 이거야. 그건 왠고 하니, 쟤는 지극히 선택적인 발기를, 다시 말하면 쟤가 발기할 수 있는 여자는 고정되어 있다, 이거야."
 자신을 걸고 넘어가는 농담의 농도가 너무 진해져간다는 생각이 든 우리의 주인공, 김공근씨는 이대로 가만히 있다가는 언젠가 갑자기 자신의 표정이 변하거나 최소한 어색해져버려서 술자리의 분위기에 영향을 미칠지도 모른다는 조바심에 사로잡혀 자기 스스로 과감하게 그 농담에 뛰어드는 편을 택했다.
"그럼 네가 말하는 그 유일한 대상이라는 게 도대체 누구냐? 설마 바로 너 자신을 말하는 건 아니겠지?"
"무슨 말씀을! 불쌍한 네 마누라지, 누구긴 누구야."
 그가 최상책이라고 판단하고서 끼여든 것이 결국은 한의 말을 더욱 극적으로 만드는 데에 기여하고 만 셈이었다. 그는 한이 쳐놓은 올가미에 스스로 머리를 들이민 판국이었다. 그러나 그는 간신히 애를 써서 아무렇지도 않은 듯 친구들과 미스 임이 만들어내는 웃음의 파도에 휩쓸렸다. 하지만 그는 처음으로 파도 타기에 나선 사람처럼 어렵고 서툴게 균형을 잡아야 했다.
 그러나 물론 지금 그가 충격으로 느끼고 있는 것이 이상의 대화들에서 전적으로 비롯되고 있는 것은 아니었다. 술자리가 좀 더 진행되는 중에, 정확히 말해서 한은 이미 자신의 얘기와 술의 이중 공격에 취해버린 후, 다른 친구들의 위장도 하나씩 술 앞에 굴복해버리기 직전에, 대학 강사로 있으면서 문예지에 논문도 발표하고 잡지에 수필도 게재하는 등, 비록 잡문이 주종을 이루긴 하지만 그래도 상당히 문필 활동을 벌이고 있는 정(鄭)이 넌지시 꺼낸 말은 지금도 우리의 주인공, 김공근씨의 뇌리에 단단히 붙박여 있는 것인데, 그 생생함과 단단함의 정도가 곧 그가 받은 충격의 정도와 연결되는 것일 터였다.

정은 새 담배를 입에 물고 성냥으로 불을 붙인 후 취해서 고개를 떨구고 있는 한에게 연기를 내뿜고는 천천히 말을 하기 시작했다.

"나는 요즘 이런 직업을 상상한다. 우선 나는 길 한복판에 서 있다. 길 한쪽 켠으로 물러서 있어도 상관없지만 일단 행인들이 붐비는 곳이어야 한다. 주변에 버스 정류장 같은 것이 있으면 더욱 좋다. 내 앞이나 옆에는 허벅지 높이의 그리 크지 않은 길쭉한 대(臺)가 하나 놓여져 있다. 그 위에 한쪽에는 동전들이 각각 종류별로 수북이 쌓여 있고, 그 옆에는 왼쪽에서 오른쪽으로 순서대로 갑 성냥, 보통 성냥, 종이 성냥, 지포 라이터, 원터치형 전자 라이터, 보통 전자 라이터, 라이터돌을 필요로 하는 라이터 등등의 담배에 불을 붙일 수 있는 온갖 종류의 도구들이 놓여져 있다. 그리고 나는 가능한 한 무표정하거나 아니면 정중한 얼굴을 하고 서 있다. 그러고 있으면 사람들이 내 앞에 다가와 담배를 입에 물고서 불을 켤 수 있는 여러 도구들 중의 어느 하나를 말이나 혹은 손짓으로 가리킨다. 그러면 나는 재빨리 성냥이면 성냥, 라이터면 라이터를 집어들고 그의 담배에 불을 붙여준다. 불을 붙이는 데에도 고객의 취향에 따라 여러 가지 방법이 있을 수 있다. 불씨를 직접 담배 끝에 대지 않고 약간 아래쪽으로 떨어뜨려서 고객의 흡인력에 의해 불이 빨려올라가 불이 붙게 하는 방법, 그냥 평범하게 붙이는 방법, 아니면 담배 끝에 불을 붙일 뿐만 아니라 담배 중간 부분까지 검게 그을려주는 방법 등등, 좀더 생각해보면 이외에도 더 많은 아이디어가 떠오를 것이다. 그리고 나중에 그 일에 숙달이 되면 성능이 좋은 부싯돌을 갖출 수 있을지도 모른다. 어떻게들 생각하나? 가능하다면 개비 담배를 팔아도 되겠지. 일 회에 단돈 이십 원 내지는 오십 원. 방법과 도구에 따라 요금이 다르다. 어때, 자본금도 별로 필요 없고, 착상도 기발하고, 안 그래?"

"특수한 고객들을 위해서는 양담배도 준비해둘 생각이냐?"

술이 센 이(李)가 또 한 번 남의 말을 끊는 그의 고질을 드러내자, 정(鄭)의 말의 진지함에 압도당하고 있던 친구들은 한(韓)을 제외하고는 모두, 그 말이 그렇게 우스워서가 아니라 단순히 분위기를 바꾸어보기 위해서 웃음을 터뜨렸다.

"그것 참 괜찮은 생각이다. 대마초를 구해서 포르노 잡지의 종이에 말아서 내놓는 건 어떨까?"

한술 더 뜬 정의 말에 그들은 다시 한 번 웃음에 휘말렸다. 이번에는 정말 재미있고 유쾌해서 웃는 웃음이었다.

그러나 그들 중에서 우리의 주인공, 김공근씨는 가장 먼저 웃음을 그치고 진지한 낯빛을 띠었다. 그는 정이 장황하게 늘어놓은 말에 감동했기 때문이었다. 그 말은 말하자면 그에게 새로움이라는 감각을 절실하게 느끼게 해주었던 것이다. 그는 취기가 걷히는 듯한 기분이었다.

일상을 조금 벗어난 그러한 충격들이 그의 변화에 어떤 영향을 미친 것인지에 대해서는 우리의 주인공, 김공근씨 자신도 무어라고 단정적인 말을 할 수가 없었다. 사실 그 변화의 모든 정황들은 한마디로 말해서 결국 그의 추상적으로 사고하는 버릇에서 기인하는 것이었는데, 추상에서 비롯된 것은 다시 추상으로 귀결되는 경우가 빈번한 것이었다. 따라서 어느 날 그가 문득 겪게 된 그 변화라는 것도 따지고 보면 지극히 추상적인 차원에 머무르는 것이었는데, 그래도 이번에는 사정이 다소 다른 것이, 그 변화 속에는 자신의 추상적인 사고 방식에 대한 반성도 포함되고 있는 것이며, 그는 철저히 자신을 객관화시켜서 그러한 상황 하나하나를 절실히 깨닫고 있었던 것이다.

　그러면 이제는 그가 변화를 겪은 그 어느 날을 살펴보아야 할 것이다. 그 어느 날의 사건이 가지는 의미 역시 다분히 추상적이긴 하지만 그래도 상당히 절실하고 피부 자극적인 면이 있었다. 그 어느 날은 우선 육체적인 고통과 더불어 시작되었고, 그리고 아마도 여기에서 그 변화가 비롯되었을 것이다.

　그날 그는 전날의 과음으로 인한 숙취 때문에 위의 메슥메슥함뿐만 아니라 머리를 마구 밟아대는 두통을 견디지 못해서 아침밥을 입에 대는 둥 마는 둥 하고는 다시 자리에 누워 비몽사몽간을 헤매다가 한낮이 다 되어서야 자리에서 일어났다. 마침 그날은 토요일이면서 공휴일이었다. 사실 그가 전날 그토록 과음을 한 것은 다음날이 공휴일이라는 계산이 크게 작용한 터였다.

　그가 한 손으로 이마를 짚고서 이부자리 위에 일어나 앉자마자 그때 별안간 왼쪽 귀에 심한 통증이 느껴지기 시작했다. 몸의 상태가 불편한 속에서 그저 술기운으로 누워 자고 있었기 때문에 자신도 모르게 몸이 비틀리고 계속적으로 뒤척여졌던 것이고, 보통 왼쪽으로 누워서 자는 버릇이 있었던지라 그 와중에 잠자는 내내 왼쪽 귀가 눌려진 채 뭉개지고 있었던 모양이었다.

그는 왼쪽 귀를 감싸쥐고 자리에서 일어서면서 그 회화적이고 우스꽝스런 귀의 고통에 비직비직 새어나오는 실소를 금할 수 없었다. 거실로 나와보니 아내가 욕실에서 샤워를 하고 있는지 물소리가 요란하게 들려오고 있었다.

그는 전날 대학 친구 이(李)의 연락을 받고 약속 장소인 영동의 한 일식집으로 나갔었다. 그 자리에는 친구 이와 그의 회사 강동 부서장이라는 자가 미리 나와 그를 기다리고 있었는데, 이의 말에 따르면 그날, 매일 오전에 오전 임원 간담회와 제품 품평회에서 그가 부서장을 대신하여 제품 판매 실정과 그 촉진책에 대한 브리핑을 매우 훌륭하게 해냈기에 부서장이 이를 치하하여 술자리를 마련한 것이라 하였다. 그리고 부서장의 말이 두 사람만으로는 술자리가 좀 적요하지 않을까 하여 그의 친구들 중에서 특히 우리의 주인공, 김공근씨를 불렀다는 것이다.

이(李)는 부서장에게 그를 소개하기를 사대를 나와서 한때는 교단에도 섰었으나 지금은 출판사에 다니며 한편으로는 고상하고 귀족적인 자유 기고가라는 직업 아닌 직업을 가지고 있다고 묘한 어조로 말했고, 이 말을 들은 부서장이라는 자는 뜨아한 표정으로 그를 바라보더니 주춤거리며 어색한 몸짓으로 명함을 내놓았다. 이에 대한 답으로 그는 아내의 성화에 몰려 마지못해 마련했던, '자유 기고가, 창광출판사 기획, 등등……, 金恭勤'의 문구가 새겨진 명함을 슬쩍 앞으로 내어밀었다. 한때 그는 그 명함 때문에 그의 출판사 사장으로부터 빈축을 산 적이 있었기 때문에 항상 그뒤로는 그렇게 조심스럽게 명함을 건네주고 있던 터였다.

이런 식으로 시작된 술자리 내내 우리의 주인공, 김공근씨는 부서장이라는 자가 그의 명함을 받아들였을 때부터 시작해서 시종일관 바보스러운 눈초리로 그를 바라보는 데에 신경이 거슬렸으며, 술안주라고 나온 것이 민물장어구이라는 것이었는데 그 분위기부터 시작해서 맛까지 왜색이 진하게 배어 있어서 그의 비위를 몹시 상하게 하는 것이었고, 게다가 시중을 드는 여급들이 입고 있는 한복이 약간의 움직임마다 바스락거리는 소리를 내어서 그런 분위기에 익숙지 못한 그로서는 거기에 무감해지는 데에도 상당한 인내심이 요구되는 것이었다. 또한 그를 제외한 두 사람은 가끔씩 그들끼리만 통하는 말과 제스처를 쓰고는 웃음을 터뜨려댔는데, 그것은 아마도 그날 아침의 브리핑 중에 있었던 어떤 장면을 재현하고 있는 모양이었다.

결론적으로 그는 취할 수밖에 없는 상황이었다. 본의는 아니었겠지만 주위의 모든 것들이 그를 한곳으로 몰아붙였고, 그가 내몰린 그곳에는 독주와 술잔이 덩그라니 놓여져 있었다. 그리고 또한 아이러니컬하게도 독한 술은 비위 상하는 안주를 요구했고, 그 안주는 역으로 다시 독한 술을 필요로 했다.

그렇게 술을 마시고 몇 시간 못 자고서 아침 일찍 눈을 뜬 터이니 그의 몸 각 부분의 상태는 말이 아니었다. 비록 오전 시간을 내내 아무 하는 일 없이 누워서 보내고 난 후에도 머릿속의 막이 몇 겹 제거되었고, 위장의 융털돌기 몇 개가 팽팽하게 고개를 쳐들었으며, 장의 연동 작용이 조금 활발해졌을 뿐, 몸의 상태는 별로 달라진 바가 없었다.

그는 거실로 나와 소파 뒤에 선 채로 눈을 뜨기 위하여 천장을 올려다보다가 갑자기 고개를 툭 떨어뜨렸다. 그제서야 그의 눈은 간신히 반쯤 열렸다. 그는 그렇게 반쯤 열리고 반쯤은 회색 각막으로 덮여진 눈으로 탁자 위를 내려다보았다. 그곳에는 그가 쓰다 만 잡문 원고들이 무질서하게 흩어진 채로 한구석에 몰려 있었다.

그는 천천히 몸을 움직여서 탁자 앞의 소파에 무너지듯 주저앉았다. 매일 앉던 소파의 감각이 그날따라 왠지 다르게 느껴진다는 생각이 들어 그는 몇 번이고 자세를 고쳐보았다. 그러나 그 이질감은 여전히 마찬가지로 그의 하체 쪽에 엉겨붙어 있었다. 욕실에서 들려오는 물소리가 유난히 크게, 그리고 불쾌하게 울리고 있는 것도 이상한 일이었다. 우리의 주인공, 김공근씨는 순간 다른 날과는 다른 그 어떤 것이 그의 속에서 박테리아처럼 무자비하게 증식해나가고 있다는 유쾌하지 못한 기분을 느끼고 있는 자기 자신을 발견했다. 그러나 그의 머릿속은 그러한 애매한 생각을 고집할 수 있을 정도로 정돈되어 있지 않았다.

그는 양무릎 위에 두 팔꿈치를 각각 올려놓고서 상체를 앞으로 숙였다. 그 자세를 취했을 때, 그의 시선이 떨어지는 탁자 위의 한곳, 그곳에는 펜꽂이대가 놓여져 있었다. 그것은 직육면체와 투명한 유리로 된 것으로서 그 윗면의 오른쪽에는 전자시계가, 그리고 왼쪽에는 만년필 뚜껑처럼 펜을 꽂을 수 있도록 되어 있는 것이 두 개 부착되어 있었다. 그리고 가운데 부분에는 흰 장미꽃 무늬와 함께, '젊음의 한 굽이 함께 걸었던 여기에 우리들 餘情 새기다. 1985. 2. 24. ……제4기 임관 기념'이라는 문구가 새겨져 있었다.

그는 손을 들어 둥근 모양의 전자시계의 숫자판 밑에 있는 단추들 중에서 오른쪽 것을 눌렀다. 11 : 52의 숫자가 5 : 7로 바뀌었다. 그는 그 단추를 한 번 더 눌렀다. 곧 : 08이라는 숫자가 나타나더니 매초마다 하나씩 진행되어나갔다. 숫자의 시각적인 변화는 그의 머릿속에서 재깍재깍 하는 청각 신호로 바뀌어졌다. 얼핏 시간이 잔인할 정도로 가차없이 흐른다는 생각이 들긴 했지만, 그러나 그는 옆에 사람이 있었다면 알아들었을 정도로, 그래도 시간이 흐르기만 하면 된다라고 중얼거렸다.

그는 탁자 한 귀퉁이에 놓여 있는 잔을 들고 식어버린 커피를 마셨다. 그때 그는 갑자기 잔을 입에서 떼고서 재빨리 주위를 돌아보았다. 아무도 없었고 아무런 이상도 없었다.

그는 커피를 단숨에 마셔버리고서 다시 계속 변화하고 있는 숫자를 바라보았다. 그 상태로 얼마의 시간이 지나자 그는 차츰 자신의 호흡이 그 숫자의 변화에 지배되고 있다는 느낌이 들었다. 그는 오른손 두 손가락을 왼쪽 손목으로 가져가서 맥을 짚어보았다. 맥박은 대략 0.9초 가량의 간격으로 뛰고 있었다. 그는 손을 거두고서 눈을 감았다. 조금 후 다시 눈을 뜨고 시계를 보니 불과 삼 초가 지난 뒤였다. 그는 무거운 고개를 들어서 커튼이 반쯤 드리워진 창문을 바라보았다. 그리고는 잠시 후 재빨리 고개와 시선을 돌려서 시간을 확인하였다. 육 초가 막 지나가고 있는 중이었다. 그는 육 초와 칠 초 사이의 순간을 본 것이었다. 차츰 호흡과 맥박이 함께 빨라지는 것이 느껴졌다. 그 때문인지 그는 조금씩 흥분되고 게다가 긴장까지 되어가고 있었다. 그는 두 손바닥으로 얼굴을 문지르다가 손가락들 사이로 마치 살아 있듯이 무한히 변신을 거듭하고 있는 숫자만을 한참 동안 들여다보았다.

 호흡이 자꾸 빨라지려는 것을 느낀 그는 코의 숨구멍을 막고 호흡을 중단시켰다. 몸 속이 차츰 진공 상태로 빠져드는 듯했고, 피부 전체에 널려 있는 땀구멍, 숨구멍, 균열들이 모두 활짝 열리고 있었다. 횡경막 부분이 특히 아파왔다. 그러나 그는 오래 견딜 수가 없었다. 이십여 초쯤 되었을 때 그는 숨을 터뜨리고 말았다.

 그는 잠시 호흡을 가다듬은 후 숨을 크게 들이마셨다가 다시 호흡을 멈추었다. 오래 견디기 위해서는 우선 의식과 감정의 가장 밑바닥으로 내려가야 했다. 그의 가슴은 해저 동물처럼, 바닥이 뚫린 폐선처럼 서서히 육체의 늪 속으로 가라앉았다. 그는 마치 사정(射精)을 늦추어 행위를 오래 끌기 위해 의식을 분산시키는 때와 비슷한 기분을 느꼈다. 그는 시선을 시계의 숫자판에다가 견고하게 못박았다. 차츰 그의 눈이 충혈되어갔지만 그는 그것을 느끼지 못하고 있었다.

 그는 자신이 스스로 이 상태에서 숨을 쉬겠다는 결정을 내려 입을 벌리지 않는 한 그냥 그대로 질식사를 당할 것이라는 생각이 들었다. 몸 안의 모든 것들이 온몸의 구멍을 통해서 밖으로 뛰쳐나오려고 안간힘을 쓰고 있었다. 그는 참선을 할 때를 회상하며 아주 천천히 조금씩 숨을 내쉬었다. 코털조차 흔들려서는 안 되는 정신 집중을 필요로 하는 행위였다. 잠시 후 이산화탄소가 주성분을 이루는 공기가 폐에서 모두 빠져나와버리자, 이번에는 반대로 몸 안의 진공 상태가 기압을 통해 바깥의 것들을 그것이 무엇이건간에 빨아들이려고 강력한 흡인력을 발휘하고 있었다.

몸의 고통에도 불구하고 그는 숨을 쉬겠다는 결정을 내릴 수가 없었다. 그의 몸과 마음은 그러한 심각한 위기감 속에서도 완전히 속수무책이었다. 스스로 숨을 쉬지 않겠다는 결심으로 질식사한다는 것은 물론 불가능한 일일 것이었다. 그러나 오래 호흡을 끊고 있다가 숨쉬는 법을 아예 잊어버리거나, 숨을 쉬고 안 쉬고는 자신이 결정할 수 있다는 사실을 잊어버려서 질식사하는 것은 가능할지도 모르는 일이었다.

그는 물 속에 깊숙이 잠긴 듯이 죽음이 가까이 다가오고 있다는 것과, 그런 느낌은 참으로 새삼스러운 것이라는 생각을 동시에 하고 있었다. 그러나 그는 그러한 와중에서도 어떤 새로운 상황이 몸 한구석에서부터 시작되어서 박하 향기처럼 온몸으로 퍼져나가려 하는 조짐을 어렴풋이 느끼고 있었다. 이 상태에서 코와 입을 열면 그 황홀함이 순식간에 영 자취도 없이 사라져버리고, 대신 짜갑고 미지근한 소금물이 입과 코로 왈칵왈칵 쏟아져 들어올 것이었다.

그때 돌연 석고상의 정수리에 끌을 대고 망치로 힘껏 내리쳐버리듯이 어떤 소리가 그의 집중력과 무아지경을 단번에 박살내어버렸다. 그의 의식의 긴 회랑 저쪽 맨 끝 철문이 요란한 소리를 내며 닫혀버리는 듯한 진동이 그의 몸 전체에 느껴졌다.

순간 잔뜩 굳어졌던 그의 얼굴이 풀리면서 코와 입이 훅 소리를 내며 숨을 들이켰다. 그의 귀청을 울렸던 그 소리는 귓속을 한참 맴돌다가 그의 호흡이 정상으로 돌아간 후에야 대뇌에 전달이 되었다. 알고 보니 의외로 그 소리는 그리 크지 않은, 착 가라앉은 여인의 목소리였다.

"김공근씨, 물 받아놨어요. 목욕하세요."

우리의 주인공, 김공근씨는 간신히 태연을 가장하는 표정을 지으며 충혈된 눈으로 수건을 머리에 감고 욕실을 나오는 아내의 드러난 맨살을 바라보았다.

그날 우리의 주인공, 김공근씨는 몇 가지 더 비일상적인 경험을 했다.

그는 아내의 말대로 한걸음 옮길 때마다 옷을 한 겹씩 벗어 떨어뜨리면서 욕실로 들어가 욕조에 몸을 담갔다. 순간온수기를 작동시켰는지 물은 미지근했다. 얼마 후 아직 그가 욕조에 앉은 채로 조금 전의 흥분을 되새기고 있을 적에 그의 예상대로 아내는 밖에서 욕실문에 대고 외출을 하겠노라고 통고하고서 밖으로 나갔다. 현관문 닫히는 소리를 들은 그는 코만 빼고 얼굴까지 몸 전체를 물 속에 담갔다. 미지근한 물에 잠긴 그의 뇌는 아내와의 이혼을 생각하고 있었다.

그는 발을 뻗어서 발가락으로 더운물을 틀었다. 발 쪽에서부터 시작해서 욕조 안의 수온이 차츰 높아짐에 따라 그의 몸도 서서히 데워졌고, 그러자 그는 체온의 상승과 함께 의식과 감정이 어떤 극한점을 향하여 서서히 극대화되어가는 듯한 고양감을 느꼈다. 그의 호흡과 맥박이 록 뮤직의 리듬처럼 급박하고 무질서하게 뛰어오르기 시작한 것도 그때부터였다.

그때 그는 갑자기 소변의 욕구가 느껴졌다. 뜨거운 물 속에서 땀을 흘리고 있음에도 불구하고, 그리고 알코올로 인한 심한 탈수 현상에도 불구하고 아랫배를 당기는 요의는 아마도 조금 전에 마셨던 식어버린 커피가 그의 흥분감의 와중에서 전혀 흡수되지 않고 소화 기관을 통과한 모양이었다. 그는 가능한 한 이 상태를 좀더 오래 유지하기 위하여, 그리고 좀더 물 속에서 오래 견디기 위하여 마음의 평정을 유지하고자 염주알을 세는 기분으로 물 속에서 손가락 마디를 하나씩 꺾어나갔다. 마디 꺾이는 소리가 한 번씩 울릴 때마다 뜻밖에도 그 소리는 순간순간마다 신선한 감각으로 그의 등허리를 시원하게 해주었다. 그 소리는 물과 공기라는 이중의 매질을 통과한 탓인지 깊은 동굴에서부터 바깥으로 울려나올 때의 허스키한 깊이를 지니고 있었으며 살 속 깊은 곳에서 뼈가 부러지는 듯한 기괴한 느낌을 그의 몸 전체에 울림으로 전파시키는 것이었다.

그러나 그 소리들 사이사이에도 뜨거운 물은 물 밖으로 나온 그의 콧구멍을 위협했고, 그의 피부를 파고들던 뜨거운 기운은 드디어 그의 온몸을 휘감았다. 육체적인 고통에 그의 의식은 수만 갈래 미로들 이곳저곳으로 쫓기다가 급기야 아무것도 없는 좁고 음습한 막다른 곳으로 내몰리고 있었다. 그 상태에서 눈을 감고 있는 그는 망막에 어른거리는 붉고 푸른빛을 감각하고 있었다. 그 붉고 푸른 기운 속에는 마치 거울에 비추어지듯이 현재 자신의 모습의 한 단편, 머리와 발끝이 서로 맞붙은 채로 온통 비틀리고 뒤엉킨 영상이 나타나고 있었다. 그것은 단지 바라보는 것만으로 충분히 고통을 일으킬 정도였다.

그는 자기도 모르게 코로 격하게 숨을 들이마셨다. 그러자 공기와 물이 한데 섞여서 밀려들어와 콧속 깊숙한 곳에 날카로운 고통을 불러일으켰다. 그리고 코의 고통과 거의 동시에 뜨거운 물기운이 입 안에도 느껴졌다. 그는 입 안의 혀를 세워서 코로 통하는 입천장의 구멍을 막으려 했다. 그러나 그것은 그의 혀의 길이로는 어림없는 일이었다.

그는 조금 더, 그의 목구멍에서 비명 소리가 솟구쳐나오기 직전까지 참았다가 코와 입으로 숨을 내뿜으며 물 밖으로 솟구쳐 나왔다.

그러자 그의 의식 속의 거울과도 같다고 할 수 있었던 잔잔한 수면이 박살나버렸다.

욕실 안에는 더운 수증기로 가득 차 있었다. 그는 작은 창문을 열어제치고서 다리를 물에 담근 채로 욕조 귀퉁이에 앉았다. 밀실 공포증이라는 말이 그 구체적인 의미로서가 아니라 단단하고 현학적인 그 단어 자체의 틀로서 그의 머리를 스쳐지나갔다.

그는 손을 뻗어 벽에 걸린 수건에 손을 닦고 세면대 옆에 놓여진 담뱃갑과 라이터를 집어들었다. 손과 담배가 모두 축축했지만 그런대로 불은 붙일 수는 있었다. 그러나 담배를 한 모금 빨고 숨을 들이마시자 담배 연기가 아직 실내를 빠져나가지 않고 있던 수증기와 섞여서 묵직하게 그의 폐 속으로 스며들었다. 허파가 갑자기 무거워진 느낌이 그 바로 옆의 심장을 압박했.

담배를 또 한 모금을 빨았으나 그로서는 연기를 들이마실 수가 없었다. 풀풀 그의 입을 벗어난 담배 연기는 눈앞에서 수증기와 섞여 무엇인가의 실루엣을 이루면서 조금씩 해체되어갔다.

그때 머리카락에서 떨어진 물방울이 손가락을 타고 흘러 담배의 가운데 부분을 적셨다. 그는 담배를 욕조 안의 물 위로 던졌다. 불이 꺼지는 푸시식 소리와 함께 담배 꽁초는 반쯤 잠겼다가 조용히 수면 위로 떠올랐다.

그러나 이런 정도로써 그의 변화 혹은 변모를 어느 정도라도 설명할 수는 없는 일이었다. 이상의 언급 역시 상당히 추상적인 것일 수밖에 없는 것인데, 그것이 아무리 절실한 개인적 고통과 관련되는 것이라 하더라도 그것만으로는 지금 우리가 그의 변화를 이해하는 데에 필요한 명확함, 우리의 판단과 맞아떨어질 수 있는 명료함이 전혀 부족한 것이다.

따라서 우리는 계속하여 그날, 그가 변화를 겪은 바로 그날, 그가 벌인 행각을 일견 쓸데없어 보이는 세세한 것까지 살펴보는 편이 좋을 것이다. 그렇게 되면 최소한 그의 변화가 지니고 있는 분위기 정도는 파악할 수 있을지도 모르는 것이다.

우리의 주인공, 김공근씨는 머리가 채 마르지 않은 상태에서 집을 나왔다. 그는 주택가를 벗어나서 버스 정류장을 지나 차도를 따라 걸으면서 때때로 손을 머리카락 속으로 집어넣어 물기를 털어냈다. 그의 머릿결은 남들보다 유난히 부드러웠던 터이라 그렇게 손으로 헤집고 난 후에도 대강 다듬기만 하면 흐트러진 상태가 금방 가지런해졌다.
날씨는 그린하우스 이펙트라는 기상 용어가 말해주듯 매우 후텁지근했다. 그러나 그는 느슨하게 매고 나온 넥타이를 목젖 가까이까지 바짝 죄었다.
천천히 걷고 있던 그는 신문과 잡지 가두 판매대 앞에서 걸음을 멈추었다. 바람이 남쪽에서 불어와 그의 머리카락을 북쪽으로 흩날리게 하고 있었다. 그는 선 채로 바람의 방향을 의식하며 신문과 잡지의 큰 타이틀을 눈으로 대충 훑어나갔다. 읽기를 마치고 시선을 들었을 때 그는 왠지 미지근한 미련처럼 껄끄럽게 걸리는 부분이 방금 읽은 곳 어딘가에 있다는 것을 느꼈다. 그는 눈살을 약간 접었다가 펴고는 고개를 홱 돌려서 대강 짐작이 가는 곳을 바라보았다.

그의 눈에 시사 전문 주간지의 표지가 클로즈업되었다. 그곳에는 백발이 성성한 노인과 금테 안경을 쓴 중년 정치인이 서로를 마주보며 웃고 있었다. 그리고 그 옆에는 세로쓰기로 '민의 수렴 잘 해야 한다'라는 문구가 크게 씌어져 있었다. 그는 왜 그 표지가 그에게 껄끄러움을 느끼게 했는지 금방 이해할 수는 없었으나 그 이유는 그가 손을 뻗기만 하면 닿을 거리 내에 있다는 것을 알 수 있었는데, 오히려 그 때문에 가벼운 조바심이 느껴졌다. 그러나 그가 그 문구를 입 속에서 두번째 되뇌었을 때 그 거북했던 느낌의 정체는 곧 드러났다.

'민의 수렴 잘 해야 한다' 라는 문장에는 엄밀히 따지면 목적격 조사 '을'이 생략되어 있었던 것이었다. 물론 충분히 생략될 수 있는 여지가 있긴 했지만, 소리내어 읽는 데에 있어서 호흡이 중단되는 것도 분명했다. 그것을 깨달았을 때 그의 두 손이 주머니에 찔러져 있지 않았다면 그는 마치 대단한 사실을 간파해낸 것처럼 손바닥으로 무릎을 탁 내리쳤을 것이었다. 그러나 그는 그렇게 하지 않았고, 대신 걷던 방향으로 다시 천천히 발걸음을 떼어놓았다.

그 문장에서 생략되어 있던 목적격 조사는 도처에서, 지나치는 차들, 깨어진 보도 블록, 포스터가 반쯤 찢겨진 채로 붙어 있는 벽, 그 아래쪽의 방뇨 자국 등등, 도처에서 불쑥불쑥 그의 눈에 발견되었다. 그는 어차피 차 '를' 타야 했고, 깨어진 보도 블록 '을' 밟아야 했고, 방뇨 자국 '을' 바라보며, 방뇨 '를' 하면서 벽에 붙은 포스터 '를' 찢는 술 취한 사내의 모습 '을' 그려보아야 하는 것이었다.

우리의 주인공, 김공근씨는 오월의 어느 날 서울의 신개발 지구에 속하는 한곳에서 차도를 따라 걸었다. 한낮이어서인지 행인들은 거의 눈에 띄지 않았고, 간간이 지나치는 차들이 그의 시선을 꽁무니에 매달고 달리다가 길모퉁이나 길 저쪽 끝에다 적당히 내팽개치곤 했다.

바로 그때부터 그는 자신이 변화했다는 것을 의식할 수 있었다. 그러나 그 사실을 깨달았다고 해서 크게 놀랄 것은 없었다. 그는 집에 있을 때 이미 충분히 고통을 겪은 터였고, 그 고통을 겪을 때 이런 일이 있을 것이라고 대충 짐작하고 있었던 것이었다. 게다가 그는 집을 나설 때에도 다른 날과 다른 경험을 하였는데, 그는 감청색 싱글 양복을 입고서 문밖까지 나왔다가 다시 들어가 회색과 상아색 계통의 콤비로 갈아입어야 했었다. 감청색 양복에는 전날의 술자리에서 벌어졌던 상황을 낱낱이 연상시키는 분홍빛 잔털이 잔뜩 붙어 있었기 때문이었다. 그는 갈아맸던 넥타이마저 또 다른 것으로 바꾸어버렸다.

길을 걸으면서 그의 동작은 점점 작아지고 있었다. 그것은 아마도 그가 자신이 변화했다는 사실을 깨닫고 난 후, 그렇다면 뭔가 그 변화의 결과를 드러내야 한다는 부담감 때문인지도 모르는 일이었다. 여하튼 그는 자신의 동작이 작아지고 있다는 것을 스스로 의식하게 되자 아예 모든 행동과 동작을 가능한 한 적게, 그리고 작게 하기로 결정을 내려버렸다.

그는 아주 천천히 조금씩 발을 옮겼으며 팔을 약간씩만 앞뒤로 흔들었다. 그는 달려오는 빈 택시를 향해 손짓을 했으나 그의 몸짓이 워낙 작았기 때문에 차는 그로부터 전방 이 미터 떨어진 곳에서 인도 쪽으로 비스듬하게 정거를 했다가 후진하였다. 그는 느린 동작으로 문을 반쯤 열고 차에 올라탔고 낮은 목소리로 행선지를 밝혔으며, 잠실의 한 고층 아파트에 도착했을 때에도 역시 느리고 조심스러운 동작으로 차에서 내렸다.

그는 목적지인, 꽃 이름에서 그 이름을 빌려온 아파트의 39동 앞에 이르자 우선적으로 건물 옆에 붙은 화재 발생시를 위한 비상 계단을 살펴보았다. 검은 페인트로 칠해진 철제 계단은 거의 이층 높이까지 잡동사니들로 폐쇄되어 있었다. 그렇다고 언젠가처럼 미리 전화를 걸어서 1212호에 홀로 있는 그녀와 입을 맞춘 후 수위실로 가서 보험 상담을 부탁받고 온 보험 회사 사원이라고 말하여 수위로 하여금 직접 인터폰으로 그녀에게 확인하게 하는 방법도 영 마음에 들지 않았다. 그러나 또한 그녀를 만날 수 있는 장소의 입구에서 이렇게 시간을 보낼 수는 더더욱이 없는 일이었다.

그는 다른 사람들의 눈을 의식하며 천천히 비상 계단 쪽으로 걸어갔다. 판자 더미와 헌 가구 등속으로 막혀 있는 계단의 입구를 피해서, 그는 망가진 의자를 딛고 난간에 매달렸다. 그러나 난간을 넘어서 막 발로 계단을 디디기 위해 몸을 내려뜨릴 때 순간적으로 섬뜩할 정도의 차가운 기운과, 곧 이어 화끈거리는 고통이 왼쪽 이마에서 느껴졌다. 손바닥에 묻어난 피가 땀에 섞여 지문의 고랑에 괴어서 빨갛게 빛나고 있었다. 그는 손수건에 침을 묻혀서 상처 주변의 핏자국을 닦아냈다.

그는 가능한 한 당당한 태도를 유지하려고 애쓰면서 한 층을 오를 때마다 비상 계단과 통하는 각 층의 두터운 철문을 당겨보았다. 그러나 손잡이는 문의 일부라기보다는 건물의 일부인 듯이 완강한 저항을 보였다. 그는 오층쯤 올랐을 때 몸에 땀이 밸 정도의 더위를 느끼고는 양복 상의를 벗어서 왼손에 몰아쥐었고, 각 층마다 그런 식의 확인을 거듭하면서 13층까지 올라갔다. 그러나 그가 땀을 뻘뻘 흘리면서 결국 13층에 올랐을 때 그 마지막 출구는 너무도 간단히 열렸고 그는 그 문을 통과하여 다시 한 층을 내려가서 1212호의 초인종을 눌렀다.

기다렸다는 듯이 문은 곧 열렸다. 그녀는 주름이 있는 흰 스커트와 단추를 목 위까지 채운 니트 계통의 검은색 상의를 입고 있었는데 옷차림 그대로 소녀적인 발랄함을 보이며 그를 집 안으로 맞아들였다.

"그렇게 입으니 훨씬 어려 보이는군. 외출하려던 참인가?"

"아니에요. 잠깐 나갔다가 막 돌아왔어요. 비상 계단으로 올라왔나요?"

우리의 주인공, 김공근씨는 조금만 더 아파트 입구에서 기다렸으면 비상구를 통하지 않고도 올라올 수 있었다는 생각이 들어 공연한 짓을 하고 난 후의 씁쓰레한 표정을 지었다. 그는 그 표정과 아울러서 이마의 상처를 감추기 위해 얼굴을 왼쪽으로 돌렸다. 제법 넓은 거실로 들어선 그는 몸을 과장되게 흔들며 벽에 걸린, 이미 눈에 익은 그림이나 달력을 들여다보거나 건성으로 들춰보았다. 그런 식으로 다소 거칠게 행동하는 것이 비상 계단을 통해 올라온 자신의 훼손된 자존심을 회복할 수 있는 길이 될지도 모르기 때문이었다. 그가 땀을 흘리며 계단을 오르는 동안 그녀는 엘리베이터로 그를 앞지른 것이었다. 그러나 그의 부산스러운 움직임은 다분히 어색한 분위기가 생기는 경우에 대한 대비책이기도 했다.

그의 옷을 받아서 옷걸이에 건 그녀는 소파 옆에 서서 그에게 앉으라는 시늉을 했지만 그는 선뜻 그녀 곁으로 가지 않고 계속 몸을 흔들며 방을 맴돌았다. 소파의 앞쪽, 거실의 중앙으로 걸어 나온 그의 이마에 샹들리에에서 늘어뜨려진 줄이 닿았다. 그 줄의 끝에는 초록빛의 원추형 플라스틱이 매달려 있었다.

그는 그 자리에 멈춰 선 채로 주먹을 들어 플라스틱 추를 툭툭 건드려보다가 곧 아예 뒤로 한걸음 물러서서 어깨를 돌려 몸을 푸는 시늉을 하고는 왼손잡이 사우스포 자세로 상체를 웅크려 새도 복싱을 하는 포즈를 취했다. 앞으로 모아진 두 주먹이 번갈아가며 앞으로 쭉쭉 뻗어나갔고 그때마다 그의 입에서는 슉슉 하는 소리가 짧게짧게 흘러나왔다. 그러다가 한쪽 주먹이 앞으로 뻗어지고 그와 동시에 다른 쪽 손은 퍽 소리를 내며 자신의 가슴을 쳤는데, 그때마다 플라스틱 추는 짧게 끊어 치는 주먹에 맞아 불규칙한 포물선을 그으며 허공으로 날아올랐다가 다시 밑으로 떨어져내렸다. 그는 급격한 각도의 파동을 이루며 떨어지는 그 추를 받아서 스트레이트뿐만 아니라 어퍼컷으로 올려치기도 하고 훅으로 돌려치면서 발로는 좌우로 가볍게 스텝까지 밟아나갔다. 그러나 그의 주먹은 플라스틱 추를 잘 맞추지 못하고 있었다.

그의 행동이 쉽게 끝날 것 같지 않다고 생각한 그녀는 소파의 팔걸이 부분에 걸터앉아서 의아스러워하는 표정으로 어처구니없다는 듯이 그를 지켜보고 있었다. 그녀는 그에게서 시선을 돌리지 못하고 있었다.

그는 여전히 입과 가슴으로 슉슉 팍팍 소리를 내며 스텝을 옮기고 상체를 좌우로 흔들면서 주먹을 내뻗고 있었다. 그때 순간적으로, 순간적이긴 했지만 그녀를 얼어붙게 하기에 충분할 정도로 날카롭게 그의 눈빛이 번뜩했고, 동시에 크게 휘둘려진 그의 주먹에 맞아 허공으로 날아오른 추와 실은 그대로 샹들리에에 감겨버리고 말았다.
  그는 숨을 헐떡거리고 땀을 흘리면서 그녀가 걸터앉아 있는 긴 소파에 무너지듯이 넘어져버렸다. 그는 한쪽 팔을 들어 눈 위에 올려놓고 땀을 닦아냈다. 그녀는 그의 얼굴 표정을 살피려던 생각을 버리고 자리에서 일어서서 소파 뒤로 돌아갔다. 그녀의 옷자락이 소파의 등받이 뒤쪽을 스치는 순간 죽은 듯이 누워 있던 그는 벌떡 몸을 일으켜서 그녀의 팔과 어깨를 잡아 세게 끌어당겼다. 그녀는 비명을 지르면서 등받이 너머로 굴러 소파 위에서 그의 몸과 겹쳐졌다. 때를 지체하지 않고 그의 입과 손이 위와 아래에서 그녀를 침범했다.
  "당신 어떻게 된 거 아니에요? 이러면 내가 좋아할 줄 알았어요? 이러지 말아요. 꼭 짐승 같다니까. 아니, 이마에 이 상처는 뭐예요? 피가 맺혀 있어요. 어디 좀 봐요."
  그녀는 그의 입술을 피하면서 간신히 몇 마디씩 뱉어냈지만 일단 그의 손이 자신의 가슴을 움켜쥐자 몸에서 힘을 빼버리고 저항을 포기했다. 그러나 그는 그녀의 태도의 변화에 아랑곳하지 않고 자신의 행위에 열중하고 있었다. 그는 변화한 것이었다.
  축 늘어진 그녀의 몸에 온몸을 밀착시키고서 그가 말했다.
  "당신 입에서 박하 향기가 나는구만."
  그 말에 그녀는 당황한 듯이 손으로 입을 가리면서 그의 품을 벗어나 일어섰다.
  "그래요? 심하게 나요? 실은 기관지 계통의 약을 먹고 있어요. 간유구처럼 생긴 약인데 먹고 나면 계속 박하 냄새가 목 위로 올라와요. 그보다 김공근씨, 어떻게, 그 문제에 대해서는 생각해보앉어요?"
 그 향기는 결국 그녀의 뱃속에서 올라오는 것이었다. 그는 신음 소리를 내며 몸을 뒤틀어 소파에서 양탄자가 깔린 바닥으로 굴러떨어졌다. 그리고는 얼굴을 두 팔에 묻고서 바닥에 대고 웅얼거렸다. 그의 목소리의 대부분은 먼지처럼 양탄자의 올 사이로 흡수되어버렸다.
 "난 생각 같은 거 하지 않기로 했어. 그저 느낌과 충동만 가지고도 충분하니까. 당신 말대로 짐승처럼."
 그녀는 말을 잊고 그의 땀에 젖은 와이셔츠를 내려다보다가 두 손을 축 늘어뜨렸다. 그녀는 그가 등을 돌리고 있는 틈을 이용할 생각으로 커튼 쪽에서 세워진 기둥형 옷걸이에서 실내 가운을 벗겨내어 옷을 갈아입기 시작했다.
 우리의 주인공, 김공근씨는 상체를 들고 넥타이를 풀어냈다. 양탄자에 몸을 붙이고 있었기 때문에 온몸이 화끈화끈 달아오르고 머리가 어질어질해진 그는 몸을 뒤집어 바로 누우면서 손에 몰아쥐고 있던 넥타이를 발작적으로 탁자 위로 던졌다. 그때 다시 탁자 밑으로 내려가던 그의 손끝에 탁자 위의 물컵이 걸려 넘어지면서 물을 그의 가슴에 쏟아부었다. 뜻밖의 물세례에 그는 가슴을 얻어맞은 듯이 억 하고 소리를 질렀다.
 그 소리에 놀란 그녀가 달려와서 손에 들고 있던 옷으로 그의 가슴에 홍건한 물기를 닦아냈다. 대충 물을 훔친 그녀는 놀란 기분이 사라지자 소리 죽여 키득대면서 그의 와이셔츠 단추를 끄르기 시작했다. 그러나 단춧구멍이 땀과 물에 젖어 수축이 되어 있었기 때문에 단추를 벗기는 것은 그리 쉬운 일이 아니었다. 그녀는 손가락 끝에 힘과 신경을 곤두세워 집중시키고 애를 쓰다가 문득 생각난 것이 있었는지 그에게 말을 하기 위해 바닥에 떨구어져 있는 그의 머리를 받쳐들었다. 그러나 그의 얼굴을 본 순간, 무언가 말하고 싶은 욕망과 억눌린 웃음기가 섞여 있던 그녀의 표정이 굳어져버렸다. 천장의 한곳에 고정되어 있는 그의 두 눈은 땅 위로 집어던져져 막 죽어가고 있는 물고기의 눈처럼 하얗게 말라붙어 있었고, 그 때문인지 얼굴 전체도 푸른 납빛을 띠고 있었던 것이었다. 그녀의 몸은 젖은 단춧구멍처럼 수축되어 갔다. 그는 그날 밤을 그녀의 방에서 보냈는데, 그는 몇 번 더 그러한 청동 조각상 같은 표정을 지었었고, 그때마다 그녀는 말을 잊고 망연히 그를 지켜볼 뿐이었다.

  어렵게 와이셔츠를 벗겨낸 그녀가 그의 러닝 셔츠까지 벗기고 난 후에 그는 욕실로 가서 간단히 세수를 했다. 그리고는 그녀가 욕실문을 안으로 잠가도 밖에서 열 수 있도록 화장지를 물에 적셔서 문틀에 뚫려 있는 자물쇠 구멍을 메워놓고 거실로 나왔다. 그리고 그녀가 실내 가운 차림으로 욕실로 들어갈 때 같이 샤워를 하자고 제의했고, 그녀는 예상대로 그의 말에 강한 부정을 표했다. 그는 그녀가 욕실로 들어간 후 실린더 잠기는 소리를 들으며 짐승 같은 미소를 지었으며, 조금 후 물소리가 들리고 나고도 얼마를 더 기다렸다가 옷을 모두 벗어버리고 욕실로 다가갔다. 욕실문은 간단히 열렸다. 문소리에 놀라 돌아보던 그녀는 몸을 가리며 비명을 질렀다. 그러나 그는 문틀의 구멍에 박아놓았던 젖은 화장지를 뽑아서 손에 들고 그녀 가까이로 다가갔다. 그의 얼굴은 웃음기가 보일 듯 말 듯하면서도 진지한 분위기를 띠고 있었다. 결국 그녀는 단념의 웃음을 터뜨리고서, 오오, 당신, 정말, 짐승같이, 운운하며 비누 거품에 싸인 몸으로 그에게 가득 안겨왔다. 그는 그녀의 미끌미끌한 상체를 안으며 옆의 대형 거울을 바라보았다. 그러나 거울은 수증기로 뽀얗게 덮여 있었다. 그는 한 손을 뻗어서 세면대에 받아놓은 물을 거울에 끼얹었다. 그녀가 다시 웃음 섞인 비명을 질렀다. 그는 의식을 집행하듯 천천히 행동을 개시했다.

 한참 후 그들은 상기된 얼굴로 욕실을 나와서 간단한 차림으로 마주앉아 술과 음식을 들었으며 이른 저녁에 함께 침대에 누워 잠이 들었다. 그의 잠에 빠진 벗은 몸은 제왕처럼 킹 사이즈 베드 위를 누비며 밤을 보냈다.

 다음날 아침 눈을 떴을 때 그는 혼자 네활개를 펴고 넓은 침대 위에 대각선으로 누워 있었다. 잠이 덜 깨어 완전히 열리지 않은 그의 귀에 거실에서부터 매운맛, 짠맛을 반복하는 요리 강좌 소리가 들려오고 있었다. 아마도 그녀가 TV를 켜놓은 채로 나간 모양이었다. 그는 침대를 벗어나서 그녀의 화장대 앞으로 걸어갔다. 대형 거울 앞에는 보조 열쇠 하나와 토마토 주스가 담긴 글라스가 놓여져 있었다.

 그는 손잡이가 긴 유리 스푼이 담겨 있는 주스잔을 들고 벌거벗은 채로 거실로 나와서 TV를 끄고는 담배를 피워 물었다가 그것도 역시 곧 재떨이에 눌러 꺼버렸다.

 소파에 앉아 맨몸에 닿는 섬유의 감촉을 즐기던 그는 탁자 밑의 받침대에 어제 보지 못한 약봉지 하나를 발견했다. 손을 뻗어 열어보니 그 안에는 간유구처럼 생긴 반투명의 노랗고 말랑말랑한 알약이 들어 있었다. 그는 그 중 두 알을 입에 넣고 주스잔을 입으로 가져가다가 우선 송곳니로 물어 터뜨려보았다. 그러자 곧 알약의 안에 들어 있었던 액체가 흘러나오면서 입 안을 강한 박하 향기로 가득 채웠고, 혀 안쪽에 쓴맛이 느껴졌다. 그는 주스를 한 모금에 모두 마셔버렸다.

소파에서 일어선 그는 박하 향기로 얼얼한 입을 벌리고 창가로 다가가서 커튼으로 몸을 가리고 아래를 내려다보았다. 그리고는 잠시 후 몸을 천천히 돌려서 커튼이 쳐진 유리창에 등을 댔다가 정식 보폭으로 한걸음씩 앞으로 걸어나갔다. 하나, 둘, 셋, 넷, 여기서 그는 잠시 밑도끝도없이 실어증에 대해서 생각했고, 그래서 그의 아랫배가 맞은편 벽에 닿았을 때 몇 걸음을 걸었는지 기억할 수 없었다. 그는 그대로 잠시 벽을 바라보며 서 있다가 갑자기 생각난 듯이 몸을 돌려 거실 한쪽 벽에 붙어 있는 오디오 시스템 앞으로 다가갔다.

그는 전원 코드를 플러그에 꽂고 전원 버튼을 누른 후 카세트 집에 들어 있는 테이프를 되감았다.

잠시 후 그는 녹음 준비를 마치고 마이크를 들어 입술 가까이로 가져갔다. 테이프 돌아가는 소리가 잘게 바숴진 뼛조각을 가루로 갈아내듯 기괴하게 울리고 있었다.

"당신의 양해도 없이 당신 기관지 약을 두 알 먹었습니다. 맛이 괜찮더군요. 게다가 나는 그 약들을 씹어서 터뜨려 먹었기 때문에 지금 내 뱃속과 입 안은 박하 향기로 화끈거리고 있습니다. 당신이 곁에 있다면 이 냄새를 당신에게 맡게 해주었을 텐데 말입니다. 어쨌든 이 약은 봉지째로 내가 갖기로 하겠습니다. 요즘 나는 말입니다. 당신도 내게서 대강 그런 기미를 눈치챘는지 모르지만, 나의 의식이랄까, 아니면 그냥 감정이랄까 그런 것이 평범한 평상시의 상태보다 바닥에서 약 이 내지 삼 센티 정도 공중으로 떠올라 있는 기분에 종종 사로잡히곤 합니다. 그리고 어떤 날은 아침에 눈을 뜨자마자 나 자신에게, 오늘 당신의 혀는 무사하십니까? 라거나 벽에 비친 당신의 그림자가 오늘은 유난히 아름답습니다, 따위의 말을 중얼거리는 것인데, 그건 말하자면 평소에는 그런대로 제대로 겹쳐 있다고 여겨지던 나와 내 속의 나 아닌 내가 요즘은 조금씩 그 핀트가 빗나가고 있다는 느낌에 강하게 사로잡혀 있기 때문일 것입니다. 다시 말하면 나는 내 속에 들어 있는 나의 자의식을 일종의 마그마라고 생각해왔는데, 요즘 그 마그마가 내 의식의 허한 틈으로 비집고 나오는 감각이 생생하게 느껴지는 것입니다. 그 마그마의 비유를 계속 사용해서 말하면, 내 일상의 한 귀퉁이가 그 마그마에 용해되어버려서 정상적이라고 할 수 있는 평소의 궤도를 잘 못 따라가고 있는 형국이라 할까요? 하지만 솔직히 말하자면 나는 지금 내가 하고 있는 말을 잘 이해하지 못하고 있습니다. 그런 탓인지 나는 점점 더 허탈하고 유약해져가고 있는데, 요즘 나의 모든 것은 바로 그러한 심리 상태의 당연한 귀결입니다. 말하자면 나는 오늘 아침 잠을 깬 후에도 한참이나 누워 있었습니다. 아니 이 말은 실제로 그랬다기보다는 그냥 그저 당신은 그저 그런 상황을 머리에 떠올려주기만 하면 됩니다. 당신 없는 빈 침대에 혼자 누워 있는다는 것은 상상만 해도 끔찍한 일이니까요. 어쨌든 혼자 침대에 누워 얼굴을 시트에 처박고서 당신이 물었던 그 문제에 대해 다시 생각해보았습니다. 하지만 여기에서 중요한 건 그 생각의 결과로서 어떤 결론이 얻어졌는가 하는 것이 아닙니다. 따라서 내가 여기서 하고 싶은 말은 그러한 결론에 대한 것도 아니고, 당신도 그 결론에만 관심을 치중시켜서는 안 될 것입니다. 다시 하던 얘기를 계속하겠습니다. 당신도 알다시피 나는 잠 깰 무렵의 그 나른함을 즐기는 편입니다. 그리고 그때 마음만 먹으면 언제든지 다시 반수면 상태, 가면(假眠)의 상태로 빠져들 수 있습니다. 당신이 청각을 곤두세워야 하는 곳이 바로 이 부분입니다. 오늘 아침 나는 그런 의도적인 반수면의 상태에서 당신과 나와 그 문제에 대해 생각해보았습니다. 이제 나의 속셈을 짐작하겠습니까? 난 말입니다, 나는 가장 현실적이고 의식적이고, 그래서 가장 고통스러운 문제를 그런 상태에서 내 머릿속 가득히 받아들이곤 하는 것이란 말입니다. 그런 상태에서는 아무리 저작이 힘들고 소화가 어려운 것이라 해도 마치 액체처럼 나의 의식 속으로 너울너울 흘러들어와서 내 머릿속에 넘쳐나는 것입니다. 현실의 문제를 치열하게 받아들이지 못하고 고작하여 그런 식으로 대할 뿐이니 이 얼마나 비겁하고 도피적인 발상입니까? 알아듣겠습니까? 나의 이 교활함을? 그러니 결론인들 얻어지겠습니까? 요즘 나는 매일 그랬습니다. 그것뿐입니다. 그것뿐입니다. 따라서 당신이 내게서 정 그 대답을 듣고 싶다면, 바로 그 상태, 그 순간을 포착해서 모로 누워 있는 나의 귀에 대고 나긋나긋한 목소리로 물어와야 하는 것입니다. 하지만 당신도 이제는 간파했겠지만 그런 상태에서 내 속으로 스며든 것들은 잠이 완전히 깨고 나면 위장 한구석에서 딱딱하게 굳어진 상태로 남는 것입니다. 그건 마치 결석화(結石化)되는 느낌입니다. 그러면 뱃속에 돌이 가득 든 동화 속의 늑대처럼 숨이 막 가빠지고 몸이 무거워집니다. 일어서면 아랫배가 돌의 무게 때문에 쿵 하고 바닥에 붙어버리게 되는 것이지요. 그러니 걸을 수 있겠습니까? 해결책이 있겠습니까? 이제 당신은……"

여기까지 단숨에 말해온 그는 훅 하고 숨을 들이켜고는 손을 뻗어 PAUSE 버튼을 눌렀고, 그리고는 입을 벌리고 가쁜 숨을 몰아쉬었다. 호흡을 할 때마다 그의 벗은 아랫배가 심하게 오르내렸다. 그는 뒤로 벌렁 누워버리다가 등이 바닥에 채 닿기도 전에 벌떡 일어서서 거실을 왔다갔다하기 시작했다. 그때 벌겋게 충혈된 그의 눈에 탁자 위에 놓여진 약봉지가 보였다. 그는 떨리는 손으로 약을 한 알 꺼내어 입에 넣고 씹었다. 그러나 그는 물을 마시는 대신 달력이 걸려 있는 벽 쪽으로 다가가서 머리를 벽에 쿵쿵 박았다.

우리의 주인공, 김공근씨가 냉정을 되찾은 것은 입 안에 침을 모아 약을 어렵게 삼키고 난 후, 혓바닥의 쓴 기운이 조금씩 사라지기 시작할 때였다. 그는 담배를 피워 물고 바닥에 털썩 주저앉으면서 녹음용 마이크를 집어들었다. 그리고는 PAUSE 버튼을 눌렀다. 테이프가 다시 돌기 시작했다.

"잠깐 쉬면서 약을 한 알 더 먹었어. 씹는 게 아니라는 걸 알면서 일부로 씹어 삼켰지. 목이 뚫리는 것 같다. 그나저나 내가 이렇게 당신을 위해 카세트 테이프에 나의 육성을 녹음했다는 사실을 당신에게 어떻게 알려야 할까? 하긴 그건 아직 나중 문제지. 아까의 화제로 다시 돌아가겠어. 당신이 내게 물었던 그 문제 말이야. 어제 당신이 내게 생각해보았느냐고 물었을 때, 나는 생각 같은 건 하지 않기로 했다고 대답했었지. 하지만 그것은 정확한 대답이 아니었어. 그게 아니라 나는 요즘 남의 힘을 빌려, 남의 식으로 생각하려 하고 있다고 말해야 옳을 것이야. 남의 식으로 생각한다는 것이 어떤 것인지 잘라 말할 수는 없지만 그것은 분명히 남의 결정을 그대로 따른다는 것과는 다르고, 또한 남이 나의 입에 밥을 떠먹여주기를 기다린다거나 그저 막연하게 느껴지는 삶의 틀에 그때그때 유연하게 적응하는 것과도 다른 것이지. 그것은 말하자면 당신의 몸이 단지 내가 손을 뻗으면 닿을 거리에 있다는 단순히 그 이유만으로 당신을 탐하는 것과 일맥상통하는 것이야. 생각을 정리해서 다시 말해보기로 하지. 남의 식으로 생각한다는 것은 결국 내가 타인의 존재와 부딪칠 때, 그 팽팽한 대립의 공간에서 나 자신을 피동적으로, 아, 이 따위가 모두 무슨 소용인가!"

그는 말을 마치고 천천히 호흡을 조정했다. 테이프는 계속 돌아가고 있었다. 그는 입술에 침을 축이고 다시 말하기 시작했다.

"당신은 어떤지 모르지만 내 경우에는 현재가 과거의 어떤 시기와 거의 완벽하게 겹쳐진다는 느낌을 갖게 될 때가 있다. 그리고 과거를 돌이켜볼 때 번번이 겪게 되는 것인데, 자유롭게 흘러가던 나의 기억이 어떤 한 사건에 닿게 되면 그것은 마치 암초처럼 나의 기억을 좌초시키고 나의 의식을 파탄지경으로 몰아가곤 한다. 그런데 요즘은 그런 경험을 더욱 수시로 겪고 있다. 게다가 이전처럼 과거의 한 시기를 현재에서 다시 정확하게 되살아보게 된다거나, 아니면 과거를 회상하다가 어떤 계기에 의해 그런 고통을 겪게 되는 것이 아니라, 그저 나의 감정이나 의식이, 무중력 상태에서는 물체가 애초에 주어진 만큼의 속도와 방향으로 계속 나아가듯이 현재, 바로 지금이라는 공간 속에서 아무런 마찰이나 중력 따위의 방해도 받지 않고 부드럽게 진행 연결되다가도 불현듯 앞을 가로막는 고통의 벽에 맞닥뜨려져서 주위를 돌아보며 깊은 수렁 같은 곳에 빠져들어 허우적거리게 되는 것이다. 그러면 정말 그야말로 속수무책이다. 그때 대개의 경우 나는 날뛰게 된다. 육체적인 동작으로 유난스런 행동을 할 때도 있지만 정신적 파탄을 피하기 위해 나의 현재의 상황 하나하나에 지나치게 병적인 몰두를 하게 되는 경우가 대부분이다. 아마 지금 내가 녹음용 마이크를 붙잡고 있는 것도 그런 맥락에서 이해해야 할 것이다. 〔……〕 나는 지금 꽤 많은 말을 했는데 돌이켜보니 여러 가지 이야기들이 서로 아무런 관계나 일관성을 가지고 있지 않다는 생각이 드는 게 솔직한 심정이긴 하다. 말하자면, 뭐랄까, 모자이크를 하고 있는 그런 기분이다. 하지만 이 말들의 나열이 모자이크로 될 수 있다면, 말을 끝내고 나면 최소한 전체적인 조화감만은 가질 수 있을 것이다. 하긴 그 이상 바라는 건 아무것도 없긴 하다. 그건 그렇고 이 말마저 끝낸 후에는 테이프에 내 말이 녹음되어 있다는 사실을 당신에게 어떻게 알려야 할까? 그래, 결정됐다. 녹음용 마이크를 뽑지 않고 그대로 바닥에 놓아두겠다. 그렇게 하면 당신 정도면 충분히 나의 의도를 알아차릴 수 있을 것이다. 〔……〕 하지만 그보다는 내가 이 말을 언제 어떤 식으로 끝내야 하는지가 더 큰 문제이다. 어쩔 수 없다. 비장의 마지막 카드를 사용하는 수밖에. 앞으로 하고자 하는 이 말은 아마도 아직까지의 장황한 다변을 매끄럽고 세련되게 마무리짓는 데에 크게 기여할 것이다. 들어보라구. 나는 살아간다는 것의 기간, 동안이라는 것이 참으로 주관적인 것이라고 생각한다. 당신도 그렇지 않은가? 하루가 일 년처럼 느껴지는 경우가 있다. 말하자면 행복과 즐거움만으로는 삶의 시간이 너무 짧아져서 순식간에 지나가버리고 말기 때문에 그것들만으로는 살아 있음을 좀더 농축되고 긴밀한 상황 속에서 의식할 수 없는 것이다. 물론 이 말은 다분히 상투적인 문구이긴 하다. 인용어 사전에나 나올 것 같은. 그러나 그럼에도 불구하고 짧게 살기와 오래 살기라는 문제는 그리 간단한 단순한, 혹은 상투적인 그런 것이 아니다. 〔……〕 미안하다. 나는 지금 너를 교묘하게 설득시키려 하는 모양이다. 그럴 바에야 차라리 너의 어깨를 몇 번 두들겨주고 마는 편이. 〔……〕"

그는 말을 멈추더니 갑자기 마이크에 달린 줄을 세게 잡아당겨서 끝에 달린 접속 단자를 뽑아버렸다. 그리고는 자리에서 벌떡 일어섰다. 만약 그가 옷을 입은 상태였다면 그대로 밖으로 나가버렸을 것이었다. 그는 선 채로 자신의 벌거벗은 몸을 내려다보았다.

이상이 그날, 우리의 주인공, 김공근씨가 변화를 겪은 시간부터 대략 이십사 시간 동안의 그의 행적이었다. 그 이튿날부터 그의 머릿속에서는 변화라는 말이 한시도 떠나지 않았다.

2

김공근씨가 집에 돌아가자 예상대로 그의 아내는 그의 외박에 전혀 무관심한 태도를 취했고, 그런 식으로 다시 매일의 일상이 시작되었다.

그러나 물론 그는 자신이 변화했다는 사실을 잊지 않았다. 하지만 그는 변화했음에도 불구하고, 그의 모든 것은 전혀 변하지 않고 있자 그는 차츰 초조해지기 시작했다.

그는 변화를 실감할 수 없었음은 물론이고, 변화를 겪은 후에는 어떠어떠해야 한다는 것도 전혀 알 수가 없었다. 그 변화로 인해서 남들에 대해 우월감을 가져야 하는지 열등감을 가져야 하는지도 판단할 수 없었다.

사실 그에게 있어서 그 변화로 인해 실제로 달라진 바는 거의 없는 것이나 다름없었다. 변화를 겪었다고 생각한 그날 이후로 그는 잠을 덜 자지도 더 자지도 않았고, 술이 늘지도 줄지도 않았으며 아내와 이혼을 하지 않은 것은 물론이었다. 그러나 그는 날이 갈수록 그 변화에 대해 무감해지기는커녕 오히려 더욱 커지는 부담감에 사로잡히고 있었다. 그것은 그의 일생에 단 한 번밖에 찾아오지 않는 어떤 계기일지도 모르는 일이었다. 이 기회에 그는 자신의 소시민적 생활 방식을 벗어버려야 했다. 이런 생각이 과대망상증에 지나지 않는 것이라 해도 좋았다. 일단 그는 그 변화에 대해 치열한 반응을 표해야 하는 것이었다. 이러한 생각에 시달리던 그는 어느 날 그의 생활에 큰 변화를 일으키고 말았다.

그는 그 동안 다니던 출판사를 그만둔 것이었다.

김공근씨가 그 동안 다니던 출판사를 그만둔 그날은 봄날치고는 꽤 더우면서도 봄날답게 꽤 건조한 날씨였다. 그날 그는 몇몇 대학들에 원고를 받으러 뛰어다니다가 오후에 사무실로 돌아왔다. 그는 자리에 앉자마자 서둘러 구두를 벗고서 오른발을 왼쪽 무릎 위에 올려놓고 양말을 벗겼다. 세 개 대학의 캠퍼스를 누비느라고 오랜만에 많이 걸었던 탓인지 새끼발가락 아래쪽에서 찌르는 듯한 통증이 느껴졌기 때문이었다.

발바닥을 들여다보니 새끼발가락 아랫부분이 이 센티 가량 갈라져 있었다. 그는 한동안 멍하니 갈라진 피부 사이로 빨갛게 드러난 속살을 바라보았다. 그것은 무좀은 아니었다.

그는 그러한 현상을 군(軍)에 있을 때 몇 번 겪은 적이 있었다. 그의 피부는 원체 지독한 건성(乾性)이었기 때문에, 한겨울이나 한여름에 발바닥이 따끔거려서 살펴보면 어느 한곳이 갈라져 있곤 했었다. 그 정확한 이유는 잘 알 수 없었으나, 그 상처는 그저 통풍이나 잘 시키고, 군화를 신을 때는 밴드나 하나 붙여놓으면 되는 그리 대단한 것은 아니었다. 단지 그로서는 이러한 일을 제대 후 사회에서도 당하게 되었다는 것이 어이없을 뿐이었다.

그때 그는 언뜻 자신이 취하고 있는 꼴이 주위 동료들에게 불쾌감을 줄지도 모른다는 깨달음에 얼른 발을 풀었다. 다행히 이마를 찌푸리고 그를 바라보고 있는 사람은 아무도 없었다.

그는 구두 위에 벗어놓은 양말을 집어들고 신으려 하였다. 그러나 그는 책상 밑으로 굽혔던 몸을 채 일으키기도 전에 이런 상처에는 통풍이 필요하다는 것과, 맨발로 있는 것이 얼마나 기분 좋은 일인가 하는 생각이 들어 양말을 구두 속으로 밀어넣었다. 그리고는 다른 쪽 발도 맨발로 만들어 두 발을 슬리퍼 위에 얹어놓았다. 그는 마치 발을 올리브유로 씻은 듯한 상쾌감을 느꼈다. 실내에는 전혀 공기의 유동이 없었으나 그의 맨발만은 신선한 바람을 느낄 수 있었고, 그의 얼굴과 손의 피부는 검푸르게 말라가고 있었으나 오직 그의 두 발만은 생기를 얻어 흰 생명의 빛을 발하고 있었다. 그리고 그것들은 독립적으로 살아 있는 지체처럼 조금씩 꿈틀거리고 있었다.

잠시 후 그는 서류 봉투 속에서 맨 먼저 끌려나온 원고를 읽기 시작했고 발에 대해서는 곧 잊어버렸다.

그가 그 원고를 다 읽고 막 덮으려 할 때였다.

"김공근씨 양말 신어요."

그는 모르고 있었지만 조금 전에 옆방에서 나온 사장이 그의 뒤에 서서 그를 지켜보다가 그의 맨발을 발견한 모양이었다. 사장은 그리 높지는 않았지만 가시 돋친 공격성을 드러내는 목소리로 방심해 있는 그의 허를 찌른 것이었다.

바로 그 순간만은 아무것도, 그 동안 편집 회의 때마다 그가 사장과 번번이 충돌했고, 미국 소설을 번역한 원고지 이천 매를 천오백 매로 줄이라는 요구를 그가 거부했고, 도서 전시 및 판매장에 출판사 직원들이 교대로 나가는 것에 대해 항의했으며 그가 가지고 다니던 명함을 보고서 사장이 노골적으로 비웃었던 일, 그런 모든 것들은 전혀 문제되지 않았다. 그는 그저 놀라고 당황하여서 남이 볼 때는 변명을 하려는 듯한 기색으로 엉거주춤 자리에서 일어섰다.

그때 꼼짝 않고 서 있던 사장이 다시 같은 어조로 말했다.

"김공근씨 우선 빨리 양말부터 신어요."

그는 어쩔 수 없이 의자에 주저앉아 양말과 구두를 신는 수밖에 없었다. 그러나 그러한 단순한 행위를 하고 있는 그의 머릿속에는 지극히 복잡한 생각과 계산들이 서로 엉겨붙고 있었다.

그러나 어느 한순간 그의 결정은 단호하게 내려졌다. 그는 변화했으니까, 그는 이미 며칠 전의 그가 아니니까, 그리고 그는 그 변화를 분명히 의식하고 있으니까, 자신의 변화한 모습에 충실해야 했다. 그 동안 그는 사장과 여러 면에서 실랑이를 벌여왔었지만, 그것은 그의 입장에서 보면 상하 관계를 전제로 한 건의 형식의 소극적인 행위였을 뿐이었다. 그러므로 그러한 행위에 있어서도 변화해야 했다. 어쩌면 이런 식으로라도 자신의 변화를 드러내고 나면 스스로에게도 그 변화의 성격이 좀더 구체적이고 분명하게 인식될지도 모르는 일이었다.

그는 구두를 신고 나서 발로 바닥을 쾅쾅 구르고는 그도 역시 사장의 이름을 부르며 말했다.

"김동욱씨, 이제는 분명히 해두어야 할 것 같아서 말씀드리는 건데 말입니다, 김동욱씨의 방침이건, 아니면 우리를 대하는 행동 하나하나까지도 말입니다……"

그때 그는 목구멍 깊숙한 곳이 무언가로 메워져버리듯 말문이 탁 막히는 느낌에 사로잡혔다. 그는 당황했지만 그런 기색을 억지로 감추고서 대신 당신과는 도저히 말이 안 통한다는 식으로 고개를 설레설레 저으며 한편으로는 오른손을 머리 위로 들어올렸다가 밑으로 탁 내리치는 제스처를 취했다. 그리고는 의자의 등받이에 걸려 있는 재킷을 들어 어깨에 걸고 사장 옆을 지나서 사무실 밖으로 나왔다. 사무실에 남아 있는 그의 물건들은 동료에게 부탁할 생각이었다.

그는 계단을 내려가면서 조금 전에 닥쳤던 당황감을 돌이켜보았다. 그때 말문이 막힐 정도로 당황했던 것은 자신이 오래 전 한때 입에 배어 있었던, 그러나 이제는 쓰지 않는 말투를 쓰고 있다는 사실을 깨달았기 때문이었다. 그는 군복무 시절에 그랬듯이 사장에게 하는 말 속에 '말입니다'라는 말을 습관적으로 삽입하고 있었던 것이었다.

그가 후보생으로서 교육을 받을 때 그와 그의 동기들에게는 세 개의 직각이 엄격하게 요구되었다. 직각 보행과 직각 식사, 그리고 직각 언어가 그것이었다. 즉 그들은 모퉁이를 돌 때 꼭 직각으로 꺾어서 돌아야 했고, 식사를 할 때에는 어렸을 적에 본 「강재구 소령」이라는 영화에서 사관생도들이 그러했던 것처럼 수저를 직각으로 들어 입으로 가져가고 직각으로 다시 식기에 내려놓아야 했다. 이 두 가지의 경우에는 그런대로 신경만 쓰면 규칙을 위반했다는 이유로 얼차려를 받는 일은 피할 수 있었다. 문제는 나머지 하나, 직각 언어였다.

직각 언어의 사용이란 존대어를 쓸 경우에 문장을 절대 '—어요'로 끝내서는 안 되고, 그 자리에 대신 '—ㅂ니다'를 붙여야 하는 것이었다. 물론 그들은 차츰 후보생 생활에 적응해 가면서 말을 '—ㅂ니다'로 마치는 데에 어느 정도 익숙해질 수 있었다. 그러나 대부분의 말은 단일한 문장으로 끝나는 것이 아니라는 데에 더욱 골치 아픈 문제가 있었다. 그래서 교육 과정이 거의 끝나갈 무렵 그들의 어투는 이렇게 변해 있었다. '조교들이 먼저 그렇게 나왔기 때문에 말입니다, 우리도 그렇게 행동할 수밖에 없었는데 말입니다, 교관님이 들어오셔서 말입니다, 구대장님을 불러오라는 겁니다.' 이때 경상도 출신의 후보생들은 '말입니다' 대신에 '있잖습니까'를 사용하였다. 그러나 매번 말할 때마다 그것이 어색하고 부자연스럽다는 느낌을 떨칠 수가 없었다.

벌써 삼 년 전의 그러한 언어 습관이 사장을 상대로 하여 갑자기 튀어나왔으니 그로서는 당황하지 않을 수 없었던 것이다. 그것은 아마도 그가 은연중에 사장을 군대에서의 상관처럼 어렵게 여기고 있었다는 사실의 증거일 수 있는 것이므로 그는 자신이 어쩔 수 없이 소시민이라는 생각에 씁쓸한 미소를 흘렸다.

그러나 그는 오래 유예해왔던 일을 드디어 해치웠으니, 이는 곧 자신의 변화한 모습을 보여준 것이라고 생각했다. 하지만 어쩌면 사표를 내기로 결정한 것이 그 변화라는 것과 전혀 무관한 것인지도 모르는 일이었다. 여하튼 이제 모든 것이 시작이었다.

김공근씨는 자신의 행위에 대해 자기도 모르게 자기 만족을 느끼게 될지도 모른다는 우려에 계단을 한단 한단 밟아 내려가면서 주문을 외듯 입술을 조금씩 움직이기 시작했다.
관자재보살행심반야바라밀다시조견오온개공도일체고액……

3

하나, 둘, 셋, 넷, ……, 그들은 김공근을 기다리게 했다. 그들은 김공근을 굉장히 길게 느껴지는 시간 동안 기다리게 했다. 그러나 그는 혼자 있는 데에 어느 정도 숙달되어 있었기 때문에 시간의 흐름에 자신의 상념을 띄워놓고 오랫동안 자기 자신을 잊을 수 있었다. 그러나 이때 그의 상념이 기억 속의 암초에 부딪히지 말아야 한다는 단서가 붙어 있었다.

그는 영락영화사 소속의 출판사에서 남들이 보기에는 지루함과 답답함으로 뒤덮인 눈빛으로 창밖을 내다보고 있었다. 한쪽 창으로는 가까이에 학교 건물의 회색빛 귀퉁이와, 멀리 보랏빛과 검은빛 빌딩의 몸체가 보이고 있었으며, 그 맞은편 창으로는 그리 높지 않지만 그래도 나무들이 꽤 높이 자라 있는 야산이 내다보이고 있었다. 당연히 그는 벽에 붙어 있는 소파에 앉은 채로 고개를 오른쪽으로 돌려 야산을 면한 유리창 쪽을 바라보고 있었다. 창문들과 출입문들은 모두 활짝 열려 있었기 때문에 실내에는 한쪽에서 들어온 자동차 소음과 매연, 다른 쪽에서 들어온 싱그러운 바람이 뒤섞여서 묘한 분위기가 이루어지고 있었다.

그러나 그는 조금씩 지루해지고야 말았다. 비록 기다리기 시작한 지 사십 분 정도의 시간밖에는 안 되었지만 바람과 햇살이 이 대 팔 정도로 적당히 어우러져 있는 바깥 풍경을 계속 내다보고 있는 동안 그는 잔디와 나무에 푸릇푸릇한 기운이 훨씬 심해졌다는 과장된 느낌을 받고 있었다. 그리고 그는 그들, 출판사 직원들이 돌아오려면 창문의 왼쪽 구석에 삐져나와 있는 저 메마른 나뭇가지에 싹이 몇 개 더 돋는 만큼의 시간이 필요하다는 식의 역시 과장된 체념을 하고 있었다. 그들은 아마도 그의 체세포와 생식 세포가 몇 개 더 죽어나가고, 풍경의 푸른 기운이 좀 더 완연해진 후에야 나타날 것이었다.

그는 소파 위에 길게 누워버리고 싶은 생각이 들었을 때 자리에서 벌떡 일어서서 맞은편 책상 앞으로 다가갔다. 실내에는 책상들 여섯 개가 기역자형으로 배치되어 있었다. 그리고 일렬로 맞붙어 있는 네 개의 책상 위에는 일부는 펼쳐지고 일부는 닫혀진 채의 책들이 무질서하게 쌓여 있었다. 책들은 모두 그의 방향에서 보아서는 거꾸로 놓여져 있었기 때문에 그는 바로 앞에 놓여져 있는, 중간 부분이 펼쳐진 책의 소제목을 더듬거리면서 읽어야 했다.

읽기를 마친 그는 몸을 오른쪽으로 홱 돌려서 호흡을 조정하고는 정상 보폭을 유지하려고 애쓰며 정면의 벽을 향해 걸었다. 하나, 둘, 셋, 넷, 다섯, 쾅. 다섯 걸음을 걸은 그는 벽에 이마가 부딪혔다. 그는 한동안 그대로 서 있다가 뒤로 돌아서서 벽에 등을 기대고 맞은편 벽을 바라보았다. 그곳에는 거울이 걸려 있었는데, 다행히도 그가 똑바로 걸어가기만 하면 그 거울 바로 옆에 머리를 박게 될 것이었다.

그는 허벅지 근육을 한 번 죄었다가 풀고는 천천히 앞으로 걸어나갔다. 하나, 둘, 셋, 넷, 다섯, 여섯, 그러나 그는 그리 좁다고 할 수 없는 실내의 중간 지점에서 발을 멈췄다. 창밖을 내다본다는 것도 이제는 새삼스러운 짓이었다. 그보다는 차라리 물구나무를 서서 팔굽혀펴기를 하는 편이 훨씬 덜 지루할 것이었다.

그는 다시 몸을 오른쪽으로 돌려서 책상 위를 두 손으로 잡고서 상체를 구부렸다. 그때 몇 권의 책들 위에 펼쳐져 있는 크라운판의 책 한 권이 그의 눈에 띄었다. 하드 장정이 되어 있는 그 책의 열려진 책장 위에는 상앗빛 문진이 대각선으로 가로질러 놓여져 있었다.

그는 그 책의 오른쪽 페이지 첫 줄을 읽어보았다. '하지만 인간 삶의 근원적 조건으로서 간' 그 첫 줄은 다행히 문진에 가려져 있지는 않았지만 책장의 귀퉁이가 접혀져 있었기 때문에 그 문장의 뒷부분을 읽을 수가 없었다. 그는 둘째 줄을 읽어보았다. '고, 또한 너무도 쉽게 사람은 환상을 간' 접혀진 부분은 정확한 이등변삼각형을 이루고 있었기 때문에 첫 줄부터 다섯째 줄까지가 모두 끝 부분이 가려져 있었다.

그는 잠시 고개를 들어 맞은편 벽에 걸린 달력의 옛날 대장간 풍경을 바라보았다. 그러나 곧 다시 고개를 떨구어 책장이 접혀진 부분에 시선을 모았다. 그리고는 주먹을 쥐었다 폈다를 몇 번 반복했다. '간'이라는 글자 다음에 무슨 자가 감추어져 있는지는 문맥을 따져보아도 잘 알 수가 없었다. 그때 아무런 논리적 근거 없이, 그리고 밑도끝도없이 그의 머리에서는 '간헐적'이라는 단어가 떠올랐다. 그러나 '간헐적'은 그야말로 간헐적으로, 습관적으로 그의 머리와 혀에 출몰하는 단어들 중의 하나일 뿐이었다.

그러나 '간'으로 시작되는, 그가 모르는 어떤 단어가 있다고 생각할 수도 없는 일이었다.

그는 천천히 손을 책상 위로 들어올리고는 잠시 망설이다가 그대로 쾅 소리를 내며 책장을 내리쳐버렸다. 문진이 옆으로 조금 밀려났다.

그는 책상에서 뒤로 물러서서 입으로 휘파람 소리를 내며 가볍게 스텝을 밟기 시작했다. 그가 몸을 돌릴 때마다 상의 자락이 바람을 일으켰다. 비가 와야 했다. 아니면 난데없이 습기와 비릿한 소금 냄새를 머금은 바닷바람이라도 이 내륙 도시로 몰아쳐서 창을 통해 불어들어와야 했다. 그러면 곧 실내에 안개가 자욱해질 것이고 그러한 기상 변화는 그의 몸을 휘감아 원기를 불어넣어줄 것이었다. 그는 계속 스텝을 밟아나갔고 그의 상체와 어깨가 발의 움직임에 맞춰 물결치듯 흔들렸다. 그는 두 손을 뒤로 돌려 뒷짐을 지고서 때때로 구두굽으로 시멘트 바닥을 두들겨 소리를 냈다.

하나, 둘, 셋, 넷, ……, 그들은 김공근을 기다리게 했다. 그들은 김공근을 굉장히 길게 느껴지는 시간 동안 기다리게 했다.

그때 그는 몸의 움직임을 멈췄다. 열려져 있는 문을 통해 발소리가 들려왔기 때문이었다. 곧 이어 남자 셋과 여자 한 사람이 실내로 들어섰다. 그들은 김공근과 간단히 인사를 건네고는 밖에서부터 달고 들어온 대화의 끄나풀을 다시 붙들고 늘어졌다.

물론 마지막으로 인쇄소에 다녀온 건 바로 접니다, 아니, 그보다, 이봐요, 미스 한, 우선 그 안경부터 벗어버릴 수 없나요, 아, 이 정도야 어려운 일이 아니죠, 그리고 아까도 한 얘기지만 그것이 어떻게 두 사람 선에서 결정을 볼 수 있는 일인가, 나는 도대체 그런 사고 방식이 어떻게 가능한 것인지, 아니, 주간님, 저도 반복해서 말씀드리는 건데요, 미스 한, 미스 한은 내 말이 끝난 다음에 말하는 버릇을 좀 길러야겠어, 그 점은 조심하겠어요, 하지만……

김공근은 미스 한의 책상 앞에 서서 반쯤 귀를 열어놓고 있었다. 그는 눈을 내리깔고 책상을 내려다보았다. 그의 눈에 조금 전에 보았던 여전히 귀퉁이가 접힌 채로 있는 책장이 보였다. 그는 천천히 손을 들어 그 접힌 부분을 폈다. 그러나 선 채로 있었기 때문에 시력이 별로 좋지 않은 그로서는 가려져 있던 부분을 읽을 수 없었다.

그때 그는 낯선 눈길이 그를 향하고 있다는 것을 느끼고 고개를 들었다. 실내를 시끄럽게 울리는 말의 공방전은 두 남자와 한 여자 사이에서 벌어지고 있었고, 나머지 한 남자는 그들과는 아무 상관이 없다는 느긋한 표정으로 책상 위에 엎드려 팔뚝에 고개를 올려놓고 김공근을 바라보고 있었던 것이었다. 사내는 갈색 계통의 체크 무늬를 가진 남방을 입고 있었는데, 그렇게 물끄러미 바라보는 모습은 개가 개집 밖으로 머리를 내놓고 졸린 눈으로 주인을 하릴없이 쳐다보는 장면을 연상시켰다.

김공근은 가운데 가리마를 탄 그 사내의 눈길을 받으며 애매하고 희미한 미소를 지어보였다. 그러자 사내도 눈빛만큼이나 공허한 미소로 답해왔다. 그들은 계속 그 음모의 미소를 얼굴에서 버리지 않고 있었다.

그때 주간이라는 사내는 우연히 김공근의 얼굴에 떠다니는 묘한 표정을 발견하고는 자기 나름대로 느낀 바가 있었는지 갑자기 대화를 멈추고 그에게 말을 건넸다.

"이거 실례가 많군요. 계속 기다리게 해서 죄송합니다. 어때요, 진척은 잘 되어가고 있습니까?"

김공근이 세번째 만나게 된 주간은 이마가 매우 넓은 데다가 긴 머리카락을 모두 뒤로 넘겨서 흐트러진 상태로 기르고 있었기 때문에 금테 안경을 쓴 가늘고, 찌푸려진 눈과 함께 항상 어수선한 분위기를 느끼게 하고 있었다. 그러나 몇 번 되지 않았어도 주간을 만날 때마다 매번 그런 상태, 그런 분위기가 유지되는 것을 보면 그는 아마도 나름대로 그의 머리를 일정한 형태로 관리하는 것인지도 모르는 일이었다.

미스 한이 자리에서 일어섰다. 그녀는 서랍을 여닫고 책상 위를 대충 정리하며 말했다.

"시사회를 두번째 하는 건 이번이 처음이에요."

십 분쯤 후 김공근은 미스 한과 함께 편집실을 나와 아래층의 경리부로 가서 선불조로 십만원짜리 수표 다섯 장으로 된 오십만 원을 수령하고 사인을 하고서 건물을 벗어나 현관에 대기중인 그라나다 승용차로 영화 시사회장으로 향했다.

차 안에서 그가 그녀에게 물었다.

"미스 한, 내가 어딘가 변한 것 같지 않아요?"

그녀는 눈을 크게 뜨고 장난기 어린 표정으로 그의 위아래를 훑어보며 말했다.

"글쎄요, 아직 자세하게 볼 경황이 없었기 때문에 잘 모르겠는데요."

"아니, 그렇게 관찰력이 필요한 건 아니고, 그냥 느낌이나 분위기 같은 거로 말입니다."

그녀가 정색을 하며 물었다.

"왜요, 무슨 일이 있으셨나요?"
"아니, 그런 건 아니고……"
"그러고 보니 이상하군요."
"뭐가 이상합니까?"
"이상한 질문을 다 하시니 말예요."
 그녀는 말을 마치는 것과 동시에 높은 소리로 웃어댔다. 아직 다른 사람들은 그의 변화를 눈치채지 못하고 있었다. 그는 미스 한의 태도에 안심과 동시에 섭섭함을 느꼈다. 그러나 미스 한이 자신의 유머에 취해 계속 웃음을 멈추지 않자 그는 자신도 모르게, 그러나 그녀가 들을 수 있을 정도로 분명하게 중얼거렸다.
"빌어먹을."

 김공근이 영락출판사와 관계를 맺게 된 것은 일주일 전부터의 일이었다. 그날 아침도 그는 숙취로 인한 두통에 시달리면서 모 잡지사에 게재를 부탁해볼 칼럼을 마무리짓느라고 정상적이지도 못한 골머리를 싸안고 애를 쓰고 있었다. 그러나 그 와중에도 그는 만년필의 끝 부분을 노려보며 글자 하나하나에 온 정신을 집중하고 있었는데, 그때 영락출판사의 미스 한으로부터 걸려 온 전화의 벨소리가 제법 높은 밀도와 농도로 충일해져 있던 그의 머릿속으로 끝을 곤추세우고 파고들어와 사기 그릇을 박살내듯이 그의 정신을 뒤흔들었다. 그는 깜짝 놀라서 서둘러 수화기를 집어들었다.
 전화기에서 들려오는 목소리의 임자는 그가 전부터 알고 있던 미스 한이었다. 그녀는 이번에 자신이 영락영화사 소속의 출판사로 자리를 옮겼음을 밝히고 그에게 일거리를 제공했다. 그녀는 그가 사표를 낸 것도 잘 알고 있었다.

  그가 그녀로부터 받은 부탁은 두 달쯤 후에 수입하여 국내에서 개봉할 영화를 한 권의 책으로 만들 수 있는 소설로 꾸미는 일이었다. 일부 번역 소설이 그러하듯이 수입한 외화에 원작 소설이 있다면 그것을 번역하는 것으로 모든 문제는 끝나버리지만, 이번 영화의 경우에는 원작이 없고 단지 필름과 영문 시나리오만이 있기 때문에 그것을 책으로 만들어 출판하기 위해서는 우선 그 영화를 소설화해야 하는 것이었다. 말하자면 그것은 영상의 문자화였다.

  그녀로부터 그 정도의 개략적인 설명만을 듣고도 그는 그 요청의 골자뿐만 아니라 거기에 수반된 제반 사항들 대부분을 수락하였다.

  그날 그는 점심 시간 이전에 영락영화사를 방문하였다. 미스 한은 그에게 타이핑을 쳐서 팔절지 복사 용지에 복사한 영문 시나리오 한 묶음을 넘겨주며 말했다. 그것은 모두 이백오십 페이지로 되어 있었다.

  "영화 대본이 모두 250장이고, 한 권의 책을 만들려면 최소한 원고지 1200매는 되어야 하니까, 대본 한 장당 원고지 5장을 뽑으면 되겠어요. 알겠습니까? 대본을 보시면 아시겠지만 거기에는 등장인물의 아주 작은 움직임뿐만 아니라 카메라가 대상을 포착하는 방향과 각 장면마다 그 장면을 찍은 필름의 길이까지 피트 단위로 좌단에 명시되어 있을 정도로 상세하게 기술되어 있습니다. 저희로서는 이십 일 안에 끝내주셨으면 해요. 물론 아무리 그것이 영화소설이라 하더라도 한 편의 소설을 쓰는 것인데 이십 일은 너무 촉박하다는 것을 잘 알고 있어요. 하지만 지금 우리에게 가장 중요한 것은 타이밍입니다. 그 영화의 개봉일이 두 달 후니까 책은 개봉 한 달 전에는 이미 나와 있어야 영화에 대한 선전 효과를 아울러 거둘 수 있다, 이거지요. 제 말 아시겠죠? 〔……〕 좋아요, 그럼 한 달 기한을 드리겠어요. 대신 시간 약속은 확실히 지키셔야 해요."

말을 하면서 내내 김공근의 표정을 살피던 그녀는 결국 스스로 양보하면서 말을 끝냈고 기한은 한 달로 낙착이 되었다.

그러나 그가 나중에 알게 된 바에 의하면, 영화소설의 출판은 그 소설 자체를 통한 수익보다는, 그 책이 서점에 깔림으로써 한 달 후에 개봉될 영화에 대해 선전 효과를 얻는다는 사실에 큰 주안점을 두고 있었다. 그러나 여기서 더욱 중요한 것은 신문이나 잡지에 광고를 할 때 책 광고가 영화 광고보다 그 비용이 훨씬 적게 든다는 사실이었다. 따라서 책 광고 때에 영화와 같은 제목으로 영화 속의 장면과 배우의 사진을 이용하는 것은 광고를 좀더 효과적으로 하고자 함뿐만 아니라, 한 달 후 개봉될 영화 광고를 겨냥하고 있는 것이었다. 이러한 사실을 미스 한은 그에게 나중에야 얘기했는데, 그녀는, 그러니까 소설은 한 달 내로 만들어져야 해요, 라는 말을 잊지 않고 덧붙였다.

김공근은 자유 기고가라는 이름을 내걸긴 했지만 출판사를 그만두고 쉬고 있는 터이라 당분간은 이 일로 숨통이 좀 트이리라는 생각을 하고 있었다.

미스 한은 그외에도 얄팍한 가제본 책자를 그에게 건네주었다. 그녀의 설명에 따르면 그것은 그 영화가 일본에서 상영되었을 때 사용된 일본어 자막을 한글로 번역한 것이라 했다. 그는 어떻게 일본어 자막이 다 들어왔을까 하는 의아심을 느꼈으나,

따지고 보면 영어 대사보다는 일어 자막을 통해 한글 자막을 만드는 편이 훨씬 손쉬울 것이라는 생각이 들었다.

어쨌든 그는 그러한 것도 없는 것보다는 나으리라는 생각에 말없이 봉투 속에 시나리오와 함께 넣었다.

그녀가 책상 위에 벗어놓았던 안경을 다시 쓰며 말했다.

"이제는 그 영화를 직접 보셔야죠. 녹음기는 이쪽에서 준비하겠어요. 시사회는 세시에 있어요. 장소는 아시죠? 네, 그, 남산에……, 맞아요, 그곳이에요. 그 동안 그것들을 검토해보세요. 여기에 계셔도 좋아요…… 네, 그러면 그렇게 하세요. 그럼 이따가 그곳으로 직접 오시겠어요?"

그는 그녀와 세시 십분 전에 만날 약속을 하고 봉투를 들고서 사무실을 나왔다. 그는 대충 시사회장 쪽으로 방향을 잡고 걸었다. 그에게는 약 네 시간 정도의 시간이 다소곳이 그의 처분을 기다리며 앞에 놓여 있었다. 그는 마치 금액 대신에 네 시간이라고 적혀진 수표를 한 장 받은 기분이었다. 빨리 그 네 시간이라는 금액의 수표를 써버려야 하는 것이었다. 그러나 그는 모든 것에 싫증이 난 백만장자처럼 선뜻 마음내키는 일이 전혀 생각나지 않았다. 그렇다면 닥치는 대로 사소한 일들에 시간을 뿌려야 했다.

그는 되도록 천천히 걸었다. 그러나 길에는 매우 많은 행인들이 붐비고 있었기 때문에 빨리 걷는 것도, 그렇다고 천천히 걷는 것도 양쪽 다 힘이 드는 형편이었다. 게다가 사람들은 김공근의 상의 왼쪽 포켓에 네 시간이라는 적지 않은 금액의 수표가 들어 있다는 것을 전혀 모를 것이었다.

그는 사거리에 이르자 길을 건너기 위해 지하철 지하도의 계단을 내려갔고, 곧 다시 맞은편 계단을 오르기 시작했다. 바로 전에 지하철에서 사람들이 쏟아져나온 모양인지 고개를 들어 위를 바라보니 묵묵히 층계를 올라가는 사람들의 뒷머리들이 약간 아래로 숙여진 채 빽빽하면서도 가지런하게 움직이고 있었다. 그 모습은 단조로우면서도 일종의 숙연함 같은 것을 그에게 느끼게 하였다. 그는 다른 사람들처럼 고개를 떨구어 발끝을 내려다보며 발을 위로 움직였다. 그는 계단을 벗어나자 첫눈에 띈 카페로 들어가 창가에 자리를 잡았다.

엉덩이에 용수철의 감각을 강하게 느낀 그는 테이블 건너로 자리를 옮겼다. 그리고는 커피를 주문하고 일본어 자막을 번역한 소책자를 꺼내들었다.

첫 장을 펼쳐보니 각각의 대화를 하나의 단위로 하여 1부터 시작되는 일련의 번호가 좌단을 차지하고 있었다. 각 글자들은 타이핑 솜씨가 그리 뛰어나지 않다는 것을 드러내고 있었고 게다가 복사된 것이기 때문에 읽어나가는 것이 수월하지 않았다. 첫눈에 보아도 문장이 제대로 이루어지지 않는다는 느낌이 드는 곳이 있었고 간혹 맞춤법이 틀린 곳도 눈에 띄었다.

그는 갑자기 화가 치밀어서 책장을 덮고 한쪽으로 밀어버렸다. 그러나 그는 그것이 화를 낼 상황은 아니라는 것을 곧 깨달았다.

미스 한의 말로 미루어봐도 그 소책자는 일본어로 된 자막 대본을 그대로 번역한 것이고, 번호를 붙이는 등의 체제도 원본의 것을 그대로 빌려온 것임에 틀림없었다. 그러니 숫자만 붙어 있는 각 대화가 누구의 것인지도 알 수 없고, 영화를 보지 못하여 앞뒤 문맥도 모르는 상태에서 번역이 된 것이니, 그 번역자가 아무리 일본어에 뛰어나다 하더라도 무리가 오지 않을 수 없는 것이었다. 따라서 그 책자는 한글 자막을 만들기 위한 예비 작업인 셈으로써 앞으로 몇 번 더 손을 본다는 것을 전제로 하고 있는 것이라고 생각해야 할 터였다. 그러나 외국 영화의 자막 수준을 고려한다면 이렇게 졸속으로 번역된 상태에서 그대로 화면에 옮겨지는지도 모르는 일이었다.

그는 이래저래 심기가 뒤틀려서 시나리오를 펴볼 생각도 않고 소파에 몸을 파묻고서 시계를 보았다. 겨우 한 시간을 써버린 뒤였다.

그 후 그는 당구장에 들어가 주인과 당구를 쳐서 세 판을 내리졌고 책방을 기웃거리다가 갑자기 앞을 막아서는 사우나 간판에 이끌려 호텔로 들어가서 사우나를 하고는 탈의실의 대형 거울 앞에 놓여져 있는 남성용 화장품들 중에서 냄새가 가장 강한 스킨 로션을 얼굴에 흠뻑 발랐다. 그러고 나니 그의 시간의 수표는 거의 지불이 되어버린 상태였다.

조금 이른 시간에 시사회장에 도착한 그는 현관 안쪽 구석에 붙어 있는 작은 다방에 들어갔다가 그냥 나와서 로비를 서성거렸다. 그곳에는 아직까지 제작된 반공영화들에 대한 사진들이 벽면을 모두 채우고 있었다. 그는 대부분의 주인공들이 처절한 표정으로 소리를 지르는 듯 입을 벌리고 있는 사진들을 미술 작품 감상하듯 하나씩 한참 바라보다가 옆으로 옮겨갔다.

로비를 한바퀴 거의 돌았을 때 미스 한이 몇 사람의 남자들을 동반하고 입구를 들어섰다. 그는 처음으로 그녀를 자세히 바라보았다. 그러나 미처 그의 느낌이 자리를 잡고 진행되어나가기도 전에 그녀는 핸드백에서 안경을 꺼내 쓰며 그에게 눈인사를 보내고는 따라오라는 몸짓을 했다. 어둠침침하고 바닥이 발소리가 울리지 않도록 고무 같은 것으로 처리되어 약간 물컹거리는 복도를 따라 걸으면서 그녀는 그 사내들이 영화 감독을 포함한 영화에 관계하는 사람들이라고 설명했고, 그는 말없이 고개를 끄덕였다.

지하에 있는 시사실은 별로 넓지는 않았지만 보통 영화관과는 다른 시설을 갖추고 있었다. 자리들은 모두 작은 소파들로 되어 있었고 맨 뒷줄의 좌석에는 앞에 테이블이 각각 일인용으로 설치되어 있었다. 그와 미스 한은 뒷줄의 자리에 앉았다.

곧 흐릿한 불빛만이 흐르고 있던 실내가 완전히 어두워지고 필름 돌아가는 소리와 함께 한 줄기의 빛이 화면을 가득 채웠다. 그는 담뱃갑을 꺼내어 재떨이 옆에 놓으면서 미스 한이 카세트 레코더에 테이프를 넣고 버튼을 누르는 모습을 지켜보았다.

영화는 미국에서 만들어진 것이었는데 이미 일본을 거친 것인지 일본어 자막이 나오고 있었다. 배우들과 제작진의 소개를 끝낸 영화는 곧바로 빠른 템포와 제법 과격한 묘사로 진행되어나 갔다.

화면 속에서 술 취한 동성 연애자인 듯한 차림의 사내가 나타나 길을 건너다가 달려오는 스포츠 카에 엉덩이를 들이받히고는 길가로 나동그라졌다. 사내는 벌써 멀리 사라지고 있는 차의 뒤 꽁무니를 향해 욕을 퍼부었다. 'FUCK YOU!' 자막에는 '畜生'이라는 글자가 새겨졌다. 김공근은 테이블 위의 스탠드에 불을 켜고서 한글 자막 대본을 펼쳤다. 그 욕설이 어떻게 번역되어 있나를 살피기 위해서였다. 미스 한이 그를 힐끔 쳐다보았다. 시작한 지 얼마 되지 않았기 때문에 그 부분은 쉽게 찾을 수 있었다.

'13. 호로자식!' 그는 대본을 덮으면서 쓴웃음을 지었다. 그리고는 그 말을 낮게 되뇌었다. 호로자식!

영어를 잘 알아들을 수는 없었고 더욱이 일본어에는 전혀 무지한 그였지만 영화가 끝났을 때 대강 그 줄거리의 큰 흐름을 머릿속에서 정리할 수 있었다.

모처럼의 휴가를 마치고 자동차로 귀가하던 해리슨 경관은 주택가의 어두운 길모퉁이에서 노상 강도 셋이 한 여인을 강제로 자동차에서 끌어내리는 장면을 목격한다. 사복 차림의 그가 차에서 뛰어내리며 권총을 겨누고서 경찰이라고 소리치자 강도들은 모두 달아나버린다. 옷매무새를 고친 여인은 그의 신분이 경찰인 탓인지 매우 냉담한 반응을 보인다. 그녀는 차에 올라타서 그냥 떠나버린다.

괜찮습니까, 아가씨? ─난 아가씨가 아니라 케이트예요. ─아, 그래요, 다친 데는 없습니까, 케이트? ─당신 이름은 뭐죠? ─해리슨입니다. 해리슨 쿠퍼. ─내 이름만큼이나 형편없는 이름이군요. 어쨌든 고마웠어요, 해리.

이틀 후 경찰서에 대기 중이던 그는 선셋의 한 게이 바에서 난동이 벌어졌다는 보고를 받고 동료들과 함께 출동한다. 그들은 난투극 속에 뛰어들어 일부는 수갑을 채워 본서로 연행시키고 부상자들은 앰뷸런스에 태운다. 사태가 대강 수습되었을 때 한 구석에서 술잔을 손에 든, 이미 꽤 취해 보이는 여인이 그에게 빈정거리는 어투로 말을 건넨다.

수고가 많으시군요, 해리. ─당신은, 아, 케이트군요. ─당신 동료가 당신을 해리라고 부르더군요, 그래서 알아봤죠. 이봐요,

당신들은 지금 이곳에서 뭘 하는 거죠? 왜 당신들이 총을 들고 뛰어들어서 이 야단을 부리는 거예요? —취했군요. 자, 잔을 이리 줘요.

그러나 케이트는 점점 흥분하여 언성을 높인다. 한 경관이 그녀에게 다가가려 하자 해리슨은 손으로 그를 막는다. 그러자 그녀의 일행인 듯한 남녀들이 그녀를 뒷문 쪽으로 끌고 간다. 그녀는 끌려가면서도 썩 꺼져버리라고 소리친다. 해리슨은 깨어진 술잔을 내려다보며 그 자리에 망연히 서 있는다.

며칠 후 부서를 바꾸어 패트롤카로 순찰 임무를 마치고 돌아온 그의 책상에 케이트로부터의 전갈이 와 있다. 그는 약속된 시간에 그 장소로 나간다. 길에 서서 그녀를 기다리던 그는 바로 옆의 아파트 방에서 여자의 비명 소리를 듣고 달려간다. 문은 안으로 잠겨 있다. 그는 문을 두드리다가 경찰이라고 소리친다. 가구 부서지는 소리와 비명만 높아질 뿐 문이 열리지 않자 그는 문을 부수고 뛰어든다. 그때 방안에 있던 사내는 창문을 부수고 밖으로 달아난다. 얼굴이 부어오르고 코피를 흘리고 있는 여인은 뜻밖에도 케이트였다. 그는 떨고 있는 그녀를 진정시키고 함께 드라이브를 한다. 그날 밤 그들은 디스코텍에 가서 춤을 추고, 함께 그의 거처로 가서 정열적인 밤을 보낸다. 다음날 아침 그는 케이트에게 함께 지내자고 제의하나 그녀는 전날과는 전혀 달라진 태도를 취한다. 그녀는 어젯밤의 그 사내가 사실은 자신의 정부이며, 자기는 포르노 영화에 출연한 경력도 있는 여자라고 마구 떠벌려댄다.

그만둬요, 해리. 어젯밤으로 모두 끝난 거예요. 어린아이처럼 굴지 말아요. 어제는 그이가 너무 흥분해서 혹시 무슨 일이 생길

지도 몰라 당신을 거기 세워놓은 거예요. 그이나 나나 때로 스스로를 컨트롤하지 못하는 경우가 있거든요. 은혜를 입은 것은 간밤 내내 충분히 보상한 걸로 생각하는데요. ―케이트, 그렇지만…… ―듣기 싫어요. 그게 바로 당신과 나를 위하는 길이에요. 이제는 모두 너무 늦었어요. 나는 맥을 피할 수 없어요. 그이 이름이 맥이에요. 맥은 내가 경찰을 유혹해두었다고 하면 좋아할 거예요.

해리슨은 그녀를 잊으려고 애쓴다. 하지만 그가 생일을 맞은 날 친구들로부터 야단스러운 축하를 받은 후 더욱 외로움을 느낀 그는 이전의 그 바로 찾아간다. 케이트는 그곳에 와 있었다. 그러나 그녀는 그를 발견한 순간 맥의 품에 안겨 그를 조롱한다. 맥의 손이 그녀의 엉덩이를 만지고 있었다.

안녕하세요, 순진한 경관 나리. 아이, 이러지 말아요, 맥.

어느 날 맥은 친구 하나와 함께 스타킹을 쓰고 슈퍼마켓에 뛰어들어 주인에게 돈을 요구하다가 주인에게 중상을 입히고 달아난다. 그러나 때마침 출동한 경찰이 그들을 추적하여 맥은 사로잡히고 그의 친구는 사살된다. 이 소식을 들은 맥의 친구들은 사실상 우두머리 격인 그를 구출하기 위하여 케이트를 협박한다. 해리슨을 유인하여 사로잡아 인질로 삼자는 것이었다. 완강히 거절하던 케이트는 결국 그들의 폭행에 못 이겨 전화기를 든다.

이건 다 만일의 경우에 대비한 맥의 착상이야. ―또 한 번 맥을 화나게 할 생각이야?

해리슨은 의심을 품긴 하지만 퇴근 후 그녀의 아파트로 찾아간다. 그를 사로잡은 맥의 친구들은 경찰서로 전화를 걸어 정각 11시에 맥을 풀어주지 않으면 해리슨과 그의 애인을 살해할 것이라고 통고한다. 그리고는 세 대의 차에 분승하여 지정된 장소로 가서 기다린다. 해리슨은 손이 묶인 채로 가운데 차의 뒷좌석에 케이트와 한 사내와 함께 타고 있다. 건달들에게서 조용히하라고 구타를 당하면서 그는 케이트를 설득하고 결국 그녀는 그에게 주머니칼을 넘겨준다. 그때 맥이 나타나 맨 앞차를 향해 걸어온다. 이를 본 해리슨은 눈치 못 채게 겨우 한 손을 자유롭게 한 후 옆의 문 쪽으로 앉은 사내의 어깨를 칼로 찔러 앞으로 제치고 그를 방패 삼아 차에서 뛰어내린다. 운전석에 앉은 사내가 몸을 돌려 권총을 겨누자 케이트는 몸으로 그를 저지하다가 총에 맞는다. 그와 동시에 맥은 앞차에 올라타고, 잠복해 있던 경관들은 차바퀴를 향해 총을 쏜다. 달리던 차가 총격을 받아 골목 쪽으로 처박히자 맥은 권총을 뺏어들고 차에서 내려 달린다. 그 모습을 발견한 해리슨은 동료가 던져준 권총을 받아들고 맥의 뒤를 쫓는다. 쫓고 쫓기다가 맥은 건물을 철거한 공터로 달아나서 주차해 있는 차 뒤에 몸을 숨기고 해리슨을 기다린다. 이를 눈치챈 해리슨은 공터 입구의 차에 올라타 재빨리 시동을 걸고 전속력으로 질주하여 맥을 가리고 있던 차를 들이받는다. 뒤로 튕겨나갔던 맥이 다시 일어서서 달리려 하나 부서진 차에서 굴러내린 해리슨의 총이 가차없이 불을 뿜는다. 그가 현장으로 돌아와 보니 케이트의 시체가 들것에 실려 앰뷸런스로 운반되고 있었다. 그는 손을 들어 들것을 정지시킨다. 해리슨은 한동안 말없이 케이트를 덮고 있는 흰 시트를 바라보다가 손을 떨구고 돌아서서 걷는다.

　칼을 드리죠. 당신을 사랑해서가 아니에요. 당신에게 오늘 진 신세를 갚을 시간이 없을 것 같기 때문이에요. 지난번 밤처럼.

시사회장을 나오는 김공근에게는 약간 걱정스런 마음이 들고 있었다. 왜냐하면 영화가 심리적인 미묘함을 다루고 있다거나 소위 말하는 분위기를 지니고 있다면 이야기를 끌어나가는 데에 있어서, 그리고 무엇보다도 원고지 매수를 채우는 데에 있어서 훨씬 용이할 것이기 때문이었다. 그러나 대충 짐작하고 있던 바였지만 그에게 맡겨진 영화는 스피디한 액션과 그로 인한 긴박감이 가장 문제되고 있는 터였다.

그와 미스 한, 그리고 그녀와 동행했던 사람들 중 둘, 모두 네 사람은 로비 옆의 조그만 다방에서 함께 둘러앉았다.

세 사람이 서로 인사를 마치자 미스 한은 카세트 레코더에서 테이프를 뽑아 그에게 건네주며 물었다.

"영화 어땠어요?"

그는 소설로 읽기보다는 화면으로 보는 편이 훨씬 나은 줄거리라고 대답하려 했으나 그가 잠시 머뭇거리는 사이에 영화 감독이라는 사내가 친구인 시나리오 작가에게 말했다.

"가위질당할 여지가 있는 곳이 한 장면 있지?"

그들은 잠깐 동안 영화에서처럼 여인의 입술이 자신의 은밀한 곳으로 더듬어 내려오는 듯한 감각을 느꼈다.

"그럴 거야. 게다가 그 가위가 날이 좀 잘 드나?"

그들의 말을 들으며 김공근은 싱긋 웃고 있었지만, 가위라는 단어는 그에게 섬뜩한 기억을 불러일으키고 있었다. 그는 가위의 날을 몸의 한 부분에 직접 받았던 적이 있었기 때문이었다.

그가 군에 복무하던 때의 일이었다. 어느 겨울날 그는 마침 대대 본부에 들른 김에 이발소로 가서 머리를 깎았다. 그때 그의 옆자리에는 본부 중대 소속의 장소위와 선임하사가 이발을 마치고 앉아서 이야기를 주고받고 있었다. 선임하사는 창골 대대에 관한 이야기를 자기 자신의 경험뿐만 아니라 남들의 경우까지 곁들여가며 신나게 떠들어댔다. 창골 대대란, 그들이 속한 연대의 각 대대들 중에서 특히 삼대대의 주변에는 사창가가 양적으로 많고 매우 번창하고 있다 하여 그 삼대대의 별칭으로 사용되고 있는 말이었다.

바깥 날씨는 영하 이삼십 도를 오르내리고 있었지만 스팀이 설치된 실내는 훈훈한 열기로 그들을 나른하게 만들고 있었던 데다가 화제가 그러하니 듣는 사람들은 모두 선임하사의 얘기에 귀가 솔깃하여 빨려들고 있었다. 그런데 그 말에 호기심을 느끼기는 김공근이나 그의 머리를 깎고 있는 이발병이나 마찬가지였던 모양이었다. 어느 순간 한눈을 판 이발병은 갑자기 가위에 묵직한 것이 잡히어 쓸리는 감각을 느끼고는 손의 움직임을 딱 멈추고서 놀란 눈빛으로 거울 속의 그를 들여다보았고, 김공근은 이발병보다는 늦게 알았지만 왠지 왼쪽 귀에 불유쾌한 감각이 느껴지고 이발병의 손놀림이 멈춰진 것이 이상하여 시선을 들어 올리다가 거울에 비친 이발병의 겁먹은 눈을 발견했다. 그제서야 그는 피가 흘러내리는 것을 보았고 그와 동시에 귀에 통증이 느껴졌다. 순간 그는 자리에서 벌떡 일어섰다. 그의 귀가 끝이 개의 귀처럼 옆으로 약간 뉘어져 있었다. 그는 어처구니가 없어서 입을 벌리고 멍하니 거울을 바라보았다. 그때 그의 표정이 그리 심각하지 않다는 것을 확인한 장소위는 놀람이 사라지자 웃음을 터뜨리며 말했다.

"김소위, 아무래도 저 녀석 하룻밤 내보내줘야겠는걸."

그날 김공근은 이발 가위의 날이 매우 잘 든다는 사실과 아울러 사람의 귀는 감각이 매우 무디다는 사실을 깨달았다. 그러나 무엇보다도 그를 불쾌하게 만든 것은 귀를 바짝 세워서 노골적이고 음탕한 얘기를 듣고 있는 중에 귀가 잘리는 일을 당했다는 바로 그 사실이었다. 그 사건에 대해 도덕적인 징계라느니 하는 따위의 의미 부여를 하자면 한이 없을 것이기 때문이었다.

뚱뚱한 시나리오 작가는 짤막하고 통통한 손가락을 휘저으며 영화 검열위원들의 감수성의 자질 문제에 대해 열변을 토하고 있었다. 그의 말에 따르면, 계속 이런 식으로 섹슈얼한 부분을 가위질해버리면 그런 것을 보고 흥분했다가 아쉬움을 느껴버리게 되는 한국 남자들은 새로운 거세 콤플렉스에 사로잡히게 될 것이라는 것이었다.

김공근이 그들의 말에 끼여들었다.

"최형의 말대로라면 영화 검열위원들은 모두 사디스트가 되어버리고 말겠군요."

그의 말에 세 사람은 모두 크게 웃음을 터뜨렸다. 특히 시나리오 작가는 웃음 사이에, 사디즘, 가학성 음란증 등의 단어들을 발음하면서 무릎을 탁탁 내리치고 있었다. 그는 몸이 뚱뚱하여 상당히 둔해 보이는데도 불구하고 움직임이 퍽 많은 편이었다.

김공근은 자신이 변한 모습을 구체적으로 완성시키면 저 최라는 사람과 비슷한 유형의 인물이 될지도 모른다는 막연한 생각을 하고 있었다.

그는 무심한 투를 가장하며 물었다.

"아까 한글 자막 대본을 보니까 문제가 다분하던데 자막 작업은 그냥 그 대본을 가지고 하는 겁니까?"

그의 말에 미스 한은 그냥 그렇다는 표정을 지었고, 대신 영화 감독이라는 사내가 말을 받았다.
"물론 조금 손을 보긴 해야 하지만, 신경만 쓰면 별 문제없습니다."

김공근은 재빨리 그의 말을 이었다.
"물론 그렇겠지요. 영화는 어차피 종합 예술이니까. 자막 정도야 없어도……"

그는 순간 영화 감독의 얼굴이 굳어가고 있는 것을 발견했다. 그는 어쩌면 시나리오 작가보다는 섬세한 감정의 소유자인 이 영화 감독이 더 흥미로운 인물일지도 모른다는 생각을 하였다. 그는 새삼스러운 시선을 영화 감독에게 보냈으나, 이미 미스 한은 자리에서 일어서고 있었다.
"전 할 일이 태산 같아요."

그들과 헤어져 언덕진 길을 내려오면서 미스 한이 그에게 말했다.
"원하신다면 저 영화를 한 번 더 보실 수 있게 해드리겠어요."
"두번째는 오로지 내 소설만을 위해서 필름을 돌리는 겁니까?"
"그럼요. 비용도 꽤 든다구요. 제가 강력하게 주장한 것 중의 하나예요."
"아무래도 한 번 더 봐야 할 것 같습니다."
"그럼 편한 날짜를 정하세요."
"다음주 금요일쯤 출판사에 들르지요."
"좋아요. 그날 준비시키겠어요."

이상이 그가 영락출판사에 관계를 맺은 첫날의 전말이었다.

후에 그는 이때 약속한 날짜에 그곳에 들렀고 미스 한과 함께 그라나다 승용차로 시사회장으로 간 것이었다.

영화를 다시 보고 난 그들은 함께 식사를 하고 술을 마셨다. 그들은 여러 가지 이야기를 나누었고, 김공근은 차츰 술에 취하면서 그 영화에 대한 욕을 늘어놓기 시작했다. 그리고는 상체를 숙이고서 비밀을 털어놓듯 어조까지 은밀하게 바꾸어서 자기가 겪은 어느 날의 변화에 대해 말했다.

그의 말이 끝나자 미스 한은 야채 위에 놓여진 파슬리를 염소처럼 집어먹으며 말했다.

"사람은 살아가면서 누구나 변하는 거예요."

그녀의 상투적인 대답에 그는 화가 머리끝까지 치밀었다. 그러나 화가 나서 붉그락푸르락하는 그의 표정을 그녀가 눈치채지 못하는 것을 보면, 그녀는 그가 한 말이 얼마나 심각한 것인지 모르고 있는 것임이 분명했다.

그녀는 자신의 말이 스스로 그럴듯하게 느껴졌는지 고개를 끄덕이며 말을 덧붙였다.

"그리고 사람들은 어느 날 자기가 완전히 다른 사람이 되어버렸다는 생각이 들 때가 있는 법이에요."

김공근은 참을 수밖에 없었고, 참아야 했다. 그는 변했으니까, 참아야 했다. 그는 변했기 때문에 식사와 술을 들면서 여자의 기분을 맞춰줄 수 있었고, 그는 변화했기 때문에 맥주를 천천히 마시며 말을 조금만 할 수 있었다. 하지만 그는 결국 변화했기 때문에 평소처럼 취기를 가장하여 미스 한의 옆으로 자리를 옮겨 앉을 수는 없었고 그녀의 손을 만질 수도 없었고, 반농담으로 오늘 집에 들어가지 말라고 말할 수도 없었다. 결과적으로 그의 변화는 그에게 손해였다. 그 변화는 그를 답답하게 했다.
 그는 그날 밤 택시를 타고 귀가하다가 술을 깨기 위하여 일부러 집에서 떨어진 곳에서 내려 휘청거리며 걸었다. 차도를 따라 한참 걷던 그는 사거리를 지나 주택가의 골목으로 접어들었다. 그 골목이 끝나는 곳에 공사를 벌이다가 그만둔 듯 잡동사니들이 널려 있는 공터가 나타났다. 그는 발끝에 신경을 곤두세우며 걷다가 낮게 쌓여진 벽돌 더미 위에 털썩 주저앉았다.
 정면에 보이는 이층집의 한 창문은 새빨간 빛으로 얼룩져 있었다. 그는 흙을 한줌 쥐어 올렸다. 손으로 흙을 쥐어보는 것이 정말 오랜만의 일이라는 생각이 들었다.
 그는 지독하게 우울해졌다. 변했다는 것은 그가 어느 날 갑자기 지독하게 우울해졌다는 것에 다름아닌 것인지도 모를 일이었다. 그는 주먹을 펴서 흙을 조금씩 떨어뜨렸다. 그러한 행위는 이미 그 자신의 것이 아닌, 그 자신이 주재하고 있는 것이 분명하지만 그럼에도 불구하고 그의 눈 밑에서 따로이 전개되는, 투명 유리 건너에서 그의 손을 떠나 그 나름의 추진력으로 나아가는 그러한 성질의 것이었다.
 그는 차츰 냉정해졌다. 그는 내일 아침, 영락출판사에서 받아온 시나리오와 그 동안 쓴 얼마 되지 않는 원고를 사과 편지와 함께 영락출판사로 되돌려보내야겠다고 생각했다. 그는 문을 열고 어두운 방안을 들여다보듯이 새삼스러운 눈빛으로 주의 깊게 어둠 속을 바라보았다.

 해리는 두 손으로 권총을 받쳐들고 앞으로 쭉 내밀면서 모퉁이를 뛰쳐나갔다. 맥의 모습은 보이지 않았지만 그의 눈은 길 끝쪽의 벽에 긴 그림자 하나가 걸쳐졌다가 언뜻 사라지는 것을 놓치지 않았다. 앞으로 달려간 그의 앞에 어둠침침한 공간이 펼쳐졌다. 주차해 있는 차들과 몇 대의 버려진 차들도 눈에 띄었다. 그는 총탄이 몇 발 남아 있지 않다는 것을 알고 있었다. 그는 상체를 숙이고 발소리를 죽이며 앞으로 나아갔다. 맥은 자신의 위치를 노출시키지 않기 위해 그가 완전히 사정권 내에 들어오지 않으면 총을 쏘지 않을 것이었다. 해리는 낮은 벽돌담을 따라 걸었다. 그의 머릿속에는 케이트와 보냈던 그날 밤, 드라이브와 디스코텍, 그리고 그 뜨거웠던 정사가 언뜻언뜻 스쳐지나갔다.

남은 세 발의 탄환 중에 두 발은 맥을 찾는 데 쓰고 그 나머지 한 발로 그를 잡으면 되었다. 그는 우선 열한시 방향의 은폐물을 향하여 총을 쏘고 재빨리 세시 방향을 향하여 달려가서 몸을 숨겼다. 쫓기는 자의 심정으로 초조해 있을 맥은 해리가 자기를 찾지 못한다고 생각하여 몸을 조금 드러내고 있을 것이었다. 해리는 다시 맥이 숨어 있음직한 엄폐물을 향하여 다가갔다.

4

신형 탄생 오가 광택 엔진 오일 즉석 교환 밧데리 카브레타 차부속 카에어콘 센타 대원사 카스테레오 타이어 개스 주입 만도 카쿨러 대리점 현대 카바 상사.

그는 사거리의 한 귀퉁이에 서서 비슷비슷한 문구의 무수한 간판들을 돌아보았다. 뒤꿈치를 축으로 하여 몸을 돌리며 상하좌우로 고개를 움직이던 그는 뒷걸음질을 쳐서, 그 간판들 중의 하나가 길 위로 드리우고 있는 그늘 속으로 들어섰다.

날씨는 여름 더위를 예고하는 듯 후텁지근하여 그에게 불쾌감과 우울함을 불러일으켰으며, 흘러내릴 정도는 아니었지만 얼굴뿐만 아니라 목과 어깨와 등덜미에서도 끈적거리는 땀의 감각이 느껴졌다. 만일 어떤 두 사람이 그의 몸의 양쪽 끝을 잡고 빨래를 짜듯이 비틀어대면 물이 뚝뚝 떨어져서 미지근한 바닥에 홍건히 고일 것이었다.

조금 전에 전화로 들은 내용과 복덕방 영감이 가르쳐준 바를 상기하며 그늘 속에서 눈길을 모아 주위를 살피던 그는 간신히 자신의 목표를 찾아냈다. 그는 봄날의 이상 고온에 증발되어버리지 않고 남아 있는 마지막 힘을 끌어모아 길을 건너고 모퉁이를 돌았다.

그곳에는 예상대로 안동빌딩이 서 있었다. 그러나 그것은 생각보다 훨씬 작고 더럽고 초라한 삼층 건물이었다. 그는 삼층까지 올라가서 자동차 보험 대리점의 사무실 앞을 지나 복도를 따라 305호 쪽으로 걸어갔다. 열려진 문에서는 미지근한 바람이 불어나오고 있었다. 그는 올 들어 처음으로 선풍기 바람을 쐰 것이었다.

안으로 들어서자 좁고 길쭉한 실내가 한눈에 들어왔다. 너무 협소한 탓인지 별로 시설물들이 많지 않음에도 불구하고 복잡하고 어수선해 보였다.

렌터카 담당의 우일상사 실내에는 두 사내가 출입구 바로 앞에 놓여진 소파에 앉아서 신문을 읽고 있었고, 그 왼쪽으로 하나뿐인 책상 옆의 냉장고 앞에서 사무원인 듯한 여자가 선 채로 보리차를 마시고 있었다.

두 사내도 그랬지만 여자도 그에게 별로 신경을 쓰지 않고서 천천히 하던 일을 마쳤다. 그 역시 미동도 않고 그녀를 바라보며 책상 앞에 서 있었다. 결국 여자가 먼저 그를 살피며 어떻게 오셨냐고 말을 꺼냈다.

그는 말하기 싫지만 어쩔 수 없다는 듯이 목 아래쪽에서 올라오는 목소리로 말했다.

"막 전화한 사람입니다."

"아, 예. 우선 앉으세요. 어떤 차를 쓰시겠습니까? 운전 경력은 얼마나 되시죠?"

그녀는 평범하게 생긴 편이면서도 갸름한 턱과 큰 눈 때문인지 어딘가 요기로움을 느끼게 하는 구석이 있었다. 만약 당장 그녀를 발가벗긴다면 그녀의 몸은 구석구석의 털들이 모두 깨끗이 면도가 되어 있거나, 등이나 허벅지에서는 문신이라도 나타나 사람들을 놀라게 해줄 것처럼 그녀는 금방 눈에 띄는 듯하면서도 구체적인 감을 잡을 수 없는 성적(性的)인 분위기를 지니고 있었다.

그는 여자의 질문에 우선 경력은 삼 년이라고 대답했고, 포니-2를 삼 일 동안 구만 원에 쓰겠다고 말했다.

그 정도 선에서 대강 얘기가 마무리지어질 때 그녀가 물었다.

"차만 쓰시겠어요?"

그 말을 듣는 순간 그는 즉각적으로 조금 전에 상상했던 체모(體毛)와 문신(紋身)을 머리에 떠올렸다. 어떤 상황이나 장소에서건 그런 식의 질문은 구체적인 이유 없이 그의 피부 밑에 숨어 있는 관능을 일깨웠다. 렌터카에 렌터걸이 있다면 더욱 적격일 것이었다. 그러나 그는 자신의 생각이 여자가 한 말과는 다른 차원에서 맴돌고 있다는 것을 짐작할 수 있었다.
"차만이라니, 그럼 또 뭐가 있소?"
그의 얼굴에 잠깐 그려졌던 의아함의 표정이 이번에는 그녀의 얼굴로 옮겨갔다. 그녀는 소파에 앉아 신문을 읽고 있는 두 사내를 힐끗 바라보고는 말했다.
"운전 기사 말입니다."
그제서야 그는 자신이 엉뚱한 방향으로 너무 멀리 나갔었다는 것을 깨달았다.
"그런 건 필요 없습니다."
그는 말을 실수했음을 깨달았으나 '그런 건'이라는 말을 정정하지 않았다. 대신 그는 창밖을 내다보며 물었다.
"주차장은 어디죠?"
"차는 걱정하지 않아도 돼요. 아주 최신형이니까요."
창밖으로 번잡한 차도와 빽빽하게 들어선 구형 건물들을 내려다보고 있던 그의 눈길이 다시 그녀 쪽으로 향했다. 오히려 질문을 한 쪽이 그 대답을 전혀 이해하지 못하고 있었다.
"저는 주차장에 대해서 물은 겁니다."
그러나 여자는 여전히 전혀 이질적인 어떤 생각을 음모처럼 저변에 깔고 있었다.
"차는 보시나 안 보시나 깨끗하다니까요."
"그게 아니라……"
"다 세워두는 곳이 있어요. 타는 데에도 불편은 없을 거예요."
그는 그제서야 그들의 대화가 빗나간 이유를 알 수 있었다. 이는 마치 산허리의 양쪽에서 터널을 뚫어오다가 서로 만나지 못해 아예 두 개의 터널을 뚫어버린 격이었다.

여자는 한 시간 후에 그에게 차를 한 대 제공할 수 있기 위하여 전화기를 들었고 그는 그녀의 말소리를 들으며 천천히 렌터카 사무실을 나왔다.
"한 시간 후에 건물 앞으로 오세요. 차가 준비되어 있을 거예요."

그는 느릿느릿 걸었다. 그 모습은 얼핏 보면 더위 때문에 어기적거리는 것같이 보였으나 사실은 그의 손이나 발, 그리고 입과 눈 등이 최근 들어 한 배 반 정도 느리게, 혹은 느긋하게 움직이고 있었던 것이었다.

그러나 육체적인 움직임의 완만함이 안정되고 균형 잡힌 행복한 심리 상태를 의미하는 것은 아니었다. 오히려 그는 까닭 모를 초조감에 시달리며 매사에 정신을 집중하는 데에 애를 먹고 있었다.

그가 모험을 떠나는 기분으로 차를 빌릴 결정을 내리게 된 것은 지극히 단순한 동기에 의해서였다. 어느 날 그는 친구의 사무실에서 그 친구가 퇴근할 때 술을 같이하기 위하여 기다리고 있었다. 무료함을 느끼던 그는 자연히 막 도착한 석간 신문에 손이 갔고, 신문을 펴든 순간 그 사이에 끼여 있던 16절지의 갱지가 바닥에 떨어지는 것을 발견했다. 주워들어 보니 그것은 자동차를 대여하고 운전 기사를 소개하는 우일상사의 선전문이었다.

그는 한동안 그 선전문을 들여다보다가 눈을 약간 들어서 흰색 회칠 바탕에 약간 누렇고 거무스레하게 변색이 된 벽의 한 부분을 멍하니, 상당히 오랫동안 그런 자세로, 이미 오래 전부터 그러고 있었고 그리고 앞으로도 며칠은 더 그렇게 그러고 있을 수 있을 것처럼 바라보고 있었다.

그때 그는 갈비뼈 한 대가 빠져나가듯이 허전한 느낌을 손가락 사이에서 느꼈고 곧 이어 무언가가 팔랑거리며 바닥에 떨어지는 것을 깨닫고 언뜻 정신을 차렸다. 그는 다시 몸을 굽혀 종이를 집어들었다. 그러나 순간 그는 자신이 그 종이에 적혀 있는 내용을 전혀 기억하지 못하고 있다는 것을 알았다. 그는 그의 머릿속만큼이나 망연하게 마비된 듯한 손가락으로 종이의 귀퉁이를 단단히 잡고 다시 읽어보았다. 그러자 그가 그 내용을 처음 읽었을 때의 느낌이 그대로 생생하게 되살아났다.

그것은 말하자면 자신의 형체를 유지시켜주고 있는 몸가죽의 한곳에 주먹만한 구멍이 뚫리면서 그 구멍으로 자신의 모든 것, 장과 뇌와 폐와 뼈까지도 모든 것이 액화되어 걷잡을 수 없이 쏟아져나가는 듯한 기분이었다. 그의 얼굴은 자연히 창백해져서 악성빈혈 증세를 보이고 있었다.

그는 그 불유쾌한 감각을 떨쳐버리려는 듯이 자리에서 벌떡 일어서서 놀라는 친구를 뒤로하고 사무실을 나왔다. 그의 손에는 우일상사의 선전문이 구겨진 채 들려 있었다.

그는 때로 시간이라는 것을 가늘고 길쭉한 맛없는 빵으로 생각하곤 했는데, 그때 그는 자신이 그 빵을 한쪽 끝에서 다른 쪽 끝까지 파먹어 들어가야 하는 곤충의 애벌레로 여겨지는 것이었다.

그가 한 시간 후에 우일상사가 들어 있는 안동빌딩 앞에 이르자 한 사내가 주유소와 카쿨러 대리점 사이의 좁은 길로 그를 안내했다.

그곳에는 세차가 깨끗이 된 흰색 포니-2가 세워져 있었다. 그는 사내에게서 자동차 열쇠를 넘겨받고 천천히 차에 올랐다. 그는 차에 시동을 걸고서 의심스럽게 자신을 지켜보는 사내의 눈초리를 의식하며 골목을 빠져나갔다. 곧 그 사내의 빨간 티셔츠가 백미러에서 완전히 사라졌다.

그는 자동차의 보닛에 기대어 담배를 피우다가 그녀의 모습을 발견했다. 주차장 안으로 들어선 그녀는 주위를 돌아보다가 눈을 한 번 크게 떠보이고는 그에게로 다가왔다. 그는 그녀가 가까이 오기를 기다렸다가 먼저 차에 올라타서 반대편 문을 열어주었다.

그녀는 말없이 차에 올라타서 멍하니 정면을 응시하다가 그 표정, 그 자세 그대로 물었다.
"당신 또 말썽을 피운 모양이더군요."
"왜, 누가 또 뭐라 그러던가?"
그는 연료의 양을 살폈다. 앞으로 여섯 시간 정도는 견딜 수 있는 분량이었다. 그는 자동차에 시동을 걸었다.
"하기야 당신 말대로 당신은 생각 같은 건 하지 않으니까."
그녀는 담배를 찾고 있었다. 그는 담배를 갑째 넘겨주고 라이터를 켜서 담배 끝에 대주었다. 자동차가 주차장을 빠져나가서 차도로 들어섰다.
"당신도 내가 변한 걸 전혀 모르겠나?"
"당신은 돼지예요."
"널 죽여버리겠어."
"왜요?"
"넌 날 모욕했어."
"개보고 돼지라고 하는 것도 모욕인가요?"

"그 말 때문이 아니야. 넌 날 이해는 하지만 인정은 하지 않아."
 차는 중심가를 벗어나기 위해 안간힘을 쓰고 있었다. 그것은 작은 배가 소용돌이를 벗어나는 것만큼이나 힘이 드는 일이었다. 앞이 막힌 차들이 클랙슨을 요란하게 울려댔지만, 그래도 어슴푸레한 땅거미가 지상 위의 모든 것에 부드럽게 스며들고 있었다.
 그는 자동차의 실내등을 켜고 앞에 달린 거울을 움직여서 정면을 바라보고 있는 그녀의 눈이 보이도록 맞추었다. 그녀의 눈이 잠깐 거울을 통해 그를 바라보다가 다시 정면을 향했다.
 이미 햇빛이 거의 사라진 탓인지 그녀의 눈은 침침한 실내등의 불빛을 받아 매우 연한 갈색으로 보였다. 그 정도의 은은한 갈색의 깊이라면 그녀의 눈은 그 눈빛의 사소한 변화만으로도 충분히 감정 상태의 변화를 나타낼 수 있을 것이었다. 슬픔에 베이지색, 사랑에 상아색, 분노에 보라색, 죽음에 적갈색. 그의 생각은 차가 혼잡한 도시를 차츰 벗어나면서 더욱 감상적인 색채를 띠기 시작했다.
 그녀의 눈은 마치 외국 여자의 것처럼 장미꽃의 화심(花心) 주위에 검은색의 짧은 털들이 나 있는 모양을 하고 있었다. 그냥 무심하게 바라볼 때에는 그녀의 눈은 약간 옆으로 돌출해 있다는 인상을 주는 것인데, 어쩌다가 사람들이 무방비 태세로 그녀의 시선에 포착이 되어 그녀를 마주 바라보게 되면 그녀의 눈은 마치 끈끈이주걱, 파리지옥 따위의 곤충을 잡아먹는 식물들처럼 끈적끈적하게 옷 밖으로 드러난 맨살에 들러붙는 듯한 기분을 느끼게 하는 것이었다.
 그러나 이 모두는 엄밀히 말해서 그, 개인에게만 국한된 인상이었다. 사실 이제는 그에게 있어서도 처음에는 강한 개성으로 생각되었던 그녀의 생생한 눈빛이 오히려 감정의 피폐함이나 공격성을 지니는 것으로 여겨질 때가 종종 있었던 것이다. 하지만 어찌 되었든간에 아직 그는 간혹 꽃잎이 포개져 있는 듯한 그녀의 눈이 화심을 활짝 연 상태로 있을 때에, 그가 그 눈을 한동안 뚫어지게 바라본다면 틀림없이 그녀는 그 자리에서 수태(受胎)가 되어버릴 것이라는 자기만의 믿음을 가지고 있었다.

거울을 통해 보이는 그녀는 시선을 내리깔고 있었다. 상대방을 긴장시키는 그 모습은 그녀가 무언가 말을 꺼내기 전에 취하는 일종의 준비 자세였다. 그는 기다리고 있었다.

그러나 그녀는 생각보다 훨씬 오랫동안 입을 열지 않았다. 그녀는 말을 하는 대신 핸드백을 열더니 카세트 테이프를 하나 꺼내들었다. 그녀는 그것을 차체에 부착된 카세트 코더에 밀어넣고 버튼을 눌렀다.

"요즘 나는 말입니다, 당신도 내게서 그런 기미를 눈치챘는지 모르지만 나의 의식이랄까 감정이랄까……"

그는 몇 마디를 듣고 나서야 그 목소리의 임자가 자기 자신이라는 것을 깨달았다. 그는 오른손을 뻗어 카세트를 끄고는 EJECT 버튼을 눌러서 테이프를 꺼내들었다. 그리고는 그것을 왼손에 옮겨 들고 손가락을 움직여서 안에 감긴 것을 잡아당겨 뽑아내기 시작했다. 그는 핸들을 잡고 있는 오른손에 힘을 주었다. 한 손으로 운전을 한다는 것이 그에게는 쉬운 일이 아니었다.

그녀는 그의 손에서 얇고 반들반들한 끈이 작은창자처럼 줄줄 뽑혀나오는 것을 잠자코 지켜보고 있었다.

"그게 결국 당신이에요. 당신이 아무리……"

"입닥치지 않으면 뒤 트렁크에 처넣어버릴 꺼야."

그는 차를 길 옆으로 세웠다. 그녀는 말을 못 하고 그를 바라보았다. 그는 두 손으로 테이프를 잡고 발작적으로 그것을 해체하기 시작했다. 플라스틱 부분이 부서져나가고 감겨 있던 끈이 풀어져 아래로 흘러내렸다. 그것을 보고 있던 그녀의 목소리가 더 크고 날카롭게 울렸다.

"당신이 아무리 그래봐야, 맞아요, 아무리 용기를 내는 척하고 아무리 냉정한 척해도 당신은 결국 돼지예요. 난 처음부터 당신이 기혼자라는 것을 알고 있었어요. 난 당신이 유부남이고 당신이 마누라한테 강제로 피임을 요구하고 있다는 것을 처음부터 알고 있었다구요. 아, 물론 당신은 내가 그걸 안다는 사실을 역시 잘 알고 있었겠지요. 여부가 있겠어요? 변화 말이에요, 당신이 말한 그 변화. 당신 말대로 사실 나는 당신이 말한 그 변화라는 것의 의미를 만분의 일도 이해하지 못하고 있어요. 그건 분명한 사실이에요. 하지만 말예요, 이것도 애초에 당신이 한 말이지만, 당신이 그 변화라는 것을 어떻게 생각하고 있고 또 결과적으로 당신이 어떻게 변화한다 하더라도, 그 변화 속에는 나의 몫이 있는 거예요. 그런데 당신은 진실된 의식의 지극히 순수한 상태라느니 하는 말로 나를 기만해왔고, 이제 와서는 이렇게 막다른 골목으로 밀어넣고 있어요. 결국 당신은 소심하고 나약하고 형편없는 돼지예요. 제발 내게 말해봐요. 당신은 정말 그렇게 한다는 게 가능하다고 생각해요? 내가 너무 상투적으로 나가고 있나요? 내가 당신을 위해서……"

그녀는 말을 마치지 못했다. 말을 듣고 있던 그가 갑자기 부서진 테이프를 차창 너머로 던져버렸기 때문이었다. 마지막 순간에 그녀의 얼굴에 어려 있던 간절함과 절실함이 허탈한 노여움의 표정, 혹은 노여운 허탈함의 표정으로 대체되었다. 그녀는 차문을 열고 밖으로 뛰쳐나갔다. 밖은 완전히 어두워져 있었다.

그는 핸들에 머리를 박고서 그녀가 듣고 있는 듯이, 아니면 그의 목소리가 카세트 테이프에 녹음이 되고 있는 듯이 키득거리는 웃음을 섞으면서, 그러나 한마디 한마디 분명하게 중얼거렸다.

"당신 정말 웃기는구만. 형편없는 여자 같으니라구. 나도 그렇지만 당신도 결국 겨우 그 정도, 그 수준밖에는 안 된다구."

그러다가 갑자기 그는 여자의 목소리와 어조를 그대로 흉내내어 미친 사람처럼 중얼거렸다.

"당신이 아무리 그래봐야 당신은 돼지예요. 난 처음부터 당신이 유부남이라는 것을 알고 있었어요. 난 당신이 당신 마누라한테 피임을 시킨다는 것을 알고 있었어요……, 빌어먹을."

그는 이마로 핸들을 세 번 들이받았고 그때마다 클랙슨이 세 번 빵빵빵 울렸다.

그는 다시 차에 시동을 걸고 천천히 앞으로 나아갔다. 얼마 안 가서 길을 따라 걷고 있는 그녀의 뒷모습이 라이트에 비추어졌다. 그는 그녀의 뒤만을 보고 있었지만 그녀의 얼굴에서 눈물이 흐르는 것을 분명하게 똑똑하게 볼 수 있었다. 그녀의 발걸음이 조금 휘청거리고 있었다.

곧 차는 그녀의 옆으로 다가갔다. 그는 차를 그녀의 걸음 속도에 맞추면서 오른팔을 등받이에 걸치고 고개를 뽑아서 열려진 차창으로 그녀에게 소리쳤다.

"아가씨, 어디까지 가십니까?"

그녀가 고개를 떨군 채로 대답했다.
"서울까지 가요."
"이쪽은 서울 가는 방향이 아닌데요."
"전 여기가 어디쯤인지 전혀 모르겠어요."
"타십시오. 저도 마침 서울까지 가는 길입니다."
고개를 반대편으로 돌리고 걷고 있던 그녀는 모든 것을 포기한 몸짓으로 차의 문을 열고 올라탔다. 그리고는 가방을 뒤적이며 얼굴의 화장을 고치기 시작했다.
그가 차의 방향을 돌리며 말했다.
"서울까지 걸어가실 생각이었습니까?"
그녀로부터는 아무런 반응이 없었지만 그는 스스로 자신의 작위적인 경박한 어조를 의식하면서 그녀에게, 아가씨, 춤 잘 춰? 어때, 우리 디스코텍에 갈까, 이태원 쪽에, 라고 빈정거리며 말했다.
그들이 탄 차는 오던 길을 되돌아 높은 속도로 달려갔다. 산길을 치받아 올라가던 그들의 앞에 조금 전에 통과했던 터널이 나타났다. 안으로 들어서자 거무스레한 노란색 불빛이 차창을 통해 차 안으로 밀려들어와 두 사람을 흥건히 적셨다. 그리고 그들의 누렇게 변색된 얼굴에 언뜻언뜻 어두운 그림자가 떨어졌다가 사라지는 것이 반복되었다. 그러나 눈이 부시거나 눈에 피로함을 느끼게 하지는 않았다.
그는 자신의 감정 여기저기가 들쑤셔지는 듯한 느낌을 받았다. 아까 이곳을 통과할 때는 전혀 느끼지 못했던 기분이었다. 그는 곁눈으로 여자를 바라보았다. 그러나 그의 눈은 그녀를 향하고 있었지만 그의 시선은 그녀의 몸에 닿을까말까, 겨우 옷깃만을 스치고 있었다. 그녀의 얼굴은 그의 시선이 물처럼 흘러서 닿아야 시체의 누런 회색빛을 버리고 환하게 피어날 것이었다. 그러나 그에게는 그녀의 완강한 보호막만이 보일 뿐이었다.
"당신은 단지 더 이상 이런 상태를 견딜 수 없다고 생각하고 있는 거예요. 뭔가 변화해야 한다는 강박관념에 사로잡혀서 말이에요."
디스코텍 안은 덥고 답답했지만 그렇게 못 견딜 정도는 아니었다. 그들은 스테이지에서 멀리 떨어진 구석 자리에 앉아서 술을 마셨다.
그는 무섭도록 냉정해진 그녀로부터 가능한 한 신경을 거두려했다. 그는 간간이 그녀에게 나가서 아무하고나 춤을 춰보는 것이 어떠냐고 말했고, 그녀는, 자기는 자신의 남자가 형편없다고 해서 그 남자에게 보아란듯이 다른 남자의 품에 안겨 춤을 추는 유형의 여자가 아니라고 대답했다. 이 말에 그는 자신이 아무리 형편없다고 하여도 여자를 남에게 떠맡겨보고자 하는 부류의 인간은 아니라고 응수했다.
그들은 마주앉아서 말없이 술만 마셨기 때문에 조금씩 취해갔다. 그러다가 어느 순간 그녀는 자리에서 벌떡 일어서더니 디스코 타임 중인 스테이지로 올라갔고, 그는 빈 잔에 맥주를 따르면서 그러한 그녀를 바라보았다. 그녀는 곧 사람들 사이에 묻혀버렸다.
그는 차츰 자리에 죽치고 앉아 있는 것이 힘들어졌다. 더위도 여전히 수그러지지 않았고, 크고 날카롭게 울리는 음악 소리에도 여간해서 익숙해지지가 않았다. 소화되지 않고 뱃속에서 부글거리는 알코올 기운이 머리를 어지럽게 하고 위장의 윗부분을 아프게 했다.

　시간이 그의 위장을 짧게 관통하여 흐른 후 스테이지에서는 디스코 타임이 끝나고 사람들이 우르르 몰려 내려오고 있었다. 곧 이어 조용한 블루스 곡이 훨씬 유려한, 흐르는 듯한 조명을 받으며 흘러나왔다.

　그때 그는 각자의 자리로 흩어지고 있는 사람들의 그림자 사이에서 그녀가 한 남자의 손에 손목을 잡힌 채 가볍게 실랑이를 벌이고 있는 것을 보았다. 그는 옆을 지나치는 여급의 긴 다리를 힐끔 쳐다보았다. 그가 다시 고개를 돌려 스테이지 쪽을 바라보니 그 다툼은 의외로 쉽게 끝나고 있었다. 사내는 그녀를 자꾸 구석 쪽으로 몰고 갔고, 그녀는 반쯤은 사내에게 밀려서, 그리고 반쯤은 사내의 손이 닿는 것을 피하기 위해 스스로 물러서면서 구석으로 몰렸다. 등이 벽에 닿았을 때 결국 그녀는 상대의 어깨에 팔을 올려놓았고 그들은 스테이지 가운데로 미끄러져 들어갔다.

　그는 그의 앞에서 맥주를 따르기 위하여 몸을 굽히고 있는 여급의 길게 드러난 다리를 바라보았다. 그는 그녀가 그를 자극하고 도발하기 위한 허튼수단으로 다른 남자와 춤을 추고 있는 것은 아니라고 생각했다. 그리고 자신이 여급의 다리를 바라보는 것도 그녀의 행위에 대한 반작용이나 반발에 의한 것이 아니라고도 생각했다.

　다시 천천히 스테이지 쪽으로 향해지던 그의 시선은 아직까지 의식하지 못했던 어떤 낯선 상대에 걸리면서 그쪽으로 고정되었다. 그것은 흰색 페인트가 칠해진 보통 크기의 문이었는데, 스테이지 뒤쪽 가장자리에 DJ 박스가 있었고 그 오른쪽 옆의, 조명

시설이나 거울로 장식되지 않은 좁은 면적의 벽 위에 그 문은 달려 있었다.
 그러나 그 문이 그의 시선을 끌기는 했지만 그로서는 출입문이 아닌 그것이 왜 그곳에 있어야 하는지, 어떤 용도로 쓰이고 있는지 아무리 애써봐도 알 수 없다는 생각에 의식적으로 무심한 표정을 가장하며 눈길을 돌렸다. 하지만 그는 고개를 완전히 돌리기도 전에 이대로 그 문을 무시해버리면 그 문은 영원히 그의 시야에서 사라져버릴지도 모른다는 생각에 스스로 놀라면서 다시 그쪽을 바라보았다. 흰색임이 분명한 그 문은 어둠침침한 실내의 불빛을 받아 우중충하게 빛나면서 여전히 그곳에 서 있었다.
 스테이지에서는 물방울 무늬의 조명이 사람들의 머리 위, 그들의 드러난 살갗 위, 바닥 위, 여기저기에서 가득히 부유하고 있었다. 그는 술기운과 피로가 머리 위로 치받는 것을 느꼈다. 그것은 마치 거꾸로 물구나무를 서고 있는 듯한 느낌이었다. 그는 지금 의자 위에 엉덩이를 올려놓고 몸을 지탱하고 있는 것이 아니라, 물구나무를 서서 끊임없이 후들거리는 두 팔 위에 체중을 싣고 있는 것이었다. 따라서 지금 그에게 가장 중요한 것은 균형이었다. 그가 만약 그것을 잃게 되면 그의 몸은 넘어지면서 옆 테이블을 박살낼 것이고, 그렇게 되면 주위의 사람들은 술을 뒤집어쓰고 비명을 지르며 자리에서 일어설 것이었다.
 그는 두 다리로 땅을 딛고 일어섰다. 그리고는 휘청거림을 감추기 위하여 음악에 맞추어 고개를 좌우로 흔들어대면서 그 문을 향해 걸어갔다. 그가 손을 뻗으면 닿을 만한 거리까지 문 앞에 도착했을 때, DJ실의 쪽문이 열리더니 웨이터 차림의 한 사내가 그의 앞을 막아섰다.

"어딜 가십니까? 화장실은 저쪽인데요."

그는 말없이 사내를 바라보았다. 사내는 그가 취했다고 생각했는지 부드러운 표정으로 그를 가볍게 뒤로 밀어냈다. 그는 뒷걸음치다가 몸을 돌려 자리로 돌아왔다.

블루스 타임이 끝나고 디스코 음악이 요란하게 고막을 울려대자 사람들이 자리에서 일어나서 스테이지로 몰려나갔다. 그는 자리에 돌아와 앉아서 밀실 공포증 환자처럼 숨을 헐떡거렸다. 그러나 그는 실내의 모든 것에 강하게 부딪혀서 그 모든 것이 진동하게 만드는 빠른 리듬의 음악 때문에 자신의 거친 숨소리를 자기 자신조차 들을 수 없었다. 그녀는 여전히 자리로 돌아오지 않고 있었다.

그는 의자에서 벌떡 일어섰다. 웨이터들의 모습은 보이지 않았지만 그는 신중을 기하기 위하여 우선 춤추는 사람들 사이에 끼여들었다. 사이키 조명에 의해 땀에 젖은 사람들의 얼굴이 순간순간의 진실처럼 언뜻 나타났다가 언뜻 사라졌다. 덕분에 그가 몸을 움직이지 않고 그 광란의 무리들 사이에 가만히 서 있어도 그들은 그의 존재를 의식하지 않을 것이었다. 그녀의 모습은 보이지 않았다.

그는 맞은편에서 열심히 몸을 움직이는 사내를 바라보았다. 사내는 경쾌한 풋워크와 재빠른 손놀림으로 섀도 복싱을 하는 복서처럼 춤을 추고 있었다. 사내의 주먹이 그의 얼굴 옆을 획획 스쳐지나갔다. 사내는 웃으면서 그에게 눈짓을 보내왔다.

그는 사내를 위압하기에 충분한 과장된 몸짓으로 팔을 쳐들었다가 주먹을 가슴 앞으로 몰아쥐고는 그 사내를 상대로 스파링을 벌이겠다는 듯한 자세를 취했다. 사내는 얼굴에서 웃음기를 버리고 그를 막아내려는 듯이 두 손을 앞으로 뻗어 손바닥을 저었다. 그는 왼손으로 사내의 팔을 쳐내고 그의 어깨를 잡아 옆으로 강하게 젖혀버렸다. 사내가 옆으로 휘청거리며 비켜서자 그는 사람들 사이를 빠져서 스테이지 가장자리로 나왔다.

이제 문은 그로부터 전방 일 미터 되는 곳에 서 있었다. 뮤직박스에서는 DJ 혼자 요란하게 몸을 움직이고 있었다. 그는 앞으로 걸어가서 재빨리 그 문을 열고 안으로 들어선 후 등뒤로 문을 닫았다.

그러나 그는 안으로 들어선 것이 아니었다. 그는 밖으로 나와 있는 것이었다. 흰색 문을 열고 조그만 불빛들이 깜박거리는 어두운 창고 같은 곳에 들어와 있다고 생각했던 그는 신선한 바람이 뺨을 스치자 자신이 이층 건물의 뒤쪽 난간에 서 있다는 것을 깨달았다.

그의 발 밑에는 철제 계단이 바닥까지 내려가 있었고, 계단이 끝나는 곳에서부터는 꽤 넓은 공터가 펼쳐져 있었다. 그는 쇠난간을 세게 움켜쥐고 한 단씩 내려서기 시작했다. 몸이 지면과 가까워질수록 차츰 술기운이 걷혀지는 것이 느껴졌다. 그러나 그 대신 그는 터널 안으로 들어선 그의 차의 보닛에 주황색 불빛이 빗물처럼 번질거리던 때와 같은 감정 상태에 사로잡혀 있었다.

그의 의식 속 여기저기에서 마치 사이키 조명처럼, 그러나 그렇게 전면적이지는 않은 작은 불빛이 깜박거리며 명멸하고 있었다. 그는 한 손에 등불을 들고 있는 듯이, 자신의 의식을 조심스럽게 감싸안으려는 듯이, 발 밑을 확인하며 한 번에 조금씩 밑으로 내려갔다. 그의 머릿속에는 지극히 추상적인 지금의 상태가 탄탄한 지면을 딛고 서면 단번에 확연해지리라는 믿음이 있었다. 조금 더 강한 중력을 얻기만 하면 되는 것이었다.

마지막 한 단이 남았을 때 그는 난간을 놓고 오른발을 내렸다. 그러나 발바닥이 닿는 감각이 여태까지와는 전혀 달랐다. 감각이 달랐다. 감각이 달랐을 뿐만 아니라 오른발은 그가 예상한 위치에서 멈추지 못하고 더 아래쪽으로 미끄러졌다. 마지막 발디딤대는 한쪽 끝이 부서져서 땅바닥에 비스듬하게 걸쳐져 있었던 것이었다. 그 비스듬한 각도에 따라 그의 몸도 옆으로 뉘어지면서 균형을 잃고 말았다.

그는 축축한 바닥을 아랫배와 이마로 들이받았다. 그는 한동안 엎드린 채로 있었다. 가슴 부분이 돌에 부딪힌 탓인지 예리한 통증이 느껴졌다. 빌어먹을, 그는 입 안으로 욕을 중얼거리며 천천히 몸을 일으켰다. 그리고는 손바닥의 흙을 털고서 손으로 가슴을 누르며 앞으로 걸어나갔다. 이마에서도 끈적거리는 것이 흐르는 느낌을 받았지만 그것이 피인지는 확인할 수 없었다.

몸의 통증은 가셨지만 그는 계속 머릿속이 웅웅거리는 것을 느꼈다. 그는 머리를 내저으면서 빠른 걸음으로 걸었다. 그는 내일 영락출판사로 가서 변명을 장황하게 늘어놓고, 필요하다면 울상까지 지어가며 그들의 분노를 누그러뜨려서 소포로 부쳐버린 시나리오와 원고를 되찾아올 생각을 하고 있었다. 그의 사정만큼이나 그들도 어쩔 수 없는 형편이니 그의 청을 거절할 수는 없을 것이었다. 그는 다시 넘어지지 않았다.

해리는 재빨리 차에 시동을 걸어서 맥을 가리고 있는 차를 향해 돌진했다. 차가 충돌하는 순간 해리는 이마에 강한 충격을 받았다. 그러나 그는 지체하지 않고 차 밖으로 뛰어나갔다. 그의 이마에서는 피가 흘러내리고 있었다. 뒤로 나동그라졌던 맥은 해리의 모습을 발견하자 벌떡 일어서서 달리기 시작했다. 그의 등에 총을 겨누던 해리는 자신의 신분이 경찰이라는 것을 상기하고는 소리쳤다―서라!―그러나 그는 맥이 멈춰서지 않기를 바랐다. 만약 맥이 비굴한 웃음을 지으며 손을 들고 뒤로 돌아선다면 그때는 도대체 어떻게 해야 한다는 말인가. 그러나 맥은 서지 않았다. 해리는 총을 두 손으로 받쳐들고 다시 한 번 소리쳤다―서라!―순간 맥의 몸이 주춤하며 멈춰 섰다. 그때 해리의 총이 불을 뿜었다. 맥의 몸은 연체 동물처럼, 아니면 그 반대로 썩은 나뭇등걸처럼 땅바닥으로 무너져내렸다. 〔1985〕

초판 해설

낯선 의식과 인간 존재의 해체
―― 최수철의 『공중 누각』

김병익

　웃고만 지나칠 수 없는 이런 우스개 이야기가 있다: 파블로프의 조건 반사 실험이 널리 알려진 후 모스크바 사람들은 종을 치고 나서 개에게 먹이를 주었다. 멀지 않아 개들은 종소리를 들으면 침을 흘렸다. 그리고 얼마 후, 개들은 배가 고프면 침을 흘렸다. 사람들은 개가 침 흘리는 것을 보자 곧 먹을 것을 가져다주었다…… 이 이야기를 회상하게 된 것은 최수철의 「맹점」을 보면서였는데, 술좌석에서의 험담들을 들으며 주인공이 '개 같다'란 말을 쓰고서 그 말이 대견스러워 거푸 같은 표현을 사용하자 친구들은 '개 같다' 대신에 그의 이름을 빌려 '병근이 같다'고 말하며 흥겨워한다. 그는, 모스크바 사람들이 조건 반사로 학습된 개들에 의해 거꾸로 조건 반사 현상을 일으키듯이, "'개 같다'는 말로써 남들을 의식적으로 무시해보려던 그의 의도와는 정반대로 오히려 자기가 개가 되어버린 셈"(p. 16)이었다. 그러나 최수철에게 있어 개 이야기는 그저 지나치는 삽화가 아니다. 「공중 누각」에서 주인공은 술을 마시고 공중전화 박스에 들어가려다가 잡종견 한 마리를 만난다. 그때 "그는 개처럼 표정을 읽을 수는 없는 눈과 얼굴로 개를 바라보았다"(p. 111). 그리고 의도적으로 목차를 구성한 듯한 그의 첫 창작집 『공중 누각』의 마지막 작품 「어느 날, 모험의 전말」에서 사람이 개라는 이야기는 다시 한 번 반복된다. "개보고 돼지라고 하는 것도 모욕인가요?"(p. 345)라고 말한다. 앞서 김공근은 '그녀'에게 이렇게 말한 적이 있었다: "난 생각 같은 거 하지 않기로 했어. 그저 느낌과 충동만 가지고도 충분하니까. 당신 말대로 짐승처럼"(p. 301).

개에 관한 최수철의 이와 같은 진술 또는 묘사는 그러나 반드시 개처럼 타락하고 비천하다는 도덕적·문화적 비난이나 평가를 함의하지는 않고 있다. 그것은 오히려, 카프카의 『심판』에 나오는 유명한 마지막 구절 "개 같은! Wie ein Hund!"처럼, 개같이 헐떡거리며 숨차게 살아온 인간의 한계적 존재 상황에 대한 비유와 비슷하게 읽힌다. 파블로프의 개와 모스크바의 사람이 조건 반사와 역조건 반사에 똑같이 학습되는 현상을 일으키는 한, 개와 사람은 같은 위격(位格)의 존재임을 깨우쳐주듯이, 최수철의 주인공은 개와 같은 존재적 위격을 갖는 것으로 해석되는 것이다. 실제로 「어느 날, 모험의 전말」의 주인공은 파블로프의 개처럼 조건 반사에 익혀지는 경험을 갖는다: "그는 커피를 단숨에 마셔버리고서 다시 계속 변화하고 있는 [전자 시계의] 숫자를 바라보았다. 그 상태로 얼마의 시간이 지나자 그는 차츰 자신의 호흡이 그 숫자의 변화에 지배되고 있다는 느낌이 들었다"(p. 288). 그의 본능적인 육체의 리듬이 초마다 바뀌는 시계의 숫자에 맞춰감으로써 침을 흘리면 먹이를 가져다주는 사람처럼 개에게 조건 반사당하는 부메랑의 현상을 일으키고 있는 것이다. 김공근씨가 자기에게 돼지라고 부른 그녀에게 화를 내는 것은 자기를 모욕했기 때문에가 아니라 그녀가 그를 "이해는 하지만 인정은 하지 않"(p. 346)는 데 있다고 말하는데, 이 말을 풀면, 그는 자기가 개라는 그녀의 말을 받아들이지만 왜 개가 되었는지 개의 상태가 어떠한 것인지에 대해 그녀가 알아주지 않는다는 뜻일 것이다. 다시 말하면, 그는 자신을 도덕적·문화적 존재로서가 아니라 생물학적·사물적 존재로서 인식해주기를 요구하고 있는 것이다. 문화적 존재로서가 아니라 사물적 존재로서의 인간은 그가 의식으로써 사고하고 행동하는 존재라기보다 무의식으로써, 혹은 의식 이전이거나 의식이 모두 탕진된 이후의 상태로써 느끼고 행동한다는 것을 뜻할 것이며, 그것은 다시 말하면, 우리 의식의 '맹점'적 존재성을 가리키는 것일 것이다. 최수철의 첫 소설 제목이 되는 「맹점」의 원뜻이, 우리 눈에서 시신경이 모아지는 곳으로, 그럼에도 불구하고/그렇기 때문에, 대상이 망막에 비춰짐에도 맹점 부분에 닿는 대상은 우리가 볼 수 없는 것이다.

최수철의 독특한 소설들은 이 맹점을 바라보는 관찰의 기록들이다. 그것들은, 다시 말하면, 의식으로써 무의식의 세계 혹은 의식 이하나 이전·이후의, 그러니까 문화적으로나 도덕적으로 표출되지 않는 세계를 탐구 혹은 모험하는 섬세한 작업이다. 우리의 가장 어두운 부분, 가려져 있는 부분, 밖으로 드러나기를 완강히 거부하는 부분을 그는 탐색하고 있는 것이다. 그러나 그가 심리학자나 정신병 의사와 같은 세밀한 관찰 수법을 쓰고 있다 하더라도 그러한 사람들이 되지 않는 것은 그가 그것들을 병이나 타락으로 진단하는 것이 아니라, 우리 누구나 시신경의 맹점을 갖고 있듯이, 동물적 무의식의 혹은 사물적 존재성의 모습을 갖고 있기 때문이다. 그는 그러니까 누구나 똑같은 속성을 가지고 있으면서도 그것이 없는 척하고 있다는 우리의 맹점을 들추어내고 있는 것이다. 그러나 따지고 보면 의식으로써 무의식을 들추어낸다는 것, 보이지 않는 부분을 보이게끔 한다는 것은 범상한 방법으로는 가능하지 않다. 그것은 의식과 무의식의 대면 혹은 그것의 공존이라는 독특한 상태에서 이루어질 수 있는 것이다. 「홍도가 죽었다」에서의 "눈 안 감고 자는 버릇"(p. 68) 또는 「신유년 겨울, 혹은 계륵」에서처럼 "의식을 잃어버리듯이 잠을 깬"(p. 127) 상태이다. 최수철은 이러한 관찰법을 「어느 날, 모험의 전말」에서 "남의 힘을 빌려, 남의 식으로 생각하"기(p. 307)로 명명한다. "남의 식으로 생각한다"는 것은 "남의 결정을 그대로 따른다는 것과는 다르고, 또한 남이 나의 입에 밥을 떠먹여주기를 기다린다거나 그저 막연하게 느껴지는 삶의 틀에 그때 그때 유연하게 적응하는 것과도 다른 것이지. 그것은 말하자면 당신의 몸이 단지 내가 손을 뻗으면 닿을 거리에 있다는 단순히 그 이유만으로 당신을 탐하는 것과 일맥상통하는 것." 다시 말하면 "내가 타인의 존재와 부딪칠 때, 그 팽팽한 대립의 공간에서 나 자신을 피동적으로"(p. 308)(설명은 여기까지로, 이완된 상태에서, "아, 이 따위가 모두 무슨 소용인가"로 단절된다) 대응시키는 방법이다. 주인공의 보다 분명한, 그러니까 의식화시킨 방법론의 설명을 인용하면, "가장 현실적이고 의식적이고, 그래서 가장 고통스러운 문제"를 "의도적인 반수면 상태, 가면(假眠)의 상태"로 생각(p. 306)하는 것이다. "의식은 잠의 수면(水面) 위에서 끝없이 자맥질"(「소리에 대한 몽상」, p. 241)하는 이 상태는 "실재의 닭과 허구의 닭, 그것을 의식하는 무의식의 나와, 의식의 나"(p. 130)의 모호하고 착잡한 공존 상태이다.

이런 의식의 존재 상태, '의식하는 무의식' 상태는 물론 정상적인 모습이 아니다. 그것은 "마치 누군가가 문을 열고 내 속으로 들어와서 요란스럽게 문을 닫고는 신도 벗지 않고 길게 누워버린 것 같은 기분"(p. 58)이기도 하며, "의식이랄까, 아니면 그냥 감정이랄까 그런 것이 평범한 평상시 상태보다 바닥에서 약 이 내지 삼 센티 정도 공중으로 떠올라 있는 기분"(p. 304)이다. 가령 그는 숨을 쉬지 않는 연습을 해본다. 그때 그는 "오래 견디기 위해서는 우선 의식과 감정의 가장 밑바닥으로 내려가야 했다. 그의 가슴은 해저 동물처럼, 바닥이 뚫린 폐선처럼 서서히 육체의 늪 속으로 가라앉았다"(p. 289). "오래 호흡을 끊고 있다가 숨쉬는 법을 아예 잊어버리거나, 숨을 쉬고 안 쉬고는 자신이 결정할 수 있다는 사실을 잊어버려서 질식사"할 것 같은 상태에서 그는 "어떤 새로운 상황이 몸 한구석에서부터 시작되어서 박하 향기처럼 온몸으로 퍼져나가려 하는 조짐" "그 황홀함"을 느낀다. 이 긴장의 끝이 "의식의 긴 회랑 저쪽 맨 끝 철문이 요란한 소리를 내며 닫혀버리는 듯한 진동이 그의 몸 전체에 느껴"(p. 290)지는 순간이다. 이 순간에 이르러서야 그는 별수없이 숨을 쉬지 않으면 안 되게 된다. 우리의 평범한 의식에서 숨을 쉬게 되는 것이 정상의 상태이며 우리에게 안도감을 주는 계기이지만, 그러나 최수철의 주인공처럼 의식과 무의식이 착종하여 위치가 뒤바뀔 때는, 숨을 쉰다는 것은 긴장의 끊김이다. 그것은 잠에서 깨어남이 "새끼줄에 목이 매달려서 버둥거리며 느끼던 일종의 고양 상태에서 갑자기 줄이 끊어져 무한한 하강을 시작하는 순간의 허한 심기"(p. 120)에 해당하는 것이다.

우리의 의식 상태가 그에게 오히려 무의식적인 상태로 되고 "의식을 잃어버리듯 잠을 깨는" 그의 도치된 내면의 정황은 "편집광적인 성격"(pp. 127~28) 혹은 "몽환과 신경병 증세"(p. 135)에서 비롯되는 것일지도 모른다. 그러나 그는 "그때는 몽환과 실재의 경계에 대한 선입관이, 현실적인 고통의 실상이, 어느 날 아침에 느닷없이 듣게 된 닭울음 소리만큼이나 하찮은 것이라는 사실을 깨닫게 될 것"으로 "확신"(p. 135)한다. 그 몽환의 눈으로 바라볼 때 실재의 세계는 낯설게 보인다. 혹은 무의식으로 의식의 세계를 보거나 의식으로 무의식의 세계를 볼 때 그것들은 낯설게 느껴진다. 우리에게 친숙하다는 것은, 의식으로 의식의 세계를 볼 때 또는 무의식으로 무의식에 대응할 때의 느낌일 뿐이다. 최수철처럼 또는 그의 주인공들처럼 보는 쪽과 보이는 쪽의 의식의 위상을 조금이라도 엇갈려 교차시키면, 이제까지 낯익고 친숙하게 보이고 느껴왔던 것들은 돌연 낯섦의 그것으로 변화한다. 실제로『공중 누각』의 도처에 낯섦의 어휘가 나타나고 그의 문학의 동기가 여기에 기초하고 있다는 짐작을 가능하게 한다.

   1) 그는 앉은 채로 맞은편 벽에 걸린 거울을 들여다보았다. 머리와 옷매무새가 서로 잘 어울리게 흐트러지고, 어깨부터 허물어져내릴 듯이 앉아 있는 자신의 모습이 여느 날과 마찬가지로 생소하게 느껴졌다. 낯선 자신의 모습에 스스로 익숙해지고 있었던 것이다. (「맹점」, pp. 23~24)

2) 그는 자신의 낯선 감정을 더듬으면서 어디엔가 터져 있을 입구를 찾기 위해 한동안 그 주변을 서성거렸다. 그가 그토록 관심이 끌렸던 것은 아마도 그 사내의 행동의 어설픔과 거기에 어울리지 않는 나름대로의 표정의 터무니없는 진지함이 빚어내는 불균형 때문이었는지 모르는 일이었다. (「타임 킬링」, pp. 38~39)

3) 유리창에는 막 어둠 속에서 모습을 나타내고 있는 듯한 그의 얼굴이 어떤 괴뢰처럼 낯선 열기에 들떠 있었다. (「공중 누각」, p. 112)

4) 어둠 속에서 나는 코끝을 하늘로 향하고서 반듯이 누웠다. 그때 나는 분명히 느낄 수 있었다. 코끝에 약간의 근질거림이랄까, 뻐근함이랄까, 어쨌든 낯선 감각이 느껴졌던 것이다. (「코」, p. 212)

5) 그는 불빛으로 이곳저곳을 비추어보았다. 손전등이 그려내는 노란색의 원형에 사로잡힌 물건들은 각각 어떤 사람의 그로테스크한 표정처럼 언뜻언뜻 튀어나와서 그에게 낯선 이질감을 느끼게 했으므로 그는 곧 손전등의 불빛을 바닥으로 향하게 했다. (「도주」, pp. 248~49)

대충 뽑아본 이 대목들은 그 모두가 자기에게 가장 일상적으로 대면되던 대상들에 대해 느끼는 '낯선' 감정들의 직접적인 표현들이며 그 중에는 물론 자기가 늘상 앉던 소파도 있고 바로 자신의 얼굴도 있다. 의식의 세계에서 가장 낯익은 것들이 그것을 뒤집어놓은 시선에서 포착되는, 자기 자신마저에 대해서까지 느끼는 낯섦! 아마도 그것은 사르트르의 로캉탱이 자기 손의 존재성에 대해서 느끼는 '구역질'에 다름아닐 것이다. 최수철의 인물들은 열려 있는 무의식 혹은 잠재된 의식으로 바라볼 때 친숙해온 모든 것들이 이질감, 이물감, 낯섦으로 바뀌어버리는 것을 확인한다. 그 낯섦은 자기가 사랑하는 여자와 첫 입맞춤을 하려 들 때 눈에 뜨인 그녀의 코를 돌연 이상한 것으로 바라보게끔 만든다. 최수철의 중요한 중편 「어느 날, 모험의 전말」은 이 세계를 돌연 낯설게 바라보기 시작하게 된 '변화'의 전말이다. 그는 지하철 차창에 비친 자기 자신의 얼굴을 들여다보고 "거기에 있었느냐"고 문득 깨달으며 "자신도 모르게 신음 소리처럼 중얼"(p. 278)거리게 되었으며 소파의 이질감을 느끼면서 "어떤 것이 그의 속에서 박테리아처럼 무자비하게 증식"(p. 287)되는 것을 느끼고 목욕탕 속에서 "체온의 상승과 함께 의식과 감정이 어떤 극한점을 향하여 서서히 극대화되어가는 듯한 고양감"을 지각하면서 "육체적인 고통에 그의 의식은 수만 갈래 미로들 이곳저곳으로 쫓기다가 급기야 아무것도 없는 좁고 음습한 막다른 곳으로 내몰리고" 담배 연기를 마시고는 "허파가 갑자기 무거워진 느낌"을 경험한다. 이런 것들이 그가 거듭 확인하는 '변화'의 계기들이었고 그의 이후의, 존재의 '모험'에 전말이 된다. 이 변화의 섬세한 기미의 한 예는 이렇다.

그는 커피를 단숨에 마셔버리고서 다시 계속 변화하고 있는 숫자를 바라보았다. 그 상태로 얼마의 시간이 지나자 그는 차츰 자신의 호흡이 그 숫자의 변화에 지배되고 있다는 느낌이 들었다. 그는 오른손 두 손가락을 왼쪽 손목으로 가져가서 맥을 짚어보았다. 맥박은 대략 0.9초 가량의 간격으로 뛰고 있었다. 그는 손을 거두고서 눈을 감았다. 조금 후 다시 눈을 뜨고 시계를 보니 불과 삼 초가 지난 뒤였다. 그는 무거운 고개를 들어서 커튼이 반쯤 드리워진 창문을 바라보았다. 그리고는 잠시 후 재빨리 고개와 시선을 돌려서 시간을 확인하였다. 육 초가 막 지나가고 있는 중이었다. 그는 육 초와 칠 초 사이의 순간을 본 것이었다. 차츰 호흡과 맥박이 함께 빨라지는 것이 느껴졌다. 그 때문인지 그는 조금씩 흥분되고 게다가 긴장까지 되어가고 있었다. 그는 두 손바닥으로 얼굴을 문지르다가 손가락들 사이로 마치 살아 있듯이 무한히 변신을 거듭하고 있는 숫자만을 한 참 동안 들여다보았다. (p. 288)

    흔하게 볼 수 있는 최수철 문장의 한 예인 위의 문단에서 우리는 현미경을 통하여, 마치 미세포를 관찰하듯이, 그의 동작과 내면의 움직임이 세밀하게 포착되는 것을 본다. 관찰자의 시선은 엄격한 실험실의 과학자처럼 아무런 수식이나 감정의 개입 없이 그의 움직임만을 객관적으로 기록한다. 그 관찰이 어느 정도 면밀한지 "6초와 7초 사이의 순간을 보는" 그의 모습을 확인할 정도이며, 그래서 그 순간을 포착하는 그와, 그런 그를 포착하는 묘사자의 순간 포착이 일치할 정도이다. 그리고 그 묘사가 얼마만큼 엄격한지, 수식어로는 "마치 살아 있듯이"의 한 어구뿐이며 그리고는 일체의 주관적이고 감정적인 개입이 내포된 어사들이 삽입되지 않을 정도이다. 그러나 여기서 묘사된 모습과 행위 자체는 우리가 일상적으로 흔하게 해보고 타인의 그것을 발견할 수 있는, 매우 상투적이고 친숙한 것들이다. 그럼에도 우리가 이 묘사문을 읽을 때 우리는 전혀 낯선 장면을 본 듯하고 거기서 낯선 경험을 하게 된다. 이 문단이 우리에게 이렇게 읽히게 되는 것은, 그것이 극도의 객관성과 정밀성으로 구성되었기 때문이다. 우리가 우리 신체의 세포를 현미경으로 확대하여 볼 때의 그

이질감, 나와 무관한 존재로 우리의 친밀감을 단절시키는 그 낯섦이, 엄격한 객관적 문체를 통하여 대상을 사물화시키는 효과와 어우러져 우리 앞에 현시된 탓이다. 그것은 우리와 이 문단, 그리고 이 문단의 묘사와 묘사된 대상간의 공감대 형성을 완강하게 거부하고, 거기 독자적으로 버티고 있음으로써 대상과 묘사, 묘사문과 우리의 감각과의 견고한 거리를 형성하고 있다. 다시 말하면 우리는 이 문단에서 대상과의 단절감을, 우리와 유대를 맺을 수 없는 사물성을 체험한다. 최수철의 이러한 거리둠 혹은 사물성이, 같은 내면 풍경의 섬세한 기록임에도, 이인성의 문체와 근원적으로 갈라지게 되는 자리가 여기서이다. 이인성은 자기 안의 두 자아의 변증법적인 엉겨붙음을 치밀하게 추적하고 있지만, 최수철은 자아와 사물간의 단절성을 구축하고 있는 것이다.

낯섦의 또 다른 말일 이 사물과의 단절감은, 자아에게 있어서는 자의식이며 외부에 대항해서는 시간의 무게로 의식상의 표현을 얻는다. 스스로에게 끊임없이 낯섦의 존재성으로 달겨들어 마침내 면도칼로 잘라버리게까지 만든 김공도의 '코'는, 화자에 의하면 "자의식의 결정체"(p. 209)로 해석되며, 「어느 날, 모험의 전말」에서 낯선 시선으로의 '변화'를 체험한 주인공은 "내 속에 들어 있는 나의 자의식을 일종의 마그마라고 생각해왔는데, 요즘 그 마그마가 내 의식의 허한 틈으로 비집고 나오는 감각이 생생하게 느껴지는"(p. 305), 그러니까 자의식의 분출로 인해 세계가 낯설어지고 있음을 고백하고 있다. 이 자의식의 뒤집음은 의식의 마비이다. "의식의 정지랄까, 사물과 같은 정적이랄까, 여하튼 일종의 기묘한 마취 상태"(p. 267)가 바로 그것이다. 그러나 「도주」의 이 주인공은 타인과 대면하고 있을 때 줄곧 역겨움을, 그러니까 "낯선 이질감"(p. 248)에 빠져들지만, 그러나 혼자 있을 때는 "마비감이 서서히 그의 옆구리를 문지르기 시작"(p. 269)하는 것을 느낀다. 말하자면, 당연히, 자의식과 마비감은 낯섦 의식의 두 표현인 것이다. 이 마비가, 무위감의 원천이라면 그것은 또한 시간의 물리성에 의식이 함몰되어 있는 상태이다. 제목 그대로, 시간을 죽여내기 위한 무위의 한동안을 기록하고 있는 「타임 킬링」에서 "시간이라는 것에 이물감 내지는, 일종의 거추장스러운 착용감" 혹은 "부담스러운 하중감"(pp. 35~36)에 주인공은 짓눌린다. 그에게 시간은 "가려움증"(p. 36) 이고 "때"(p. 49)이며 그가 시간을 없애기 위해 들어간 극장 안에는 "시간의 주검이 수증기처럼 실내를 가득"(p. 37) 채우고 있다. 이 무한한 무위의 시간 속에서 그는 더할 수 없는 고통을 느낀다. "쾌락의 필수 조건이 되는 시간이 일단 독소로 화하면 그 고통의 양은 쾌락보다 훨씬 엄청나다"(p. 47). 베르그송의 말처럼 시간이 자연적·물리적 시간과 주체적·창조적 시간으로 갈린다면, 최수철의 주인공은 전자 시계의 숫자의 바뀜에서 시간을 재보듯이 물리적 시간성에 갇혀 있는 것이다. 그리고 물리적 시간의 무게를 무겁게 느끼면 느낄수록 그의 실존성은 깎여나가고 사물화한 존재성만 커진다. 그것은 "오랜 시간을 상념하면서 보내는 것과, 무위의 시간을 견뎌내기 위해서 상념에 몸을, 전감각을 내맡기는 것이 역설적으로 거의 같은 것"(「공중 누각」, pp. 85~86)임을 보여준다.

의식의 마비와 시간의 무게가 끝내 이를 수 있는 것은 무엇일까, 죽음이 아닐까. 이 섬뜩한 예감은 실제로 최수철의 주인공의식 곳곳에서 불쑥 고개를 내민다. 「홍도가 죽었다」의 불길한 소설 마지막 부분은 '나'의 "감정의 완벽한 공백 상태"를 의식하면서 자기가 "서서히 죽어가고 있다는 것을 느낄 수 있"(p. 75)게 된다. 그리고 「도주」에서는 "나는 죽어가고 있다. 서서히 죽어가고 있다"는 갑작스런 외침과 느낌이 네 차례(pp. 264, 267~68, 270) 반복되고 있다. 앞뒤의 직접적인 연결이나 해명 없이, 문득 거리를 향하여 외쳐지는 '나는 죽어가고 있다'의 돌연성은 그 죽어감의 말 앞에마다 붙어 있는 '서서히'로 설명될 수 있을 것이다. 그는 자신이 마비되어가고 있으며 죽음을 향해 서서히 해체되어가고 있음을 고통스럽게 인식하고 있는 것이다. 그렇다, 그는 해체되어가고 있는 것이다. 이 세계의 낯섦에 의하여, 그가 낯설게 세계를 바라보도록 하는 자의식에 의하여, 자의식의 뒤집음인 마비에 의하여, 마비로 말미암은 무위에 의하여, 무위가 짓누르는 시간의 무게에 의하여, 현재 진행형으로 서서히 죽어가고 있는 것이다. "개처럼!" 그리고 바싹 말라 바스락거리는 벌레의 주검처럼.

    ……얕은 졸음 속에 빠져들면서 딱정벌레가 되어 천장을 기어다니는 그런 종류의 환상까지는 아니었지만, 어쨌든 그의 피부가 단단한 껍질처럼 말라붙는 꿈인지 환각인지를 볼 수 있었다. 그 두텁고 주름과 골이 깊이 파여져 있는 피부 속에서 그의 살덩어리가 짓물러져 검은 피와 고름 속에서 썩어버려 완전히 말라붙고 만다 해도 그의 피부는 코뿔소나 코끼리 혹은 하마나 악어의 가죽처럼 의연히 원래의 형태를 유지시켜주어서, 언제까지나 그가 이곳에서 죽은 후 오랜 시간이 지나고 급기야 사람들이 문을 부수고 들어와 그의 시체를

발견했을 때에도 그의 모습을 알고 있던 사람들에게는 그것이 바로 그라는 사실을 별 어려움 없이 깨닫도록 해줄 것 같았다. (「소리에 대한 몽상」, pp. 236~37)

최수철의 『공중 누각』의 소설들은 결국 '우리가 서서히 죽어가고 있다'는 것을, 바짝 말라 박제된 형태로 스러지고 있다는 것을 보여주고 있다. 이야기를 담지 않고 정밀한 묘사로만 일관하며, 때로는 (아니 거의가) 이야기 자체를 해체시켜버려가면서 인간의 내면을 현미경적으로 투시하고 관찰하여 우리에게 들여다보도록 하고 있는 것은 "마치 무한한 포용력을 지니고 있어서 모성애를 느끼게 하는 듯한"(p. 56), 그러니까 풍요하고 생명력 있는 존재로서의 '홍도'는 죽었다는 사실이며, 그래서 인간은 낯설고 해체된 세계 속에서 마비되고 해체되며 서서히 죽어가고 있다는 사실이고, 그럼에도 우리는 '맹점'에 갇혀서 그런 사실을 모르고 있다는 사실이다. 이것은 T. S. 엘리엇의 「텅 빈 사람들」의 마지막 행이 보여주는, 부석부석 사멸해가는 세계의 모습이며 최수철의 주인공들은 그렇게 사멸해가는 '텅 빈 인간'의 상황 그 자체이다. 이상의 인물들이 병든 시대의 환부 그 자체이듯이, 최수철의 인물들은 죽어가는 세계 속의 인간 그 자체이다. 모든 사람들이 튼튼하게 잘 살고 있다고 믿는 것이 "허황된 생각"(p. 126)이며 그 속에서 자신만만하게 영위하는 삶과 그 삶의 상황들이 사실은 '공중 누각'일 뿐이다. 사람들이 스스로 갖추었다고 믿고 있는 의식 속에서 그 같은 '허황한' 믿음을 갖고 있기 때문에 최수철의 인물들은 무의식 또는 의식 이전·이하이거나 의식이 탕진된 '병적'인 상태에서 그 믿음이 공중 누각임을 분명하게 투시하고 있는 것이다. 그가 보여주는 낯익은 세계에 대한 낯섦의 인식은, 우리에게 낯섦의 인식을 통해 낯익은 세계의 진상을 해명한다. 그리고 그것은, "그는 사형수를 교수형시키듯이 전화기를 걸이쇠에 거꾸로 매달았다"(p. 99), 혹은 "나는 이미 죽어버린 물고기의 배를 따듯이 눈을 가늘게 뜨고 밖을 내다보았다"(p. 145)는 돌연하면서도 그럼으로써 충격적인 직유로 우리에게 달겨드는 것이다.

최수철의 주인공들이 도시의 아파트에서 폐쇄적인 공간에 갇혀 있으며, 그들의 직업이 회사원이거나 상품 외판원이며, 그들이 시간을 죽이기 위해 대체로 영화를 보거나 하고 있다는 것은 그의 가혹한 진단이 도시의 대중, 현대의 평균적 인간들을 향해 가해지고 있음을 말해준다. 그것은 「타인의 방」이나 「잠자는 신화」의 최인호의 세계의 연장선 위에 있지만 그의 시선은 보다 인간의 원초적 근거를 향하고 있으며, 그 근거가 비어 있음을 끄집어내서 우리에게 보여주고 있는 것이다. 우리는 그의 이러한 부정적 세계 인식, 인간 고찰을 80년대 우리 문학의, 아직은 미약하지만, 그렇기 때문에 더욱 주시해보아야 할 한 갈래로 생각해야 된다. 왜냐하면 우리는 점증하는 도시화와 기계화의 추세 속에서 사물화하는 세계와 자아로부터 소외되어가는 인간 경험을 더욱 크게 가질 것이기 때문이며, 그리하여 "자신의 동작이 작아지고 있다는 것을 스스로 의식"(p. 296)하지도 못하는 존재로 사그라질 운명 앞에 놓여 있기 때문이다. 과연, 최수철은 「어느 날, 모험의 전말」 마지막에서 아무런 연관 없이, 주인공이 이미 보아 묘사했던 영화 장면을 다시 한 번 묘사한다. 그리고 그 소설이, 80년대적 증상을 그의 문학의 출발과 함께 안고 시작한 최수철의 첫 창작집의 마지막 구절이 다음과 같이 충격적인 모습으로 반복되고 있다는 것은, 이 병적인 소설을 통해 그가 우리에게 무엇을 진단하고 예시하려고 했는지를 선명하게, 그러나 고통스럽게 시사하고 있는 것이다.

　맥의 몸은 연체 동물처럼, 아니면 그 반대로 썩은 나뭇등걸처럼 땅바닥으로 무너져내렸다. (p. 357)

신판 해설

부재와 현존의 엇갈림 속에 놓인 의식의 공중 누각

손정수

　최수철의 첫 소설집 『공중 누각』의 첫 출현이 1985년이니 그로부터 15년의 세월이 지났다. 세월이 흐르면서 작가 또한 갖가지 삶의 이력들을 거치게 마련이고, 그에 따라 그의 소설 세계 또한 변모하는 것이 보편적일 터인데, 최수철의 경우는 예외적으로, 또한 독보적으로 출발 당시의 세계를 일관되게 지켜오고 있다. 『공중 누각』의 뒤를 이어 나온 두번째 창작집 『화두, 기록, 화석』(문학과지성사, 1987)에서 비롯, 장편소설 『고래 뱃속에서』(문학사상사, 1989), 『어느 무정부주의자의 사랑』(열음사, 1991) 4부작, 『벽화 그리는 남자』(세계사, 1992), 『불멸과 소멸』(범우사, 1995), 그리고 세번째와 네번째 창작집 『내 정신의 그믐』(문학과지성사, 1995)과 『분신들』(문학과지성사, 1998)을 거쳐 최근의 장편소설 『매미』(문학과지성사, 2000)에 이르는 지속적인 과정이 바로 그 증거이다. 이 지속성의 근거는 무엇일까. 아마도 그 가운데 하나는, 자의식의 탐구로 요약되는 『공중 누각』의 주제가 쉽사리 정복당할 수 없을 만큼 철저하고도 밀도 높다는 사실에서 찾을 수 있을 것이다.

『공중 누각』에 실려 있는 소설들에서는, 행위가 상념으로, 그리고 사건이 몽상으로 대체되는 특이한 전도 현상을 공통적으로 목격하게 된다. 신체와 의식 사이의 이러한 불일치는 비대해진 의식 편향성을 초래하게 되며, 그 결과 최수철 소설의 주인공들은 행동성을 상실한 채 폐쇄된 의식에 사로잡혀 있는 무기력한 주체로 설정되고 있다. 그러나 여기에서 작가가 주체의 무기력함, 왜소함을 강조하는 것이 곧 그것 자체를 인간의 본질적 모습이라고 보고 있다는 증거라고 말하기는 어렵다. 그것은 타자의 시선 속에 얽혀 있으면서도 스스로를 통합적 주체라고 믿고 있는 자아를 붕괴시키고 해체함으로써 자아의 새로운 확산을 위한 조건을 마련하기 위한 장치로 볼 수 있기 때문이다.

  따라서 그는 이 시간 동안에 모든 행위를 상념으로 대치시키는 노력을 주도면밀하게 수행하고 있었다. 예를 들어 혀끝에 올라선 갈증을 느끼면 그는 이런 상태에서는 냉장고로 다가가서 열고 물을 꺼내 벌컥벌컥 마시는 대신에, 이전에 언젠가 버스에서 발등이 밟혔던 기억이나 고층 빌딩의 옥상 난간에 서 있었을 때, 아니면 은행에서 주간지를 읽던 때의 기억을 꼼꼼하게 되살리곤 하는 것이었다. (「공중 누각」, p. 86)

주인공은 본능과 지각에 의해 자극되어 행위로 연결되고자 하는 새로운 상념을 의식적으로 억누르고, 다른 기억 속의 상념들을 끊임없이 소환하여 그 공백을 메우고자 시도하고 있다. 모든 행위를 상념으로 대치시키고자 하는 주인공의 '노력'은 표면적으로는 일상의 질서에 적응하지 못하는 엉뚱한 행동으로 비칠 수 있다. 그러나 실상 작가는 주인공을 통해 논리적인 체계로 정돈되지 않은, 혹은 신체적 행위와 유기적으로 통합되지 않은 우리 의식의 '맹점'을 보여주고 있는 것이다.

인간의 의식은 과거의 기억과 현재의 감각적 인지, 그리고 미래에 투사된 지향 등이 얽혀 이루는 여러 겹의 층위로 이루어져 있으며, 그 중 하나의 상념이 의식의 표면에 떠오르면 다른 상념들은 마치 암초에 부딪힌 배처럼 의식의 밑바닥으로 가라앉게 된다. 우연히 과거의 사건 하나가 의식에 포착되어 그 기억의 순간에 사로잡히면, 혹은 상상의 세계에 잠시 젖어 있다 보면, 방금 전까지 의식을 점유하고 있던 현재 순간의 감각적 인지와 연결된 생각들이 돌연 사라져버리는 경험을 누구나 하게 되는 것은 이 때문이다. 의식을 확고한 주체의 근거로 삼고 이것으로부터 외부의 대상과 신체의 행위를 주체화하는 대신, 작가는 의식이 관계맺고 있는 현실 속의 행위나 사건을 괄호 속에 넣고, 다만 의식 자체의 내부적 메커니즘을 주제화하고 있다. 의식과 행위의 분열을 자각하는 이 시선에 의해 현실은 새롭게 재편되어 의식 앞에 놓이게 된다.

등뒤로 현관문을 닫은 후에야 그는 자신의 행위를 의식했다. 그는 자신을 붙잡는 일상 업무가 하나씩 생각날 때마다 앞으로 크게 한 걸음 내디뎠다. 잠시 후 이미 그는 큰길가에 나와 있었다. (「공중 누각」, p. 88)

현관에 나서기까지 '그'는 어떤 상념에 사로잡혀 있다. 그 동안에도 신체는 상념에 사로잡혀 있는 의식과 절연된 채 현관까지 걸어나와 문을 열고 닫는다. 피부에 와 닿는 현관문 밖의 차가운 바람의 감촉과 현관문 손잡이의 금속성 촉감은, 분명히 신체는 그것을 감각적으로 인지하고 있음에도 불구하고, 의식에 전달되지 않고 있다. 이 순간 감각과 의식은 단절되어 있기 때문이다. 물론 그 단절은 감각과 의식이 다시 이어진 이후에야 비로소 느껴지는, 그러니까 새롭게 '생성되는 단절'이다. 갑자기 들리는 소리, 갑자기 보이는 사물, 그것은 감각과 의식의 너머에서 들려오는 소리요 영상이다. 그것이 폐쇄되어 있던 의식을 일깨우고, 뒤이어 의식과 감각 사이의 연결을 감지케 하고, 그리고 감각은 살아서 다시 움직이기 시작한다. 신체는 의식과 단절되어 무언가에 홀려 있듯 움직이고 있었다. 닫혀진 의식이 열리고, 의식과 감각 사이가 발견되고, 그리고 감각이 그제서야 신체를 일깨운다. '그'는 현관문을 닫은 후에야 비로소 자신의 행위를 인식하게 되는데, 이 순간에 이르러서야 겨우 의식과 신체가 접촉하여 유기적으로 통합된 주체를 이룬다. 그러니까 주체는 하나의 실체적 개념이라기보다 인간 존재와 그 의식에 관한 파악 방식의 하나일 따름이다.

   일상적인 주체는 의식의 지령에 의해 행위를 수행하는 한편, 그 행위의 결과로 새로운 의식을 획득한다고 믿는다. 하지만 실상은 그렇지 않다. 행위하는 순간 우리의 의식은 잠시 정지되며, 의식이 진행되는 동안 의식은 행위를 돌보지 않는다. 그러므로 모든 행위를 상념으로 대치시키고자 하는 주인공의 주도면밀한 노력은, 아니 그와 같은 주인공의 의식과 행위의 평행과 교차를 바라보고 있는 서술자의 시선은, 의식적 존재로서의 인간이 지닌 근원적 운명을 이미 감지한 결과라고 말할 수 있을 것이다.

맞은편 건물 중앙에 붙어 있는 창문의 푸른색이 게릴라처럼, 아니면 인디언 전사처럼 그물코를 타고 조금씩 확산되어나가다가 줄장미의 붉은색과 초록색에 부딪혀 갑작스럽게 원래의 크기대로 수축되어 버리고, 줄장미의 붉은색과 푸른색은 바람 탓인지 가볍게 몸을 움직이면서 원숭이처럼 그물눈의 이쪽에서 몇 칸 건너 저쪽까지 넘나들고 있었다. 그러자 밤새도록 어두운 방구석에 버려져 있던 그의 코와 귀, 눈의 감각 세포들이 뇌(腦)가 잠들어 있던 동안에 부스럭거리고 뒤척이며 꾀하고 있던 음모를 결행이라도 하려는 듯이 조금씩 반란을 일으키기 시작했다. 그의 감각 세포들은 방충망의 잘고 무수한 그물코를 통해 멋대로 바깥 풍경의 조각들을 끌어들여서 스스로 자극을 받고 기꺼워하며 흥분하거나 제풀에 기가 꺾이곤 하는 것이었다. (「공중 누각」, pp. 80~81)

신체와 의식이 분리된 그 공백의 지대에 이른바 '감각의 무정부 상태'가 자리잡는다. 이 순간 감각은 신체와 의식이 단절됨으로써 형성하는 점이 지대에 그것의 자율적인 세계를 펼쳐놓는다. 이때 감각은 미처 주체의 의식 속으로 편입되지 않은 채 신체와 의식 사이에서 유동하며 "스스로 자극을 받고 기꺼워하며 흥분하거나 제풀에 기가 꺾이곤" 하는 자동적인 파노라마를 전개한다.
그런데 여기에 행위와 감각과 의식이 서로 단절되어 이루는 단층 지대를 인식하고 거기에 의미를 부여하는 또 하나의 새로운 의식이 뒤따른다. "나의 의식이 깨어 있건 잠이 들었건 상관없이 내 속에는 그를 주시하고 있는 또 다른 시각(視覺)"(「홍도가 죽었다」, p. 67), 그것을 '자의식'이라 부를 수 있을 것이다.

그러나 내가 알고 있는 것은 단지 아침에 나의 몸과 정신이 제자리를 벗어나 어지럽게 늘어서 있다는 것, 그러면서도 그들은 철저히 따로 논다는 사실뿐이었다. 그리고 또 하나 분명한 것은 그렇게 심리적으로 육체적으로 분리되어 고통을 받고 있는 나를 갑작스러운 충돌처럼 하나로 연결시켜주는 계기가 있다는 사실이었다. 나는 이 계기를 알아야 했다. 새벽녘의 몽환 속에서 느끼는 고통보다는, 오히려 이 계기라는 것의 정체 앞에서 전혀 속수무책인 나의 무기력함이 더 큰 고통인 셈이었다. (「신유년 겨울, 혹은 계륵」, pp. 118~19)

최수철은 이 지점에서 인간이 의식과 신체의 분열이라는 스스로의 운명을 자각하는 순간 떠안게 되는 고통에 대해 말하고 있다. 그것은 "평소에는 그런대로 제대로 겹쳐 있다고 여겨지던 나와 내 속의 나 아닌 내가 요즘은 조금씩 그 핀트가 빗나가고 있다는 느낌"의 형태로, 혹은 "나는 내 속에 들어 있는 나의 자의식을 일종의 마그마라고 생각해왔는데, 요즘 그 마그마가 내 의식의 허한 틈으로 비집고 나오는 감각"(「어느 날, 모험의 전말」, p. 305)의 형태로 일상 속에 출몰하여 주체를 위협한다. 자의식이 발동되는 것, 인간이 언어를 필요로 하는 것은 바로 이 때문이 아닐까. 그것은 분열된 주체를 초월하여 새로운 통합의 상태를 이루고자 하는 몸부림에 붙여진 다른 이름이다.

잠결이었던 탓도 있겠지만, 내가 아침에 들은 닭울음 소리는 성량과 음색이 어우러져 있는 현실적인 소리가 아니라, 내 속 어딘가의 공명에 의해 울려나오는 소리에 더 가까웠다. 그것은 때때로 성량으로만, 때로는 음색으로만 기억될 뿐이었다. (「신유년 겨울, 혹은 계륵」, p. 125)

하지만 언어를 매개로 한 신체와 의식의 통합은 근본적으로 불가능하다. 의식과 신체 사이에는 어떤 실체가 놓여 있는 것이 아니라, "때때로 성량으로만, 때로는 음색으로만 기억될 뿐"인 공백이 자리하고 있기 때문이다. 언어를 통한 새로운 주체의 형성은 그로부터 배제된 타자를 생성하는 과정과 불가분의 관계에 놓여 있다. 언어는 끊임없이 주체에 대한 스스로의 규정으로부터 미끄러져 미지의 영역으로 이동한다. 이 가혹한 운명 앞에서 인간은 초라하다.

의식/감각/행위의 분열을 목격하고 있는 바로 이 지점에서 자의식의 글쓰기가 비롯된다. 그렇다면 자의식의 글쓰기란 인간 존재의 숙명에 대한 통찰을 다른 이름으로 부르는 것이 아니겠는가. 그것은 의식과 감각과 행위의 총체로 스스로를 규정하고 있는 주체라는 신화를 그 근저에서 뒤흔들고 있다.

그런데 역설적으로 의식과 감각과 행위가 서로 분열되고 뒤섞여 이루는 불투명한 세계를 바라보기 위해서는 더욱더 섬세하고 또렷한 언어가 요청된다. 결국 귀결점은 언어에 대한 자의식이다. 그것은 곧 글을 쓰고 있는 '자신'을 의식하고 있는 것이다. 언어를 무기로 하여 일상적 주체를 해체하고, 그것을 통해 인간은 본래적인 존재 방식을 드러내는 것. 소설 그 자체에 대한 문제 제기 없이 일상적 현실을 소설 속으로 실어나르는 반복 행위들의 한가운데에서 빛나고 있는 최수철 글쓰기의 신선함은 바로 이 점에서 비롯되었다.

한편, 신체와 의식의 분열으로 분열된 주체는 이제 타자와의 대면 속에서 스스로를 새롭게 발견하는 계기를 마련한다. '나'라는 주체는 실상 '나'에 대한 타자들의 규정의 총합으로부터 형성된다. '나'는 내 아버지의 아들이며, 아들의 아버지이며, 선생의 제자이며, 제자들의 선생이다. 친구의 친구이며, 애인의 애인이다. 이렇게 타자들의 규정으로 구성된 '나'를 타자들과 구별하면서, '나'와 타자를 구별짓고 있는 전체적인 장 속에서 '나'의 위치를 이끌어내는 과정에서 주체가 생성된다.

이렇게 해서 형성된 주체는 자아를 비추었던 타자의 거울을 깨뜨리고, 자아 동일성을 관념적으로 구성하여 스스로를 타자와 분리시키고 그것에 주체라는 믿음을 부여한다. 그리고 이를 근거로 타자를 인식하고 자기화한다. 그러나 이러한 주체는 일종의 관념일 뿐이며, 현실적으로 주체는 '나'가 마주하는 타자에 따라 '나'는 타자 규정 가운데 일부를 선택적으로 소환하여 새로운 주체를 구성하며, 그렇게 구성된 주체로서 타자에 맞선다. '나'는 '나'의 아버지 앞에서는 아들인 '나'이며, '나'의 제자 앞에서는 선생인 '나'이다. 이 둘은 실상 서로 다르지만, 그럼에도 불구하고 '나'라는 동일한 관념으로 유통되고 있다. 하지만 아들로서의 '나'와 선생으로서의 '나'는 얼마나 다른가. 통일되어 있다고 믿고 있지만, 사실은 상황에 따라 여러 '나'로 분열되어 있는 것이다. 그러므로 '나'는 '나'의 타자와 대면하는 순간,

타자에 의해 규정된 '나'와 그것으로 인해 배제된 '나'로 분열된다. 이 분열을 자각하는 순간, 거기에 상응하는 고통이 초래된다.

생각을 정리해서 다시 말해보기로 하지. 남의 식으로 생각한다는 것은 결국 내가 타인의 존재와 부딪칠 때, 그 팽팽한 대립의 공간에서 나 자신을 피동적으로. 아, 이 따위가 모두 무슨 소용인가! (「어느 날, 모험의 전말」, p. 308)

주체를 '타자에 의해 규정된 나'로 간주할 경우 수동성의 무기력함에서 벗어날 수 없다. 한편 타자 규정성을 배제할 경우 그것은 동일성의 환상으로 귀착되고 만다. 주체는 '타자에 의해 규정된 나'와 '타자에 의해 규정될 수 없는 나' 사이에서 숙명적으로 떠돌게 되어 있는 것이다.

실상 타자를 적극적으로 사유하지 않는다 하더라도 주체는 이미 스스로 충분히 허약하다. 강력한 타자와 마주하게 되면, 주체는 공백의 상태에 놓이게 되고, 결국 주체는 스스로를 타자가 규정하는 방식대로 새롭게 구성하게 되기 때문이다.

벌써 삼 년 전의 그러한 언어 습관이 사장을 상대로 하여 갑자기 튀어나왔으니 그로서는 당황하지 않을 수 없었던 것이다. 그것은 아마도 그가 은연중에 사장을 군대에서의 상관처럼 어렵게 여기고 있었다는 사실의 증거일 수 있는 것이므로 그는 자신이 어쩔 수 없이 소시민이라는 생각에 씁쓸한 미소를 흘렸다. (「어느 날, 모험의 전말」, p. 315)

「어느 날, 모험의 전말」의 이 대목에서 주인공 김공근은 회사에 사표를 제출하기로 마음먹고 사장 앞에서 자신의 입장을 당당히 선언할 참이다. 그런데 이러한 그의 생각과는 달리 현실 속에서의 그는 '~말입니다'라는 군대식 어미를 반복하며 말을 더듬고 있다. 여기에서 '직각 언어'의 무의식적인 사용, 곧 군대에서 존대어를 쓸 경우에 문장을 절대 '~어요'로 끝내서는 안 되고 그 자리에 대신 '~ㅂ니다'를 붙여야 하는 언어 사용의 강제적 규정을 주인공이 자신도 모르게 일상 속에서 수행하고 있는 장면은, 강력한 타자 앞에서 스스로의 주체를 구성하지 못하고 일방적으로 타자가 규정하는 방식대로 스스로를 규정하는 장면을 그대로 보여주고 있다. 그리고 동시에 그러한 타자와의 관계를 매개하는 것이 바로 다름아닌 '언어'라는 점을 상기시키고 있다.

그러하기에 타자에 의해 규정된 '나'와 그것으로부터 배제된 '나'의 거리는 '나'의 욕망을 생성하는 장치이다. 「코」에서 '나'는 김공도의 코에 대한 편집증으로부터, 그리고 「소리에 대한 몽상」에서 박찬중은 김인곤(김인곤은 이후 『벽화 그리는 남자』에서 주인공으로 다시 등장한다. 이러한 동일 인명의 반복 현상은 「도주」「말처럼 뛰는 말〔馬〕」, 그리고 「낙마」 등에 반복하여 등장하는 최배중의 경우에서도 볼 수 있는데, 이러한 최수철 특유의 반복적 명명 방식은 소설 쓰기의 일관된 주제를 작가 스스로 확인하는 한편 독자에게 암시하는 장치라고 할 수 있을 것이다)의 소리에 대한 편집증으로부터 각각 자신의 욕망을 발생시킨다. "나의 욕망과 그의 부재는 동전의 양면"(「부재를 위하여」, p. 138)인 까닭이다.

그러나 「소리에 대한 몽상」에서 보듯, 주인공으로 하여금 주체 속의 공백을 들여다보도록 이끌고 소리에 대한 편집증이라는 타자의 삶의 방식을 수용하도록 만든 것은 김인곤이라는 타자의 존재였지만, 결국 이웃 주민들과의 갈등으로 인해 경찰에 끌려가고 마는 김인곤의 편집증적 욕망의 좌절은 주인공으로 하여금 미래의 자기상을 자각시키고 다시 처음의 지점으로 되돌아오도록 만든다. 이는 결국 타자에 의한 규정으로 회수될 수 없는, 타자의 규정에 의해 배제된 주체의 잉여 영역을 새삼 일깨우는 계기로 작용한다.

타자에 의해 규정된 '나'와 타자화되지 않은 '나' 사이의 간격을 언어가 메운다. '나'는 이미 언어라는 타자의 시선에 의해 포획되어 있을뿐더러, 타자화되지 않은 '나'를 표현할 유일한 매개 또한 언어이기 때문이다. 이 순간 언어는 인간의 존재 자체에 다름아니다.

그것들은 일종의 살벌한 장치였다. 날카롭게 벼려진 획들로 이루어진 사슬은 그 자체로 글을 쓰는 사람도 읽는 사람도 모두 꽁꽁 묶어버릴 수 있을 것이었다. 수많은 환충류(環蟲類) 생물들 같은 각각의 음절들은 서서히 아주 서서히 탁자 위에 쏟아지듯이 내려와서 그의 손가락을 타고 손등 위로 기어오르고, 쉬지 않고 손목을 거쳐 팔뚝을 지나면서 그에게 간지러움을 느끼게 했다. 그 지독한 연쇄가 그의 상체에 온통 퍼져들고 있을 때 그는 크게 하품을 했다. (「공중누각」, p. 95)

의식의 표면으로 주체를 이끌어올리는 언어는, 과거와 미래를 모두 현재의 순간으로 불러들이는 매개체이다. 이 순간 시간은 언어를 통해 절대적으로 의식 속에 현존한다. 이제 남은 시간들은 죽여야 하는 대상(time killing)에 다름아니다. 그러하기에 권태와 무기력에 젖어 무방비 상태로 세상 속에 스스로를 노출시키고 있는 최수철 소설의 주인공들은, 사실 그러한 절대적 현존의 순간을 자신도 모르게 이미 보아버린 자들이다.

　　이전까지 시간이 부담스러운 하중으로 느껴진 적이 간혹 있긴 했지만, 언제인가부터는 시간은 벗어버릴 수 없는 등짐이나 맨살에 붙어 버린 불쾌한 감각의 이물질이 되어버린 것이었다. 그것이 연체동물의 빨판처럼 그의 팔다리에 흡착되어 떨어지지 않았다. (「타임 킬링」, p. 36)

바로 이 시간과의 싸움에서 글쓰기가 비롯된다. 그러므로 글쓰기는 의식이며 욕망이다. 동시에 의식과 욕망이 미처 인식하지 못하는 근원적 지점에 놓인 '맹점'이다. 언어가 진퇴양난에 이른 지점이자 글쓰기의 객기가 발동하는 근원이다. 언어화되는 과정 속에서 끝내 언어화되지 않는 지점이며, 그러하기에 죽음이며 공백이다. 현실 속의 글쓰기가 '가수(假睡)'이며 '가면(假眠)'인 까닭 또한 여기에 있다. 가면(假眠)은 가면(假面)이다. 언어라는 거짓 얼굴을 쓸 때에만 스스로의 의식과 욕망을 응시할 수 있는 '거짓 잠'의 순간이 마련되기 때문이다. 이는 순수 사건에 대한 감각과 그것을 주체화한 결과로 얻어지는 기억, 이 둘로 분열된 인간 의식의 운명적 상태에 대한 심각한 반성을 통해 도출된 자각일 터이다. 그러나 이 반성된 의식은 실체화되지 않으며 따라서 일종의 지향성의 상태로 존재한다. 그것은 이를테면 '공중 누각'과 같은 어떤 것일 터이다. 그리고 그것이 곧 최수철 글쓰기의 원점이며, 그것은 곧 우리 소설사에서 새로운 층위의 글쓰기가 비롯되는 순간이기도 하다. 이렇듯『공중 누각』의 메마르지 않는 신선함은 그것이 의식의 불투명한 세계를 섬세한 언어로 그려내는 새로운 글쓰기의 기원이라는 점에서 찾을 수 있다.

첫 소설집을 내면서

　오 년 동안 써온 소설들을 모아서 창작집을 내게 되었다. 어쭙잖은 감회는 절미하고 우선 이곳에 실린 작품들은 씌어진, 혹은 발표된 순서를 따르고 있는 것이 아니라, 내 나름대로 전체를 조망하여 얻은 추상적인 질서를 따르고 있다는 것을 밝혀두고자 한다. 그렇다고 그 순서가 무슨 큰 의미를 지니는 것은 아니겠지만 여하튼 나의 소설들은 서로서로 긴밀히 연계된 성격을 가지면서 고집스럽게 일종의 현대적인 한 의식의 전체를 형성하고 있다는 것을 분명히 해두고 싶은 것이다.
　이렇게 막상 한 권의 책을 만들게 되니, 그 동안 의식하지 않아왔던 충동, 어떠한 형식으로라도 나의 소설들에 대한 나 스스로의 의미 부여 작업이나 변명 따위를 늘어놓는 일을 시도해보고 싶은 객쩍은 욕망이 느껴진다. 게다가 심지어는 글을 왜 쓰는가, 의식적인 글쓰기, 그리고 알레고리적인 성격 등에 대해서도 나의 생각을 드러내면서 아울러 스스로에게도 다짐을 하는 기회를 이 자리를 빌려 마련해보고 싶은 마음도 불쑥불쑥 생겨나기도 한다.

　그러나 나는 그러한 충동이나 욕망이 내 속에 숨어서 나를 노리는 일종의 함정이라는 것과, 그러한 자기 정당화의 유혹은 의식조차 해서는 안 된다는 것, 그리고 지금 이 글에는 달리 여러 말이 필요하지 않고 단지 감사의 말, 앞으로의 정진을 약속 드리는 말만이 있으면 충분하다는 것을 잘 알고 있다.

　이렇게 말해놓고 나니, 나는 글을 쓸 때에 그 글을 쓰는 행위 자체에 대한 자의식에서 자유롭지 못하듯이 지금 이 순간에도 소설집의 후기를 쓰고 있다는, 다분히 감각적으로 미묘하고 심리적으로 복잡한 정황에 대한 의식에서 벗어나지 못하고 있는 것이 아닌가 하는 생각이 들어 나도 모르게 쓴웃음이 흘러나온다. 하지만 이렇게라도 자꾸 자신을 돌아보는 행위, 매사를 자신의 의식에 투영시켜보려는 심리적 자세는, 그것이 관성적인 습관이나 상투적인 몸짓으로 떨어지지 않는 한 내게 의미 있는 박차의 역할을 할 것이라고 나는 믿고 있다. 그런 의미에서 볼 때 말을 되돌려서 이야기하면 글을 쓴다는 것은 그 돌아봄의 행위를 절실하게 행할 수 있는 계기를 마련해주는 것이며, 그 중에서도 소설을 만든다는 것은 그러한 작업을 가장 방법적이고 구체적으로 행할 수 있는 심리적 공간을 허락한다고 할 수 있을 것이다. '공중 누각'을 이 책의 제목으로 설정한 것도, 그 말이 가지고 있는, 문학에 대해 끈끈하게 들러붙는 자세가 부족한 덜 치열한 다가섬의 분위기에도 불구하고, 현실로부터의 유리(遊離)가 아닌 그로부터의 의식적인 이격(離隔)을 통해 문학적인 인식상의 기존의 근거와 디딤대를 떠나 스스로 고립무원의 상태를 택해 새로이 시작하고자 하는 나의 의지를 드러내는 것인데, 이 또

한 일단 돌아볼 생각을 하였으면 철저하게 아예 몸을 돌려서 뒤를 바라보거나 전후좌우를 둘러보아야 하지 않겠는가 하는 나의 생각의 다른 표현인 것이다.

이 글을 마침에 있어, 이 넉넉지 않은 자리에서 짤막하게나마 나 자신의 글쓰는 태도라거나 문학을 대하는 시각 전반을 돌아보며 반성하는 마음을 좀더 가까이하지 못했다는 사실에 송구스러움을 느낀다. 이는 단지 경황없음의 소치로 보아주기 바라며, 진정 이제부터 모든 것이 시작이라는 사실로 너른 양해를 바란다.

끝으로, 그 동안 여러 가지 사정으로 소홀할 수밖에 없었던 분들께 다시 한 번 감사의 말씀을 올리며, 이 글모음을 아버님과 어머님께 바치고 싶다. 또한 아직 틀이 제대로 잡히지 않은 글들을 읽어주시고 평을 써주신 김병익 선생님과 문학과지성사의 모든 분들께 깊은 고마움을 표하는 바이다.

1985년 10월 15일
최수철